Someone
to Talk to

一句
顶一万句

刘震云 著

SPM
南方传媒 花城出版社

中国·广州

图书在版编目（CIP）数据

一句顶一万句 / 刘震云著．-- 广州：花城出版社，
2022.7（2025.7 重印）

（刘震云作品选）

ISBN 978-7-5360-9660-8

I. ①一…　II. ①刘…　III. ①长篇小说—中国—当代
IV. ① I247.5

中国版本图书馆 CIP 数据核字（2022）第 097158 号

一句顶一万句
YI JU DING YI WAN JU

刘震云 / 著

出 版 人　张　懿
特约策划　金丽红　黎　波
责任编辑　陈诗泳　欧阳佳子
特约编辑　张　维
技术编辑　凌春梅
封面设计　别境 Lab
内文制作　张景莹
责任印制　张志杰　王会利
媒体运营　刘　冲　刘　峥　洪振宇
数字平台统筹　高　梦
法律顾问　梁　飞
版权代理　何　红
出版发行　花城出版社
经　　销　全国新华书店
印　　刷　天津盛辉印刷有限公司
开　　本　787 毫米 ×1092 毫米　32 开
印　　张　19.5　6 插页
字　　数　390,000 字
版　　次　2022 年 7 月第 1 版　2025 年 7 月第 15 次印刷
定　　价　368.00 元（全 6 册）

刘震云

汉族，河南延津人，北京大学中文系毕业，中国人民大学文学院教授、博士生导师。

曾创作长篇小说《故乡天下黄花》、《故乡相处流传》、《故乡面和花朵》（四卷）、《一腔废话》、《我叫刘跃进》、《一句顶一万句》、《我不是潘金莲》、《吃瓜时代的儿女们》、《一日三秋》等；中短篇小说《塔铺》、《新兵连》、《单位》、《一地鸡毛》、《温故一九四二》等。

其作品被翻译成英语、法语、德语、意大利语、西班牙语、瑞典语、捷克语、荷兰语、俄语、匈牙利语、塞尔维亚语、土耳其语、罗马尼亚语、波兰语、马其顿语、希伯来语、波斯语、阿拉伯语、日语、韩语、越南语、泰语、蒙古吾、哈萨克语、维吾尔语等多种文字。

2011 年，《一句顶一万句》获得茅盾文学奖。
2018 年，获得法国文学与艺术骑士勋章。

根据其作品改编的电影，也在国际上多次获奖。

日语《一句顶一万句》出版，
2017 年 11 月 28 日，
作者在东京大学与读者交流

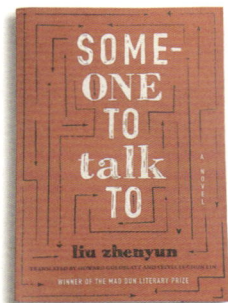

英语版

法语版

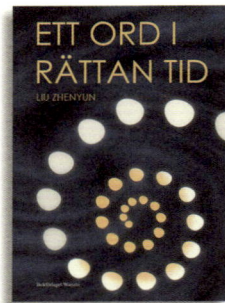

瑞典语版

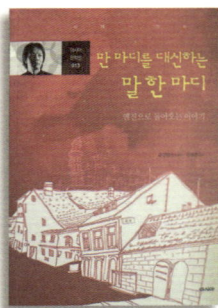

韩语版

越南语版

阿拉伯语版

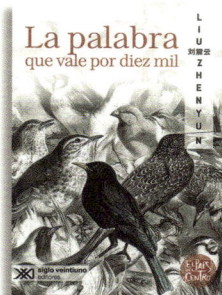

西班牙语版

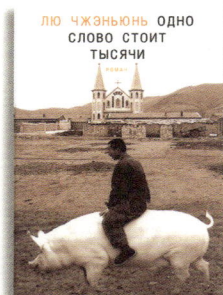

俄语版

日语版

波斯语版

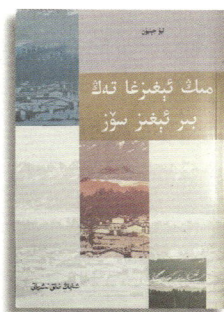

维吾尔语版

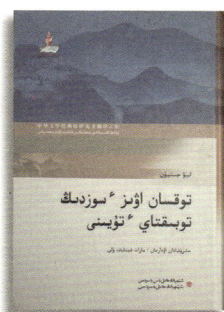

哈萨克语版

《一句顶一万句》部分语种封面

刘震云

目 录

Contents

上　部

出延津记

·一·

    杨百顺他爹是个卖豆腐的。别人叫他卖豆腐的老杨。老杨除了卖豆腐，入夏还卖凉粉。卖豆腐的老杨，和马家庄赶大车的老马是好朋友。两人本不该成为朋友，因老马常常欺负老杨。欺负老杨并不是打过老杨或骂过老杨，或在钱财上占过老杨的便宜，而是从心底看不起老杨。看不起一个人可以不与他来往，但老马说起笑话，又离不开老杨。老杨对人说起朋友，第一个说起的是马家庄赶大车的老马；老马背后说起朋友，一次也没提到过杨家庄卖豆腐也卖凉粉的老杨。但外人并不知其中的底细，大家都以为他俩是好朋友。

    杨百顺十一岁那年，镇上铁匠老李给他娘做寿。老李的铁匠铺叫"带旺铁匠铺"，打制些饭勺、菜刀、斧头、锄头、镰刀、耙齿、铲头、门搭等。铁匠十有八九性子急，老李却是慢性子；一根耙钉，也得打上两个时辰。但慢工出细活，这根耙钉，就打得有棱有角。饭勺、菜刀、斧头、锄头、镰刀、铲头、门搭等，淬火之前，都烙上"带旺"二字。方圆几十里，再不出铁匠。不是比不过老李的手艺，是耽误不起工夫。但慢性子容易心细，心细的人容易记仇。老李是生意人，铺子里天天人来人往，保不齐哪句话就得罪了他。但老李不记外人的仇，单记他娘的仇。老李他娘是急性子，老李的慢性子，就是他娘的急性子压的。老李八岁那年，偷吃过一块枣糕，他娘扬起一把铁勺，砸在他脑袋上，一个血窟窿，汩汩往外冒血。别人好了伤疤忘了疼，老李从八岁起，就记上了娘的仇。记仇不是记血窟窿的仇，而是他娘砸过血窟窿后，仍有说有笑，随人去县城听戏去了。也不是记听戏的仇，而是老李长大之后，一个是慢性子，一个是急性子，对每件事的看法都不一样。老李他娘是个烂眼圈，老李四十岁那年，他爹死了；四十五岁那年，他娘瞎了。他娘瞎了以后，老李成了"带旺铁匠铺"的掌柜。老李成为掌柜后，倒没对他娘怎么样，吃上穿上，跟没瞎时一样，就是他娘说话，老李不理她。一个打铁的人家，平日吃饭也是淡饭粗茶，他娘瞎着眼喊：

"嘴里淡寡得慌，快去弄口牛肉让我嚼嚼。"

老李：

"等着吧。"

一等就没了下文。他娘：

"心里闷得慌，快去牵驴，让我去县城听个热闹。"

老李：

"等着吧。"

一等又没了下文。不是故意跟他娘置气，而是为了熬熬她这急性子。日子在他娘手里，已经急了半辈子，该慢下来了。也怕开了这种头，乱越添越多。但他娘七十岁这年，老李却要给他娘做寿。他娘：

"快死的人了，寿就别做了，平时对我好点儿就行了。"

又用拐棍捣着地：

"是给我做寿吗？不定憋着啥坏呢。"

老李：

"娘，您多想了。"

但老李给他娘做寿，确实不是为了他娘。上个月，从安徽来了个铁匠，姓段，在镇上落下脚，也开了个铁匠铺；老段是个胖子，铁匠铺便叫"段胖子铁匠铺"。如老段性子急，老李不怕；谁知段胖子也是个慢性子，一根耙钉，也打上两个时辰，老李就着了慌，想借给他娘做寿，摆个场面让老段看看。借人的阵势，让老段明白强龙不压地头蛇的道理。但众人并不明白祝寿的底细，过去都知道老李对娘不孝顺，现在突然孝顺了，认为他明白过来理儿了，做寿那天中午，皆随礼去吃酒席。老杨和老马皆与铁匠老李是朋友，这天也来随礼。老杨早起卖豆腐走得远，吃酒席迟到了几步；马家庄离镇上近，老马准时到了。老李觉得卖豆腐的老杨和赶大车的老马是好朋友，便把老杨的座位，空在了老马身边。老李以为自己考虑得很周全，没想到老马急了：

"别，快把他换到别的地方去。"

老李：

"你们俩在一起爱说笑话，显得热闹。"

老马问：

"今天喝酒不？"

老李：

"一个桌上三瓶，不上散酒。"

老马：

"还是呀，不喝酒和他说个笑话行，可他一喝多，就拉着我掏心窝子，他掏完痛快了，我窝心了。"

又说：

"不是一回两回了。"

老李这才知道，他们这朋友并不过心。或者说，老杨跟老马过心，老马跟老杨不过心。遂将老杨的座位，调到另一桌牲口牙子老杜身边。杨百顺前一天被爹打发过来帮老李家挑水，这话被杨百顺听到了。吃酒第二天，卖豆腐的老杨在家里埋怨老李的酒席吃得不痛快，礼白送了；不痛快不是说酒席不丰盛，而是在酒桌上，跟牲口牙子老杜说不来。老杜又是个秃子，头上有味，肩上落了一层白皮。老杨认为自己去得晚，偶然挨着了老杜。杨百顺便把昨天听到的一席话，告诉了老杨。卖豆腐的老杨听后，先是兜头扇了杨百顺一巴掌：

"老马绝不是这意思。好话让你说成了坏话！"

在杨百顺的哭声中，又抱着头蹲在豆腐房门口，半天没有说话。之后半个月没理老马。在家里，再不提"老马"二字。但半个月后，又与老马恢复了来往，还与老马说笑话，遇事还找老马商量。

卖东西讲究个吆喝。但老杨卖豆腐时，却不喜吆喝。吆喝分粗吆喝和细吆喝。粗吆喝就是就豆腐说豆腐："卖豆腐喽——""杨家庄的豆腐来了——"细吆喝就是连说带唱，把自己的豆腐说得天花乱坠："你说这豆腐，它是不是豆腐？它是豆腐，可不能当豆腐……"那当啥呢？直把豆腐说成白玉和玛瑙。老杨嘴笨，溜不成曲儿，又不甘心粗吆喝；也细吆喝过，但成了生气："刚出锅的豆腐，没这个那个啊——"可老杨会打鼓，鼓槌敲着鼓面，磕着鼓边，能敲打出诸多花样；于是另辟蹊径，卖豆腐时，干脆不吆喝了，转成打鼓。打鼓卖豆腐，一下倒显得新鲜。村中一闻鼓声，便知道杨家庄卖豆腐的老杨来了。除了在村里卖豆腐，镇上逢集，也到镇上摆摊。既卖豆腐，又卖凉粉。用刮篓将凉粉刮成丝，摆到碗里，搁上葱丝、荆芥和芝麻酱；卖一碗，刮一碗。老杨摊子左边，是卖驴肉火烧的孔家庄的老孔；老杨摊子右边，是卖胡辣汤也捎带卖烟丝的窦家庄的老窦。老杨卖豆腐和凉粉在村里打鼓，在集上也打鼓。老杨的摊子上，从早到晚，鼓声不断。一开始大家觉得新鲜，一个月后，左右的老孔和老窦终于听烦了。老孔：

"一会儿'咚咚咚'，一会儿'咔咔咔'，老杨，我脑浆都让你敲成凉粉了，做一个小买卖，又不是挂帅出征，用得着这么大动静吗？"

老窦性急，不爱说话，黑着脸上去，一脚将老杨的鼓踹破了。

四十年后，老杨中风了，瘫痪在床，家里的掌柜换成了大儿子杨百业。别人一中风脑子便不好使，嘴也不听使唤，"呜里哇啦"说不成句，老杨却身瘫脑不瘫，嘴也不瘫。不瘫的时候嘴笨，而且容易把一件事说成另一件事，或把两件事说成一件事；瘫了之后头脑倒清楚了，嘴也顺溜了，事碰事理得纹丝不乱。身子瘫后，整日躺在床上，动一动就有求于人，这时就比不得从前，眼上、嘴上就得吃些亏；进屋一个人，眼里就赶紧逢迎和讨好；接着人问他啥，他就说啥；不瘫时常说假话，瘫了之后句句都掏心窝子。喝水多了，夜里起床就多，老杨从下午起就不喝水。四十年过去，老杨过去的朋友要么死了，要么各有其事，老杨瘫了之后，无人来看他。这年八月十五，当年在集上卖葱的老段，提着两封点心来看老杨。多日不见故人，老杨拉着老段的手哭了。见家人进来，又忙用袖子去拭泪。老段：

"当年在集上做买卖的老人儿，从东头到西头，你还数得过来不？"

老杨虽然脑子还好使，但四十年过去，当年一起做事的朋友，一多半已经忘记了。从东到西，扳着指头查到第五个人，就查不下去了。但他记得卖驴肉火烧的老孔和卖胡辣汤兼卖烟丝的老窦，便隔过许多人说老孔和老窦：

"老孔说话声儿细；老窦是个急性子，当年一脚把我的鼓给踹破了。我也没输给他，回头一脚，把他的摊子也踢了，胡辣汤流了一地。"

老段：

"董家庄劁牲口的老董，你还记得吧?除了劁牲口，还给人补锅。"

老杨皱着眉想了想，想不起这个既劁牲口又给人补锅的老董。老段：

"那魏家庄的老魏呢?集上最西头,卖生姜的那个,爱偷笑,一会儿自己乐了,一会儿自己乐了,也不知他想起个啥。"

老杨也想不起这个一边卖姜一边偷笑的老魏。老段:

"马家庄赶大车的老马,你总记得吧?"

老杨松了一口气:

"他我当然记得,死了两年多了。"

老段笑了:

"当年你心里只有老马,凡人不理。岂不知你拿人家当朋友,人家背后老糟改你。"

老杨赶紧岔话题:

"多少年的事了,你倒记得。"

老段:

"我不是说这事,是说这理儿。不拿你当朋友的,你赶着巴结了一辈子;拿你当朋友的,你倒不往心里去。当时集上的人都烦你敲鼓,就我一个人喜欢听。为听这鼓,多买过你多少碗凉粉。有时想跟你多说一句话,你倒对我爱搭不理。"

老杨忙说:

"没有哇。"

老段拍拍手:

"看看,现在还不拿我当朋友。我今天来,就是想问你一句话。"

老杨：

"啥话？"

老段：

"经心活了一辈子，活出个朋友吗？"

又说：

"过去没想明白，如今躺在床上，想明白了吧？"

老杨这才明白，四十年后，老段看自己瘫痪在床，他腿脚还灵便，报仇来了。老杨啐了老段一口：

"老段，当初我没看错你，你不是个东西。"

老段笑着走了。老段走后，老杨还在床上骂老段，老杨的大儿子杨百业进来了。杨百业是杨百顺的大哥，这时也五十多岁。杨百业小的时候脑子笨，常挨老杨的打；四十多年过去，老杨瘫痪在床，杨百业成了家里的掌柜，老杨举手动脚，就要看杨百业的脸色行事。杨百业接着老段的话茬儿问：

"老马是个赶大车的，你是个卖豆腐的，你们井水不犯河水，当年人家不拿你当人，你为啥非巴结他做朋友？有啥说法不？"

身瘫的老杨对老段敢生气，对杨百业不敢生气。杨百业问他什么，他得说什么。老杨停下骂老段，叹了一口气：

"有，不然我也不会怵他。"

杨百业：

"事儿上占过他便宜，或是有短处在他手里，一下被他拿住了？"

老杨：

"事儿上占便宜拿不住人，有短处也拿不住人，下回不与他来往就是了。记得头一回和他见面，就被他说住了。"

杨百业：

"啥事？"

老杨：

"头一回遇到他，是在牲口集上，老马去买马，我去卖驴，大家在一起闲扯淡。论起事来，同样一件事，我只能看一里，他能看十里，我只能看一个月，他一下能看十年；最后驴没卖成，话上被老马拿住了。"

又摇头：

"事不拿人话拿人呀。"

又说：

"以后遇到事，就想找他商量。"

杨百业：

"听明白了，还是想占人便宜，遇事自个儿拿不定主意，想借人一双眼。我弄不明白的是，既然他看不上你，为啥还跟你来往呢?"

老杨:

"可方圆百里,哪儿还有一下看十里和看十年的人呢?老马也是一辈子没朋友。"

又感叹:

"老马一辈子不该赶马车。"

杨百业:

"那他该干啥呢?"

老杨:

"看相的瞎老贾,给他看过相,说他该当杀人放火的陈胜吴广。但他又没这胆,天一黑不敢出门。其实他一辈子马车也没赶好,赶马车不敢走夜路,耽误多少事儿呀!"

说着说着急了:

"一个胆小如鼠的人,还看不上我,我他妈还看不上他呢!一辈子不拿我当朋友,我还不拿他当朋友呢!"

杨百业点点头,知道他俩一辈子该成为朋友。说罢老马,到了吃中饭时候。这天是八月十五,中饭吃的是烙饼,肉菜乱炖。烙饼是老杨一辈子最爱吃的,但六十岁以后,牙烂掉了一大半,嚼不动了;但配上乱炖,肉和菜在火上炖的时间长,肉是烂的,菜也是烂的,菜汤是滚烫的,将烙饼泡到菜里,能泡得入口就化。老杨年轻的时候,一过节就吃烙饼;

但他瘫痪在床之后，家里吃不吃烙饼，不由他说了算。本来在问老马之前，杨百业就决定中饭吃烙饼和肉菜乱炖，但当年卖豆腐也卖凉粉的老杨却认为自己刚才说了实话，杨百业才让烙饼，这饭是对他的奖赏。一顿饭吃下来，老杨吃得满头大汗。肉菜乱炖的热气中，又仰脸向杨百业讨好地笑了笑，意思是：

"下回问我啥，我还说实话。"

· 二 ·

　　杨百顺十六岁之前，觉得世上最好的朋友是剃头的老裴。但自打认识老裴，两人没说过几句话。杨百顺十六岁的时候，老裴已经三十多了。老裴家住裴家庄，杨百顺家住杨家庄，之间相距三十里，还隔着一条黄河，一年也碰不上几面。杨百顺没去过裴家庄，老裴来杨家庄剃过头。但杨百顺七十岁以后，还常常想起老裴。

　　老裴剃头的手艺并不是祖传。他爷是个织席的，捎带卖鞋。他爹是个贩毛驴的，一年四季，背着褡裢、拿根鞭子到口外内蒙古贩毛驴。从河南延津到内蒙古，去时得走一个月；从内蒙古赶着毛驴回来，紧走慢走，得一个半月。一年下来，也就做四五趟生意。老裴成人之后，一开始跟他爹学贩驴。两年之后，老裴他爹得伤寒死了，老裴就开始一个人上路，和别的驴贩子搭伴，一趟趟去内蒙古贩毛驴。老裴年龄虽小，但长着个大人心，一年下来，不比他爹在时赚钱少。十八岁那年，娶妻生子，也不在话下。贩毛驴常年在外，一年有八九个月不在家，免不了在外边有相好。别的驴贩子在外也有相好，或在山西，或在陕北，或在内蒙古，看走到哪里碰上了。但相好也就是相好，认不得真，别人给相好留的是假名假姓，老家在哪里，也不说实话。老裴当时还是年轻，在内蒙古靠上个相好叫斯琴格勒，头一回在一起，斯琴格勒问他姓名，家住哪里，老裴一时忘情，就说了实话。斯琴格勒是个有丈夫的人，丈夫出外放牧，她在家里靠相好。一是图个痛快，二是图相好留下仨瓜俩枣的散碎银两，她好存个体己。但她靠的不是一个人，另有一个相好是河北人，也去内蒙古贩驴，但人家留的就是假名假姓，县份也是假的。这年秋天，斯琴格勒和河北相好的事发了。斯琴格勒的丈夫出门放牧三个月，回来却发现她怀孕了。靠相好蒙古族人不在意，整天吃牛羊肉，热性大，不在乎夜里那点儿事；但怀孕了她丈夫就急了。因这孩子生下来，等于替别人养着。所以靠相好的人，都知道图痛快归图痛快，但痛快也分个时辰；时辰不对，痛快的最后一刻要忍住，不能让怀孕。和河北人这次，斯琴格勒也是一时忘了情，虽然时辰不对，也让河北人彻底痛快了。河北人痛快了，斯琴格勒的丈夫生了气，觉得这相好欺负自己，用皮鞭抽斯琴格勒，斯琴格勒不但供出了河北的相好，也供出了河南的老裴。蒙古族人扔下自己的老婆，掂着一把宰牛刀上了路。先去河北，没找着真人，又来到河南延津县裴家庄，找着了老裴，上去就要拼命。后经人说合，赔了这蒙古族人三十块大洋，又贴了来往路费，才把他打发走。蒙古族人走了，事情却没有完。老裴的老婆叫老蔡，三天上了三回吊。虽然每回都被救了回来，但三天之后的老蔡，和三天前成了两个人。过去老蔡怕老裴，现在老裴怕老蔡。老蔡说：

"你说这事儿咋办吧？"

老裴：

"从今往后，一切听你的。"

老蔡：

"从今往后，别理你姐。"

由靠相好转到他姐头上，老裴有些蒙。老裴从小娘死得早，从六岁起，由他姐带大。老裴与他姐感情深，老蔡却与他姐闹过别扭。老裴想明白这理儿，低着头说：

"反正她已经出嫁了，从今往后，不理她就是了。"

老蔡又问：

"从今往后，你还去内蒙古不？"

老裴：

"去不去，还听你的。"

老蔡：

"从今往后，别再提'贩驴'二字。"

老裴只好放下褡裢和鞭子，不再贩驴。老裴这才知道，那个内蒙古人不远千里来河南找他，并不是为了拼命，也不是为了钱，而是为了让他一辈子不得安生；这个内蒙古人人粗心不粗，下手有些毒。但斯琴格勒怀孕，并不是老裴的责任，老裴还得替河北人背着黑锅，冤还冤在这里。毛驴贩不成了，老裴便开始跟冯家庄的老冯学剃头。剃头倒不难学，学剃头三年出师，老裴两年半就离开老冯，自己担着剃头挑子，十里八乡给人剃头。这一剃就是七八年。只是自此不爱说话。师傅老冯给人剃头时，爱跟人聊天；十里八乡的事，数老冯知道得多。老裴给人剃头，一个头剃下来，一句话没有。大家都说师傅徒弟不一样。老裴话少不说，头剃着剃着，还爱长嘘一口气。一个头剃下来，要嘘四五口长气。一次老裴到孟家庄东家老孟家剃头。老孟家有五十顷地，二十多个伙计。二十多个伙计的头剃完，老孟的头剃完，太阳就要落山了。老孟有一个朋友叫老褚，是豫西洛宁县一个盐商，这天从山东贩盐回来，路过延津县，顺便到孟家庄来看老孟；老褚的头发正好长了，也让老裴来剃。老裴剃几刀子，长嘘一口气；剃几刀子，又嘘出几口气。头剃到一半，老褚急了，光着半边头跳起来，指着老裴：

"×你妈，多剃一个头，咋知道我不给你钱?唉声叹气的，扑身上多少晦气。"

老裴提着刀子站在那里，面红耳赤，说不出话，最后还是东家老孟替他解了围，对老褚说：

"兄弟，他那不是叹气，是长出气；不是剃头的事，是他个毛病。"

老褚瞪了老裴一眼，这才坐下，让老裴接着剃头。老裴在外剃头不说话，剃一天头回到家，也不说话。家里每天有十件事，十件事全由老婆老蔡做主。老裴按老蔡的主意办，稍有差池，老蔡还张口就骂。老裴一开始还嘴，但一还嘴，老蔡就扯到了内蒙古，内蒙古那个野种，老裴就不还嘴了。当面骂人不算欺负人，骂过第二天，老蔡又把老裴挨骂的情形，当作笑话，说给别人，就算欺负人了。但这话传到老裴耳朵里，老裴又装作没听见。十里八乡都知道，老裴在家里怕老婆。

这年夏天，老裴到苏家庄去剃头。苏家庄是个大庄，有四五百户人家，老裴在苏家庄生意最大，包了三四十户人家的头；三四十户人家，剃头的男人，有百十口子。老裴连剃两天，到第三天中午，方才剃完。老裴挑着剃头挑子往回走，在黄河边上，遇上了曾家庄杀猪的老曾。老曾要去周家庄杀猪。都是出门在外的人，老裴和老曾常碰面，在一起说得着。两人便停下脚步，坐到河边柳树下吸烟。吸着烟，说些近日的闲话，老裴看着老曾头发长了，便说：

"挑子里还有热水，就在这儿给你剃了吧。"

老曾摸摸自己的头发：

"剃是该剃了，可周家庄的老周，还等着我杀猪呢。"

想想又说：

"剃就剃。我剃个头，那个畜生也多活一会儿。"

老裴就在黄河边上支起剃头挑子，给老曾围上剃头布，用热水给老曾洗头。待洗泛了，比画一下，就下了刀子。这时老曾说：

"老裴呀，咱俩过心不过心？"

老裴一愣：

"那还用说。"

老曾：

"这里就咱俩，那我问你一句话，你想答答，不想答就别答。"

老裴：

"你说。"

老曾：

"十里八乡都知道你怕老婆，我觉得你不值呀。"

老裴的脸一赤一白：

"娘儿们家，有啥正性，免生闲气罢了。"

老曾：

"我知道你前几年有短处在她手里。我大胆说一句，长痛不如短痛。有短处在人手里，一辈子别想翻身。"

老裴长嘘一口气：

"这个理儿我懂。能短痛早短痛了，可就是短不了呀。"

老曾：

"为啥？"

老裴：

"没短处在人手里，事儿倒好办；她尝到了把你短处的甜头，你想短痛，她倒不答应了。"

又嘘出一口气：

"不短也成，还有孩子呢；难就难在，从长说，她就可以不讲理了。"

老曾：

"如果是我，她不讲理，我就打她；等她受不了，就该讲理了。"

老裴：

"如果单是她，事情还好办，可她身后，还藏着一个讲理的。"

老曾：

"谁呀？"

老裴：

"她娘家哥。"

老蔡她哥老曾知道，镇上一个开生药铺的，叫蔡宝林，左脸生一大痦子，嘴特能说，得理不让人，是一个死蛤蟆能缠出尿的人。老裴：

"俺俩一闹，她就回娘家找她哥，她哥就找我来论理。一件事能扯出十件事，一件事十条理，我跟他妹过了十来年，有多少事多少理呢？我嘴不行，说不过他。"

又长出一口气：

"都说论理好，真论起理来，事情倒更难办了。"

又说：

"其实论理不论理我都不怕，就怕自己哪天忍不住，一时性起，拿起刀子杀了谁。能因为一句话杀人吗，老曾？"

杀猪的老曾惊出一身冷汗：

"老裴，剃头，我话说多了。"

杨百顺认识老裴那年十三岁。老裴之前，杨百顺有个好朋友叫李占奇。杨百顺十三岁时，李占奇十四岁，同在镇上老汪的私塾读《论语》。别人能成为好朋友是相互处得来，或你在这事上帮过我，我在那事上帮过你；他们俩能成为好朋友，是因为共同喜欢一个人，罗家庄做醋的罗长礼。罗长礼五短身材，是个麻子。罗家做醋是祖传，罗长礼他爷做醋，罗长礼他爹也做醋。罗家醋坊不大，一天能做两缸醋。罗长礼他爷他爹拉着这两缸醋，走村串巷吆喝：

"打醋喽——"

"罗家庄的醋来啦——"

虽是小本生意，虽是粗吆喝，却也能养家糊口。但到了罗长礼这里，却不喜欢做醋。不喜欢做醋不是跟醋有仇，而是做醋之外，罗长礼喜欢另一件事，谁家死了人，他爱去喊丧。同是一个喊，他喜欢喊丧，不喜欢喊醋。喊丧能耽误做醋，做醋不能耽误喊丧。由于心思不在醋上，醋便做得不像醋。别人家的醋是酸的，罗长礼的醋是苦的，像刷锅水。别人家的醋能撑一个月，罗长礼的醋十天就泛了白毛。没泛白毛之前是苦的，泛了白毛倒变酸了。罗长礼做醋不上心，喊丧却上心。罗长礼长个鸡脖子，一般鸡脖子声细，罗长礼却声粗，且不怵场子；场子越大，他越精神。平日人穿皂布，丧事时人穿白衣。罗长礼仰着脖子一声长喊：

"有客到啦，孝子就位啦——"

白花花的孝子伏了一地，开始号哭。哭声中，罗长礼又喊：

"请后鲁邱的客奠啦——"

同时又喊：

"张班枣的客往前请啊——"

后鲁邱的奠客跪叩起仰之间，张班枣的奠客已在后边排成一排。一批批奠客往前移动，罗长礼调停得纹丝不乱。罗长礼记性好，万千人中，只要见过你一面，下次就能喊出你的姓名，各个环节不会落下谁。人从死到出殡有七天，七天喊下来，罗长礼嗓子不倒。人们说起罗长礼，不说"卖醋的老罗"，都说"喊丧的老罗"。十里八乡，谁家有丧事，皆请罗长礼。谁家有丧事，杨百顺和李占奇必追过去看。众人去吊丧皆为了死者，杨百顺和李占奇独为了罗长礼。但平日哪能天天死人呢？不死人时，罗长礼又去做醋，杨百顺和李占奇也感到日子空了。这时聊起罗长礼，也能聊得兴致勃勃：

"嗓门真大，五里开外都能听见。"

"上回徐家庄的客不懂规矩，有些乱，老罗急了，麻子都泛了红点儿。"

"平日个儿不大，一到喊丧，咋就长高了呢？"

"上次他到村里卖醋，想跟他说句话，到了跟前，又没敢说。"

"十里八乡咋还不死人呢？"

聊到趣处，一个说：

"我去茅房撒泡尿。"

另一个本来没尿，为了罗长礼也说：

"我跟你去。"

杨百顺十三岁那年秋天，家里丢了一只羊。丢羊之前，先丢了一口猪。杨百顺先天被雨淋着了，打摆子发烧，家里人去找猪，留他一人看家。打摆子一会儿热一会儿冷，昏昏沉沉之中，李占奇喘着气跑过来：

"快，死人了!"

杨百顺脑袋烧得还有些迷糊：

"啥?谁死了?"

李占奇：

"王家庄的老王死了，快去看罗长礼!"

一听"罗长礼"三个字，杨百顺迷糊的脑袋登时醒了，正打着的摆子也立马停了，身上也不发烧了。掀被窝从床上爬起来，两人三步并作两步，跑向十五里外的王家庄。待到了王家庄，发现老王家确实死人了，但喊丧的不是罗长礼，而是牛家庄一个叫牛文海的人。牛文海是个瘸子。当时延津县以黄河渡口为界，分东延津和西延津。就喊丧者而言，有"东罗西牛"之说。即东边死了人皆请罗长礼，西边死了人皆请牛文海。但王家庄位于延津渡口交界处，死人者请喊丧者就有些乱，有请罗长礼的，有请牛文海的。现在老王家请的就是牛文海。这点儿混乱，倒被李占奇和杨百顺忽略了。李占奇：

"老王家有病吧?好不容易死个人,咋不请罗长礼,请牛文海呢?"

杨百顺:

"一个破锣嗓子,站没站相,坐没坐相,丧事非让他弄得七零八落!"

一泄劲儿,杨百顺又开始打摆子发烧。李占奇还要留下来比较一下牛文海和罗长礼的不同,看牛文海到底能七零八落到哪里去;杨百顺正在发烧,等不得牛文海,哆嗦着身子,又跑回十五里外的杨家庄。待回到家里,发现家里人都回来了,猪也找着了,但在杨百顺离开家到王家庄看罗长礼的时候,家里又丢了一只羊。早起丢猪是猪的事,下午丢羊可是杨百顺的事。杨百顺打着的摆子立马又停了。卖豆腐的老杨一言不发,解下自己的皮带。杨百顺的哥哥杨百业、弟弟杨百利,皆偷偷捂着嘴笑。老杨:

"让你在家看家,你干啥去了?"

杨百顺不敢说自己到王家庄看罗长礼了,只好说:

"我也找猪去了。"

老杨兜头抽了他一皮带:

"刚才李伯江还跟我说,你跟李占奇跑王家庄看罗长礼去了!"

李伯江是李占奇他爹。冤枉就冤枉在,杨百顺并没有看到罗长礼，只看到个牛文海。杨百顺不好解释这个，只好说：

"爹，我打摆子发烧哇。"

老杨兜头又是一皮带：

"发烧?发烧能来回跑三十里?我看你不烧!"

又是一皮带。杨百顺头上已有七八个血疙瘩。杨百顺：

"爹，我不烧，我去找羊!"

老杨把一挂绳子扔到杨百顺脚下：

"找着羊，把它拴回来；找不着，你也别回来了!"

又看杨百业和杨百利：

"不是羊的事，说瞎话!"

说着说着又急了：

"平时我支派你个事，难着呢，咋一听说罗长礼，你发着烧就跑了?谁是你爹?"

又瞪大眼珠看着众人：

"这个家，到底谁说了算?"

卖豆腐的老杨，已经把一件事说成了另一件事。杨百顺赶紧拾起绳子，出门漫山遍野去找羊。但从下午找到晚上，羊没有找到，倒碰到几只乱跑的豺狗。也不知这只瞎了一只眼的羊跑到哪里去了。杨百顺像赶大车的老马一样，到了夜里有些怕黑。杨百顺十三岁的时候，村外的野地里还有狼。杨百顺只好顺着找羊的路往回跑。路边长满了庄稼，猫头鹰在庄稼地里一叫，杨百顺吓出一身汗。待到得村里，到得家门口，杨百顺又不敢进家。因为在卖豆腐的老杨那里，过去一件事挺难，除非再发生一件大事，把这件事遮过去。杨百顺丢了一只羊，如哥哥杨百业、弟弟杨百利再丢一头驴，老杨就忘了羊而去说驴，但怎么让杨百业和杨百利再去丢一头驴呢？看着家里点着灯，窗户上有人影在晃，豆腐房里毛驴在拉着石磨磨豆子，不时打着响鼻；后来窗户上的灯灭了，只剩毛驴的响鼻和转磨的声音，杨百顺仍不敢回家。这时他想起了李占奇，便去找李占奇。一方面想找李占奇借一宿，另一方面，还惦着打听牛文海和罗长礼的不同。但到得李占奇家，屋里的灯也黑了，李占奇肯定睡了；但李占奇他爹李伯江还在院子里借着麻秆火编筐。一边编筐，一边嘴里哼着小曲儿。杨百顺知道，李占奇他爹一哼小曲儿，李占奇肯定也挨了打。杨百顺只好离开李占奇家，来到村头打谷场上，想在打谷场的草垛里凑合一夜。到得草垛前，起风了，风吹起杨树梢，四周都像有狼嗥。幸好天转晴了，半个月亮，在半夜爬了上来。这时身上又打起摆子。接着肚子也饿了。好不容易昏睡过去，迷迷糊糊之中，似有千军万马在眼前奔腾。不知过了多长时间，突然有人在拍他。杨百顺一个激灵醒来，看到一个黑影站在他面前。杨百顺吓出一身冷汗：

"你谁呀?"

那个黑影俯下身子:

"别怕,我是裴家庄剃头的老裴,从这儿路过。"

借着月光,杨百顺看清了那人的脸。以前老裴到杨家庄来剃过头,见过,头也让他剃过,但没说过话。老裴:

"你叫啥?为啥睡在这儿?"

一句话问得杨百顺好生辛酸。虽然以前没说过话,但此情此景,杨百顺只好拿老裴当亲人,将自己叫啥,怎么打摆子发烧,怎么去王家庄看罗长礼,罗长礼没看着,怎么家里又丢了羊,挨了爹的打,自己去找羊,羊也没找着,不敢回家,一五一十,给老裴讲了。接着扳着自己的脑袋,让老裴看头上的血疙瘩。老裴听后,长出一口气:

"我听明白了,不是羊的事,中间拐着好几道弯呢。"

又伸手摸了摸杨百顺的头:

"你睡这儿不冷呀?"

杨百顺:

"叔,我不怕冷,我怕狼。"

老裴又叹息一声:

"按说这事不该我管,可谁让我碰上了呢?"

接着拉起杨百顺的手:

"走,我带你去个暖和的地方。"

杨百顺自生下来，头一回感到人的手是暖的。两人离开杨家庄，一高一低往前走，杨百顺也是没话找话：

"叔，您走夜路不怕狼呀？"

老裴"嗖"的一声从腰里抽出一把砍刀，砍刀在月光下闪着寒光：

"预备着呢。"

杨百顺笑了。老裴拉着杨百顺的手来到镇上，又来到镇东头，去敲一家饭铺的门。开饭铺的叫老孙。敲了半天，里面没有动静。老裴又敲，里边点灯了，老孙的声音在骂：

"哪个龟孙呀，都下半夜了。"

待打开门，见是老裴，笑了。因老裴常到老孙的饭铺给老孙剃头。老孙除了剃头，最爱打眼，老裴常用马尾给他打眼。进得屋来，饭铺的锅灶都是凉的。老孙又捅开火炉，洗洗手，做了两碗羊肉烩面。热腾腾地端上来，说：

"三碗的羊肉，我给做了两碗。"

老裴敲着烟袋，指了指烩面：

"吃吧。"

杨百顺一海碗烩面吃下去，吃得满头大汗。这时鸡叫了，杨百顺哭了，泪落在空碗里：

"叔。"

老裴摆摆手，没再说什么。几十年后，杨百顺还记着这碗烩面。但事后杨百顺才知道，那晚老裴带杨百顺吃烩面，并不是为了杨百顺。前一天，老裴去巩家庄剃头。巩家庄村子不小，有二百多户人家，但老裴在巩家庄生意不大，剃头只包到三户人家。这里是臧家庄剃头的老臧的地盘。但三户人家也算生意，巩家庄离裴家庄又近，只有五里路，老裴没嫌活儿少，一个月也来巩家庄剃一回头。去巩家庄时天是晴的，到晌午剃完头，天变脸下起了雨。雨倒也不大，但淅淅沥沥，下个不停。老裴看看天，一时三刻，没有放晴的意思。巩家庄的老巩劝老裴：

"吃过中饭再走吧，别再淋出病来。"

老裴：

"五里路，一跑就到了。"

向老巩借了个蓑衣，披在身上，一路跑回裴家庄。裴家庄村头有个牛屋，老裴跑到裴家庄村头，看到一个少年在牛屋房檐下躲雨。老裴没在意，那个少年却冲他喊了一声"舅"。老裴停下脚步，定睛一看，原来是他姐的大儿子，名叫春生。他姐十六年前嫁到了阮家庄，阮家庄离裴家庄二十二里。春生已经十五岁了，早起到县城去卖布，卖完布回来，走到裴家庄，遇上下雨，便在房檐下躲雨。老裴自十年前出了内蒙古的事，老婆老蔡不让老裴与他姐来往，老裴也就不再与他姐来往。有时趁着出去剃头，偷偷拐到阮家庄看一看。突然在自家村头遇到春生，是否把他带回家，老裴有些为难。如是平日，老裴和春生说上几句话，就把他打发走了；现在正赶上下雨，见过外甥，扭头就走，老裴面皮上说不过去，于是硬着头皮，把春生带回了家。家里老蔡正在做饭，做的是烙饼摊鸡蛋。平日家里也不吃这么好，老裴和老蔡有三个孩子，两女一男，今天是二女儿梅朵的生日。老裴从巩家庄冒雨跑回来，也是想着梅朵。老蔡不喜欢老裴他姐，对他外甥也不待见。本来饼烙得挺厚，见老裴的外甥来了，揪面时手腕一抖，饼开始烙得菲薄。春生是个实在人，以为到了舅舅家，和自己家一样，加上平日也吃不到烙饼，吃饭时，放开肚皮，裹着鸡蛋，整整吃了十一张烙饼。吃完饭，雨也停了，春生抹抹嘴走了。他走后，老蔡骂上了，说老裴外甥平白无故，一口气吃了她家十几张烙饼；不烙饼他还不来，一烙饼他的嘴隔着二十多里就扎过来了，这不是故意败坏人吗?他一口气吃了十几张饼吃饱了，梅朵还饿着呢。说得梅朵也抽抽搭搭哭了起来。这时老裴就怪外甥不懂事，不懂事不是说他不该吃饼，而是吃饼时心里没数，如吃饼吃到九张，也算吃了几张饼；吃到十张，也就十来张；可他恰恰吃到十一张，就能被老蔡说成十几张；怪他只顾自己肚皮，不顾舅舅的难处，也不知最后一两张饼的差别。如果老蔡只是骂外甥吃饼，老裴也不会计较，但老蔡由外甥，终于骂到了老裴他姐。本来自老裴和他姐不再公开来往，十年之间，老蔡和老裴，都没再提起过老裴他姐；现在因为几张饼，勾起了老蔡的话题。如只是一般骂骂老裴他姐，老裴也不会计较，但老蔡骂着骂着，开始骂老裴他姐是个"骚×"。老裴他姐做姑娘时，村里曾风传，她跟一个货郎好过。就算跟货郎好过，也是十七年前的事了。由老裴他姐，又骂到老裴在内蒙古留野种，一家人都是下流坏子。如只是这么骂骂，老裴还不会计较。老蔡骂着骂着起了兴，突然骂道：

"既然你们都下流，还找别人干啥？你们姐俩在一起下流不就完了？"

正是这句话，使老裴光了火，兜头扇了老蔡一巴掌。耳光扇完，事情就闹大了。梅朵的生日也不过了。事情闹大不是老蔡又跟他打闹，而是老蔡掉屁股回了娘家；第二天一早，把她娘家哥搬来了。娘家哥进门，坐下，开始跟老裴讲理。老裴就怕跟娘家哥讲理，因娘家哥讲起理来，不但理与别人不同，说话也绕。老裴和老蔡打架因为几张饼，但娘家哥放下饼，一竿子支出去几十年，先从老裴的爹娘说起。老裴的爹娘年轻的时候，也常打架。老裴的爹是老实爹，但他娘是"常有理"。啥叫"常有理"？就是"不讲理"。不是他娘死得早，蔡家决不会把女儿嫁给裴家。接着又说到自老蔡嫁给老裴，发生过的千百次口角。这些口角，这些口角的缘由，老裴都忘了，但桩桩件件，桩桩件件的起因，娘家哥记得。千百件的针头线脑，越扯越长，扯得老裴脑袋都大了。这时老裴不佩服别的，就佩服娘家哥记性好。扯着扯着，娘家哥便把老裴扯成了他娘，也成了"不讲理"，而且顺理成章，让老裴有些措手不及。从早起扯到晌午，娘家哥才回到饼上。回到饼上，又不说饼，重新说起老裴他姐年轻时和货郎好，老裴在内蒙古犯事，这两桩往事；无论老裴他姐与人好是真是假，老裴在内蒙古犯事，却是实情。如不是实情，因为一张饼骂到这上头，算老蔡骂错了；是实情，老裴恼了，这时恼的就不是别人，而是他自己。别人骂错了老裴打人情有可原，因为恼自己打人就不对了。一套理讲下来，屋里也掌灯了，讲得老裴也犯了疑惑。除了疑惑，还担心这理绕下去，会把自己绕疯；便装作口服心服，给娘家哥和老蔡各赔了个不是。赔过不是，老蔡仍不依，要还老裴一巴掌。老裴伸过脸来，让老蔡还了一巴掌，此事才作罢。

娘家哥心满意足离开，大家以为风波像往常一样过去了，但老裴夜里睡到床上，更加窝心了。由一张饼到"骚×"，又到内蒙古和他爹他娘，几个本来不相干的事，怎么就扯到一起去了？他姐是"骚×"这件事并不坐实，怎么让娘家哥绕过去，单说老裴在内蒙古犯的事呢？一件事上，怎么压着两件事的分量呢?这时突然想到,当时打老蔡那一巴掌,并不是冲着老蔡说老裴他姐是"骚×",而是冲着让老裴跟他姐下流这句话去的,现在怎么被娘家哥避重就轻,把一件事绕成了另一件事呢?老裴打了老蔡一巴掌,老蔡又还了老裴一巴掌,同样是一巴掌,但后一巴掌,和前一巴掌,就不是一回事了。老蔡没在床上睡觉,到村里串门去了,大概又把这当笑话对人说了。老裴也是一时怒从心头起,从床上爬起来,拿起砍刀,就要杀人;但不是杀老蔡,而是要到镇上杀她娘家哥。也不是要杀他这个人,是要杀他讲的这些理;也不是要杀这些理,是要杀他的绕;绕来绕去,把老裴绕成了另一个人。和老蔡过下去,免不了还要再生口角。就像老裴的外甥吃饼不能吃到十一张一样,再被娘家哥这么绕几次,非把老裴绕死不可。被人杀了不算什么,被人绕死可就太冤了。上回与蒙古族人出事,就替河北人背了黑锅;替别人背黑锅还不算冤,替自个儿背黑锅可就太冤了。怒冲冲就上了路。杀人路上,在杨家庄的打谷场上遇到了杨百顺。杨百顺这一天的遭遇,从看罗长礼到找羊的几道弯,使老裴杀人的念头,又慢了下来。一个十三岁的孩子,打着摆子,为看一个人,为丢一只羊,也绕了几道弯,最后被逼得无家可归;自己都三十多的人了,能因为几张饼,真去杀人吗?杀人之后,家里还有仨孩子呢。原来世上的事情都绕。于是长叹一口气，拉着杨百顺到镇上，敲开的不是娘家哥的门，而是饭铺老孙的门。杨百顺也是无意之中，救了一个素不相识的人的命。他在镇上开一个生药铺子，左脸生一瘊子，遇事爱讲理，名字叫蔡宝林。

· 三 ·

　　杨百顺十岁到十五岁，在镇上老汪的私塾读过五年《论语》。老汪大号汪梦溪，字子美。老汪他爹是县城一个箍盆箍桶的箍桶匠，外加焊洋铁壶。汪家箍桶铺子西边，挨着一个当铺叫"天和号"。"天和号"的掌柜姓熊。老熊他爷是山西人，五十年前，一路要饭来到延津。一开始在县城卖菜，后来在街头钉鞋；顾住家小之后，仍改不了要饭的习惯；过年时，家里包饺子，仍打发几个孩子出去要饭。节俭自有节俭的好处，到了老熊他爹，开了一家当铺。这时就不要饭了。一开始当个衣衫帽子，灯台瓦罐，但山西人会做生意，到老熊手上，大多是当房子、当地的主顾，每天能有几十两银子的流水。老熊想扩大门面，老汪的箍桶铺子，正好在老熊家前后院的东北角，使老熊家的院落成了刀把形，前窄后阔；

老熊便去与老汪他爹商量，如老汪他爹把箍桶的铺面让出来，他情愿另买一处地方，给老汪他爹新盖个铺面。原来的门面有三间，他情愿盖五间。门面大了，可以接着箍桶，也可以做别的生意。这事对于老汪家也合算，但老汪他爹却打死不愿意，宁肯在现有的三间屋里箍桶，不愿去新盖的五间屋里做别的生意。不让铺面不是跟老熊家有啥过节，而是老汪他爹处事与人不同，同样一件事情，对自己有利没利他不管，看到对别人有利，他就觉得吃了亏。老熊见老汪他爹一句话封了口，没个商量处，也就作罢。

老汪的箍桶铺面的东边，是一家粮栈"隆昌号"，"隆昌号"的掌柜叫老廉。这年秋天，汪家修屋顶，房檐出得长些；下雨时，雨顺着房檐，滴洒在廉家的西墙上；但廉家的房檐也不短，已滴洒了汪家东墙十几年。但世上西北风多，东南风少，廉家就觉得吃了亏。为房檐滴雨，两家吵了一架。"隆昌号"的掌柜老廉，不同于"天和号"的掌柜老熊，老熊性子温和，遇事可商可量，老廉性子躁，遇事吃不得亏，两家吵架的当天晚上，他指使自己的伙计，爬到汪家房顶，不但拆了汪家的房檐，还揭了汪家半间瓦。两家从此打起了官司。老汪他爹不知打官司的深浅，也是与老廉赌着一口气；官司一打两年，老汪他爹也顾不上箍桶。老廉上下使钱，老汪他爹也跟着上下使钱。但汪家的家底，哪里随得上廉家？廉家的粮栈"隆昌号",每天有几十石粮食的进出。延津的县官老胡又是个糊涂人,两年官司打下来,也没打出个所以然,老汪他爹已经把三间铺子折了进去。"天和号"的掌柜老熊,又花钱从别人手上把三间铺子买了过来。老汪他爹在县城东关另租一间小屋,重新箍桶。这时他不恨跟自己打官司的"隆昌号"的掌柜老廉,单恨买自己铺子的"天和号"的掌柜老熊。他认为表面上是与廉家打官司,廉家背后,肯定有熊家的指使。但这时再与老熊家理论,也无理论处,老汪他爹另做主张,那年老汪十二岁,便把老汪送到开封读书,希冀老汪十年寒窗能做官,一放官放到延津,那时再与熊家和廉家理论。也是君子报仇,十年不晚的意思。但种一绺麦子,从撒种到收割,也得经秋、冬、春、夏四个季节,待老汪长大成人,又成才做官,更得耐得住性子。性子老汪他爹倒耐得住,但一个箍桶匠,每天箍几个盆桶,哪里供得起一个学生在学府的花销?硬撑了七年,终于把老汪他爹累吐了血,桶也箍不成了。在病床上躺了三个月,眼看快不行了,正准备打发人去开封叫老汪,老汪自己背着铺盖卷从开封回来了。老汪回来不是听说爹病了,而是他在开封被人打了。而且打得不轻,回到延津还鼻青脸肿,拖着半条腿。问谁打了他,为啥打他,他也不说。只说宁肯在家里箍桶,再也不去开封上学了。老汪他爹见老汪这个样子,连病带气,三天就没了。临死时叹了一口气:

"事情从根上起就坏了。"

老汪知道他爹说的不是他挨打的事，而是和熊家廉家的事，问：

"当初不该打官司？"

老汪他爹看着鼻青脸肿的老汪：

"当初不该让你上学，该让你去当杀人放火的强盗，一来你也不挨打了，二来家里的仇早报了。"

说这话已经晚了。但老汪能在开封上七年学，在延津也算有学问了。在县衙门口写诉状的老曹，也只上过六年学。老汪他爹死后，老汪倒没有箍盆箍桶，开始流落乡间，以教书为生。这一教就是十几年。老汪瘦，留个分头，穿上长衫，像个读书人；但老汪嘴笨，又有些结巴，并不适合教书。也许他肚子里有东西，但像茶壶里煮饺子一样，倒不出来。头几年教私塾，每到一家，教不到三个月，就被人辞退了。人问：

"老汪，你有学问吗？"

老汪红着脸：

"拿纸笔来，我给你做一篇述论。"

人：

"有，咋说不出来呢？"

老汪叹息：

"我跟你说不清楚，躁人之辞多，吉人之辞寡。"

但不管辞之多寡，在学堂上，《论语》中"四海困穷，天禄永终"一句，哪有翻来覆去讲十天还讲不清楚的道理？自己讲不清楚，动不动还跟学生急：

"啥叫朽木不可雕呢？圣人指的就是你们。"

四处流落七八年，老汪终于在镇上东家老范家落下了脚。这时老汪已经娶妻生子，人也发胖了。东家老范请老汪时，人皆说他请错了先生；除了老汪，别的流落乡间的识字人也有，如乐家庄的老乐，陈家庄的老陈，嘴都比老汪利落。但老范不请老乐和老陈，单请老汪。大家认为老范犯了迷糊，其实老范不迷糊，因为他有个小儿子叫范钦臣，脑子有些慢，说傻也不傻，说灵光也不灵光；吃饭时有人说一笑话，别人笑了，他没笑；饭吃完了，他突然笑了。老汪嘴笨，范钦臣脑子慢，脑与嘴恰好能跟上，于是请了老汪。

老汪的私塾，设在东家老范的牛屋。学堂过去是牛屋，放几张桌子进去，就成了学堂。老汪亲题了一块匾，叫"种桃书屋"，挂在牛屋的门楣上。匾很厚，拆了马槽一块槽帮。范钦臣虽然脑子慢，但喜欢热闹，一个学生对一个先生，他觉得寂寞，死活不读这书。老范又想出一个办法，自家设私塾，允许别家的孩子来随听。随听的人不用交束脩，单自带干粮就行了。十里八乡，便有许多孩子来随听。杨家庄卖豆腐的老杨，本不打算让儿子们识字，但听说去范家的私塾不用出学费，只带干粮，觉得是个便宜，便一口气送来两个儿子：二儿子杨百顺，三儿子杨百利。本来想将大儿子杨百业也送来，只是因为他年龄太大了，十五岁了，又要帮着自己磨豆腐，这才作罢。由于老汪讲文讲不清楚，徒儿们十有八个与他作对。何况随听的人，十有八个本也没想听学，只是借此躲开家中活计，图个安逸罢了。如杨百顺和李占奇，身在学堂，整天想着哪里死人，好去听罗长礼喊丧。但老汪是个认真的人。他对《论语》理解之深，与徒儿们对《论语》理解之浅形成对比，使老汪又平添了许多烦恼。往往讲着讲着就不讲了，说：

"我讲你们也不懂。"

如讲到"有朋自远方来，不亦乐乎？"徒儿们以为远道来了朋友，孔子高兴，而老汪说高兴个啥呀，恰恰是圣人伤了心，如果身边有朋友，心里的话都说完了，远道来个人，不是添堵吗？恰恰是身边没朋友，才把这个远道来的人当朋友呢；这个远道来的人，是不是朋友，还两说着呢；只不过借着这话儿，拐着弯骂人罢了。徒儿们都说孔子不是东西，老汪一个人伤心地流下了眼泪。由于双方互不懂，学生们的流失和变换非常频繁。退学是因为不懂，又来上学的人还是因为不懂。由于学生变换频繁，十里八乡，各个村庄都有老汪的学生。或叔侄同窗，或兄弟数人，几年下来，倒显得老汪桃李满天下。

老汪教学之余，有一个癖好，每个月两次，阴历十五和阴历三十，中午时分，爱一个人四处乱走。拽开大步，一路走去，见人也不打招呼。有时顺着大路，有时在野地里。野地里本来没路，也让他走出来一条路。夏天走出一头汗，冬天也走出一头汗。大家一开始觉得他是乱走，但月月如此，年年如此，也就不是乱走了。十五或三十，偶尔刮大风下大雨不能走了，老汪会被憋得满头青筋。东家老范初看他乱走没在意，几年下来就有些在意了。一天中午，老范从各村起租子回来，老汪身披褂子正要出门，两人在门口碰上了；老范从马上跳下来，想起今天是阴历十五，老汪又要乱走，便拦住老汪问：

"老汪，这一年一年的，到底走个啥呢？"

老汪：

"东家，没法给你说，说也说不清。"

没法说老范也就不再问。这年端午节，老范招待老汪吃饭，吃着吃着，旧事重提，又说到走上，老汪喝多了，趴到桌角上哭着说：

"总想一个人。半个月积得憋得慌，走走散散，也就好了。"

这下老范明白了，问：

"活人还是死人?怕不是你爹吧，当年供你上学不容易。"

老汪哭着摇头：

"不会是他。是他我也不走了。"

老范：

"如果是活着的人，想谁，找谁一趟不就完了?"

老汪摇头：

"找不得，找不得，当年就是因为个找，我差点儿丢了命。"

老范心里一惊，不再问了，只是说：

"我只是担心，大中午的，野地里不干净，别碰着无常。"

老汪摇头：

"缘溪行，忘路之远近。"

又说：

"碰到无常我也不怕，他要让我走，我就跟他走了。"

明显是喝醉了，老范摇摇头，不再说话。但老汪走也不是白走，走过的路全记得，还查着步数。如问从镇上到小铺多少里，他答一千八百五十二步;从镇上到胡家庄多少里，他答一万六千三十六步;从镇上到冯班枣多少里，他答十二万四千二十二步……

老汪的老婆叫银瓶。银瓶不识字，但跟老汪一起张罗着私塾，每天查查学生的人头，发发笔墨纸砚。老汪嘴笨，银瓶嘴却能说。但她说的不是学堂的事，尽是些东邻西舍的闲话。她在学堂也存不住身，老汪一上讲堂，她就出去串门，见到人，嘴像刮风似的，想起什么说什么。来镇上两个月，镇上的人被她说了个遍；来镇上三个月，镇上一多半人被她得罪了。人劝老汪：

"老汪，你是个有学问的人，你老婆那个嘴，你也劝劝她。"

老汪一声叹息：

"一个人说正经话，说得不对可以劝他；一个人在胡言乱语，何劝之有？"

倒对银瓶不管不问，任她说去。平日在家里，银瓶说什么，老汪不听，也不答。两人各干各的，倒也相安无事。银瓶除了嘴能说，与人共事，还爱占人便宜。占了便宜正好，不占便宜就觉得吃亏。逛一趟集市，买人几棵葱，非拿人两头蒜；买人二尺布，非搭两绺线。夏秋两季，还爱到地里拾庄稼。拾庄稼应到收过庄稼的地亩，但她碰到谁家还没收的庄稼，也顺手牵羊捋上两把，塞到裤裆里。从学堂出南门离东家老范的地亩最近，所以捋拿老范的庄稼最多。一次老范到后院新盖的牲口棚看牲口，管家老季跟了过来，在驴马之间说：

"东家，把老汪辞了吧。"

老范：

"为啥?"

老季：

"老汪教书，娃儿们都听不懂。"

老范：

"不懂才教，懂还教个啥?"

老季：

"不为老汪。"

老范：

"为啥?"

老季：

"为他老婆，爱偷庄稼，是个贼。"

老范挥挥手：

"娘儿们家，有啥正性。"

又说：

"贼就贼吧，我五十顷地，还养不起一个贼?"

这话被喂牲口的老宋听到了。喂牲口的老宋也有一个娃跟着老汪学《论语》，老宋便把这话又学给了老汪。没想到老汪潸然泪下：

"啥叫有朋自远方来呢?这就叫有朋自远方来。"

但杨百顺学《论语》到十五岁，老汪离开了老范家，私塾也停了。老汪离开私塾并不是老范辞了他，或是徒儿们一批批不懂，老汪烦了，或是老汪的老婆偷东西败坏了他的名声，待不下去了，而是因为老汪的孩子出了事。老汪和银瓶共生了四个孩子，三个男孩，一个女孩。老汪有学问，但给孩子起的都是俗名，大儿子叫大货，二儿子叫二货，三儿子叫三货，一个小女儿叫灯盏。大货二货三货都生性老实，唯一个灯盏调皮过人。别的孩子调皮是扒房上树，灯盏不扒房，也不上树，一个女娃家，爱玩畜生。而且不玩小猫小狗，一上手就是大牲口；一个六岁的孩子，爱跟骡子马打交道。喂牲口的老宋不怕别人，就怕这个灯盏。晚上他正铡草或淘草，突然回头，发现灯盏骑在牲口圈里的马背上，边骑边打牲口：

"驾哟，带你去姥姥家找你妈！"

马在圈里嘶叫着踢蹬，她也不怕。大货二货三货没让老汪费什么心，大不了跟别人一样，课堂上听不懂《论语》，一个女娃却让老汪大伤脑筋。为灯盏玩牲口，老宋三天两头向老汪告状，老汪：

"老宋，不说了，你就当她也是头小牲口。"

这年阴历八月，喂牲口的老宋淘草时不小心，挑钢叉用力过猛，将淘草缸给打破了。这个淘草缸用了十五年，也该破了。老宋如实向东家讲了，老范也没埋怨老宋，又让他买了一口新缸。范家新添了几头牲口，这淘草缸便买得大，一丈见圆。新缸买回来，灯盏看到缸新缸大，又来玩缸。溜边溜沿的水，她踩着缸沿支叉着双手在转圈。老宋被她气惯了，摇头叹息，不再理她，套上牲口到地里耙地。等他傍晚收工，发现灯盏掉进水缸里，水缸里的水溜边溜沿，灯盏在上边漂着。等把灯盏捞出来，她肚子已经撑圆，死了。老宋抄起钢叉，又将新缸打破，坐到驴墩上哭了。老汪银瓶闻讯赶来，银瓶看了看孩子，没说别的，抄起叉子就要扎老宋。老汪拉住老婆，看着地上的死孩子，说了句公平话：

"不怪老宋，怪孩子。"

又说：

"家里数她淘，烦死了，死了正好。"

杨百顺十五岁的时候，各家孩子都多，死个孩子不算什么。银瓶又跟老宋闹了两天，老宋赔了她两斗米，这件事也就过去了。一个月过去，赶上天下雨，老汪有二十多个学生，这天只来了五六个，老汪打住新课，让徒儿们自己作文章开篇，题目是"不患人之不己知，患不知人也"，自己对着窗外的雨丝发呆。又想着下午不能让徒儿们再开篇了，也不能开新课，应该描红；出去找银瓶，银瓶不在，不知又跑到哪里说闲话去了，便自己回家去拿红模子。红模子找着了，在银瓶的针线筐下压着；拿到红模子，又去窗台上拿自己的砚台，想趁徒儿们描红的时候，自己默写一段司马长卿的《长门赋》。老汪喜欢《长门赋》中的两句话："日黄昏而望绝兮，怅独托于空堂。"去窗台上拿砚台时，突然发现窗台上有一块剩下的月饼，还是一个月前，阴历八月十五，灯盏死前吃剩的。月饼上，留着她小口的牙痕。这月饼是老汪去县城进课本，捎带买来的；同样的价钱，县城的月饼，比镇上的月饼青红丝多；当时刚买回，灯盏就来偷吃，被老汪逮住，打了一顿。灯盏死时老汪没有伤心，现在看到这一牙月饼，不禁悲从中来，心里像刀剜一样疼。放下砚台，信步走向牲口棚。喂牲口的老宋，戴着斗笠在雨中铡草。一个月过去，老宋也把灯盏给忘了，以为老汪是来说他孩子在学堂捣蛋的事。老宋的孩子叫狗剩，在学堂也属不可雕的朽木。谁知老汪没说狗剩，来到再一次新换的水缸前，突然大放悲声。一哭起来没收住，整整哭了三个时辰，把所有的伙计和东家老范都惊动了。

　　哭过之后，老汪又像往常一样，该在学堂讲《论语》，还在学堂讲《论语》；该回家吃饭，还回家吃饭；该默写《长门赋》，还默写《长门赋》；只是从此话更少了。徒儿们读书时，他一个人望着窗外，眼睛容易发直。三个月后，天下雪了。雪停这天晚上，老汪去找东家老范。老范正在屋里洗脚，看老汪进来，神色有些不对，忙问：

"老汪，咋了?"

老汪:

"东家，想走。"

老范吃了一惊，忙将洗了一半的脚从盆里拔出来:

"要走?啥不合适?"

老汪:

"啥都合适，就是我不合适，想灯盏。"

老范明白了，劝他:

"算了，都过去小半年了。"

老汪:

"东家，我也想算了，可心不由人呀。娃在时我也烦她，打她，现在她不在了，天天想她，光想见她。白天见不着，夜里天天梦她。梦里娃不淘了，站在床前，老说:'爹，天冷了，我给你掖掖被窝。'"

老范明白了，又劝:

"老汪，再忍忍。"

老汪:

"我也想忍，可不行啊东家，心里像火燎一样，再忍就疯了。"

老范:

"再到牲口棚哭一场。"

老汪：

"我偷偷试过了，哭不出来。"

老范突然想起什么：

"到野地里走走。走走散散，也就好了。"

老汪：

"走过。过去半个月走一次，现在天天走，没用。"

老范点头明白，又叹息一声：

"可你去哪儿呢?早年你爹打官司，也没给你留个房屋，这里就是你的家呀。这么多年，我没拿你当外人。"

老汪：

"东家，我也拿这儿当家。可三个月了，我老想死。"

老范吃了一惊，不再拦老汪：

"走也行啊，可我替你发愁，拖家带口的，你去哪儿呀?"

老汪：

"梦里娃告诉我，让我往西。"

老范：

"往西你也找不到娃呀。"

老汪：

"不为找娃，走到哪儿不想娃，就在哪儿落脚。"

第二天一早，老汪带着银瓶和三个孩子，离开了老范家。三个月没哭了，走时看到东家老范家门口有两株榆树，六年前来时，还是两棵小苗，现在已经碗口粗了，看着这树，老汪哭了。

杨百顺听人说，老汪离开老范家，带着妻小，一直往西走。走走停停，到了一个地方，感到伤心，再走。从延津到新乡，从新乡到焦作，从焦作到洛阳，从洛阳到三门峡，还是伤心。三个月后，出了河南界，沿着陇海线到了陕西宝鸡，突然心情开朗，不伤心了，便在宝鸡落下脚。在宝鸡不再教书，也没人让他教书；老汪也没有拾起他爹的手艺给人箍盆箍碗，而在街上给人吹糖人。老汪教书嘴笨，吹糖人嘴不笨，糖人吹得惟妙惟肖。吹公鸡像公鸡，吹老鼠象老鼠，有时天好，没风没火，还拉开架势，能吹出个花果山。花果山上都是猴子，有张臂上树够果子的，有挥拳打架的，有扳过别人的头捉虱子的，还有伸手向人讨吃食的。如果哪天老汪喝醉了，还会吹人。一口气下去，能吹出一个花容月貌的女孩。这女孩十八九岁，瘦身，大胸，但没笑，似低头在哭。人逗老汪：

"老汪，这人是个姑娘吧？"

老汪摇头：

"不，是个小媳妇。"

人逗老汪：

"哪儿的小媳妇？"

老汪：

"开封。"

人：

"这人咋不笑呢，好像在哭，有点儿晦气。"

老汪：

"她是得哭呀，不哭也憋死了。"

明显是醉了。老汪这时身胖不说，头也开始秃顶。不过老汪不常喝酒，一辈子没吹几次人，但满宝鸡的人，皆知骡马市朱雀门的河南老汪，会吹"开封小媳妇"。

老汪走后，"种桃书屋"的徒儿们作鸟兽散。杨百顺、杨百利也离开老范家的学堂，回到了杨家庄。杨百顺跟老汪学了五年《论语》，入学时十岁，现在已经十五岁了。原想着还要跟老汪待好久，《论语》还读得半生不熟，没想到老汪说走就走了。在学堂天天跟老汪捣蛋，十二岁那年冬天，和李占奇一起，偷偷跑到老汪的茅房，拎起老汪的夜壶，在底上钻了个眼；夜里老汪撒尿，漏了一床。现在老汪一走，倒想起老汪许多好处。其中最大的好处，有老汪在，他可以天天到学堂胡混；老汪一走，就得回家跟卖豆腐的老杨做豆腐。但杨百顺不喜欢做豆腐。不喜欢做豆腐不是跟豆腐有仇，而是跟做豆腐的老杨合不来。与老杨合不来不是老杨用皮带抽过他，因为一只羊，害得他睡在打谷场上，记恨老杨；而是像赶大车的老马一样，从心底看不上老杨。他看上和佩服的，是罗家庄喊丧的罗长礼。他想脱离老杨，投奔罗长礼。但麻烦在于，杨百顺对罗长礼也不是全喜欢。他只喜欢罗长礼的喊丧，不喜欢罗长礼的做醋。罗长礼的醋，十天就泛了白毛。但做醋是罗长礼的生计，喊丧是罗长礼的嗜好；为了喊丧，还离不开做醋。醋大家一天三顿要吃，啥时候会一天三顿死人呢?弄得杨百顺也是左右为难。

杨百顺的弟弟杨百利，和杨百顺一样，也不喜欢做豆腐的老杨，他喜欢贾家庄弹三弦的瞎老贾。瞎老贾并不是实瞎，一只眼瞎，另一只眼不瞎。瞎老贾除了弹三弦，还会用一只眼睛给人看相。几十年下来，阅人无数。人命各有不同，老贾一说，大家就是一听，并不在意，瞎老贾阅人多了，倒把自个儿阅伤了心。因为在他看来，所有人都生错了年头；所有人每天干的，都不是命里该有的，奔也是白奔；所有人的命，都和他这个人别着劲和岔着道。杨百利和杨百顺不同的是，杨百顺单喜欢罗长礼的喊丧，不喜欢罗长礼的做醋，杨百利对瞎老贾弹三弦和看相全喜欢。杨百利瞒着卖豆腐的老杨，偷偷跑到贾家庄，要拜瞎老贾为师。瞎老贾闭着眼睛，摸了摸杨百利的手：

"指头太粗，吃不下弹三弦这碗饭。"

杨百利：

"我跟你学算命。"

瞎老贾睁开一只眼，看了看杨百利：

"自个儿的命还不知在哪儿呢，算啥别人。"

杨百利：

"那我是啥命呢?"

瞎老贾又闭上了眼睛：

"远了说，是个劳碌命，为了一张嘴，天天要跑几百里；就近说，人从你面前天天过，十个有九个半，在肚子里骂你。"

师没拜成，落了一身晦气。杨百利在肚子里骂瞎老贾，一天要跑几百里，不把人累死了?一边骂瞎老贾算命不准，一边又跑回了杨家庄。

·四·

杨百顺十六岁那年，延津县新来了一个县长叫小韩。小韩之前，延津的县长叫老胡，湖南麻阳人，前清举人，赤红脸。老胡他爹在麻阳是个中医，一辈子治好过人，也治死过人。别的中医诊完病，开方子一挥而就；老胡他爹把完脉，每下一笔都犹豫再三。病人走后，人问：

"老胡，下个方子，比生个孩儿都难，病没把准？"

老胡他爹：

"好把的是病，猜不透的是人心。"

人说：

"咱治的是病，就别管他的心了。"

老胡他爹叹息一声：

"咋能不管心呢？"

又说：

"病相同，人却不同；不同的人，开同样的方子，药也未必管用。"

又叹口气：

"医庸，就庸在这个地方；人死，也死在这个地方。"

老胡中举放官，离乡来河南延津赴任时，麻阳的亲戚邻里皆出门相送，锣鼓喧天中，老胡披红戴绿，骑在马上。看众人拊掌，老胡他爹拉着老胡的马：

"儿啊，十里八乡皆为你贺，独我为你哭。"

老胡：

"又不是去法场，哭个啥？"

老胡他爹：

"你生性老实，闷着头读书行，做官如在豺狼中行，怕是要吃人的亏。短则一年，长则三到五年，如果不进大狱，怕是该打道回府了。"

老胡：

"别人上任都图个好彩头，您老倒说了一大堆丧气话。"

老胡他爹：

"这还不是我要说的。"

老胡：

"您老到底要说啥？"

老胡他爹：

"如果有朝一日官位不保，千万别想不开，还回麻阳跟我学医。不为良相，宁为良医。"

老胡来延津上任后，县官却一口气当了三十五年。官位长久不是说老胡懂当官的道理，老胡他爹看走了眼，恰恰是因为老胡不懂，他又不懂这个不懂，才歪打正着，坐稳了官位。做官讲究迎来送往，逢年过节，得给上峰送礼。老胡做了延津县令之后，对上峰和同僚，不迎，不送，逢年过节，也不给上峰送礼。延津归新乡管，新乡的知府叫老朱。老朱为人贪，逢年过节，别的县官都给他送礼，唯有老胡不送。老朱收礼之后，又爱说自己清廉；下属九个送，一个不送，这一个不送的，就成了老朱一个说辞。酒宴之上，老朱常对上峰和同僚说：

"都说我是个贪官，你去问问延津的老胡，他可给我送过一文钱？"

比给上峰送礼更重要的，是送话。大庭广众之下，说些上峰的政绩和功德。老胡又不懂这个。老胡不但不懂送话，就是平日说话，也是自说自话。别人做官讲个入乡随俗，老胡来延津十年，说的还是湖南麻阳话。"呜里哇啦"说上一阵，知府老朱听不懂，同僚听不懂，延津百姓更听不懂。大堂上断案，原告被告说罢，他"呜里哇啦"说上一段，原告被告如坠云雾之中。由于相互不懂，案被断得七零八落。正因为断得七零八落，延津大治。不到万不得已，不到杀人放火的程度，延津人不告状。不告状吃些小亏，案子被断得七零八落，就要倾家荡产了。大家的是非大家自己解决，延津倒显得一派太平。由于告状的人少，老胡闲来无事，喜欢上一门手艺：做木工活。白天断案老胡无精打采，一到晚上，县衙灯火通明，老胡脱下官服，换上短打扮，开始敲打桌椅板凳和箱子柜。别的县衙一股衙气和潮气，延津的县衙，一股刨子花和油漆的味道。县上一帮捕快衙役，穿上官服是捕快衙役，脱下官服是老胡的木匠徒弟。延津出好木匠，源头就在这里。让衙役当木匠，衙役本该不情愿，但老胡既不知给上峰送礼，断起案来，也不知其中的奥妙，不知道一个冤屈之中，里外还藏着许多东西，就给这帮捕快衙役留下空子，于是甘心当老胡的徒弟。知府老朱来延津巡视，闻到县衙的味道与别处不同，也摇头一笑。由于延津一派太平，老胡的县令一口气当了三十五年。到老胡六十岁的时候，按官制该退休了，才彻底告老还乡。与他同时来河南做官的同僚，或县令，或知府，三十五年中，如老胡他爹所言，一大半或进了大狱，或上了法场，或被罢了官。知府老朱，就在老胡五十岁那年进了大狱。这时同僚皆骂老胡：

"都说延津的老胡老实，谁知他个龟孙最有心眼。"

但老胡退休之后，只告老，并无还乡，留在了延津。没还乡并不是无乡可还，而是在延津生活了三十五年，已服了延津的水土。延津是盐碱地，水咸，水苦，含大量的碱和硝；这水不但人喝了摇头，牲口喝了也摇头，延津人爱摇头，源头就在这里。摇头不是说对这人或这事不满意，仅是个习惯而已。老胡刚来延津时，吃了苦水，天天拉肚子，学会了摇头；几年过去，不拉肚子了，回湖南麻阳省亲，麻阳水淡，缺碱和硝，倒开始天天大便干结。七天不吃饭人还可以活，七天不拉屎就把人给憋死了。老胡这时又摇了头。老胡退休之后，只好认他乡为故乡，留在了延津。延津县城正中有一条津河；老胡用三十五年的积蓄，在大桥下买了一处院落，彻底当起了木匠。初当木匠一身轻松，一个月后，老胡又开始为当木匠发愁。老胡当县官时，做木匠活是忙里偷闲，只是打个桌椅板凳箱子柜。木匠分房木匠、车木匠、家具木匠。三种木匠中，家具木匠手艺最易学；车木匠，轮轴辐辏，学起来就比打家具难些；房木匠，斗拱飞檐，雕梁画栋，又比车木匠难些。老胡本不甘心只当个家具木匠，但毕竟是六十多岁的人了，从头再学车木匠和房木匠，已力不从心，只好仍在家打些家用什物。过去当县官时，别人把桌椅板凳箱子柜打成啥模样，他就打成啥模样；现在成了本业，便想推陈出新，处处打得跟别人不一样，这又难了；或者，想打得跟别人不一样还容易，想打得跟自己不一样就难了。白天发愁一天，夜里掌着灯，端详着解好方的一堆木料，一直端详到五更鸡叫，还无下手处。这时往往摇头感叹：

"都说做官难，谁知当木匠比做官还难。"

延津人半夜从津河上走过，看到桥下老胡家还灯火通明，往往感叹：

"老胡还没歇着。"

"老胡还在为当木匠发愁。"

老胡退位当了木匠，县长就换成了小韩。小韩三十出头，嘴小，能塞进个花生豆，梳个背头，是燕京大学的毕业生。女人嘴小常见，男人嘴小就少见了。小韩是河北唐山人，一口唐山口音。在延津人听起来，湖南麻阳话和河北唐山话皆难懂，但相对而言，小韩的唐山话，还比老胡的麻阳话好懂些。正是因为这个好懂，给延津带来了麻烦。小韩一到延津，就对延津生了气。生气不是说延津民风不淳朴，延津被老胡调教了三十五年，已开始路不拾遗和夜不闭户；或是过去的县衙成了木匠铺，里里外外皆是刨子花油漆味，呛着了小韩。而是小韩生来爱说话，小嘴不停，一天不吃饭死不了人，一天不说话就把人憋死了，每天断官司之余，爱给民众讲话。小韩的唐山口音大家又将就能听懂，小韩就更要讲了。小韩是延津的县长，本来啥时想讲，啥时就可以讲；但几场话讲下来，小韩对延津的民众彻底失了望。话是能听懂，但话里的意思听不懂。为了一个懂字，小韩决心办一座民学。讲话先从学堂讲起，再普及民众。但当时的延津，除了乡下稀稀拉拉有几处私塾，县城竟没有一座学堂。老胡县令当了三十五年，只顾打桌椅板凳和箱子柜，倒把学堂的事给忘了。但现盖一座学堂，也不是件容易的事。盖学堂需要钱，延津是个穷县，急手现抓，一时哪里抓得来?就是现成有钱，没有一年半载的工夫，盖不起一座学堂。小韩等不得，只好因陋就简。延津有一个天主教教堂，能容三百来人做礼拜，天主教教堂的神父是个意大利人，本名叫吉罗拉莫·詹弗兰切斯基，中国名字叫詹善仆，延津人叫他"老詹"。小韩让人在教堂门口贴了一张告示，教堂就变成了学堂。老詹跑到县政府找小韩：

"县长，你办民学我不反对；你没收教堂，上帝是不会答应的。"

小韩咂嘴：

"我昨天跟上帝商量了，他说他同意。"

老詹：

"县长，这玩笑开不得，你要这么弄，我到开封教会告你。"

天主教会，当时在中国还很有势力，官府也让三分；老詹以为这话会吓着小韩，没想到小韩拍了一下腿：

"詹先生，我别的都怕，就不怕打官司，您快去快回，我在县衙等您。"

没想到小韩这一刀，恰恰扎着了老詹的软肋。延津教会本属开封教会，但老詹与开封教会的会长有隔阂。开封教会的会长是瑞典人，名叫雷吉奥·古斯塔夫，大家都叫他"老雷"。老詹和老雷有隔阂，并不是生活中有过节，而是有教义之争。争别的也就罢了，两人争的是"和子句"，这就要了命了。教义上有分歧，这教越传，就离老雷的想法越远。老雷早惦着把延津教会取消，合并到其他分会去。老詹说去告状，也就是那么一说，没想到没吓住小韩，倒是第二天一早，教堂门楣上"天佑东方"四个字，就变成了"延津新学"。老詹这才知道小韩的厉害，没收教堂也不是一时冲动，也对教会和老詹的情况先有了解。

学堂有了，小韩又在县域内招教师。小韩招教师既重学问，又讲口才。讲口才不是讲你如何能说，是讲你如何不能说。最后选出十几个教师，皆是闷嘴葫芦。选这类人并不是小韩喜欢笨嘴拙舌，而是怕他们像自己一样，嘴也不停地说；小韩一说能说到正点上，他们不停地说，如果说下了道，就把话说乱了。接着在全县范围招学生。小韩招学生也有自己的标准。过去没上过学的孩子小韩不要，入新学者，须在乡下念过五年私塾。因小韩办学的目的是为了讲话，现栽苗现浇水，小韩嫌季节太长；念过五年书的人，才能听懂小韩的话。既招男学生，也招女学生。由办学小韩又想到官制改制，将来县政府各科的科员，也准备从"延津新学"毕业的学生中遴选。延津是个穷县，县上财政一时维持不了"延津新学"，学生的学费还须学生家长自己掏腰包。小韩办学虽有些张冠李戴，但学生上了新学之后，就有可能到县政府当科员，许多乡下财主，便把自家的孩子从私塾拔出来，送进了"延津新学"。本来这事跟杨家庄卖豆腐的老杨没关系，过去他把杨百顺和杨百利送到老汪的私塾学《论语》，是因为不用交束脩，学是白学；现在小韩的新学上个学还要交钱，老杨打死也不会送杨百顺、杨百利进城上学。何况他也不想让他们哥俩儿将来到县政府当科员，不当科员在家里做豆腐是自己一个徒弟，当了科员就更不把爹放到眼里了。但在小韩的新学开学的头五天，老杨又改了主意。老杨改主意不是因为老杨，而是因为赶大车的老马。老马家里要翻盖厢房，头一天请老杨去做豆腐。豆腐做完，已是晚上。老马以为老杨累了一天要回家歇着，马家庄离杨家庄还有十五里路；但老杨从灶房钻出来，还要拉着老马聊天。老马跟老杨在一起不怕别的，就怕聊天，因为老杨跟他根本聊不到一块儿去。聊起话儿来，每次都是老杨占他的便宜。自打认识老杨，老马给老杨出过不下一百个主意；老马从老杨那里，听到的却全是废话。粗开玩笑行，细聊不行。更烦人的是，老杨出门就说，他跟老马是好朋友，好像两人在一起，每件事都有商有量，谁也不占谁的便宜。还有，老马累了一天，也想早睡。而老马每天睡前，还得吹两口笙。这个吹笙，从赶大车来。老马本不喜欢赶大车，只是换了许多营生，如泥匠、瓦匠、铁匠、石匠，皆不如意，又回头赶大车。这一回头，赶了几十年大车。再赶起大车，便爱在大车上吹笙。别的把式在车上栽嘴儿，老马赶大车在吹笙。别人以为老马图个高兴，老马吹笙却是为了忘掉赶大车。别的牲口闻鞭而动，老马的牲口闻笙而动。老马使过的牲口，别的把式就没法使了，因为光抽鞭子没用，牲口不听笙不走。久而久之，临睡之前，老马也爱给自己吹两口笙。就像有的人睡觉之前，得喝两口酒一样。同是吹笙，吹给牲口是为了让它们不打瞌睡，吹给自己是为了睡。也算笙同意不同。本来老马每天不睡这么早，今天张罗一天也是累了，便盼着老杨早点儿走，他好吹笙睡觉。如果是放到平时，老马会说：

"还聊啥?累了。"

但看到老杨给他家做了一天豆腐，头上的汗积成了白碱，只好和老杨坐在院里槐树下，听老杨在那里瞎扯。老杨东一葫芦西一瓢地说了一大片，老马一个字也没有听进去。不知怎么就说起县上小韩办新学的事，老杨说着说着自己急了：

"啥学?上个学还要钱?要钱没有，要命有一条。"

好像小韩坐在对面逼他。这话题老马也不感兴趣，但老马觉着如果不在一个话头上截住老杨，老杨就会这么没完没了地扯下去；而截住他的最好办法，便是在一个话头上，横着给老杨一闷棍，老杨一时磨不过弯来，就会回到家自己琢磨，老马也就脱身了。于是截住老杨的话头：

"你这话说得不对。"

老杨吃了一惊：

"哪里不对?"

老马：

"我娃是年龄大了，如果你娃是我娃，我就送他进新学。进了新学，不就等于进了县政府?"

老杨：

"说的就是这个，就是为了不让他们进县政府，就是为了让他们跟我在家做豆腐。"

老马点着老杨：

"不是我说你，长着一对老鼠眼，看啥事，只能看一寸长。我且问你，过去的县令老胡，知道不?"

老杨：

"不就是那个木匠吗?断案断得七零八落。"

老马：

"我不说断案，我说木匠。现在老胡不当县令了，专打家具，打一件卖一件。同样一张条几，别人卖五十，他卖七十；上回打了一张八仙桌，'丰茂源'的掌柜老李，花一百二的高价买走了，为啥？"

老杨愣了愣：

"他木匠活做得好？"

老马：

"一个二半糙子，活能做好吗？是因为他过去当过县令。"

又说：

"世上的木匠千千万，但当过县令的木匠，也就老胡一个人。"

又说：

"一张八仙桌没啥，八仙桌加上县令，它就出奇了。"

又说：

"老李在家里摆的不是八仙桌，是县令。"

又说：

"老杨家有一人在县政府，不耽误老杨家做豆腐；等老杨家的人从县政府出来，再回头做豆腐，老杨家的豆腐，不就成老胡的八仙桌了？"

一席话说得老杨恍然大悟。赶大车的老马，眼圈子果然比他大。本来老马也就是随便说说，好止住老杨的话头，但老杨从老马那里讨主意讨惯了，也就当了真。于是，不是为了新学，也不是为了科员，还是为了豆腐，老杨又要把儿子送进小韩的"延津新学"。但因为上新学要交学费，老杨又决定在杨百顺和杨百利两人之中，只选送一个。有一个人将来到县政府混一圈，家里的豆腐就不是豆腐了。如果没有县政府在前边晃着，杨百顺和杨百利谁也不愿去上"延津新学"，如同又进了一趟老汪的私塾，还要再吃二遍苦，再受二茬罪；如今有县政府的科员在前边晃着，虽然还不知道最后能否被小韩挑中，但万一被挑中，成了县政府的人，也就一人之下，万人之上了。比这更重要的是，从此也就出门在外，脱离豆腐和他爹了。为脱离豆腐和他爹，杨百顺本想投奔喊丧的罗长礼，杨百利想投奔算命的瞎老贾，现在两条路均被堵死了，退而求其次，去县政府也算一条出路。去了县政府，也就彻底摆脱了他爹和豆腐。老杨送孩子去"延津新学"是为了豆腐，杨百顺、杨百利上"延津新学"也是为了豆腐。哥俩儿在私塾相互赶着与老汪捣蛋，现在却争着要上"延津新学"。但谁能去"延津新学"，还得老杨说了算。哥俩儿自生下来头一回，开始相互赶着讨好老杨。老杨做豆腐不爱吃豆腐，爱吃一个不花钱的东西，老鸹蛋。杨百顺五更起床，到后河沿爬了七棵大榆树，给老杨掏蛋。天刚傍黑，杨百利给老杨端来一盆滚烫的热水：

"爹，一天卖豆腐乏了，快脱鞋烫烫脚。"

卖豆腐的老杨更觉得老马的主意高明。比老马主意更高明的，是老杨的主意，两个儿子中，只选一个上新学。让两个人同去他们觉得是应该，两个人中选一个，两个人都开始看老杨的脸色。但两个儿子到底让谁去呢？卖豆腐的老杨又犯了愁。老杨一犯愁，又跑到马家庄找老马。老马本来只是随便说说，好止住老杨的啰唆，没想到老杨当了真，反倒更啰唆了。老马觉得自己当初失了策。但事到如今，老马也只好在一条道上走到黑。路走到一半，将车掉头磨回来，老马更费劲，老杨会更没完没了。老马问：

"他们俩谁脑子好使，谁脑子笨呀？"

老杨摸了摸胡楂儿：

"要说脑子好使，还是老二，老三脑子死性。"

老二是杨百顺，老三是杨百利。老杨突然明白了老马的意思，遂拍一下大腿：

"老二脑子好使，就让老二去吧。"

但老马摇摇头：

"还是让那个脑子死性的去。"

老杨吃了一惊：

"为啥？上学不得脑子好使？"

老马：

"上学是得脑子好使，但要说值得着，还得那个脑子笨的。人就像鸟一样，脑子好使，翅膀一硬就飞了；脑子笨，撒出去才能飞回来。"

老马又说：

"再说，上学做官是为了啥？是为了回头卖豆腐。脑子好使的，豆腐拴不住他；脑子笨的，才能飞回豆腐上。"

老杨又恍然大悟，佩服老马的见识。但又有些犯愁：

"让老三去，老二跟我闹咋办？"

老马：

"二挑一的事，抓阄呀。"

老杨：

"万一老二抓着，老三没抓着咋办？"

老马"呸"了老杨一口：

"我看不是老三脑子死性，是你脑子死性。"

老杨又恍然大悟。老杨从老马家回来，杨家就开始抓阄。抓阄是在晚上，一个饭碗，里面放了两个阄。老杨抱着饭碗使劲摇晃，突然将碗扣到桌子上，掀开碗说：

"抓吧。谁抓着抓不着，都是自个儿的命；谁抓着抓不着，都埋怨不着我。"

杨百顺、杨百利都有些战战兢兢。由于战战兢兢，都不敢自己先抓，相互倒客气了。杨百顺：

"弟，你先抓。"

杨百利袖着手：

"你是哥，得你先抓；哥不抓，我这手剁下来，也不会先抓。"

杨百顺只好先抓。抓到手里，打开阄，上边写着"不上"。另一个阄肯定是"上"了。杨百利向杨百顺打了一躬：

"算哥让着我。"

于是杨百顺留在家跟老杨做豆腐，杨百利到县城去上"延津新学"。

·五·

这年二月，杨百顺开始跟他爹老杨在家做豆腐。豆腐做了一个月，杨百顺就跟老杨闹翻了。闹翻不单是讨厌老杨和豆腐，而是知道了弟弟杨百利上"延津新学"的真相。跟老杨在家做豆腐的，还有杨百顺他哥杨百业。这天一大早，杨家兄弟二人出门去各村卖豆腐。老大杨百业出杨家庄走东路，杨百顺出门走西路。本来老杨要跟杨百顺同去，除了路上要教杨百顺如何卖豆腐，还要教杨百顺如何打鼓。老杨卖豆腐打鼓，并不是"咚咚咚""咔咔咔"一阵乱敲，豆腐做出许多花样，花样不同，鼓点也不同。老豆腐、嫩豆腐、豆腐皮、豆腐丝，有时还捎带卖豆腐渣，一个花样一种鼓点；大家一听鼓点，就知道卖豆腐的老杨，今天带了多少种花样。敲鼓的功夫，不练上一两个月，摸不清其中的门道。但杨百顺不喜欢敲鼓，想像喊丧的罗长礼一样吆喝。而老杨生来不喜欢吆喝，这才敲鼓，两人天天为此吵架。吵了半个月，老杨首先吵烦了，先是骂：

"才卖两天豆腐，就想改章程，奸臣哪你。"

又放下鼓说：

"不是不让吆喝，不是那回事，你想吆喝，你吆喝两嗓子试试。"

真让吆喝，杨百顺一下倒着了慌。不敢在村子里吆喝，出了村子，对着庄稼地，仰起脖子像罗长礼一样喊：

"卖豆腐喽——

"杨家庄的豆腐来了——

"老豆腐，嫩豆腐，豆腐皮，豆腐丝，外带豆腐渣——"

吼出的声音像挨刀的鸡。老杨"扑哧"笑了。杨百顺自己听上去，也跟罗长礼喊丧是两回事。罗长礼喊丧如虎啸山林，有威严，有气派，有章法；杨百顺喊豆腐，咋像偷了东西呢?初想是自己不会吆喝，几天后终于想明白了，区别还在事儿上，一个是卖几斤豆腐，另一个是死了个真人；拉开喊丧的架势吆喝豆腐，这吆喝马上就变了味儿。如用吆喝豆腐的腔调吆喝豆腐，杨百顺又没了兴致，还不如跟老杨打鼓。打鼓倒省了唾沫。这天出门卖豆腐，老杨本要跟杨百顺同去，先一天老杨赶着毛驴，去邱家庄驮黄豆，回来的路上淋着了雨。老杨淋着雨倒没事，清早起来，毛驴鼻涕哈喇，浑身抽搐。老杨骂了毛驴两句，牵着毛驴云镇上看兽医老蔡。这个老蔡，就是剃头匠老裴的内兄蔡宝林，给人抓药，也捎带给牲口看病。剩下杨百顺一个人，出门往西卖豆腐。走了几个村庄，"咚咚咚"敲了几阵鼓，一方面他鼓点不熟，有些手忙脚乱；另一方面心也不在卖豆腐上，鼓点敲得有些乱。各村知道杨家庄卖豆腐的来了，弄不清老杨家今天带来些啥豆腐。走了七八个村庄，日头已过正午，只卖出几斤老豆腐和豆皮，嫩豆腐、豆腐丝和豆腐渣都原封未动。蹲在谢家庄村头吃了干粮，又接着往前走，到了马家庄。在马家庄的生意也不好，"咚咚咚"敲了半天鼓，只卖出三斤豆腐渣。这时马家庄的皮匠老吕，手里端着一盆胶走过来，看到杨百顺站住：

"小子，这么快就挑单帮了？"

杨百顺倒也认识老吕，如实说：

"还不到时候，俺爹到镇上给驴看病去了。"

指着豆腐车：

"大爷，您今天买些啥？"

老吕不说买豆腐的事，问：

"你不是还有个兄弟吗？过去跟你一块儿念私塾，他干啥呢？"

杨百顺：

"到城里上学去了。"

老吕：

"同是兄弟，为啥他去上学，你在这里卖豆腐？"

杨百顺还是年龄小，便将家里上学抓阄的事，一五一十给老吕说了。没想到老吕听后，"扑哧"笑了，放下一盆胶，指着杨百顺：

"要不说你在这儿卖豆腐，原来你小子脑子不够使。"

杨百顺听出话头中有别的意思，便问：

"大爷，你听到些啥？"

老吕看看左右无人，便将卖豆腐的老杨和赶大车的老马共同商议的抓阄的内情，一五一十告诉了杨百顺。杨百顺一直认为自己运气不好，一个阄抓错了，要做一辈子豆腐。原来老杨、老马和兄弟杨百利共同做了手脚，两个阄上写的都是"不上"；杨百利让杨百顺先抓，杨百顺不管抓到哪一个，都是"不上"；剩下一个阄杨百利不抓，也就成了"上"。

皮匠老吕这么做，不是与卖豆腐的老杨过不去，而是与马家庄赶大车的老马有过节。老吕家开个皮匠铺，除了熟皮，也做皮货，做些羊皮袄、羊皮裤、羊皮靴，也用牛皮、驴皮和马皮，做些皮鞭、马鞍和牲口笼头等。说是与老马有过节，两人没打过，也没骂过，谁也没占过谁的便宜，仅仅因为，马家庄两千多口子人，两个人最有心眼，一个是赶大车的老马，一个便是皮匠老吕；两个人都有心眼，又谁都不服谁，便做下了对头。两人表面上仍以兄弟相称，老马也买老吕的皮鞭和牲口笼头，前年还买过他一件羊皮袄，老吕也贱价卖给他；但在背后，两人却相互拆台。老吕今天见到杨百顺，就顺便拆了老马的台。

说起来，杨家上学抓阄的内情，并不是老马传出来的，还是老杨上次到马家庄卖豆腐，给人说了。老杨说这话是为了显示自己跟老马是朋友，常在一起说心腹话；现在老吕重复一遍，矛头对准的就不是老杨，而是老马。杨百顺听后，头上如响了一声炸雷，他首先生气的不是老马，而是他爹老杨。过去他也知道他爹不是东西，没想到他这么不是东西。杨百顺将豆腐车，一下掀了个底朝天，一车豆腐砸在灰土里，成了一地豆腐渣，倒把老吕吓了一跳，匆忙走了。杨百顺恨过老杨，又恨兄弟杨百利。前年夏天，两人还在镇上老汪的私塾读《论语》，一天老汪到县上赶集，让老婆银瓶，看着徒儿们描红。老汪前脚走，银瓶后脚也溜了，四处串门说闲话去了。临走之前，将学堂的门，从外边锁上了。但这也难为不住谁，学堂过去是个牛屋，牛屋的后墙，留着几个出粪的窟窿；徒儿们皆从这窟窿爬出来，跑到河边，跳到河里凫水。众人皆守着岸边嬉闹，杨百利逞能，扬着手走向河中间，"咕咚"一声，掉到深坑里，脑袋一下没了。众徒儿纷纷爬上岸，一哄而散。因是自己的亲兄弟，杨百顺本不大会水，也拼命去捞杨百利；为捞杨百利，杨百顺也差点儿淹死。现在他竟恩将仇报，也在背后对自己下了毒手。接着才恨上了马家庄赶大车的老马。自己跟老马无冤无仇，他为何也和老杨联手算计自己？更可恨的是，生米已经做成了熟饭，杨百顺无法将事情再翻转过来。杨百顺蹲在马家庄街头生了半天气，天黑推着空车，回到了杨家庄。一进家门，老杨也刚从镇上给毛驴看病回来，正在用毡带抽打身上的土。老杨见杨百顺推着空车回来，一阵高兴：

"会打鼓了？一车豆腐卖完了？"

过去卖豆腐有老杨在，鼓"咚咚咚""咔咔咔"敲上一天，一车豆腐也未必能卖完。有时能卖到一半，有时能卖到一多半，但每个豆腐包里，总要剩些包底；卖东西不在卖者，而在买者，一天到底能卖多少，就难说了。这时老大杨百业也推着豆腐车回来了，他在东路跑了一天，车上还剩下五个包袱底。杨百顺没理老杨，将空车"咕咚"一声，杵到院墙上，院墙上应声撒下一阵土；接着回到自己房里，"咣当"一声关上了门。晚上叫他吃饭，也不应声。第二天五更喊他起来磨豆腐，他也不起。老杨知道其中必有蹊跷。吃过早饭，老杨自己推着豆腐车往西，边卖豆腐，边打听昨天杨百顺卖豆腐的情形。一路走到马家庄，才知道上学抓阄的事情发了。但抓阄的内情是自个儿说出去的，怪不得赶大车的老马。只怪皮匠老吕，为了跟老马过不去，出卖了老杨。卖了一天豆腐，老杨回到杨家庄，进家放下豆腐车，推开杨百顺的屋门，杨百顺还在床上躺着，床边竖着一根擀面杖，见老杨进来，"忽"地坐起来，抄起擀面杖，满眼凶光，看着老杨。老杨便知道此事不比往常。往常两人闹了别扭，不管怪谁，皆是老杨将杨百顺捆到枣树上，抽打一顿，事情就过去了。老杨本想照方抓药，再将杨百顺打一顿，将这事了了；但看杨百顺今天这架势，如果老杨动手，杨百顺就会与他对打，心中不由得有些胆怯。胆怯不是怕打不过杨百顺，是怕事情传出去，更让人笑话。老杨一边后悔自己一时嘴快，把抓阄的事说了出去；一边按下打杨百顺的念头，转成笑脸，开始说老三杨百利：

"他上两年'新学'怎么了？上过'新学'，还得回来做豆腐。"

又说：

"你也别心焦，不去上学，早做两年豆腐，我也不让你吃亏。从明儿起，你卖豆腐，十成让你提一成，你也攒个体己，过两年好娶媳妇。"

又悄悄说：

"这事儿我也不告诉老三。"

又悄悄说：

"我连老大也不告诉，他卖豆腐是白卖。"

卖豆腐的老杨自以为得计，但杨百顺转身用被子蒙上头，没理老杨。接着又直直睡了一天。晚上，起来吃了一顿饭，又接着睡。第二天五更，该起床磨豆腐了，他起床没磨豆腐，借着上茅房，从后墙扒出去，一个人走了。他终于可以离开家了。或者说，他终于找到了脱离老杨和豆腐的另一个理由。只要能离开老杨和豆腐，不管到哪里去，杨百顺都不会后悔。可待出了村，杨百顺又犯了难。两夜一天，只顾生气，只想着要离开这里，并没想好到哪里去。现在赌气上了路，天下之大，一时竟想不起自己该去何处。他过去想跟罗长礼喊丧，可喊丧不养人。他想去投奔镇上的东家老范，到范家去种地，他在老范家的私塾也上过学，见过老范，老范对下人也和蔼；但杨百顺怵种地，在地里割麦子，大太阳底下割来割去，何日是个头？还是想学一门手艺。有了手艺，就可以风吹不着，雨打不着。可除了卖豆腐，别的手艺他不熟，别的手艺人他也不熟。出门走了五里，还不知道东西南北该往何走。这时突然想起姥娘家卖盐的三舅老尹。老尹开了个盐土场，收了几个徒弟。每天刮盐土熬盐熬碱，再推着盐碱车十里八乡去卖。老尹不同于卖豆腐的老杨，倒是干啥吆喝啥，声音也洪亮，一进村就喊：

"好盐好碱，尹家庄的老尹来了！"

虽然做盐做碱也在大太阳下，但比起割麦子，还算一门手艺。何况卖盐卖碱还有一喊，虽然这喊像卖豆腐一样，比不得罗长礼喊丧，但这喊与卖豆腐又有不同：老杨从做豆腐起就打鼓，已经打了二十多年，改喊有些别扭；老尹起头就是个喊，已喊了二十多年，自己跟着喊，也顺理成章，虽然比不上喊丧，也过一喊的干瘾。以前杨百顺到姥娘家串亲，也见过这个三舅。便想去尹家庄投奔三舅老尹。但老尹是个秃子，人一秃脾气就怪，杨百顺亲眼见过，盐碱场上，一个徒弟不小心，让盐池的水跑到了碱池里，老尹抓起敛盐土的木锨，没头没脑照徒弟打去，徒弟的脑袋，登时就开了花；徒弟不敢擦头上的血，赶紧去堵盐水。杨百顺心里又有些怕。可事到如今，一时又想不出别的门路，只好先去投奔老尹再说。杨家庄离尹家庄七十里路，杨百顺拽开大步，向尹家庄走去。从杨家庄到李家庄，从李家庄到冯班枣，从冯班枣到张班枣，已是下午，杨百顺走了五十里，有些累了，也有些饿了，便想在张班枣歇歇脚，顺便到人家讨些吃的。到得村中，发现水塘前大槐树下，村里一帮人正在剃头。人群之中，一副剃头挑子冒着热气。

再看人圈中的剃头人，不禁眼前一亮，原来是裴家庄的剃头匠老裴。杨百顺拍了一下脑袋，出路想了一大圈，竟忘了老裴。想到的人都不称心，没想到的就在眼前。真是踏破铁鞋无觅处，得来全不费工夫。便想跟老裴说说，干脆跟他做徒弟。剃头虽不算大手艺，但人的头发天天长，不愁活儿的来路；比起熬盐熬碱，刮盐土天天要在大太阳底下，给人剃头，却可以躲在树凉阴下。他跟老裴又有从杨家庄打谷场到镇上老孙饭铺的经历，说起来也算个患难之交。事情有了转机，心里马上踏实下来，也忘了饿。但老裴现在正忙着，身边又围着这么多人，不是上去说这话的时候，便脱下鞋坐在人圈外等。一直等到张班枣的人一个个换了新头离去，人越来越少，最后一个坐在条凳上剃头的是个疤瘌眼儿。等疤瘌眼儿剃完，老裴开始收拾自己的剃头挑子，用剃头布包自己的剃刀、剪子、推子、木梳、刷子、磨刀石等，杨百顺才走上去喊了一声：

"叔。"

老裴也是累了一天，收拾剃头家伙时闭着眼睛。这时睁开眼睛：

"你还没剃呀？"

杨百顺：

"叔，你不认识我了？"

老裴看了看杨百顺，一时还真没认出来。杨百顺：

"当年你救过我呀。"

便提起两年前那天晚上，杨家庄的打谷场，镇上老孙的饭铺，还有那两海碗羊肉烩面的事。老裴突然想了起来。说是老裴救过杨百顺，老裴心里知道，其实是杨百顺救过老裴，让老裴那天没去杀人。如果当时杀了人，现在哪里还能剃头？老裴马上显得亲切了：

"你咋在这儿呢，这村有亲戚呀？"

杨百顺摇摇头。便将从镇上老孙饭铺分别之后，怎么老汪私塾解散，怎么县上办了个"延津新学"，怎么他爹与老马、杨百利合谋，自己遭了暗算，后来怎么又被自己发现，决心离家出走，一五一十，来龙去脉，给老裴说了。杨百顺说完，老裴也听明白了，原来又是一个绕。老裴不禁又感慨起来。杨百顺哽咽着说：

"叔，我又走投无路了，我想跟您做徒弟。"

老裴倒愣在那里：

"这事儿有些突然呀。"

接着抽起旱烟，在那里想。想了半天说：

"这次我帮不了你了。"

杨百顺有些失望。老裴：

"不是我不想帮你，我也该收个徒弟了。只是我做不了主呀。"

杨百顺知道老裴在家怕老婆，这么大的事，他说了不算。杨百顺刚想说什么，老裴已明白了他的意思，止住他：

"老婆也让我收徒弟，只是我半年前收了个徒弟，上个月刚跑了。"

杨百顺：

"叔，我既然跟了您，就不会跑。"

老裴看看四周：

"那个徒弟不是一般的徒弟，是我老婆她娘家侄子。"

杨百顺明白了，说：

"他跑是他不争气，和您没关系。"

老裴神秘地一笑：

"怎么没关系，关系大了。我知道我老婆的心思，怕我在外边剃头，去看我姐；也怕我攒体己，给自个儿留后路。我在家受气，出门剃头，还能再让人看着我?你给我来阴的，我也给你来阴的。我不打她娘家侄子，也不骂他，就是不教他真手艺。他一给人剃头，就割人口子，人家能不跟他急?有一次在葛家庄，编笆的老葛让他割得顺头流血，老葛跳起来，兜头扇了他一嘴巴子。天天这样，他能不跑吗?"

杨百顺又明白了。老裴：

"刚走一个，脚跟脚又来一个，我怕露了马脚哇。"

老裴把心腹话都说了，杨百顺就不好再为难老裴：

"叔，既然这样，我就先去尹家庄投奔俺舅，他会做盐。只是他脾气怪，动不动就打人，我有些怕。"

老裴："你先委屈待着，等这边合适了，咱再商量。"

两人说罢，太阳已经落山了。老裴要回裴家庄，杨百顺要去尹家庄，杨百顺替老裴挑起剃头挑子，一块儿出了张班枣。说着闲话，已到了岔路口，两人该分别了。杨百顺把挑子换到老裴肩上。老裴挑着担子，走了两步，突然又回头：

"我问你，你动得了刀子不？"

杨百顺停下脚步，吓了一跳：

"咋，叫我去杀人呀？"

老裴笑了："不是让你去杀人，是杀猪。"

杨百顺愣在那里：

"没敢杀过。"

老裴又走回来，放下剃头挑子：

"你要敢杀活物，就好办了。"

杨百顺："咋？"

老裴：

"曾家庄杀猪的老曾，和我是好朋友。上次他跟我说，老了，想收个徒弟，一时没找到合适的人。"

又说：

"他老婆死了，家里他一个人说了算。"

停停又说：

"虽然他每天动刀动枪，但脾气不算孬。"

杨百顺虽然没有杀过猪，也是走投无路，且听说老曾脾气好，比跟着熬盐熬碱的老尹强，马上高兴地说：

"叔，我不挑活儿。"

老裴也高兴了：

"那就好办了，咱爷俩现在就去曾家庄。"

杨百顺重新替老裴担起剃头挑子，两人一块儿向曾家庄走去。

从第二天起，杨百顺就跟着曾家庄杀猪匠老曾学杀猪。一边学杀猪，一边还惦着哪天再改换门庭，重新跟老裴学剃头。老曾是个生人，老裴毕竟跟自己有患难之交。后来也跟老裴见过几面，但老裴再无跟他提过此事。半年之后，杨百顺跟师傅老曾熟了，一次说起心腹话，杨百顺把这话也说了。他认为老曾会生气，没想到老曾没有生气，笑了：

"你还是年轻啊，恰恰是有患难之交，他不会收你做徒弟。"

杨百顺："咋?"

老曾："患难之交可以做朋友，咋能做师徒呢?"

杨百顺恍然大悟。这时怀疑在张班枣遇到老裴，老裴从他老婆娘家侄子说起，说到不好收他做徒弟的话，也是假的。一下对老裴的看法也发生了改变。

·六·

　　杨百顺的弟弟杨百利，在"延津新学"仅仅上了半年，就退了学。杨百利退学不是因为杨百利出了差错，像在老汪的私塾学《论语》一样，读书不专心，调皮捣蛋，被人开除了；读书他肯定不专心，但小韩的新学并不开除读书不专心的人，课堂上不专心没啥，只要小韩来讲话你专心就成了；退学是因为县长小韩出了问题。小韩出问题并不在"延津新学"上，而是因为这年秋天，河南的省长老费到黄河以北巡视，转到了延津县，小韩陪了他一天，小嘴不停，把老费惹恼了。老费是福建人，他爹打小是个哑巴；由于他爹是哑巴，老费小时候，家里话就少，养成习惯，老费长大话也不多。老费认为，世上有用的话，一天不超过十句。但到了延津，一天下来，老费没说什么，小韩说了三千多句；由于小韩多话，老费又知道他下车伊始，在延津办了个"延津新学"，新学开办半年，小韩到新学演讲六十二场，平均三天一场。小韩沾沾自喜，把这些都当政绩向老费做了汇报。因延津归新乡专署管，陪同老费巡视的还有新乡的专员老耿。老费在延津没说什么，第二天回到新乡，老耿陪他吃中饭，边吃，边说这次的巡视。当时新乡下辖八县，老费转了五县；说到其他四县，老费没说什么，说到延津，老费皱了皱眉：

"那个县长小韩，是谁弄来的？"

这个县长小韩，就是新乡专署专员老耿弄来的；小韩他爹，是老耿在日本名古屋商政专科学校留学时的同班同学。但老耿已看出老费不喜小韩，便说：

"正常遴选上来的，正常遴选上来的。"

老费：

"老耿呀，我也不懂，他小嘴不停，是做县长的材料吗？治大国如烹小鲜，五十年固守一句话就不错了；他半年讲了六十二场话，他都说些啥？"

老耿吓出一头汗，忙说：

"他没说啥，他没说啥。"

老费：

"料他也说不了啥。一个学生娃，能说啥？他说啥没啥，只是这爱说，就让人厌倦。"

又说：

"他爱说没啥，又误人子弟，教娃们去说，事就大了。是要把全县的人都变成小嘴不停吗？族人皆小嘴不停，述而不作，接着就天下大乱了。"

老耿忙说：

"我回头说他，我回头说他。"

老费正色：

"江山易改，本性难移，他都快三十的人了，不是个娃，能说回来吗？我看是说不回来，也许你老耿本事大，能把他说回来。"

老耿擦着头上的汗：

"我也说不回来，我也说不回来。"

老费回郑州第二天，老耿就把小韩给撤了。其实老耿对省长老费对说话的看法，并不苟同；况且，人说话多少，和能否当县长是两回事。何况诲人不倦，有教无类，也是圣人的意思。小韩虽爱乱说，但没乱动，顶多像他的前任老胡爱做木匠活一样，是种个人癖性；恰恰是述而不作，坏不了什么大事。但他看省长老费认了真，怕由小韩牵涉到自己，还是毅然决然，撤了小韩。小韩来延津时一番壮志，没想到歪嘴骡子卖了个驴价钱，吃了嘴上的亏，大半年工夫就得草草收兵。闻到消息，他急如星火赶到新乡，找到老耿，还有些倔强和不服：

"叔，凭啥撤我的县长？我错在哪儿了？你们讲理不讲理？"

接着就开始与老耿讲理，从欧洲诸强讲起，又说到美国，又扯到日本的明治维新，说些开办新学的好处。小韩不讲理老耿还有些同情他，他一讲理，老耿又觉得撤他是对的。老耿止住他不停的小嘴：

"贤侄，你说得没错，你讲的理也没错，错就错在，你生错了地方和年头。"

小韩一愣：

"我应该生在欧洲、美国或日本？"

老耿：

"不生在这些地方也行，生在中国，能和圣人生个前后脚，也不辜负你的才干。"

小韩：

"我去学堂演讲，并不是为了教书，是为了救国救民……"

又要跟老耿理论。老耿皱了皱眉，再一次止住他：

"我也不是让你去战国教书，恰恰是为了让你去救国救民。如何救国救民？放到战国，就你的材料，正好去当说客。说客不凭别的，就凭一张嘴。但他不是说给不懂事的娃儿们，是说给君王；说给娃儿们顶个球用，要管用还得说给管事的不是？你说得好，你身挂六国相印，也给老叔带些福气；一旦

089

你说得不好，你的脑袋，'咔嚓'一声可就没了。贤侄，我想知道的是，大殿之上，此情此景，你能说得好吗？"

此情此景，小韩倒第一次被人给说住了，愣在了那里。

小韩离开延津回了唐山，"延津新学"也寿终正寝。像当初老汪的私塾一样，徒儿们都作鸟兽散。众徒儿和杨百利由新学到县政府的愿望也随之破灭，老杨由县政府到豆腐的理想也烟消云散。学校散了，杨百利本该重回杨家庄跟他爹做豆腐，但他没有回去。没回去不单像杨百顺一样，讨厌他爹老杨和豆腐，而是他在新学的半年中，结识了一个好朋友叫牛国兴。牛国兴是个大头，他爹是"延津铁冶厂"的董事。杨百利和牛国兴本不同班，因两人都对"新学"和读书不感兴趣，爱和一帮孩子偷偷从教堂跑出去，用粘杆粘知了，用弹弓打鸟玩，成群结队，志同道合，渐渐混熟了。除了粘知了打鸟，两人"喷空"能"喷"到一起，相互又比跟其他孩子好些。所谓"喷空"，是一句延津话，就是有影的事，没影的事，一个人无意中提起一个话头，另一个人接上去，你一言我一语，把整个事情搭起来。有时"喷"得好，不知道事情会发展到哪里去。这个"喷空"和小韩的演讲不同，小韩的演讲都是些大而无当的空话和废话，何为救国救民？而"喷空"有具体的人和事，连在一起是一个生动的故事。除了小韩演讲，杨百利和牛国兴没上过整课，趁着老师在黑板上写字，偷偷跑出新学，或粘知了，或打鸟，或"喷空"。小韩招的教师又都是些闷嘴葫芦，也管不住这些学生。一开始杨百利只会粘知了和打鸟，不会"喷空"，还是牛国兴带他三个月，渐渐上了道。如牛国兴说，城里"鸿膳成"饭铺的厨子老魏，过去总在饭铺笑，近一个月来，老在饭铺唉声叹气，为啥?杨百利一开始不懂"喷空"，会照常搭理：老魏欠人家钱，或跟老婆干了仗。牛国兴马上就急了，因这原因大家都想得到；大家都想得到的，就不叫"喷空"。急后，牛国兴会做示范，自问自答，还记得一个月前，城里来了个河北的戏班子吗?其中有一个旦角，老魏入了迷。戏在延津演了半个月，老魏场场不落。看着看着，魂被勾去了。戏班子又到封丘演，老魏又跟到封丘。光跟有啥用啊?还是想跟她成就好事。这天后半夜，老魏扒过戏院的后墙，来到戏台后身。看一床前挂着旦角的戏装，以为睡到床上的是旦角，悄悄凑上去，脱下裤子，掏出家伙就要攮人。没想到睡在床上的不是旦角，是一看戏箱子的，过去是个武生。武生一阵拳打脚踢，把老魏的胳膊都打折了。老魏将胳膊藏在袖子里，又不敢说。这些天老魏老端着右胳膊，原因就在这里。如果是前三个月，聊到这里就不错了，杨百利也就认了账。后三个月，杨百利渐渐上了道，会试探着说，要说勾魂，我听说不是这样，我听说老魏从小有夜游的毛病，夜游了三十多年没事，据说上个月夜游时，游到了一个坟场里，出来一个白胡子老头；过去老魏也到过这个坟场，啥事没有，这次就钻出一个白胡子老头。白胡子老头趴到老魏耳边说了两句话，老魏点点头。从第二天起，老魏就常常叹息。有时一边炒菜，一边还伤心地落泪，泪都滴到了菜锅里。人问他白胡子老头说了什么，他也不说。杨百利说完，牛国兴会兴奋地拍他肩膀："喷"得好。接上去会说，那我就知道了，"鸿膳成"的掌柜老吴，和俺爹是好朋友，他对俺爹说，一个厨子，天天在饭铺哭，晦气不晦气？本想赶他走，但没想到，饭铺的生意，倒比以前好了许多，好多人不是来吃饭，倒是来看老魏哭了。大家的魂，又被老魏勾去了，云云。事情说有影也有影，说没影也没影，但都比原来的事情有意思。"喷空"到趣处，牛国兴说：

"我到茅房撒泡尿。"

杨百利本来没尿，也说：

"我随你去。"

新学散了，杨百利本也不愿回杨家庄跟他爹做豆腐，牛国兴也一下离不开杨百利；在世上能找到一个"喷空"的伙伴，也不是件容易的事，人生有一知己足矣，说的就是这个意思。牛国兴便缠着他爹老牛，让杨百利进他爹的铁冶厂当学徒。老牛被牛国兴缠不过，只好收下杨百利。老牛的铁冶厂，说是一个铁冶厂，无非是拢了十几个铁匠，在一起打制个柴刀、菜刀、铲子、镰刀、锄头、犁头、耧齿、耙齿、车角、饭铺用的火炉、商号用的铁门、打兔月的火铳等，打制的家伙，和镇上老李的铁匠铺差不多，只不过比老李的铺面大些，人多些，是个厂子。但杨百利在铁冶厂学了半年徒，连个锅铲子都没学会打。他像在老汪的私塾和小韩的新学一样，心思根本没用在正事上，整日还想着粘知了、打鸟和"喷空"。渐渐对粘知了、打鸟也没了兴趣，心思都在"喷空"上。这倒对了牛国兴的心思。师傅看他也不是个打铁的材料，便让他烧火；他把火也烧得半生不熟，连累师傅打出的柴刀，也半生不熟。师傅是个湖南人，看着手里的柴刀，操着湖南口音感叹：

"啥叫火候不到呢?这就叫火候不到。"

半年过后，铁冶厂的人个个烦他。老牛看他实在不是个做事的材料，便要辞退他。老牛舍得他，牛国兴却舍不得他，摔了家里一个座钟。

老牛：

"我不是看他不长进，是怕时间长了，把你带坏了。"

牛国兴：

"要说坏，我早已坏到了他前边。你让他走也行，反正他走到哪儿，我跟到哪儿。"

老牛叹息一声，也是无奈，只好把杨百利从场里撤下，打发他到铁冶厂门口看大门。这倒对了杨百利的心思，可以有更多的时间"喷空"。牛国兴来，就与牛国兴"喷空"；牛国兴不来，也一个人在脑子里"喷空"。看着是在看大门，脑子里却云山雾罩。进来一个人，会打断一次他的思路，他就焦急，接着就对进门的人没有好气，拦着这人，盘东问西，问个底掉，还不让进去。凡是进铁冶厂大门的人，都在肚子里骂他。这倒应了当初瞎老贾给杨百利算命的话。

但看大门一个月后，杨百利和牛国兴闹翻了。闹翻了并不是因为"喷空"，当然和"喷空"也有关系。杨百利本不会"喷空"，"喷空"还是牛国兴带出来的；但"喷空"喷了大半年，杨百利已经出师了。杨百利在别的方面不用功，在"喷空"上却下心思。过去两人"喷空"以牛国兴为主，杨百利只是个接话茬儿的，话头像河水一样，牛国兴想让它往哪里流，它就往哪里流；现在情况变了，杨百利也修了一条自己的沟渠，水到底往哪里流，还不一定呢。接着在话题上也产生了矛盾，过去是牛国兴独霸天下，他想说什么话题，就说什么话题，现在杨百利也会提出自己的话题。杨百利白天看大门，脑子里有这个空闲；晚上喷起空来，杨百利是有备而来，牛国兴是仓促上阵，喷着喷着，不管是在话题上或是话头往哪拐弯，杨百利渐渐还能占上风，牛国兴常常钻到杨百利的话套里。"喷空"时占了上风，不"喷空"时，有意无意之间，杨百利也想跟牛国兴平起平坐。"喷空"时占点儿便宜牛国兴没啥，但日常的一举一动，也要平分秋色，牛国兴心里就有了想法。啥叫主次颠倒呢?这就叫主次颠倒;啥叫忘恩负义呢?这就叫忘恩负义。渐渐跟杨百利"喷空"的心就慢了。但两人闹翻，还不是因为"喷空"，而是因为一个女同学。这个女同学大号叫邓秀芝，小名叫二妞。二妞她爹是"大魁商号"的掌柜老邓。说是"大魁商号"，也就是县城东街一个杂货铺，卖些米、面、盐、酱、油、醋、火柴、灯罩、麻绳、箩筐等杂物。二妞五短身材，绑着两根麻绳般的大辫子;只是面容还好，浓眉大眼，笑起来有两个酒窝。在"延津新学"时，牛国兴和杨百利只顾粘知了、打鸟和"喷空"了，没注意过这个二妞，相互之间没说过话。"延津新学"散了，一次牛国兴和二妞在街上遇见，二妞无意中看了牛国兴一眼，牛国兴便觉得二妞对自己有意。回来对杨百利"喷空"，由看一眼喷起，喷回到"延津新学"，两人如何交往，一开始还有些羞羞答答，后来渐渐到了一起，直到亲了嘴还办了事。中间还有些晓风残月今夜酒醒何处的情形。杨百利知是一个"喷空"，没大理他，牛国兴自己却认了真。但牛国兴胆小，不敢直接找二妞，写了一封信，开头是"秀芝吾妹如面"云云，让杨百利交给二妞。如果是半年前，牛国兴让杨百利干啥，杨百利就干啥，现在平分秋色了，杨百利就有些不乐意：

"事都办了，咋还写信？"

又说：

"你找她图个舒坦，我找她图个啥？"

牛国兴更看出杨百利是个白眼狼。但心里对二妞思念得紧，只好从口袋掏出五块钱，递给杨百利，杨百利接下钱，才接下这信。但三天之后，杨百利又觉得上了牛国兴的当。因他白天要在铁冶厂看大门，送信只能是晚上。晚上在县城东街转了三天，没碰到二妞。三天之后牛国兴急了，说光在街上转有啥用，该夜里扒墙去她家呀。杨百利收了牛国兴的钱，又舍不得退给他，万般无奈，当晚便去了邓家。但他没敢贸然扒墙进去，先蹿到了房顶观察动静。欲找到二妞，须先找出二妞在家里的住处。老邓家是个四合院，院子里不点灯，黑暗之中，啥也看不清楚。各屋倒有人出进，但影影绰绰，一时也判不定谁是谁。倒是人进屋了，屋里有灯，人影映到窗户上，能大体看出邓家居住的分布。正房映出一个老头，戴着一顶瓜皮帽，一个老婆婆，拿着线拐子在拐线，似是二妞的爹娘；东厢房有一男一女在斗嘴，一个孩子还在哭，似是二妞的哥嫂；剩下西厢房窗户上，就一个女人的影子在走来走去，大概就是二妞了。在房顶趴了三个时辰，杨百利的身子都趴麻了，邓家的灯才一屋一屋熄了。杨百利从屋顶溜下来，蹑手蹑脚，来到西厢房前，欲将牛国兴的信从门缝塞进去。本来要大功告成，西厢房也确是二妞的住房，但二妞三天前去了开封姑妈家，这也是杨百利三天见不到二妞的原因；二妞的小姨来老邓家串亲，临时住在了二妞屋里。小姨这两天拉肚子，刚睡下，腹内突然又来了，慌忙起身，要去茅房，猛地拉开门，迎头站一个黑影，双方都吓了一跳。二妞的小姨是个老姑娘，三十多岁还没嫁人，她以为是姐夫老邓夜里来拨她的门，欲占她的便宜；老邓过去见她，就爱把些风话。现在肚子正急，哪里是装神弄鬼的时候？扬手就是一巴掌，杨百利"哎哟"一声，倒在地上。邓家各屋的灯立马亮了。二妞她哥以为他是个贼，来偷杂货铺的东西，也是刚与老婆吵过嘴，没有好气，便将杨百利吊在院内的枣树上抽打。刚抽了两鞭子，杨百利就把真相供了出来。为证明跟自己无涉，还掏出了牛国兴的情书作证。老邓看了情书，倒把杨百利从枣树上放了下来。因为他跟铁冶厂的老牛也认识，知是一帮孩子胡闹，倒没怎么追究。因为声张出去，对自家女儿也不好。等到第二天，牛国兴知道情况后，却大恼杨百利。恼杨百利不是说他把事情办砸了，影响了他和二妞的关系，而是收了自己五块钱，到了关键时候还出卖自己，这样的人，如何做得了朋友？从此两人见面还说话，但心底有了隔阂，彻底不在一起"喷空"了。

这年八月，从新乡机务段来了一个采买叫老万，住在延津铁冶厂里。新乡机务段负责维修平汉路的铁轨，年年要用许多道钉。新乡机务段的段长与延津铁冶厂的老牛是表亲，便把锻造道钉的活计，派给了老牛。采买老万一个季节来延津拉一次道钉。老万是山东人，四十多岁，白眉毛，爱时不时张嘴，但不是打哈欠，上下颌一咬一咬，只为活动个筋骨，能听到筋骨的"嘎嘣""嘎嘣"声。老万这次来到延津，老牛还没把道钉锻齐；老万要采买一万枚道钉，老牛的铁冶厂只锻了六千多枚，还差三千多枚。老万便在延津住下等道钉。也是闲来无事，第二天一大早，步出铁冶厂，欲到延津县城四处逛逛。铁冶厂的规矩，进大门要给看大门的打招呼，出大门时，如不拉货，不用给看大门的打招呼。老万也是出于礼貌，虽只身一人，看杨百利在大门口坐着，也顺便问候了一声。他不问候没有什么，他一问候杨百利生气了。因杨百利脑子里正云山雾罩，老万打断了他的"喷空"，便拦下老万盘东问西。如杨百利这么拦别人，别人早在肚子里骂杨百利，但老万是个爱说话的人，在延津举目无亲，就等个道钉，碰上一个搭茬儿的，倒静下心来，与杨百利说话。上下颌一咬一咬，"嘎嘣""嘎嘣"，从自己叫啥，哪里人，在哪谋生，为啥来到延津，接着从道钉说开去，说到铁轨，说到火车，说

098

到机务段，机务段有多少人，自己管采买整天做啥……使杨百利忘了刚才的"喷空"，开始对铁轨和火车感到好奇，一开始听老万说，后来时不时插话提问。本是一场盘问，一场话说开去，两人倒聊得投机。接着老万打听延津，杨百利便把延津好玩的去处，向老万介绍一番。接着开始说延津好多趣事。从"鸿膳成"的伙夫老魏坟场里遇到白胡子老头说起，一直说到上个月自己爬"大魁商号"的屋顶，被人吊在树上打了一顿，把老万逗得"咯咯"地乐。杨百利也是"喷空"喷了半年，后来跟牛国兴闹翻了，失去了"喷空"的对象，脑子里整天乌云翻滚，嘴上却没个卸处，干打雷不下雨，现在碰上老万，虽不是"喷空"，也是"喷空"，两人言来语去，竟聊了一上午。杨百利心头如释重负，浑身痛快了许多。老万也觉得看大门的杨百利有意思，看上去是个孩子，没想到嘴上的功夫这么老辣。四十多年自己爱聊天，男女老少，没碰到对手，没想到在延津铁冶厂竟遇到了知己。以后三天里，老万顾不得去延津的趣处闲逛，专来铁冶厂门口跟杨百利"喷空"。三天"空"喷下来，两人成了无话不谈的好朋友。三天之后，道钉锻齐了，老万雇了辆马车，拉上道钉要走。马车路过铁冶厂大门口，两人竟有些恋恋不舍。老万跳下马车：

"何时去新乡，一定到机务段找我。就打听大嘴老万，没人不知道。"

杨百利：

"何时到延津，一定来铁冶厂。如果在铁冶厂找不到我，就去杨家庄。"

两人挥手告别，老万重新上了马车。待马车走了里把远，老万突然又跳下马车，扭头跑了回来：

"我忘了一件事。"

杨百利：

"啥?"

老万：

"机务段走了两个司炉，正招新人，你愿去不?"

杨百利：

"司炉是干啥的?"

老万：

"就是在火车上，往火炉里扔煤。活说重也重，说不重也不重，三班倒，也有歇着的时候。我和管招工的老董熟，你要愿去，我一句话。就是不知道你舍不舍得离开延津铁冶厂?"

如果是两个月前，杨百利舍不得离开延津铁冶厂。当初来铁冶厂，并不是为了看大门，而是为了跟牛国兴"喷空"；现在跟牛国兴闹翻了，不能"喷空"了，留在这里还有何用?

倒是跟老万去了新乡机务段，重新又开出一个"喷空"的天地也料不定。此处不留爷，自有留爷处。便说：

"王八蛋才舍不得离开，我跟你去。去机务段不是为了当司炉，而是好跟你在一起。"

老万拍着手：

"我也是这个意思。那你收拾收拾，三天之后，到新乡机务段找我。"

杨百利：

"不用三天，你等我一下，我现在就去收拾。"

老万倒笑了：

"你倒性急。"

当天上午，杨百利背起铺盖卷，离开铁冶厂，坐马车跟老万去了新乡。听说杨百利要走，铁冶厂没一个人不高兴。老牛念了几声阿弥陀佛：

"机务段老万是个好人，帮我除了一个孽障。"

牛国兴听说杨百利要走，心里倒有些失落。原以为他会待很久，没想到突然就离开了。不走时两人闹翻了，人一走牛国兴又想起许多。忙跑出大门，想劝杨百利留下。待跑到大门口，杨百利已上了老万的马车，走出里把远。车上，杨百利又跟老万聊上了，聊得眉飞色舞，连头也没回。牛国兴不禁一股怒气往上升。他何以能跟老万走，还不是仗着能

"喷空"?他何以能"喷空",还不是自己用话喂出来的?现在说走就走,连个招呼也不打,自己帮来帮去,竟帮出个仇人。牛国兴咬牙切齿骂道——但他没骂杨百利,而是骂自己:

"我要再帮人,我是龟孙!"

· 七 ·

　　杨百顺跟师傅老曾学杀猪已半年有余。老曾小五十了，长得白净面皮，中等个儿，小脚小手，远看不像一个杀猪的，倒像一个书生。但到得杀锅前，似变了一个人，手大脚大，身材长大，一头三百多斤的胖猪，在他手里，缩成了一个猫大的玩物。别人杀一头猪需三个时辰，老曾一个时辰，已经将脆骨从肉里剔了出来，肉，骨头，下水，一码一码，归放得整整齐齐，人已蹲在杀锅前吸烟，与人说笑，身上不见半点儿血迹。杨百顺听剃头的老裴说，老曾年轻时脾气暴躁，点火就着，杀猪杀了三十年，天天动刀动枪，人倒变得越来越温和。老曾杀猪之余，也帮人杀鸡杀狗，算是捎带干个零活。杨百顺刚入道时，老曾没让他学杀猪，让他先拿鸡狗练练手。也不单为了练手，还是为了练一练胆子。原以为杀只

103

鸡狗是件容易的事，真等一个活物到你跟前，让你立马结果它，杨百顺还真有些发怵。鸡狗虽被绑着，但它们喊叫；喊累了，不喊了，流着泪看你。刚开始杀时，杨百顺闭着眼睛，一刀就下偏了，反倒让鸡狗重吃二遍苦，重受二茬儿罪。但啥事经不住时候长，三个月下来，天天白刀子进红刀子出，习惯成自然，心就硬了。一个活物刚才还在哭，一刀子下去，就不哭了，一个事情就了结了。这时杨百顺又想，世上万千的事，说起了结，还属这种了结快；别的事，一辈子也难了结。了结之后，倒生出些许快感。三个月后，如果活计不凑手，闲下几天，手反倒痒痒起来。师傅老曾说：

"这就该学杀猪了。"

老曾的老婆死了三年了。杨百顺跟老曾学杀猪，老曾管吃不管住。不管住不是老曾家没地方住，老曾家有五间房，房子虽不算好，两间瓦房，三间土坯房，土坯房下雨还漏雨，但现成有一间土坯房闲着，里面堆些柴草；有闲屋不是老曾不让住，而是老曾的两个儿子，不同意外人住到他们家。老曾两个儿子跟老曾不对付，像杨百顺、杨百利不跟他爹学做豆腐一样，他们也不跟老曾学杀猪；老曾招徒弟他们不管，但把徒弟招到家里住，他们却不愿意。不愿意的理由是，现在是有空房，但哥俩儿也都十七八岁了，该娶媳妇了；两人一娶媳妇，房子就不够住了；那时候再撵人，反倒面皮上不好看。找着了谋生的门路，却没有睡觉的地方，杨百顺再一次为了难。但找一个门路，比找一个睡觉的地方又难，杨百顺又不想离开老曾。本想投亲靠友，找个住的地方，可曾家庄周围的村子，一家亲戚也没有，一个认识的人也没有，离得近够得着的，也就是杨家庄。杨家庄离曾家庄十五里。杨百顺离家出走，本没打算再回去；如是别的事，三天五天还能将就，可觉得天天睡，总不能每天睡到打麦场上，为了一个睡觉，杨百顺只好硬着头皮，又回到杨家庄。脱离爹和豆腐，就不能像杀鸡杀狗一样，一下子了结清楚。曾家庄和杨家庄之间，隔着一条津河。杨百顺天天就这么来回跑，清早先到师傅家聚齐，一块儿出去干活计；晚上先把师傅送回家，再赶紧跑回杨家庄。好在在津河摆渡的老潘跟老曾认识，老曾每年给他杀两回猪，杨百顺坐船，不用交船钱。杨百顺离家出走那天，把卖豆腐的老杨吓了一跳，以为杨百顺一去就不回头了，后来见杨百顺也就跑到十五里外的曾家庄，跟了一个杀猪的老曾，老曾又管吃不管住，每天还得跑回杨家庄睡觉，老杨又有些得意。上次上"新学"抓阄他得罪了杨百顺，现在杨百顺不学做豆腐而去跟人学杀猪，也算得罪了他，两人也就谁也不欠谁了。有时看杨百顺一头大汗从曾家庄跑回来，还说风凉话：

"跑啥，学一个手艺还用跑?我看着费劲。"

"你不学做豆腐，我豆腐坊也没停，谁离了谁都能过。"

"哪天我得提封点心，去曾家庄看老曾。人家用的啥法？我使唤儿子，一步使唤不动；他刚见面，就使唤他每天跑三十里。"

倒是师傅老曾，看杨百顺天天来回跑三十里路，有些过意不去：

"不是我不能做主让你在家里住，而是怕你住下，天天看人白眼。"

往桌腿上"哪哪"地磕着烟袋：

"人来世上一趟，免生闲气罢了。"

杨百顺：

"师傅，清早跑我不怕，晚上回去怕，怕路上遇到狼。"

老曾：

"那咱每天收工早些。实在晚了，咱爷俩儿还就不回来了，住在主家，看谁还不让咱住？"

师徒俩说起话来，倒能说到一起。一开始跟师傅生，杨百顺有些拘谨，后来熟了，渐渐就聊开了。去外村杀猪的路上，从外村回来的路上，你说一句，我接一句，不显得路长。一开始说些家长里短，相互认识的人；后来说到自个儿的心事，相互也能说心腹话。杨百顺原想在老曾这儿落个脚，将来等时候合适了，再去跟老裴学剃头；老曾也没怪他，给他

106

讲清师徒的道理，杨百顺也就安心杀猪。其实杀猪也不合杨百顺的心思，他一辈子最想干的，还是像罗长礼一样喊丧；但喊丧又不养人，让人为难。老曾听了，又没怪他，"扑哧"笑了：

"你不就喜欢一喊吗?咱杀猪也有一喊呀。"

杨百顺一愣：

"谁喊?"

老曾：

"人不喊，猪喊。"

又说：

"人喊死人，猪喊死猪啊。"

又说：

"世上只见人吃猪，世上不见猪吃人，所以人喊不成个生意，猪喊就成生意了。"

杨百顺觉得师傅说得有道理，从此安心跟老曾学杀猪。但杀猪没个住处，每天还得回去看卖豆腐的老杨的脸色，又让杨百顺不能安心。师傅老曾最大的心事，是老伴去世三年了，想早点儿续个弦。可两个儿子十七八岁了，也该娶媳妇了；爷仨儿谁先娶谁后娶，两个儿子与老曾看法不一致。大家一块儿都娶，家里底子薄，一块儿又娶不起。谁先谁后，是两个儿子与老曾闹别扭的另一个病根。也是两个儿子给杨百顺出难题的另一层原因；明是冲着杨百顺，实际还是冲着老曾。老曾也背着儿子，托人给自己说过几次媒；但双方一见面，不是人家觉得老曾不合适，就是老曾觉得人家不合适，这事也就放了下来。师徒在一起说心腹话，杨百顺不好老提自己住处的事，提一回，似揭一回师傅的伤疤；师傅老曾，就老说自己该不该续弦的事。啥话题一开始听着新鲜，天天这么说，几个月下来，师傅没烦，杨百顺烦了。一次去崔家庄杀猪，下午回来路上，师徒俩走着走着累了，太阳还老高，不急着回家，便坐在津河边一株大柳树下歇息。老曾边吸烟边说，崔家庄的老崔小气，猪都杀了，中午的菜里还没肉；早知这样，就不给他杀了。说着说着，又拐到自己续弦的事上。杨百顺耐不住了，抢白老曾一句：

"师傅，您想续就续，别老这么天天说，光说管啥用呀？也就过个嘴瘾。"

老曾往柳树上"哪哪"地磕着烟袋：

"谁想续了？想续不早续了？也就是说说。"

杨百顺：

"天天这么说，就是想续。"

老曾：

"就是想续，它也没合适的呀。"

杨百顺：

"还是怪你挑。光想挑个好的，也不看看咱自个儿。你要不挑，也早续上了。"

又噘着嘴说：

"也不是挑不挑的事，我看，你还是怕他们哥俩。"

他们哥俩，就是老曾的两个儿子。正是说到了病根上，老曾梗着脖子：

"谁怕他们了？这个家，还是我做主。"

师徒俩僵在这里。半天，老曾叹口气，往柳树上"哪哪"地磕烟袋：

"我也不是怕他们俩，我是怕外人说呀。他们也都十七八了，我都小五十的人了，与自家孩子争着娶媳妇？"

又说：

"也不是怕别人说，大家这么别扭着，我就是把媳妇娶到手，这日子也过不好呀。"

杨百顺本来就与那哥俩不对付，自他们不让杨百顺借宿，气一直存在心里，这时说：

"那只能怪他俩不懂事。正因为他们十七八，可以等一等；你小五十不续，等到了六十，想续也晚了，续到家，也没用了。"

老曾倒愣在那里。思摸半天，回过神说：

"你这话说的，倒是正理儿。"

这年春天，老曾决定在儿子娶媳妇之前，自己先续弦。对续弦也不挑了。明对媒人说，别管老曾看着对方是否合适，只要对方看着老曾合适，这事就合适了。由于老曾续弦不讲条件，这弦就好续了。找到的续弦，是孔家庄卖驴肉火烧的老孔的妹子。镇上逢集的时候，老孔的摊子，倒和卖豆腐的老杨挨着；他的摊子，在老杨的左边；卖胡辣汤也卖烟丝的窦家庄的老窦的摊子，在老杨的右边。因为老杨卖豆腐老打鼓，两人还与老杨吵过一架。老孔的妹子，年关时刚死了丈夫，正好是个茬口。这媒也不是媒人说的，是裴家庄剃头的老裴，从中牵的线。老裴到孔家庄剃头，与老孔交上了朋友。老孔信老裴，也就把妹子嫁给了老曾。三月初二下的聘礼，三月十六就要过门。杨百顺看师傅要续弦，倒很高兴。高兴不是说师傅有了决断，再不会在这件事上跟他啰唆；或者暗恨老曾的两个儿子，用这事替自己出气，而是另有自己的心思，盼着新续的师娘过来，能在家里做主；过去家里由老曾的儿子做主，不让杨百顺借宿，如新来的师娘做了主，也就改了天地，大家都是外来人，说不定又让杨百顺借宿了也料不定。杨百顺不但盼着师娘过门，还盼着新来的师娘泼些才好，才能压住老曾的两个儿子。所以杨百顺盼三月十六，比师傅老曾还要急切。

但新续的师娘过门之后，却让杨百顺大失所望。首先失望她的长相。杨百顺见过在镇上卖驴肉火烧的老孔，虽是五短身材，眼也不大，但浑身上下干干净净，面皮还有几分白嫩；说话声音也细，像个女的。杨百顺想着老孔的妹子，也一定是个细手细脚的女人。没想到三月十六那天晚上，师娘一下轿，把杨百顺吓了一跳。灯笼之下，师娘五尺五高，刀条脸，高颧骨，薄嘴皮，皮肤焦黑，鼻窝里还有一撮雀斑。她一说话，又把杨百顺吓了一跳，声音粗壮嘶哑，背着身听声，就是个男的。她和老孔一母同胞，没想到兄妹二人，差别竟这么大。哥长得像个女的，妹长得像个男的。杨百顺曾劝过师傅续弦别再挑人，没想到师傅为了早续弦，也矫枉过正，太不讲究了。当然，师娘长得好坏，跟杨百顺没啥关系。师娘过门之后，长相虽像男的，但说话办事，还是个女的。清早也梳头盘髻，还打胭脂，会做饭，会做针线。过去三年曾家没有女人，屋里屋外，皆一团乱麻，还泛出一股霉味和臊味；师娘过门三天，把屋里屋外打扫得干干净净。难得的是师娘虽然长相凶狠，但脾气却好。与人说话，没开口先笑；同样一句话，两种说法，她拣的是好听的那一面，坏话也让她说成了好话。但正是因为这样，杨百顺当初的想法就落了空。杨百顺原以为师娘过门之后，与老曾的两个儿子会水火不相容，他好鹬蚌相争，渔人得利。没想到师母过门五天，没干别的，先给老曾两个儿子每人做了一件夹袄，新表新里，又给他们每人做了一双新鞋。两个儿子穿上夹袄和新鞋，倒也喜欢。师娘接着说，等过了麦收，就给他们张罗媳妇。这媳妇不是空的，而是早有两个人，存在她心里，一个是她的外甥女，一个是她的表侄女；眼下她刚进曾家门，事情千头万绪，待诸事消停了，她亲自出马，没个不成的。两个儿子本来对后母充满敌意，就等找个茬口开战；但前有夹袄和新鞋穿着，后有媳妇在麦收后等着，他们也就偃旗息鼓，反倒对后母有些感激。亲爹遇事还与他们争个高低，一个后娘刚进门，倒把事一件件办在心坎上。两个儿子倒争着讨好后娘。杨百顺看着也是干着急。也看出这个师娘有些手段，用一件夹袄、一双新鞋和一句空话，就兵不血刃，释了曾家二兄弟的兵权。接着让杨百顺失望的是，这个师娘过门之后，见到杨百顺和见到别人一样，也是没说话先笑，但笑归笑，看到一个小徒弟每天往返三十里学手艺，没个住处，竟和老曾的两个儿子一样无动于衷。换言之，她没过门，借宿的事也许跟曾家的两个儿子还有商量，他们不过是意气用事；现在师娘进了门，把曾家当成了自己家，啥事都经过思量，这事倒彻底难办了。

但师傅老曾的看法与杨百顺正相反。该不该续弦，他曾一腔顾虑，左思右想了三年。除了顾虑儿子，也怕再遇上一个像他前妻那样的人。杨百顺听剃头的老裴说，老曾死去的

112

老婆，生前是个泼妇。当年嫁过来三个月，除了跟老曾不对付，也跟街坊邻里吵了个遍。同样一句话，两种说法，她拣的是难听的那一面，好话也让她说成了坏话。别人与人吵架，自己也会生气；老曾老婆与人吵过，该吃吃，该喝喝，倒在炕上就能睡着，留下老曾一个人生闷气。老曾年轻时脾气暴躁，后来越来越没脾气，除了是杀猪杀的，也是被死去的老婆耗的。现在老孔的妹子进了门，不但不像前妻一样与老曾胡闹，反倒天天对老曾笑，没句坏话。做好饭，总把第一碗饭盛给他；吃了上一碗，再盛下一碗；晚上睡觉之前，还端热水给他烫脚。老曾没想到事情的结局会是这样。师娘过门一个月，师傅老曾不但没有消瘦，脸蛋子反倒胖了起来；过去说话声音低沉，现在也高昂起来。高昂之余，早把杨百顺借宿的事忘到了脑后。过去对这事还说一说，现在连提也不提了。或者说，他和师娘一样，认为事情本来就该这样。过去师徒二人出门杀猪，不问路的远近，现在师傅老曾说：

"最好别超过五十里。"

杨百顺：

"为啥?"

老曾：

"当天能赶回来。"

杨百顺心里更叫苦不迭。过去师徒二人出门杀猪，杨百顺盼着路远，不盼路近。因为路近当天就得赶回来，师傅赶回来在家歇着了，自己还得跑夜路赶回杨家庄；路远倒能和师傅消停下来，一块儿住在远处村里的主家。现在师傅天天要赶回来，出门不超过五十里，自己就要天天跑夜路回杨家庄。天天跑夜路倒也没啥，杨百顺接着不痛快的是，师傅说话也改了样子。过去师徒二人说话，都是竹筒倒豆子，直来直去；现在师傅说话，舌头也开始打弯了。出门不超过五十里，师傅本来是为了自己，但他反倒说：

"早去早回，你回家也少赶夜路。"

杨百顺张张嘴，说不出啥。说不出啥并不是没啥可说，而是不知从何说起。两个人中间加进一个人，事情就起了变化。杨百顺感叹，自打师娘进门之后，师傅就不是过去的师傅了。端午节前一天，两人杀猪到了葛家庄。葛家庄虽在五十里之内，但这天杀猪的东家是老葛，老葛有四五顷地，是个小肉头户，在家里爱做主，大到家里买地卖地，小到家里添一个灯盏，全由他一个人说了算。师徒二人进了葛家门，老葛赶集去了。家里有三头猪，一头黑猪，一头白猪，一头花猪，都长成了，到底该杀哪一头，老葛走时没交代，家里人就不敢定夺。师徒二人只好干等着。等到半下午，老葛才赶集回来。老葛指了花猪，师徒俩杀妥，收拾完，天已经黑了下来。接着又飘起了碎雨。一开始是碎雨，后来渐渐大了，雨点砸在水洼里，声音"啪啪"的。老曾看着雨咂嘴：

"看来今天回不成了。"

杨百顺赌气说：

"想回也成。"

老曾伸手去接雨：

"这要走到家，非淋病不成。"

又歪头问杨百顺：

"你说呢？"

杨百顺：

"您是师傅，听您的。"

东家老葛也过来劝他们：

"住下住下，今儿全怪我，我白管你们一顿饭。"

两人只好住下。吃过晚饭，两人歇宿到老葛家牛棚里。睡到半夜，杨百顺听到老曾一声长叹。杨百顺：

"咋？"

老曾：

"原来我是个忘恩负义的人。"

杨百顺心里"咯噔"一下，问：

"咋？"

老曾又说：

"都怪你。"

杨百顺：

"咋？"

老曾：

"当初你劝我续弦，我刚才梦见了死去的老婆，用袖子擦泪呢，说我忘了她。仔细一想，续弦之后，真把她给忘了，一个月也想不起她一回。"

又自言自语：

"死都死了，说这些还管啥用呢？你在的时候，还不是整天跟我闹？"

接着起身抽烟，"哪哪"地磕着烟袋：

"这叫啥事呢？"

杨百顺听着雨打在房顶上，心里更加别扭。虽然师傅表面是说念起前妻，但话外的意思，还是夸续弦好了。夸就夸，用不着正话反说。师傅越夸续弦好，杨百顺就越觉得这个女人不是东西。说她不是东西不是仍念她不让自己借宿，而是她改了曾家的天地之后，开始事事紧逼，让人没个喘息处。譬如讲，按照跟师学徒的规矩，师徒要手艺挣的钱，全归师傅，徒弟学艺不拿工钱；但按照杀猪的风俗，杀完猪，猪肉全归主家，但猪的下水——心、肝、肺、肠、肚等几大件，归杀猪匠所有，师傅会把下水分几件给徒弟。过去师徒二人杀完猪，师傅拿了工钱，揣到口袋里，杨百顺用木桶将几大件下水背起，先背到师傅家。待分这些下水时，老曾总说：

"百顺，你看着拿。"

如果大件有十件，杨百顺一般拿三件，给师傅留七件。接着拎起这三件下水，回家路过镇上时，送到镇东头老孙的饭铺里。镇东头老孙的饭铺，就是当年剃头匠老裴领杨百顺半夜吃饭的地方。杨百顺与老孙一月一结账，也给自己攒个体己。现在有了师娘，下水背回来，师傅正在吸烟，杨百顺正在抽身上的土，师娘已经将下水分好了。等杨百顺回转身，师娘笑眯眯地说：

"百顺，你的下水。"

虽然下水还是三件，但过去是自己拿，现在是别人给，东西虽然一样，但感觉不一样；在乎的不是下水，是拿和给的不同。生活中多了一个师娘，不仅是师傅变了，世界全他妈变了。杨百顺心里像长了茅草。

这年年底，一进腊月，师傅老曾的老寒腿犯了病。老曾患老寒腿不是一年两年了。也是他年轻时气盛，杀起猪来，杀得兴起，爱脱衣裳。寒冬腊月，抡光膀子，穿一条单裤。刀在手里翻飞，一头肥猪，转眼间变成一码码的肉条，人们看得眼花缭乱，争相叫好。谁知就落下了病根。光膀子倒没啥，腿出了毛病。四十岁以后，老曾不光膀子了，倒是老寒腿常常犯病，一犯病就走不了道。但老曾有五六年没犯病了，没想到今年又犯了。犯了病无法走路，也就无法出门杀猪了。可偏偏又逢年关，正是杀猪生意好的时候，老曾便躺在炕上犯愁。杨百顺劝他：

"师傅，算了，耽误不过一个年关，说不定到了春天，你的腿就好了。"

老曾：

"猪不杀没啥，就怕主顾跑了，便宜了别人。"

方圆几十里，还有两个杀猪的，一个叫老陈，一个叫老邓，皆与师傅老曾是对头。杨百顺也嘬牙花子：

"那咋整呢?谁也不会把猪送上门让咱杀。"

老曾拍拍自己的老寒腿：

"忒不争气。"

又磕磕烟袋：

"我看哪，百顺，你就上吧。"

杨百顺吓了一跳：

"师傅，总共算下来，除了鸡狗，我才杀了十几头猪，回回还有师傅看着。冷不丁上阵，成吗?"

老曾：

"按说是不成，杀猪要学三年徒，你还不到一年。但事到如今，就不是杀猪的事了。有钱不挣还是小事，老陈老邓知道咱不能杀猪了，心里不定怎么乐呢。一想到这个，我心里像刀扎一样疼。"

使劲拍了一下炕帮：

"咱就这么定了，活儿还照着我的名义接，杀猪你一个人去。"

杨百顺开始犯愁：

"主家不干咋弄呢？"

老曾：

"只有一个办法，把我的病瞒下。"

又说：

"大家知道我不能动了，这猪就杀不成了；有我的旗号在，你打着我的旗号去，主家不会说啥，老曾错不了，他的徒弟就错不到哪儿去。这点儿把握我还有。人问我为啥没来，你就说我昨夜受了伤寒，在家发汗呢。"

从腊月初六开始，杨百顺匆忙上阵，开始独自一个人出门杀猪。过去跟惯了师傅，自己就是个帮手；突然失去依靠，出门还真有些心虚。这时又觉出师傅的重要。自师傅续弦之后，两人一块儿出去杀猪，杨百顺觉得他说话转舌头，令人厌烦；现在路上剩杨百顺一个人，本该清静了，杨百顺心里倒更乱了。

杨百顺独自杀的第一头猪，是到三十里外的朱家寨。主家老朱，也是师傅的老主顾。老朱看杨百顺一人来了，吃了一惊：

"咋你一人来了，你师傅呢？"

杨百顺按师傅交代的：

"师傅昨天还好好的，夜里得了伤寒。"

老朱狐疑地看着他：

"小子，你成吗？"

杨百顺：

"看跟谁比了。跟师傅比，我是不成；跟自个儿比，比去年强多了，去年我还不会杀猪。"

老朱倒被他逗笑了，哑哑嘴，不再说啥，将猪从圈里赶出来，让杨百顺杀。捆猪，掀翻，上案，杨百顺还算利索；待到动刀子，杨百顺慌了。猪倒一刀捅死了，但开膛时用刀过猛，捅着了肠子，案子上五颜六色，似开了个油酱铺。放血时没捅着正筋，腔里积了半腔血。割猪头时，不小心又把猪的鼻子捅豁了，不能算个整猪头。剔骨时，肉也连连扯扯，白掉到案下许多肉渣。老朱气得跺脚，没骂杨百顺，指天画地骂老曾：

"老曾，我 × 你妈，我跟你没仇哇。"

一头猪，拾掇了五个时辰，杨百顺还没弄利落，汗把棉袄都湿透了。潦草收拾完，已是傍晚，杨百顺没敢在老朱家吃饭，也没敢拿下水，匆匆忙忙回了曾家庄。走到半路天黑了，也忘了怕狼。

但十头猪杀过，杨百顺也就渐渐上了道。杀猪还是慢，师傅老曾杀一头猪用一个时辰，杨百顺得四个时辰，但肠子不捅烂了，血也能放干净了，猪头也是整猪头，骨肉也能剔利落了。主家埋怨他慢，他低着头不说话，只管剔骨。等肉、骨头、下水一码码归放好，别人也就不埋怨了。杀猪杀了二十天，杨百顺甚至觉出独自杀猪的好处。过去往哪儿杀猪，路走多远，全由师傅老曾做主，现在杨百顺一个人说了算。师傅自续弦之后，天天要回家，杀猪要在五十里之内，现在这约束就自动失效了。杨百顺不喜欢五十里之内，五十里之内天天要跑杨家庄，五十里之外就可以踏踏实实住在主家。刚开始杨百顺还在五十里之内，十天之后，也就突破五十里，隔三岔五，住在主顾家。一个人能支撑局面，接着就会产生想法，杨百顺又对师娘有了新的不满。过去是师徒二人杀猪，工钱全归师傅，十件下水，杨百顺能分三件；现在师傅不能动了，杀猪成了杨百顺一个人，杨百顺每次杀完猪，仍先回师傅家，师娘接下工钱，下水仍分给杨百顺三件，杨百顺就觉得师娘有些不明事理。杨百顺没有妄想拿工钱，但两个人的活儿现在归一个人干，起码在下水上，应该显示显示。但师娘只显示在脸上，一见杨百顺背着木桶进门就笑：

121

"看看，你师傅没看错，百顺是个挑大梁的材料。"

或说：

"啥叫逼上梁山呢？这就叫逼上梁山。"

但笑归笑，下水仍分给杨百顺三件。杨百顺拎着三件下水往回走，心里就有些窝气。腊月二十三这天，杨百顺到贺家庄老贺家杀猪。老贺理个分头，嘴爱说话。杨百顺与老贺打过招呼，开始杀猪；老贺并不离开，就蹲在旁边与杨百顺聊天。先聊了些别的，老贺开了个小油坊，抱怨今年芝麻涨价了，磨油赚不着钱，接着又聊起师傅老曾，由师傅老曾，又聊到师傅新续的老婆。不聊到师娘杨百顺没什么，一聊到她，杨百顺又憋了一肚子火。也是一时意气用事，边剔着骨，边将师娘如何面上带笑，内心歹毒，对徒弟如何克扣，竹筒倒豆子，说了个痛快。但他没说师傅什么，说的都是师娘。老贺也感叹：

"看着随和，谁知是个笑面虎。"

又感叹：

"登天难，求人吃饭更难呀。"

杨百顺说完也就完了。但腊月二十六，老贺到镇上赶集，中午到卖驴肉火烧的老孔的摊上打尖，说起过年，如何年难打发。老孔看了看老贺买的年货，又问老贺杀没杀猪。老孔的旁边，是卖豆腐的老杨的摊子，那年老杨到贺家庄卖豆腐，因为一斤豆腐，秤头的高低，老杨与老贺吵过一架，从此结了怨。现在老孔问起杀猪，老贺突然想起什么，便将老孔拉到墙角背人处，将杨百顺到他家杀猪时说的一套话，告诉了老孔。当时杨百顺去老贺家杀猪时，老贺只知道他是老曾新招的徒弟，不知道他是杨家庄卖豆腐的老杨的儿子；事后知道了，还后悔让杨百顺杀了猪。现在见到卖豆腐的老杨，突然又想起杨百顺，便把仇报在了这里。当时杨百顺杀猪时，和老贺说过许多话，话题也杂，现在老贺按下别的话不提，单挑杨百顺说师娘不是这一节，添油加醋，说了半天。而杨百顺的师娘，就是老孔的妹子。老孔听后憋了一肚子气。老贺一走，老孔本想像卖胡辣汤和烟丝的老窦一样，将老杨的豆腐摊踢翻；但老孔个头小，怕打不过老杨，临时又转了念，匆匆收起自己的摊子，跑到曾家庄老曾家。他妹子正在厨房做饭，老孔钻到厨房，一五一十，来龙去脉，将老贺说的一套话，又告诉了妹子。老孔一走，老孔的妹子放下饭勺，跑到正房，又将老孔的话告诉了老曾。话过了好几道嘴，话已经转了。杨百顺本来说的是师娘的不是，没说师傅什么，但话到师傅耳朵里，杨百顺全是在埋怨师傅，说老曾如何歹毒，克扣徒弟；不但有房不让住，有时连下水也不给等。腊月二十六晚上，杨百顺背着下水像往常一样回到师傅家，放下木桶，还等着师娘来收工钱和分配下水，没想到师娘没有露面，师傅倒在屋里喊：

"百顺，你来。"

杨百顺进了屋，看到师傅像往常一样在炕上躺着，师娘在地上站着。师傅老曾：

"百顺，我问你一句话，你跟了我快一年了，师傅对你咋样？"

杨百顺听出话头有些不对，忙说：

"师傅，您对我不赖呀。"

老曾在炕沿上"哪哪"地磕着烟袋：

"那你对贺家庄的老贺是咋说的？说我对你歹毒。你今天给我说说，我怎么对你歹毒了？师傅知道了也好改。"

杨百顺一阵慌乱，知道事情发了，忙说：

"师傅，我没说过这话，你别听别人胡说。"

老曾拍着炕沿：

"传得全天下都知道了，你还说你没说。你敢说敢当我佩服你，说了又说瞎话我就急了。你捂着胸口想一想，当初你是咋来的？你来的时候啥样，现在又啥样？我明天就把剃头的老裴找来，咱们评一评这个理！"

杨百顺想解释什么，但老曾越说越气，脸都青了：

"你觉得你本事学到家了是不是？你觉得我躺在床上不能动弹了是不是？我杀猪杀了三十年，没人对我说个不字，现在徒弟倒过河拆桥,背后捅了我一刀!"

接着"啪啪"扇了自己俩耳光:

"我识人识面不识心呀我,我他妈罪有应得!"

师娘忙上去搂师傅的手:

"你看,还越说越气,再不好,是自己一个徒弟。"

又扭头对杨百顺说:

"百顺,这就是你的不是了,就是有啥,也该当面说,不该背后骂师傅。"

老曾指着杨百顺:

"让他骂,我还不该被人骂,我傻 × 呀,我收下这么个徒弟!"

杨百顺知道事态有些严重,忙跪到地上:

"师傅,我错了,这话我说过,但不是这么个意思。"

老曾:

"那你是啥意思?"

杨百顺本来想说自己的话头是冲着师娘,并没冲着师傅,但师娘就在旁边站着,如何去说这话?老曾看他在那里踌躇,更急了:

"啥也别说了,从明天起,你走你的阳关道,我过我的独木桥,你也不是我徒弟,我也不是你师傅,咱们井水不犯河水。我再见到你,我叫你一声大爷。"

杨百顺：

"师傅，你要这么说，我就无站脚之地了。"

老曾：

"我让你无站脚之地，是你让我无站脚之地吧？"

"啪"地摔了一个灯盏：

"这猪，从明儿起，都他妈别杀了！"

· 八 ·

这年腊月二十九，杨百顺他哥杨百业成亲。杨百业这年十九岁。杨百顺年轻的时候，男人十九岁成亲并不算早，但卖豆腐的老杨，并没打算让杨百业今年成亲。一个卖豆腐的人家，娶房媳妇不是件小事。事情大不单是说会有不少花费，就是花费有，小门小户，也没有现成的媳妇在门口等着你；除了花费，还是个人事。说起人缘，老杨家在别人看来不算好；但老杨不这么认为，认为自个儿在世上朋友多。虽然自以为人缘好，但他不准备让杨百业马上成亲。人一有媳妇，就有了外心；晚两年再说，可安心跟老杨再做两年豆腐；比豆腐更重要的是，老杨有三个儿子，三个儿子中，有两个跟老杨闹别扭，影响了老杨对儿子整体的看法。杨百顺、杨百利都离家出走，剩下一个杨百业跟他在家做豆腐；离家出走的不在眼前，在眼前的处处能挑出毛病。一句话不对付，老杨会记上十天；十天哪有不说错一句话的?所以老杨对杨百业的不满，渐渐超过了对杨百顺和杨百利的，就是藏在心里不说。杨百业从十七岁起，就盼着成亲；盼着成亲不是说一成亲就有了女人，而是成亲之后，能与老杨分家另过，不用再像驴一样，整日给老杨白磨豆腐；不白磨豆腐还在其次，关键是脱离了老杨，不用再看他的脸色。但杨百业这点儿心思，马上被老杨察觉了。怀揣一个坏心思，比说错一句话，更让老杨记恨。老杨更要放慢杨百业婚事的步子。父子俩表面天天在一起磨豆腐，内心各有各的想法。但家里由老杨说了算，杨百业有想法管啥用?一切还得照老杨的心思来。但今年与往年不同，老杨家没找婚事，婚事在年前找到了老杨家。照延津的风俗，一个婚姻从无到有，从下定礼到成亲，起码得一年以上；老杨家的婚事，腊月二十五才说起，腊月二十九就要娶亲，前后只用了四天。照老杨的身份，一个卖豆腐的，就是给儿子娶亲，亲家也该是剃头匠或贩驴的，才算门当户对；而老杨这次结的亲家，却是二十里外秦家庄的东家老秦。老秦有三十顷地，家里雇着十几个伙计，平日来往的，皆是大户人家。老秦是个大个儿，圆头，小眼，眼爱眨巴；别人眼睛一天眨两千次，老秦一天得眨两万次。勤眨巴眼的人爱动心思，但老秦不动心思。老秦哑嗓子，说话声音不高，遇事爱讲理。但他的讲理与镇上开生药铺的蔡宝林的讲理不同，蔡宝林讲理是自个儿讲，不让别人讲，好用自个儿的理把别人讲通；老秦讲理自个儿从来不讲，都是让人讲：

"这事儿我咋就整不明白呢?你给我讲讲。"

别人讲，他在那里听；而且一切须从头讲起，一五一十，来龙去脉，哪个环节也不能落下，哪个环节都不能出纰漏。可世上没有十全十美的事，任何一件事，理都不是一面的，是多面的，讲着讲着就出了纰漏，一出纰漏就被老秦抓住了：

"停停，这个地方我咋又糊涂了呢?你再讲讲。"

等你把这个纰漏堵住，别的地方又出了纰漏；本来事情没那么多纰漏，也让你说得漏洞百出。一直讲到老秦听明白了，也就是你讲不下去了，老秦啥也没说，就已经得理了，老秦才算罢。老秦得理又不让人，眨巴着眼说：

"这可是你说的。"

所以老秦与人打交道，从来不动心思，都是别人讲着讲着改了心思。

老秦快六十了，膝下有四男一女。四男老秦没怎么在意，唯一个小女，老秦四十岁得的，是他的心头肉。老秦脾气上来，与儿子也讲理，让儿子给他讲个明白，但与小女不讲理。一个女娃，老秦送她进过私塾，进过"延津新学"，取名秦曼卿，也算识文断字。按照常理，老秦打死也不会把小女嫁给一个卖豆腐的人家，何况秦曼卿一年前已定了婆家，公爹是县城北街开粮栈的老李。老李的粮栈叫"丰茂源"。"丰茂源"旁边，老李又开着一个中药铺，叫"济世堂"。两铺子的买卖，占了半条街。家里吃饭，掌柜伙计，要开四桌。老李嘴大，常跷着腿在街上说：

"你没病，吃我的粮；你有病，吃我的药。"

让人觉得有些张狂。但老李张狂是在嘴上，心底还是个老实人。一遇大事，就没个主意。正是因为一个没主意，一个主意大，他和老秦成了好朋友。去年通过媒人老崔，结了儿女亲家。老李的儿子叫李金龙，也上过"延津新学"，说起来和秦曼卿还是同窗。两家去年秋天下的定礼，婚期定在今年腊月二十九。过年之前成亲，图个双喜。自从下了定礼，两家来往就开始频繁。逢年过节，老李的儿子李金龙还来拜见岳父。李金龙和他爹老李性格不同，老李爱说话，李金龙不爱说话。老秦与他坐在一起，老秦说啥，他听啥；老秦不说，他也不怕冷场；对一个事情肯定或否定，仅以点头或摇头表示。老秦与别人在一起时，是老秦让别人说，老秦来听；现在与李金龙在一起，李金龙成了老秦，老秦成了别人。老秦不禁感叹：

"× 他大爷，还有比我沉得住气的。"

也正因为如此，他对李金龙没有大的反感。但进了今年腊月，离娶亲还有二十多天，李金龙突然变了卦。李金龙变卦不是对秦家或老秦有什么意见，而是年前和一帮狐朋狗友吃酒，划拳斗酒时，因为一杯酒的喝法，与新学时一位同学魏俊仁翻了脸。李金龙骂了一句魏俊仁傻×，魏俊仁恼了，说谁是傻×？自己未婚妻少一只耳朵都不知道，还说别人。大家以为魏俊仁是开玩笑，故意损李金龙，皆伸手打魏俊仁。魏俊仁被打恼了，言之凿凿，说这话是听新学时另一位女同学邓秀芝说的。当时上"新学"时，秦曼卿在邓秀芝家借过宿。邓秀芝说，这只耳朵，是秦曼卿两岁的时候，在院子里乘凉睡着了，被一只猪咬下的；秦曼卿头的左半边，整日用头发遮着，原因就在这里。这个邓秀芝，就是杨百顺他弟杨百利在延津铁冶厂看大门时，"喷空"好友牛国兴暗恋的那个女同学。为了替牛国兴给邓秀芝送信，杨百利还被邓家捆到枣树上打过一顿。魏俊仁说这话也是一气之下，并没想破坏李金龙的婚事。李金龙听罢，脑袋"轰"的一声炸了；何况众人之下，扫了自己的面子。李金龙一下将酒桌掀翻，转身回家，让他爹与秦家退婚。"丰茂源"和"济世堂"的掌柜老李，听说老秦的女儿少一只耳朵，也吃了一惊：

"这就是老秦的不是了。别说是结儿女亲家，就是卖头小猪，也不能对买主掖着藏着。"

又说：

"耳根长个瘊子，可以按下不提，少一只耳朵，咋不事先说明呢？"

但又犯愁：

"我跟老秦好了几十年，退婚二字，怕说不出口呀。"

又说：

"别看老秦有短处，真跟老秦坐在一起，我未必说得过他。"

又劝李金龙：

"少吧也就一只耳朵，又不少别的，还用头发遮着。"

李金龙瞪着眼珠：

"这不是一只耳朵的事，说瞎话。知道的，少只耳朵；不知道的，还不知少些啥呢。"

又说：

"你怕老秦，我却不怕，我去找他。"

又说：

"不退也行，你怕老秦，你娶了她。"

老李知道李金龙平日不爱说话，但性子轴着呢，只要主意打定，九头牛拉不回来。让儿子娶个少耳朵的，老李也有些窝心。看来这婚是非退不可了。但他哪里敢让李金龙去退婚？正因为李金龙不爱说话，遇到事情，三句话就会跟人说顶，接着就动了手；怕他跟老秦说顶，两人再打起来。只好捺下李金龙，托媒人老崔，去老秦家细说根由。老崔到了秦家，将话说了，老秦反倒立马急了，说小女秦曼卿并不少耳朵，只是少一只耳垂；并且不是小时候在院子里乘凉被猪咬掉的，而是在屋里睡觉被老鼠咬掉的。一只耳垂，算不上要害物件，值不当跟谁说起。并将姑娘从里屋拉出来，撩起头发让老崔看。秦曼卿果然两只耳朵都在，只是右耳少了一只耳垂。老秦拉老崔坐下：

"老崔，这事我整不明白，你受累给我讲讲，为了一只耳垂，这婚该不该退？"

又说：

"退不退婚还是小事，把个耳垂，故意说成耳朵，这是啥意思？今儿你不讲清楚，就别想走。"

老崔本是个牲口牙子，捎带给人说媒，看到事情错中出错，一件事变成了第三件事，有些慌了。平日他都不敢跟老秦讲理，自个儿占理的事，最后也被自个儿讲得没理，何况在耳朵和耳垂上头，老秦又占了半边理。忙给老秦作揖：

"东家，这事不怪我呀，我没说要退婚呀。"

又说：

"这事全怪老李，错听了别人的闲话。"

赶紧站起身：

"我这就回城，把实情转告老李，把这事说清楚，你们该是亲家，还是亲家。"

待老崔回到城里李家，事情已经晚了。晚了不是耳朵改不回耳垂，或耳垂李家也不答应，而是老李的儿子李金龙已离家出走。也不是离家出走，是纠合铁冶厂董事老牛的儿子牛国兴，南下杭州贩药材去了；说是贩药材，明显是自己抽身走了，把一个烂摊子，留给了老李。走的时候，连招呼也没打。老李搓着手：

"全是误传害的，明明是一只耳垂，却传成一只耳朵。"

又说：

"可他说跑就跑，连个招呼也不打，眼看就腊月二十九了，这台如何下？"

老崔硬着头皮，又将消息带回秦家庄老秦这里。老秦这才知道李金龙是个混账。自己平生头一回，被人闪了；闪他这人，还是个毛头小子。老秦勃然大怒：

"你告老李，本来这事还可商量；故意耍我，这事就不能商量了。如果因为耳垂退了婚，传出去，不是耳朵，也成了耳朵。"

又说：

"他跑是他的事，把他找回来是老李的事；如果腊月二十九不来迎亲，俺闺女也不嫁了，我就替她嫁到李家。到了那时候，就不是退婚的事了，咱说点儿别的；不说出个小

134

鸡来叼米，这事不算完。"

这话中了老李的命门。因老李平日是个没主意的人，一遇大事，就去找老秦商量。当初老李只开了一个"丰茂源"，后来盘下中药铺，还是老秦的主意。如今中药铺赚的钱，比"丰茂源"还多。受过老秦的恩惠，就有短处在老秦手里。但李金龙已经跑了，老李到哪里找去?说是去了杭州，还不知跑到哪里去了。男女双方就这么顶上了牛，一直到腊月二十，仍不见李金龙的踪影，想来是不回来过年了。"丰茂源"和"济世堂"的掌柜老李如坐针毡，怕老秦找他讲理，自己外逃的心都有了;秦家庄老秦，腊月二十晚上，却被小女秦曼卿说转回来。这晚老秦喝了几口闷酒，又在骂李家父子，秦曼卿进来说:

"爹，我知你心焦，但我问你一句话。"

老秦:

"啥?"

秦曼卿:

"你这是置气呢，还是嫁女儿呢?"

老秦:

"啥?"

秦曼卿:

"如果是置气，咱就跟李家这么闹下去，闹上一年半载，

135

他们未必闹得过爹；照爹的脾气，最后也必能把女儿嫁到李家。那样咱是解气了，可女儿到了李家，怨也就结死了。因为一只耳垂，一辈子，怕也无出头之日。到了那时候，耳垂就不是耳垂了。"

老秦长叹一声：

"我跟人讲了一辈子理，这一层我哪里会想不到？只是让李家退了婚，这棋接下去咋个走呢？不能像瓦碴一样，把我儿扔到半空中，无人接着，我儿接下去的路，就难走了。我气不是气李家退婚，而是给我儿下了一步死棋。"

秦曼卿自"延津新学"退学以来，在家闲来无事，也是明清小说看得多，看到许多富贵家女子，因种种事由婚姻发生变故，困顿之时，遂立志下嫁，有嫁给卖油郎的，有嫁给砍柴人的，甚至有嫁给乞丐者，后来皆有好的结局，于是说：

"没经过这件事，儿看人也只看个外表，经过了这件事，儿知道啥事得看人的内心。可世上啥最毒？就是人的心。人心毒不是说它狠，是说大家遇事都不往好处想，盼着事坏。在人眼里，儿从此有了短处；本来是一只耳垂，现在整个人都有了毛病。爹，你要疼儿，就不要让儿在一棵树上吊死，从今儿起，不论穷富，有不嫌儿少一只耳垂的，只要真心跟儿过日子，我就嫁给他。儿的短处说到明处，一辈子没有把柄在谁手里。爹要不答应，就是李家回心转意，我也从此一辈

136

子不嫁人。"

说完，潸然泪下。老秦看女儿伤悲，不禁高声骂道：

"卖粮食的李家，我×你们家八辈祖宗，我老秦从此与你们势不两立！"

又对女儿说：

"我跟人讲了一辈子理，最大一个理儿，原来我儿明白。说起来，富贵贫贱如流水，富贵未必不烦恼，贫贱未必不是好夫妻。只要心气顺，吃口窝头也安然。我儿不懂这个道理，嫁谁一辈子都不痛快；懂了这个理儿，一辈子少生多少闷气。爹今年六十的人了，我儿通大理，我到死也就放心了。"

别人与老秦说理，说上三天三夜，未必能说得转老秦；小女一席话，就把老秦说转了。第二天一大早，老秦让伙计到镇上去，将镇上东家老范叫来，对小女秦曼卿的婚事，讲了几点新看法。镇上东家老范，也与县城"丰茂源"和"济世堂"掌柜老李是儿女亲家：老李的二女儿，嫁给了老范的大儿子。老秦让老范把话转给"丰茂源"和"济世堂"的掌柜老李；镇上东家老范转话，自然比媒人老崔有分量。老秦一字一顿地说，头一条，马上与李家断亲，不但婚事不再重提，两家自此断了来往；第二条，李家下的彩礼，一针一线皆不退还，都散给要饭的；第三条，从今儿起，给女儿秦曼卿重新择婿，无论贫贱，凡有不嫌女儿少一只耳垂者，皆可来谈。话讲完，老范愣在那里。说完正事吸烟，老范听说第三条出自秦曼卿的主意，又感慨不已。话如数转到"丰茂源"和"济世堂"老李处，老李也恍然大悟。老李说：

"理儿有三层，没想到一个女娃，一下想得比我还深。"

又摇头：

"是咱自家孩儿无福，有眼不识金镶玉，让李家错过了一个好儿媳。"

又拍手：

"罢罢罢，在老秦面前，我到死也是个恶人，谁让我遇事没主意呢。"

本来这事跟杨家庄卖豆腐的老杨没啥关系，但老杨听说秦家重新择婿无论贫贱，便觉着是个便宜。便宜还不在于白得一个媳妇，城里老李家在乎少一只耳朵，现在不是耳朵而是耳垂，就是不是耳垂而是耳朵，卖豆腐的老杨也不在意。更重要的是，老杨借此可以攀上一个大户人家。事情不成，没损失啥；事情成了，就成了一箭双雕。比这些重要的是，这是天上掉馅饼，老杨不能不接。但卖豆腐的老杨也是个没主意的人，踌躇两天，又去马家庄找赶大车的老马商量。上次送杨百利进"延津新学"，就是老杨找老马商量的结果；结果虽是鸡飞蛋打，但老杨记吃不记打，遇到便宜，仍想去占。赶大车的老马也风闻此事，但他心里明白，这只是两个大户人家相互斗气，老秦下不来台，做出这种样子给大家看，以抖抖李家带来的晦气，证明女儿缺耳垂不缺耳朵，或证明一下秦家或女儿的志气。一个做豆腐的人家，没必要夹在中间认真。换句话，这就是一场戏，没必要把它从戏台子上搬到日子里。但他看老杨在那里苦苦思摸，有些好笑，又生出几分对老杨的看不起；正因为看不起老杨，又愤怒老杨上次将上新学抓阄的事说了出来，让他也跟着沾包；于是便想再设个套让老杨钻，让他在老秦那里碰壁，撞个头破血流，下次就长了记性。他不但没有阻止老杨，反而认真撺掇：

"好事呀，白得一个媳妇，强过卖一冬天豆腐。"

又说：

"还不是白得一个媳妇的事，攀上老秦家，你再出去卖豆腐，豆腐就不光姓杨了。"

又说：

"上回孩子上新学踏了空，如果这回能在老秦这里补上，还强过上学。"

又说：

"我不是催你，要想成就得快，免得让别人占了先。"

卖豆腐的老杨得令，欢天喜地回了杨家庄。第二天是腊月二十五，老杨一大早起来，洗了洗头脸，换了身干净衣裳，三步并作两步，去了秦家庄老秦家。老秦自将话放出去之后，大家皆知是做个样子，听了也就听了，无人认真，并无一家前来求亲。几天过去，老秦就将这事放慢到脑后。现在突然冒出一个卖豆腐的老杨，真把这话当事说，前来求亲，老秦有些哭笑不得。但话说到了前头，人来了又不能不说。令人没想到的是，一场话说下来，杨家和秦家竟假戏真做，真成了亲家；卖豆腐的老杨，也就糊里糊涂之中，真把馅饼吃到了嘴里。因老杨兴冲冲而来，待进了老秦家，见院落外三层里三层，像座县衙，牲口棚里骡马成群，长工都穿着体面衣裳，出来进去，心里便开始打怵。过去他也来过老秦家，但那是卖豆腐，就在老秦家门口候着，跟伙夫打交道，没进过院子。待穿过几道院落，进了正房，见老秦端坐在太师椅上，瞪着两只小眼珠看他，也不说话，等老杨开口，老杨站在地上便有些筛糠。冷场半天，老秦眨巴着眼还不说话，老杨终于熬不住了，打了退堂鼓：

"东家，算了吧。"

转身要走。老杨不说"算了吧"，老秦就算了；现在老杨说"算了吧"，老秦倒说："你站住。既然算了，你为啥还来？"

老杨低下头："东家，我错了，我癞蛤蟆想吃天鹅肉。"

老秦："那你就说说，你儿子为啥是癞蛤蟆。"

老杨："他啥都不会，就会做个豆腐。"

老秦："做豆腐好哇。家有良田千顷，不如薄技在身。"

老杨："他是个老实疙瘩，连话都说不利索。"

老秦："话说多了有屁用，我就爱跟人说理，给女儿的事办成这样。"

老杨："他不识字。"

老秦："李家那个王八蛋倒识字，不怕人坏，就怕坏人也识字。"

老杨："东家，您就饶了我吧，俺杨家穷。"

一套话说下来，老杨不像来提亲，倒像来拆亲。老秦与老杨说话的时候，秦曼卿在里间屋偷听。对公开招亲的事，老秦有些虚张声势，也就做个样子给人看；看老杨做事滑稽，也是逗他说两句话解解闷气。但秦曼卿却是人真的，看话放出去几天，无人前来求亲，还以为大家皆嫌她少一个耳垂，或不愿蹚这洼浑水，世上没有一个知心的。现在来了一家，她不知老杨是被吓住了，反觉得他的话句句中听，便掀开帘子说：

"爹，就是杨家吧。"

老秦和老杨都吓了一跳。老秦看女儿认了真，忙说：

"别急，这才刚开始说。"

秦曼卿：

"不用说了。如果换个人家来提亲，肯定句句说的是自家的好；杨大爷自打进门，处处说自家的不是。这样的人家，世上也算难寻了。杨家的孩子跟大爷来卖过豆腐，我见过，买三斤豆腐，他给人称三斤三两；卖豆腐是这样，换别的事，也只有别人对不住他，他不会对不住别人。"

秦曼卿也是只知其一，不知其二，杨百业卖豆腐多给人，并不是不会做生意，而是借豆腐发泄对老杨的不满，现在被秦曼卿当成了他为人处世的人品。老秦看自己弄巧成拙，有些慌张，忙说：

"刚说一回，事情哪里能定，总得从长计议。"

秦曼卿像明清小说中的落难小姐一样，从怀里掏出一把剪子，"咔嚓"一声，铰下自己一绺头发：

"爹，你就别骗女儿了，我知道你没有当真；你没当真我当真，我还非他家不嫁。你要再说别的，我连家也不住了，明天就去云梦山当尼姑。"

老秦见女儿剪发明志，知事情已无法挽回。如再有争执，恐女儿再生出别的变故。也是那天晚上脑子一热，竟听了女儿公开招亲的话，现在十步走了八步，已无法回头。老秦以前不认识老杨，只知道他是一个卖豆腐的；谈了一席话，看他倒是个老实人；就是老杨不老实，老秦也不在意，一个卖豆腐的，就是让他捣蛋，他还能捣蛋到哪里去？但他把老杨也想错了，老杨捣起蛋来，也不按正理；如按正理，也不敢前来提亲。正是老秦把老杨想错了，觉得一个老实人家，女儿嫁过去，除了日子上受些苦，别的方面倒不会吃亏。一边对女儿说：

"你性子比我还急，这么大的事，几句话就定了，将来你不要后悔。"

一边叹息一声：

"我老秦自生下来，没这么被人别过马脚。"

事情就这么定了。卖豆腐的老杨，事情定过，还不知事情缘何而起。秦曼卿手绾一绺头发对老杨说：

"大爷，你家要娶我，还得依我一句话。"

老杨擦着头上的汗：

"啥？"

秦曼卿：

"咱们今天就算定亲，四天后就得娶我，也赶腊月二十九。"

老秦知道女儿的用意，因她与李金龙的婚期，就定在腊月二十九。老杨却有些为难：

"东家，事情有些急呀，家里一点儿准备没有。"

老秦啐了老杨一口：

"让你准备，你还能准备啥？说是你家娶媳妇，还不得我替你兜着？"

卖豆腐的老杨欢天喜地，从秦家庄回到了杨家庄。别人家娶媳妇凭的是家产和人缘；老杨家娶媳妇凭的是几句话，虽没人缘，却有机缘。这结果不但老杨没想到，连赶大车的老马也没有想到。卖豆腐的老杨，心里还直感激老马。上次让杨百利进"延津新学"虽然踏了空，这次去老秦家求亲，老马又立了新功。回家与老婆和杨百业说了，老婆也欢天喜地，杨百业脸上倒有些不高兴。过去老杨不给他寻媳妇他牢骚满腹，现在老杨把媳妇给他张罗来了，他从另一面又有了不满。杨百业：

"我是一个囫囵人，凭啥给我找个缺耳垂的？"

老杨上去踢了他一脚：

"你是不缺耳垂，你缺心眼儿。"

杨百业是个窝囊孩子，记吃不记打，顺着他的性子，他会节外生枝；打他骂他，他倒没脾气。两个兄弟皆脱离老杨另谋出路，只有他还留在老杨身边做豆腐，就和窝囊有关。他又回头一想，如果不是有此茬口，自己的婚事还不知要拖到驴年马月；现在虽然少一只耳垂，睡觉的时候，马上能被窝不空，等媳妇到手，又马上能跟老杨分家。两头一算账，也就认可下来。

腊月二十九，杨家办喜事。腊月二十八是晴天，到了夜里，天上飘起小雪，一直到天明也没停。因这婚姻不同寻常，十里八乡的人，都冒雪来观看。好像不是来看婚事，而是来看新娘缺的那只耳垂；好像不是来看耳垂，而是来看由于这只耳垂，生出的一连串故事。新娘下轿时刻，人"呼啦"一下往前拥，杨家一堵土墙被拥翻了，雪地上，腾起一股尘烟；烟雾之中，一个老婆婆的腿，"咔嚓"一声被挤折了。哭喊打闹中，新娘秦曼卿下了花轿。过去老杨和杨百业去过老秦家卖豆腐，秦曼卿没来过杨家庄。在明清小说中，富贵女子下嫁，夫家虽破旧皆洁净，官人虽穷困皆聪明，虽然卖油打柴，但卖油打柴之前，皆是白面书生，会吟诗作画。秦曼卿下了花轿，站在条凳上往杨家举目一望，心里就凉了半截。杨家破旧倒也破旧，几间破房东倒西歪，院子里的地高低不平，雪落在土里，众人踏来踏去，成了一片泥泞；家里破旧秦曼卿料到了，这么脏乱没想到。接着新郎杨百业跑过来用红绸牵她，举手投足，又让她大失所望。过去杨百业去秦家卖豆腐，穿的是家常衣裳，看上去就是个憨厚；现在改了新郎装束，头戴借来的礼帽，身穿借来的长袍，胸前挽着红绸结，衣裳马上显得上下不合身，跑起来像个笨拙的猴子，看到秦曼卿时，张着嘴，露出一脸傻笑。啥叫傻笑?就是笑得不明不白。本来杨百业也没那么傻，也是被人山人海的阵势吓的，脸上的肉便僵在那里。场合一换，人就露出了原形。接着他张嘴说了一句话，秦曼卿彻底灰了心。杨百业看到秦曼卿脸色转阴，以为她嫌自己穷，悄声说了一句：

"你不要怕，我卖豆腐时，也背着爹攒着体己。"

秦曼卿叹一口气，便知生活和明清小说里不是一回事。但事到如今，主意全是自己拿的，想回头也已经晚了，在乐器的吹打中，不禁流下泪来。不是伤悲嫁错了人家，而是伤悲不该读书。

老杨卖了一头驴，酒席摆了十六桌。十六桌酒席老杨家哪里摆得下？便借了邻居杨元庆家两间瓦房。杨元庆一开始不同意借房，老杨白送了他两方豆腐，他才同意了。整个婚礼办得还算热闹。与大户人家结亲，卖豆腐的老杨担心婚礼会出岔子，一时做不到的，秦家会挑礼；但婚礼没出什么岔子，秦家也没有挑礼。倒是婚礼结束，杨家出了岔子。杨家出岔子不是新郎杨百业又露出什么马脚，岔子出在杨百顺身上。

杨百顺自和杀猪师傅老曾闹翻之后，无个去处，只好先回到杨家庄。杨百顺已经学会杀猪，本来可以单挑另干；但在手艺行里，和师傅闹翻，忘恩负义的名声传出去，在这行就无法再混下去了。本来他还想去裴家庄投奔剃头的老裴，看他如今能否收留自己。但当初投靠老曾是老裴牵的线，如今事情办砸了，事情的头尾虽不像师傅说的那样，但个中情由，枝枝叶叶，如何再向老裴解释？也许越描越黑，不是自己的不是，也成了自己的不是。剃头的老裴也不好投靠了。他还想去尹家庄重新投奔做盐做碱的老尹，但做盐做碱分季节，只限于春、夏、秋三季，一到冬天，地就冻住了，无法刮盐土做盐，也只能等到明年开春再说。他还想去投靠一个东家种地，但东家招长工也在春天，冬天地里并无活计。别的门路他就想不起来了，别的可以投靠的人他也想不起来了。杨百顺在世上最烦的人是卖豆腐的老杨，最烦的事是做豆腐，现在丢盔撂甲，只好又回到老杨身边做豆腐。老杨看他丢盔撂甲回来，心里更加得意；这次得意，又不同于前一次得意，说起风凉话，不再嬉皮笑脸，转成正色：

"我做豆腐不缺人呀。"

但杨百顺在杨百业婚事上出岔子并不是因为他对老杨不满；或在外边丢盔撂甲，找个茬口撒气；或不满他哥杨百业结婚，要节外生枝；而是因为弟弟杨百利回来了。杨百利在新乡机务段当了大半年司炉，似换了一个人。首先是他的行头。过去他是个乡下孩子，现在成了机务段的司炉；司炉在火车上也就是往炉膛里添煤，一天一身煤末子，头不是头，脸不是脸；但他回乡参加哥哥的婚礼，也就脱下工服，买了身西装，打着领带，戴顶礼帽，一副衣锦还乡的样子。其实杨百利在火车上，司炉当得并不如意。不如意不是说活儿有多脏多重。活儿倒也脏也重，一个火车头拉十几节车厢，动力全靠杨百利一个人往炉膛里添煤；自上了火车，到火车进终点站，一刻也没消停过，一个班上下来，棉袄棉裤全是湿的，还不如在延津铁冶厂看大门，日日坐在日头底下发呆。这时就觉得上了机务段采买老万的当。活儿脏活儿重还不是关键，问题是一个火车头上三个人，一个司机，一个副司机，全是杨百利的师傅。正师傅叫老吴，副师傅叫老苏，两人说起话来，全不对杨百利的心思。不对心思不是说杨百利爱说话，爱"喷空"，两个师傅全是闷嘴葫芦；两人倒也爱说话，但话说起来，两人说的，跟杨百利说的，不是一回事。两人说起话皆是家长里短，张家的小舅子偷了姐夫家的东西，被抓住打折了腿；李家的公公爬灰了儿媳，没被儿子发现，被婆婆堵在了被窝里；或王家赵家为一条小狗，差点儿出了人命；皆不是杨百利"喷空"所需的内容。这些事都太实，杨百利的"喷空"要虚实结合，转折处要有想象力。人是在夜游，但游着游着，就钻出一个白胡子老头。但钻出白胡子老头的"喷空"，老吴老苏又不喜欢，觉得是"瞎白话"，他们就喜欢看得见摸得着的发生在身边的张三李四的实事。但老吴老苏是师傅，杨百利是徒弟；火车头上是师傅的天地，他们聊天，徒弟插言他们不管，如转了话题或话题的方向，他们就急了。一趟火车开下来，或从新乡到北平，或从新乡到汉口，或从北平或汉口又回来，路上全是吴、苏二位师傅在说，杨百利除了往熊熊火光的炉膛里添煤，嘴一天天闲着。

手闲着不会把人憋死，嘴闲着就把人憋死了。好不容易轮班倒休，杨百利便去机务段采买科找老万，想把憋了几天的话，在老万那里倾泻个干净；但老万是个采买，总往外边跑，十天有八天不在段里，杨百利十回有八回找不着他。来时带了一肚子话，走时还需带回去。憋着回去，与来时的憋着又有不同，好像越积越满，肚子马上就要爆炸了。这时更觉得到机务段当司炉是个错误，上了老万的当。这时想起弹三弦的瞎老贾给他算过命，说他为了一张嘴，天天要跑几百里，看如今这情形，倒让瞎老贾给算着了。但杨百利并没有离开机务段。没有离开机务段不是留恋在火车头上当司炉，而是妄想有一天，能从火车头上下来，到客车车厢去当茶房。茶房提个大茶壶，在车厢里走来走去，给旅客续水。续完水，扫扫地，也就待着了。而一列火车有十几节车厢，十几节车厢里有一千多个旅客；火车开往北平需一天一夜，开往汉口也需一天一夜；一天一夜中，一千多个旅客中，不愁寻不出个把能"喷"得来的人。但从司炉到茶房，等于换了工种，火车头和铁轨归机务段管，客车归车务段管；老万能把他弄到火车头上，却不能把他弄到客车上；别的说合的人一时半会儿还无找到，杨百利只好先在火车头上待着。杨百利觉得当司炉委屈了自己，但在哥哥杨百业的婚礼上，"司炉"二字，却派上了用场。如果老杨家成亲找的是门当户对的人家，来的宾客也就是马家庄赶大车的老马、镇上打铁的老李、刘家庄贩驴的老刘等。但现在亲家是老秦，老秦这边来人就不同了。镇上东家老范来了，冯班枣东家老冯来了，郭里洼东家老郭来了，城里绸缎庄"瑞林祥"的掌柜老金也来了……本来大家可来可不来，但知老秦要借这次结亲抖抖晦气，给缺耳垂的女儿长长脸面，皆推开手头的事来了。骡子轿车，雪地里站了一街筒子。杨家没见过这种阵势，杨家的朋友也没见过这种阵势。赶车贩驴者，平日说话嗓门都很大，现在皆缩头缩脑，无人敢出头陪娘家来的客人。酒席开始，打铁的老李、贩驴的老刘，皆藏在厨房不敢露面；赶大车的老马，平日派头挺大，现在吓得说了瞎话：

"家里那头马驹病了，孩子的婚事我也看到了，得赶紧赶回去。"

匆匆从巷子绕到村后溜了。这时杨百利就派上了用场。一个"司炉"，在机务段不算什么，在杨家就算有头有脸的人了。十六桌酒席中，前八桌是秦家的客座，鸡鸭鱼肉齐全；后八桌是杨家的客座，每人一碗杂和菜。前八桌酒席中，又数第一桌最为要紧，坐着秦曼卿的两个哥哥、镇上东家老范、冯班枣东家老冯、郭里洼东家老郭、城里绸缎庄"瑞林祥"的掌柜老金等。众人皆往后退，杨百利便越过众人，上去陪了第一桌。杨百利虽然当个司炉不算什么，但也走南闯北大半年，见过些世面；他又会"喷空"，说话不怵场子，上了第一桌，竟纵横捭阖起来。也许是在火车头上憋屈得太久，他把杨百业的婚宴，当成了"喷空"和倾泻的天地。吃着喝着，酒席并不冷场，而且桌子上全是他在说，别人在听。戴着礼帽穿着西服"喷空"，又跟在延津铁冶厂大门口穿着打铁的衣裳"喷空"不一样。"喷"的也不是延津之事，而是从新乡到北平，从新乡到汉口，又从北平和汉口回来，旅途上发生的种种趣闻。本来他在火车上只顾往炉膛里添煤，一天到晚皆是无趣，但杨百利是在"喷空"，无趣就变成了有趣。这天，火车开着开着，轧死一个过道的小媳妇；火车急刹车停住，眼看着从小媳妇身上，飞出一只红色的狐狸，转眼之间，就跑得无影无踪。这人到底是谁呢?众人愣在那里，杨百利说，这人既不是人，也不是狐狸，是当年修铁路时，需要枕木，从东北伐了一批树，伐着了一棵仙树，这仙树是一女鬼变的，这女鬼便在每年伐树那一天，出来吓人。夜里开火车，车灯能照出五里远。火车开着开着，又眼见一个男人骑在车灯的光柱上，嘴里在喊：

"肝和肺我就不要了，把心还给我。"

这人却不是仙，是人，是邯郸一个打官司屈死的铜锅匠，在人间喊不得冤，到火车的灯柱上来喊。

秦家这边来的大户人家，也知一个机务段司炉的深浅，听杨百利在那里"喷空",皆感到好笑。杨百利的"喷空",适合牛国兴与机务段采买老万,不适合这些东家。说到火车灯柱上铜锅匠要心,众人皆觉得"喷"得有些张致。所谓"张致",是句延津话,就是张过了极致,有些大发。众人没笑,倒是把城里绸缎庄掌柜老金带来的五岁的孙子给吓哭了。杨百利本来还要说铜锅匠冤死的案由,这案由和一般的冤死又有不同,精彩全在这里,但看孩子哭了,只好止住。一个酒席下来,杨百利并没"喷"痛快;但大家觉得已经"喷"得很张致了。但大家是在别人的婚宴上,不看僧面看佛面,听了也就听了,偶尔也附和笑两声,没人说什么;"喷"着吃着,一顿饭也就过去了。大户人家的掌柜虽是虚与委蛇,杨百利也觉得自己没"喷"痛快,但在杨百顺看来,杨百利果然不是过去的弟弟,甚至成了大户人家中的一员,可以与他们平起平坐。与弟弟相比,自己一年来只跟人学个杀猪,天天跟肠子、肚打交道;现在把师傅也得罪了,连杀猪也不得,回到家里,天天受卖豆腐的老杨的挤对。哥哥结婚,同是弟弟,杨百利上了第一桌陪客,自己不但上不了头一桌,卖豆腐的老杨,干脆连酒桌也不让他上,另外给他分配了一个差事,让他在杨元庆家的茅房给人垫土,即客人上了茅房,方便完,拴上裤带走出,他赶紧往茅坑里填一锨土,遮住雪上的秽物。这也是杨元庆借瓦房给老杨时,向老杨开出的条件,瓦房可以借给你摆酒席，但要保证厨房不乱，茅房不乱。两年前哥俩儿一块儿上老汪私塾时还平起平坐，两年后已有天壤之别。何以如此?杨百顺追根溯源，又想起当年上"延津新学"的事。如当初自己上了"延津新学"，现在戴礼帽穿西服的就是自己；正因为当初杨百利和老杨在抓阄时做了手脚，杨百利就走出了杨家庄，一直走到新乡、北平和汉口，自己如今沦落到投靠无门的地步。其实杨百顺也是涉及一点，不及其余，只想到上"延津新学"一段，倒把"延津新学"解散之后，杨百利挂上了牛国兴，又在延津铁冶厂遇到了新乡机务段的老万的过程给忽略了。如果当初上"延津新学"的不是杨百利而是杨百顺，杨百顺不会"喷空"，未必能跟牛国兴成为好朋友，接着也未必能遇到老万，照样得回杨家庄。但气恼之中，杨百顺把不知道的过程全忽略了，现在计较的是结果。

　　婚宴结束，已是半下午；客人全部散去，已是晚上。晚上杨百顺越想越气，这时气不是气卖豆腐的老杨和当司炉的杨百利，又追根溯源，开始怨恨马家庄赶大车的老马。本来他没想起怨恨老马，还是老马从婚宴上慌忙逃走之前，上了一趟茅房。上茅房本为屙屎撒尿，老马被秦家的阵势吓住，到了茅房，六神无主，把屙屎撒尿给忘了，但又不能白来，只好吐了一口痰；痰又无吐正，没吐到茅坑里，一大摊黏稠的浓痰，就吐在茅坑边；吐完，抬起头，看到等着垫茅坑的杨百顺，也熟视无睹。老马熟视无睹是心里有事，甚至没有认出等着垫茅坑的是谁，但杨百顺却觉得老马是故意的，本来没有屙屎撒尿的打算，故意把一口浓痰吐在茅坑旁，让杨百顺收拾。当时也就是一口痰，现在和"延津新学"和抓阄的事联系起来，痰就不是痰了。因为当初让杨百利进"延津新学"和抓阄做手脚，全是老马给老杨出的主意。自己与老马无冤无仇，老马为何要设圈套毒害自己？平时说一千句坏话无碍，关键时候说人一句坏话，就把一个人变成了另一个人。老马前边帮助杨百利当了司炉，现在又帮助杨百业娶了媳妇，独独对自己下了黑手，不是一个前世的冤家是什么？其实他也是冤枉了老马，老马给老杨出主意时，对老杨从无怀过好意，现在阴差阳错，被杨百顺当成了老杨的帮凶；或者与老杨和杨百利共同作案，系主犯。主犯或帮凶倒没有什么，作了案，又对苦主熟视无睹，甚至再吐下一口痰，就是可忍，孰不可忍了。从早上到晚上，上茅房的客人不断，杨百顺只顾往茅坑里垫土，天黑下来还没有吃饭。待客人散完，杨百顺才离开茅房，一个人钻到厨房吃些东西。烦闷之中，又喝了几口婚宴上撤下来的烧酒。酒能浇愁，一会儿就喝大了。大了之后天旋地转，心头的火苗子也越烧越旺。由一口痰想开去，与老马有了不共戴天之仇。不喝酒杨百顺睡一觉也就过去了，喝了烧酒杨百顺决意要报这个仇。也是一时怒从心头起，恶从胆边生，杨百顺遂离开杨元庆家的厨房，回到自己家，钻到牛棚里，抄起自己的杀猪刀，要到马家庄去杀赶大车的老马。老马不除，还不知他今后会对自己下什么毒手；为了一口痰，老马应该付出自己的代价。

杨家庄离马家庄十三里。天一黑，雪越下越大，杨百顺冒着风雪，一步一个脚印往马家庄走去。杨百顺自跟老曾学徒起，总共杀过三百多只鸡，八十多条狗，四十多头猪。杀鸡杀狗和杀猪，就是讨个生活，与哪一只鸡狗和猪都无冤无仇，一开始有些心怯，但时间长了，刀把子按下去，一个事情就结束了。这次杀老马与杀鸡杀狗和杀猪又有不同，虽然以前没有杀过人，但有满腔的仇恨在，心里对杀人倒一点儿不怯。一刀子下去，心头淤积的全部冤仇全都了结了。所以还没杀到老马，单是想一想，杨百顺就满腔痛快。别人喝醉酒脚下拌蒜，杨百顺喝醉酒走路，倒脚下生风。想着此时此刻，哥哥杨百业已入了洞房，和新娘成就了好事；弟弟杨百利不知又在找谁"喷空"，过年之后，仍去新乡机务段当司炉；卖豆腐的老杨与大户人家结了亲家，也许正在盘算今后该占更大的便宜；但明天一早，他们就会知道老马在世上没了。想着他们都惊在那里，杨百顺心里又是一阵畅快。原来杀老马并不是为了杀老马，而是为了杀给人看。他跟这些人，原来都有仇。醉着想着，不知不觉就到了马家庄村头。这时一股朔风吹来，杨百顺的酒涌了

155

上来，忙下道到村头打谷场去吐酒。突然脚下一阵拌蒜，人跌倒在谷垛上。"哇哇"一阵吐，腹内轻松许多，头脑也清醒许多。起来身，擦擦嘴，发现一个孩子蹲在自己身边，把杨百顺吓了一跳。原来刚才自己踏在孩子身上。孩子一身雪，八九岁，大眼睛，瘦得皮包骨头，腊月天，还穿着一身单衣，浑身打着哆嗦。杨百顺以为他是一个要饭的，快过年了，还无家可归，睡在村头谷草垛里。杨百顺还没说话，那孩子哆嗦着问：

"你谁呀，吓我一跳。"

杨百顺"哇哇"又吐了两口，说：

"别怕，我是杨家庄杀猪的小杨，从这儿路过。你叫啥？为啥睡在这儿？"

那孩子低头不说话。杨百顺又问，孩子掉下眼泪，说自己叫来喜，不是要饭的，就是马家庄的，爹是村里贩驴的老赵。一年前死了娘，爹又给他续了一个后娘，带来三个孩子。后娘本来对他不差，没打过他，也没骂过他，只是吃饭时不让吃饱。半年前来喜一时糊涂，偷了后娘一个镯子，拿到集上换烧饼吃。后来被后娘发觉了，后娘不告诉老赵，单等老赵出门贩驴时，夜里用大钉扎他的肚脐眼；后娘扎他，也不单为了镯子，是镯子的事传了出去，众人不怪来喜，反怪后娘虐待来喜，如平日让来喜吃饱，来喜也不会偷镯子，后娘怪来喜败坏了她的名声。老赵回来，来喜又不敢对老赵说，

156

怕由大钉引出镯子，由镯子再引出别的事。往肚脐眼扎大钉，从此开了头，来喜犯了别的错，后娘也扎。所以老赵一出外贩驴，他就不敢在家里睡。年关前老赵又到口外贩驴，他就天天睡在村头打谷场上。有时后娘还到打谷场上找他，他还得防着后娘，在几个打谷场上轮着睡。刚才已经睡着了，被杨百顺踩醒，还以为是后娘来了，所以慌张。说着，掀开自己的单衣让杨百顺看。借着雪光，看到他肚脐周围，有十几个钉眼，有的结了痂，有的还在流脓。杨百顺看后，暂时忘了自己的烦恼，一声长叹：

"原来一件事，中间拐着好几道弯儿呢。"

又问：

"你睡这儿不冷呀？"

来喜：

"叔，我不怕冷，我怕狼。"

这时杨百顺的酒彻底醒了。他想起当年自己因为丢了一只羊，夜里不敢回家，睡在杨家庄打谷场上，半夜碰到剃头的老裴。一个八九岁的孩子，家里出了变故，换了个娘，因为一个镯子，肚脐就被扎大钉，大过年的无家可归。同是后娘，来喜这个后娘，连杀猪师傅老曾娶的那个笑面虎都不如了。自己十八岁的人了，虽然受了些人的委屈，似还没到来喜的地步。杀了老马容易，自己接着如何？世上的事情，原来件件藏着委屈。杨百顺感叹一声：

"按说这事不该我管，可谁让我碰上了呢?"

接着说：

"走，我带你去个暖和的地方。"

扯起孩子的手，两人离开了马家庄。这时天更低了，雪越下越大，变成了鹅毛大雪。两人一高一低，冒着风雪，向镇上灯光处走去。这个来喜，也是无意之中，救了一个人的命。这个人是马家庄赶大车的，名字叫老马，赶大车时吹笙，睡觉前也吹笙。

·九·

 　　杨百顺七十岁时想起来，他十九岁那乍认识延津天主教神父老詹，是件大事。认识老詹，他才来到县城。到了县城，他才结了婚。认识老詹之前，杨百顺在蒋家庄老蒋的染坊当学徒。杨百顺跟师傅老曾学杀猪时，见过老詹。老詹是个意大利人，本名叫吉罗拉莫·詹弗兰切斯基，中国名字叫詹善仆，延津人叫他"老詹"。老詹他叔就在中国传教，先在北平，后来去过福建，去过云南，去过西藏，五十六岁那年，从西藏回到中原，在河南开封落了脚，任开封天主教会会长。当时的开封教会，辖豫东豫北三十二县的天主教分会。老詹二十六岁那年，追随他叔来到中国，被开封教会分派到了延津。老詹的中国名字，就是他叔给起的。老詹来延津时，延津还无人信主，属开封教会的第三十三县。老詹来延津时二十六岁，高鼻梁，蓝眼睛，不会说中国话。转眼四十多年过去，老詹七十岁了，会说中国话，会说延津话，鼻子低了，眼睛也浑浊变黄了，背着手在街上走，从身后看过去，步伐走势，和延津一个卖葱的老汉没有区别。老詹个头比延津人高，一米九左右，说话之前先"吭吭"鼻子，但他并不适合传教。也许主的话他肚子里都有，但像杨百顺当年的私塾老师老汪一样，茶壶里煮饺子，有却倒不出来。他跟老汪的区别是，老汪倒不出孔子的话就跟学生急，老詹说不出主的旨意既不跟人急，也不跟自己急，说着说着乱了，或断了，鼻子"吭吭"一阵，再从头说起。一段话从头说几遍，主早让他说成了另外一个人。

四十多年前，老詹来延津传教时，老詹他叔还在开封天主教会当会长。延津是盐碱地，十年有九年闹灾荒，不是旱了，就是涝了，全县三十几万人，天天能吃饱饭的，仅有一万多人，延津人瘦，源头就在这里，吃饭吃个五成，就放下了筷子。主可怜见，他叔也是对侄子寄予厚望，便拨款在县城北街修了一座天主教堂。本欲修个小教堂，开封天主教会拨款买的砖瓦木料，够建两面十六扇窗户的房子，能容百十来人。老詹虽不适合传教，但适合盖房子，老詹他舅在意大利是个泥瓦匠，老詹从小在外婆家长大，耳濡目染，粗通建筑；砖瓦还是那些砖瓦，木料还是那些木料，但他把青砖用在了房子的西、北两面，东、南两面改为土墙；屋顶背阴面用瓦，朝阳一面苫草席和笆；木料不够，他自己又在延津买了二十多棵榆树，解成板子；十六扇窗户的房屋材料，让他盖成了三十二扇窗户的教堂。教堂盖起来，能容三百来人。四十多年过去，除了连下十天雨房子会漏，九天之内，教堂里的地都是干的。但能容三百来人的教堂，四十多年来，在延津基本空着。因老詹在延津传教四十多年，延津的天主教徒只有八个人。前年延津新来一个县长叫小韩，要办"延津新学"，没有学堂，把老詹从教堂赶出来，天主教堂成了小韩的学堂，除了老詹跟现任的开封天主教会会长老雷有矛盾，有教义之争，不好告状，还和老詹在延津信徒不多有关。如天主教在延津人多势众，小韩哪里敢招惹老詹? 虽然延津的天主教徒只有八个，但老詹并没有气馁，七十岁的人了，还一年四季，风里雨里，满延津跑着。杨百顺跟师傅老曾学杀猪时，有时会碰到下乡传教的老詹。杀猪者，传教者，不约而同到一个村庄去，就碰到了一起。这边杀完猪，那边传完教，双方共同在村头柳树下歇脚。杨百顺的师傅老曾抽旱烟，老詹也抽旱烟，两人抽着烟，老詹便动员老曾信主。老曾"唧唧"地磕着烟袋：

"跟他一袋烟的交情都没有，为啥信他呢?"

老詹"吭吭"着鼻子：

"信了他，你就知道你是谁，从哪儿来，到哪儿去。"

老曾：

"我本来就知道呀，我是一杀猪的，从曾家庄来，到各村去杀猪。"

老詹脸憋得通红，摇头叹息：

"话不是这么说。"

想想又点头：

"其实你说得也对。"

好像不是他要说服老曾，而是老曾说服了他。接着半晌不说话，与老曾干坐着。突然又说：

"你总不能说，你心里没忧愁。"

这话倒撞到了老曾心坎上。当时老曾正犯愁自个儿续弦不续弦，与两个儿子谁先谁后的事，便说：

"那倒是，凡人都有难处。"

老詹拍着巴掌：

"有忧愁不找主，你找谁呢？"

老曾：

"主能帮我做甚哩？"

老詹：

"主马上让你知道，你是个罪人。"

老曾立马急了：

"这叫啥话？面都没见过，咋知道错就在我哩？"

话不投机，两人又干坐着。老詹突然又说：

"主他爹也是个手艺人，是个木匠。"

老曾不耐烦地说：

"隔行如隔山，我不信木匠他儿。"

老詹与老曾说话时，杨百顺对老詹没怎么在意，倒是对老詹的徒弟小赵有些羡慕。小赵是本地人，二十多岁，他爹是个卖葱的。他每天的事由，就是骑一辆脚踏车，驮着老詹去各村传教。这辆自行车是法国造，"菲利普"牌，过去老詹年轻时，由老詹骑着；几十年过去，老詹老了，背驼了，眼神也不济了，便招了一个徒弟，让他学会骑脚踏车，驮着老詹四处跑动。"丁零零"一阵车铃响，大家便知道老詹来了。老詹传教时，小赵并不搭腔，守着脚踏车栽嘴儿。有时小赵在车尾巴上绑一架子，架子上驮几捆葱，老詹传教时，他在村里卖葱，老詹也不管他。碰面多了，老詹传教杨百顺没有在意，但他爱琢磨小赵卖葱。小赵栽嘴儿或卖葱时，杨百顺也端详那脚踏车。一次大胆上去，抚了抚那车的羊角把，对小赵说：

"这玩意儿，不是好耍的，跑起来比马都快；换个生手，非弄个倒栽葱不可。"

杨百顺与小赵说脚踏车，并不是为了脚踏车，而是对小赵和师傅的松散关系，有些不解。师傅传教，徒弟不帮师傅打下手，却去卖葱，这叫啥事呢?相比之下，当时杨百顺和师傅、师母的关系，就显得太箍人了；别说当着师傅另搞一套，就是跟师傅搞的是同一套，杀猪单说杀猪，三根肠子，还得等着师母分配，杀一天猪，连个住处都没有。便想由脚踏车攀谈开，问一问小赵、师傅和主的关系，这关系小赵又是如何调理的。谁知小赵并不与他攀谈，仅说到脚踏车，就把他挡了回去，将他的手从脚踏车上推开，带搭不理地说：

"汗手，别污了电光。"

师傅老曾认为一个杀猪的和一个传教的可以平起平坐，但到了徒弟这里，就显出高低之分了。以后双方再碰面，杨百顺也赌气不理小赵。

杨百顺那次杀老马未遂之后，并没再回杨家庄。虽然手上没有杀人，但在杨百顺心里，已经将老马杀过一遍。不但杀过老马，连同老马的同谋——卖豆腐的老杨、司炉杨百利，在心里也一并杀了。在生活中，他要杀的是老马；但在心里，头一个杀的是老杨。在家里磨豆腐，天天碰到老杨，先杀为净。平日与老杨没话，杀之前也没话，老杨正在家里枣树下转圈，被他一杠子闷死了；接着是司炉杨百利，杨百利嘴爱说话，夜里正在机务段睡觉，被他一刀将头割了下来，从此再不能"喷空"；最后才是马家庄赶大车的老马，最可憎的人，放到最后，老马肚子里花花肠子多，两人迎面走来，杨百顺一刮刀上

164

去，剖开他的肚子，花花绿绿的肠子，流了一地。杀人之地，是不能再回去了。这和头一回离家出走不一样；头一回出走还有些赌气，这回心里是彻底凉了。但出走容易，接着往何处去，杨百顺比上一回出走还为难。在延津之地，几经波折，杨百顺已想不起可投奔之人。虽然只得罪了几个人，但好像把全延津都得罪了；虽然与几个人不对付，但好像跟全延津都不对付。要想找到出路，看来得离开延津。与来喜分手的第二天，杨百顺冒着漫天大雪，来到延津渡口，想从这里渡过黄河，到开封去打零工。可开封他从前没去过，到开封之后，从何处入手，能否立住脚，还不得而知；只是觉得那里地方大，人多，肯定门路就多，比乡下好存身。来到延津渡，因为雪大，摆渡的老叶已撑船回家了。欲往回走，突然想起自己已无家可归，便信步走到在渡口开饭铺的老阮家避雪。掀开半条铺盖截成的门帘，进了饭铺，看到已有三个客人在地上向火。其中一个是蒋家庄染坊的管家老顾，另外两个是染坊的学徒。杨百顺不认识老顾，但其中一个徒弟叫小宋，是杨百顺在老汪私塾的同学，两人便相认了。老顾长个方头，年前带着两个徒弟去汲县收货，所谓货，也就是些布匹和纺线，运回蒋家庄染坊去染；从汲县回来，遇到风雪，蒋家庄在黄河对岸，过不了河，也来老阮的饭铺避雪。大家向了一会儿火，老顾看杨百顺脸生，没理杨百顺，杨百顺也没敢跟老顾搭讪。小宋见管家老顾不搭理杨百顺，也没敢跟杨百顺多说话。一个上午，都是他们三人在说染坊的事，杨百顺在听。说着听着，大家共同盼着雪停。谁知雪越下越大，到了半下午，天就黑了。几个人只好歇宿到老阮的饭铺里。夜里杨百顺和小宋睡到一起，两人才悄声说起各自的近况。小宋自老汪私塾分别之后，一直在蒋家庄染坊染布，没换过地方。小宋说：

"染布就染布吧，换生不如守熟。"

杨百顺就对小宋有些羡慕，干一件事，能在一个地方待牢。小宋问起杨百顺，杨百顺长叹一声，从"延津新学"讲起，到跟老曾学杀猪，到哥哥结婚，到如今投靠无门，欲渡黄河去开封谋个差事；两年来倒换了几个窝，一次也没守熟，没守熟并不是自己不想守熟，而是事情总出岔子；如今开封又不熟，心里没底。枝枝叶叶，来龙去脉，给小宋讲了。不讲还好些，一讲又心烦起来。小宋到底是同学，听完杨百顺的话，拍了一下手：

"巧了，掌柜家染坊正缺一个烧火的，不知你愿不愿意去。"

杨百顺心中一喜：

"我都到了山穷水尽的地步，哪里还提得上愿意不愿意？能在近边烧火，总比去脸生面不熟的开封强。"

小宋：

“这你就说对了，大地方的人都欺生。”

又说：

“那我明天跟老顾说说，看他要不要你。”

杨百顺：

“我看老顾脸沉，怕是不好通融。”

又说：

“能去最好，你也有个伴。”

说完又觉得不妥，忙又说：

“我不是说你得有伴，是我须要跟一个人。这两年混下来，我觉得我一个人混不成。”

小宋倒安慰他：

“还有几十年呢，也不能这么说。”

第二天早起，雪停了，太阳出来了。小宋果真给管家老顾说了杨百顺这个人，这两年的风风雨雨，眼下投国无门，求老顾收下他，让他烧火。老顾听后，别的没说啥，只是说：

“他两年换了不少地方，到哪儿都跟人闹别扭，怕不是个老实人吧？”

又说：

“不是我不给你面子，咱家掌柜的你也知道，不怕人笨，就怕人不老实；到时候他闯了祸，我可吃罪不起。”

但等老顾走出饭铺，发现昨天堆在饭铺外棚子里的几十包布匹和纺线，已被杨百顺一个人一包一包扛到了渡口。原来他们睡觉时，杨百顺五更就起床了，替他们扛包。经过两年的风风雨雨，杨百顺也跟从前不一样了。一包布匹和纺线，足有百十斤重。摆渡的老叶这时也撑船过来了，杨百顺又将一包一包的货，撅着屁股往船上扛。雪地里，扛出一身汗，哈气从头上冒出来，周身像蒸笼一样。小宋指着远处的杨百顺对老顾说：

"看。"

老顾朝地上啐了一口痰：

"看啥？他不扛包，说明他老实；他一扛包，证明我没看错，这孩子有心眼，我不敢要。"

待走到船边，杨百顺已将货扛完。半截棉袄都被汗打湿了。老顾三人上船，如果这时杨百顺跟老顾搭讪，杨百顺的大包就白扛了；但杨百顺见到老顾之后，并无表功的意思，看老顾没收留他的意思，也没说啥，本来可以跟他们同乘一条船，到黄河对面，现在也不乘了，跳下船，向小宋招手。他这一跳船，一招手，老顾心动了，觉得他是个憨厚孩子，便向他招手：

"小子，上来吧，去染坊让俺家掌柜看一看。他收你，是你的福气；不收你，你也埋怨不着我。"

杨百顺又跳上船，几个人渡过黄河，一同去了蒋家庄。

蒋家庄老蒋的染坊叫"鸿源泰"，支着八口大染锅，皆一丈见圆，日夜用劈柴烧着。锅里的颜色分示、橙、黄、绿、青、蓝、紫、黑八种。一匹白布或一挂白线扔到黑锅里，煮上两个时辰，捞出来，就成了皂布或黑线；一匹白布或一挂白线扔到其他染锅里，煮上两个时辰，捞出来，成了红布、橙布、黄布、绿布、青布、蓝布或紫布，红线、橙线、黄线、绿线、青线、蓝线或紫线。延津方圆百里，就两个染坊，蒋家庄老蒋家是其中之一。一个染坊，雇了十来个伙计。老蒋五十多岁，早年是个茶商，来往于延津和江浙一带；碰到合适的茬口，也去其他省份卖茶。后来年纪大了，跑不动了，用贩茶赚的钱，开了个染坊。老蒋干瘦，长个鹰钩鼻子；年轻时贩茶爱说话，从延津到江浙的茶商，都知道有个爱说话的鹰钩鼻老蒋。但老蒋过了五十岁之后，突然不爱说话了；但说话像抽烟一样，不是说戒就戒的，十个有八个做不到，但老蒋说戒就戒，而且戒得有些大发，一天也不说一句话，遇事爱想，一下又让人不习惯。譬如在染坊，一句平常话，他得想半天；虽然想了半天，放到嘴里说出来，还是一句平常话。别人认为是平常话，但老蒋经过了想，认为这话就不平常了；如果你还按平常话去办，老蒋就急了。杨百顺到蒋家之后，老蒋看了他一眼，低下头想。小宋在旁边帮杨百顺说话：

"掌柜的，也就烧个火，他是个老实孩子。"

老蒋又盯小宋看，接着低头想；想了半天，也没说什么，挥挥手，让老顾把杨百顺留下。

但杨百顺留下之后，管家老顾并没让杨百顺烧火，而是把过去挑水的老艾调过去烧火，让杨百顺顶老艾挑水的位置。杨百顺也就改为挑水。在染坊，挑水不算个手艺，但杨百顺想，烧火也不算手艺，初来乍到，能挑上水就不错了。担挑了十天水，杨百顺才知道挑水的厉害。因这个挑水不是伙房的挑水，而是染坊的挑水。老蒋家有八口大染锅，相应就有八个砖砌的大水池，因布、线染过要漂，漂过才能搭在杠子上晾干。八个池子皆两丈见方，漂布的水三天一换，赤、橙、黄、绿、青、蓝、紫、黑，八个大池子轮流倒腾，每天需六百多挑水。水井倒也不远，就在院外槐树下，但将六百多挑水用辘轳从深井里摇出来，再挑过去，就需些气力和时辰。杨百顺每天鸡叫起床，夜里三星出来收工；但三天有两天，池子里的水还是倒换不及。这时就觉得挑水不如烧火。这时才知道管家老顾的厉害，收是收了他，但要给他个下马威。漂布的水换不及，会使整个染坊窝工。还没等管家老顾说他，掌柜老蒋就急了。掌柜老蒋急起来倒不骂人，也不打人，而是看到哪个池子里的水颜色深了，就盯着哪个池子看；然后把杨百顺叫过来，又盯着杨百顺看。杨百顺自上了工，老蒋没跟他说过一句话，遇到事情就是个看。看后也不说话，低下头自个儿想。一个人在你眼前想你，比挨打受骂还叫人心里发毛。杨百顺慌忙挑起水桶，再到井上摇水。这时想起过去跟师傅老曾的杀猪时光，虽然受了些委屈，但跟现在挑水比，还是轻闲许多。有时师徒两人走着走着，还在大柳树下歇脚，东一句西一句地聊天。但老曾管吃不管住，每天还要跑三十里；染坊倒是有住的地方。但一个月过去，杨百顺挑水就上了路。上路不是说要多挑水，而是赤、橙、黄、绿、青、蓝、紫、黑八个池子，换水也有学问。三个颜色浅的池子，橙、黄、蓝，水要三天一换，不能偷懒；其余五个颜色深的池子，五天一换也显不出来。过去八个池子皆三天一换，故忙不过来，耽误了橙、黄、蓝三个池子；现在摸着了门道，换起水来就游刃有余。老蒋看着池子也不想了，杨百顺也比以前轻松许多。

转眼冬去春来。在蒋家待得时间长了，杨百顺对染坊十几个人全熟了。不熟觉得染坊就是个染坊，熟了之后才知道，一个染坊不光是染布，染布之外，还有许多事情。十三个伙计，分五个来路：五个是延津人，三个是开封人，两个是山东人，一个内蒙古人，还有两个南方浙江人，是过去老蒋贩茶时认识的。十三个人在一起，又来路不同，相互之间有说得着的，有说不着的；以说得着说不着论，分六个团伙。杨百顺一开始认为同一个来路的会是一伙，但时间长了发现，同来的往往有隔阂，过去相互认识的，处着处着倒能成为朋友。如杨百顺的同学小宋是延津人，他就跟其他几个延津人合不来，和一个内蒙古人搅在一起。内蒙古人叫塔拉思汗，是个大胖子，右耳朵上扎了个耳朵眼，吊着一小盏琉璃灯笼，人叫他"老塔"。这个老塔心眼倒不坏，但欺生。杨百顺刚来时，挑水不入路，掌柜老蒋也就是个看和想，他却用眼睛剜杨百顺，嘴里还用蒙古语嘟囔着什么。杨百顺虽然听不懂蒙古语，但知道不是好话。杨百顺与他合不来，久而久之，捎带和同学小宋的关系也疏远了。还有，管家老顾对掌柜老蒋也不是真心。说起来他们还是亲戚，虽然年龄大小差不多，但按照辈分，老顾是老蒋的远房姨父。但老蒋在老顾是一个样子，老蒋不在老顾又是一个样子。老蒋不在时，伙计们浪费染料，浪费劈柴，偷吃东西，或偷奸耍滑，老顾皆不管。该管的他不管，不该管的，如伙计们之间传闲话，他又喜欢掺和。别人传闲话也就是个闲话，他在传话的过程中，爱把一件事说成八件事。大家表面上把他当作管家，背地里无一个人不恨他。看着大家在一起染布，一起吃饭，其实各人揣着各人的心思。更有甚者，掌柜老蒋有两个老婆，大老婆五十多岁，小老婆二十多岁。杨百顺听小宋说，大伙计顺利，那个山东人，麻秆腿，自称武二郎者，跟二十多岁的小师母还有一腿。这哪里是武二郎？分明是西门庆。这事情全染坊的人都知道，唯有掌柜老蒋不知道。杨百顺听后，既替老蒋着急，又有些不解：老蒋天天在那里想事，怎么就想不到这一层呢？又听说老蒋年轻时爱说话，五十岁突然不爱说话，想来不会无缘无故，定有原委藏身其中。这些年杨百顺经历过许多事，知道每个事中皆有原委，每个原委之中，又拐着好几道弯。老蒋不爱说话，原委又藏在哪一层哪一道弯呢？一个染坊，千头万绪，让杨百顺替蒋家和老蒋想得脑仁疼。过去跟老曾杀猪，加上师娘，共三个人，杨百顺已觉得关系复杂；换了个染坊，本想清静，谁知更不得清静。但正是因为经过许多事，杨百顺长了心眼，最大的心眼是，他不招惹是非；染坊虽然人多事杂，杨百顺牢记一条，跟哪一个人都不远不近，包括同学小宋，也无来时说的"做伴"和亲密。杨百顺自成一派，希冀保住自己挑水的位置，再走一步看一步，将来能学上染布。

但到了这年秋天，杨百顺的饭碗还是没有保住。饭碗丢了不是因为得罪了老蒋，或是跟哪一个人产生了是非，而是因为一只猴子。掌柜老蒋看、想之余，有两大嗜好。一是不喜欢白天，喜欢夜晚。染坊白天在煮布煮线，他大都在睡觉；晚上染坊开始晾布晾线，他从卧房走了出来。染坊白天不晾布晾线，白天有日头，怕把布、线晒花了，晾布晾线都在晚上；这时八个大水池四周点起十六盏牛油灯，灯芯像草绳一样粗，"突突"冒着黑烟。布和线沾上水都死重，伙计们脱光膀子，从池子两边往晾杠上拽布拉线。一个晚上要晾几百匹布，几百捆线，青一匹，红一匹，蓝一匹，紫一匹；青一捆，红一捆，蓝一捆，紫一捆。伙计们"哼唷""哼唷"，一个时辰下来，就通身流汗。手里有共同的活儿在干，大家倒把闲时的闲话和不对付给忘记了。老蒋走过来，也不说话，就是个看。这时的看和平时的看又有不同。平时的看有具体对象，或是一个人，或是一件事，这个人把这件事办错了，他盯着人看；现在众人在劳作，是一个场面，故他不盯具体的人，盯的是一个整体，一个场面，然后低下头自己想。或众人从水池里拽布拉线，他在水池边背着手走来走去，边走边想。这时明显是把热闹的场面给忘记了，只是把热闹的场面当作一个背景，想的已经是与场面无关的事。天天一天到晚在想，到底想个啥呢?杨百顺又不得而知。老蒋的第二个嗜好，是不喜欢跟人交往，却喜欢养猴子。这一点倒对杨百顺的脾气，杨百顺也不喜欢跟人打交道。不过同是不喜，两人又有不同。杨百顺不喜欢跟人打交道是吃过人的亏，对人有些发怵；老蒋不喜欢跟人打交道能看出干脆是厌烦人，才喜欢猴子。老蒋养了一只猴子，名字叫金锁。杨百顺刚来蒋家时，只顾挑水，眼睛顾不上四周；半个月下来，活计终于熟络了，才发现染坊院内枣树下，一直蹲着一只猴子。这枣树是棵老枣树，根上开裂了，但枝上仍下力，一树的枣结得密，压弯了枝头。杨百顺听说，这只猴子，已经跟老蒋待了八年；跟老蒋跟的，性子也像老蒋，白天一直在树下打瞌睡栽嘴儿，到了晚上，眼睛才开始活泛，腿脚也开始活泛，一下蹿到墙头上，抢人的草帽戴，"叽叽"叫着，向人招手。有时还蹿到枣树上，将身子吊在树枝上晃，能晃下一地大枣。阴历七月，枣还青着呢。如果换成人这么胡闹，老蒋马上会急，盯着人看；现在是猴子，他倒摇头笑了，还弯腰到地上捡青枣吃。这年延津雨水大，一入秋，遍地是老鼠。染坊最怕老鼠，老鼠爱嚼线和布，还爱偷吃染料。管家老顾到集上买了几十包老鼠药，分撒到染坊的房顶屋下。几天下来，毒死五六十只老鼠。但老蒋的猴子金锁一时调皮，中午时分大家也没在意，金锁把仓房屋顶的一包老鼠药当成了红糖，尝一尝味道也甜，吃了下去，当天夜里就被毒死了。老顾知道闯了大祸。老蒋盯着死去的金锁看，又盯着老顾看，然后低下头想。老顾被看想得筛了糠，这时不敢论亲戚，论着主仆说：

"掌柜的，我赔你一只吧。"

老蒋又盯老顾看，又想。想了半天，说了一句话：

"它已经死了，怎么赔?再赔就是别的猴子了。"

接着不理老顾，自己又到集上买了一只猴子，取名银锁。老蒋买这个银锁，是从五只猴子中挑出来的。其他四只猴子，都是银锁的兄弟姐妹。看到银锁容貌忠厚，不似金锁那么调皮，才选中了它。金锁就是因为调皮，才吃了老鼠药。但买回来发现，这只猴子貌似忠厚，性子却很躁。也许是刚离开兄弟姐妹，换了一个新地方，白天黑夜嘴里不停，拍打着自己的脑袋，向人比画说着什么。如果猴子只是夜里闹，老蒋不怕；白天也闹，让老蒋睡觉不安心，老蒋觉得有必要熬熬它的性子。熬它的性子也很简单，老蒋像对人一样，不打它，也不骂它，自己也不睡了，就坐在它的对面看它，然后低下头想。果然这猴像人一样，不知老蒋的路数，一下被老蒋看毛了，也想毛了。杨百顺白天挑着水，一趟趟走来过去，看老蒋在枣树下看想猴子，不禁笑了。果然看想治百病，十天之后，银锁就被老蒋看想成了金锁，白天开始在枣树下打瞌睡栽嘴儿，到了晚上才活泛。但老蒋没有大意，喂熟一只猴子，得一年光景，又怕它再吃老鼠药，所以白天晚上，一直用一根铁链子锁着它，拴到枣树上。过去金锁在的时候，杨百顺初来乍到，对染坊不熟，没敢招惹金锁；金锁换成了银锁，与银锁比，杨百顺成了染坊的老人，银锁成了初来乍到，看到银锁，杨百顺就像看到初来乍到的自己，对银锁倒感到亲切。挑水挑上两个时辰，到枣树下歇息的时候，他开始凑上去摸银锁的头。如果是白天，银锁正在打瞌睡，睁开眼睛翻杨百顺一眼，又昏沉睡去；如果是晚上，银锁精神了，杨百顺摸它的头，它也用手摸杨百顺的头，两人对视一笑。这时杨百顺觉得一个银锁，倒是自己在染坊的知己。与它结成一伙，倒不会招惹是非。当然杨百顺招惹银锁，都是趁掌柜老蒋不在的时候；老蒋在，杨百顺挑着水从枣树下穿过，目

176

不斜视，好像跟银锁不认识；老蒋不在的时候，他才放下水桶，上去跟银锁打招呼。自银锁来了之后，杨百顺感到日子比以前好过多了，人在担着水，心里一直想着银锁。

这年阴历八月初五，天上又下了一场暴雨。第二天雨停了。但雨后初晴，天气闷热。杨百顺挑了一上午水，身上的褂子裤子全湿透了。吃过午饭再挑，挑到半下午，全身又湿透了，便停下来就着水桶喝水。喝完水，发现掌柜老蒋还在屋里睡觉，便蹑手蹑脚来到枣树下。银锁仍在树上拴着，也低头栽嘴儿，睡出一头汗。杨百顺轻轻拍它的头，让它醒来。过去白天与银锁打招呼，银锁睁开眼看杨百顺一眼，又低头睡去；今天杨百顺将它拍醒，它愣了愣神，没有接着睡，而是用手指了指自己的嘴，又指了指远处的水桶，杨百顺便知道它渴了。杨百顺提过半桶水来，银锁扒着桶沿"咕咚""咕咚"喝了好一阵。喝完擦擦嘴，又用爪子给杨百顺擦汗。杨百顺问它：

"热吧？"

银锁没有听懂，愣在那里。杨百顺指指枣树上的枣：

"想不想吃枣呀？"

这时枣已经红了，在绿叶中映着。银锁看到实物，听懂了杨百顺的话，点点头。杨百顺弯腰就要上树：

"等着，我给你够俩去。"

银锁点点头。突然又扒杨百顺的肩，指指自己，又指指枣树，嘴里"叽叽"叫着。杨百顺听懂了，它是想自己上树够枣吃。杨百顺也是一时大意，真把银锁当成了自己的好朋友；也忘记猴不比狗，一年时间才能喂熟它。看着老蒋不在，便自作主张将树上的铁链子解开了。他哪里知道，银锁并不是他想的银锁，待铁链子一解开，银锁就凶相毕露，原来多少天的变成金锁都是装的，它没有上树够枣，而是伸手给了杨百顺一巴掌。杨百顺没有防备，一屁股蹾到地上。手一摸脸，五道大血印子。杨百顺回过神来，扑上去要抓银锁，银锁拖着铁链子，早已蹿上枣树，跳上房顶。待杨百顺爬上房顶，银锁早已由房顶跳到墙头，在几个院落间飞檐走壁，越过院墙，向村外跑去。等杨百顺追到村头，村外是茂密的高粱地，银锁早已经蹿进高粱地，不知跑到哪里去了。

找不到银锁，杨百顺也没敢再回老蒋家。不回老蒋家不是怕自己放跑了银锁要赔猴子，他估计老蒋不会让他赔猴子，既不会打他，也不会骂他，仍会像当初自己挑水不及，或银锁刚来时熬银锁的性子一样，面对面看他，然后低下头想。一想到这看想，杨百顺便怕起来。上回金锁被毒死时，老蒋看老顾和想老顾，老顾事后病了三天。何况杨百顺又与老顾不同，不同不是说老顾是个管家，杨百顺只是个徒弟，而是两只猴子一死一逃，缘故不同。金锁死是误吃了老鼠药，老顾只负连带责任；而银锁是杨百顺亲手放跑的，责任全在他一个人身上。挨打受骂赔猴子他倒不怕，想起被老蒋当面想的场面，他不寒而栗。猴子接二连三地出岔子，还不知老蒋要想多长时间呢。上回老顾有连带责任就被老蒋想病了，自己亲手放跑猴子，非让老蒋想死不可。把人想死本是戏文里说的话，说的是男女之间见不了面；谁知一个老蒋，能把人当面想死。为了不让人想死，杨百顺再一次有家难回，有国难投，一个人顺着大路，漫无目的地走着。自到老蒋的染坊，一转眼大半年过去，现在突然不辞而别，倒对染坊有些留恋和伤感。当初自己能到老蒋的染坊来，还多亏同学小宋帮忙；虽然后来跟小宋疏远了，现在自己突然跑了，小宋肯定会跟着吃挂落，不知是老顾骂他，还是老蒋想他，又感到有些对不住小宋。接着又怪自己，不但人看不清楚，连个猴子都看不清楚；正因为把银锁当成了知己，才落得个如此下场。真是深渊有底，猴心难测啊。走着想着，在太阳快要落山的时候，杨百顺就再次碰到了天主教神父老詹和他的徒弟小赵。

八月初五这天，小赵用"菲利普"牌脚踏车载着老詹到距县城八十里的魏家庄去传教。魏家庄在延津的最北边，属偏远村落，但老詹并没有放过。去的时候倒顺利，到魏家庄传教也很顺利，老詹把该说的话都说了；虽然说了半天，魏家庄还是无人信主，但老詹已经习惯了。小赵倒在魏家庄卖了五捆葱。下午回县城的时候，起初也很顺利，两人还边走边聊天，说今年雨水偏大，说不定秋季又要遭灾。小赵说涝就涝吧，栽葱不怕涝；老詹说这都是延津人几十年不服教化，让主发了怒。说着走着，到了五十里铺。五十里铺有一个大上坡，小赵用力蹬脚踏车，"咔嚓"一声，脚踏车突然断了前轴，把老詹和小赵摔了个嘴啃泥。这辆"菲利普"脚踏车已用了三十多年，出些毛病也属正常。如果是轮胎爆了，或是链子断了，老詹和小赵都会修理，随身带着皮垫、胶、铁丝、锤子和气筒子呢。轴断了，只能回到县城换轴。轴一断，脚踏车不但无法骑了，也无法推了，五十里铺离县城还有五十里，小赵只好扛上脚踏车，老詹步行，师徒两个往县城赶。天气闷热，走了十里路，小赵已累得通身流汗。比小赵还累的是老詹，毕竟快七十的人了，走着走着不但累，还困，牵着小赵的衣襟，一边走一边栽嘴儿；一栽嘴儿脚步就趔趄，比平常又多走出一半的冤枉路。这时两人不聊天了。又往前走了十里，小赵负着重物还能走，老詹一屁股坐到路边，再走不动了。这时从岔路口急急忙忙走来杨百顺。杨百顺一方面担心老蒋发现猴子和杨百顺丢了之后，会派人从后边追他追猴，另一方面天快黑了，担心野地里有狼，便有些慌不择路和只顾赶路。本来他以前见过老詹和小赵，还摸过小赵的脚踏车，现在对他们视而不见。倒是小赵喘着气在路边喊他：

"那谁，你站住！"

杨百顺吓了一跳，以为是老蒋派人在堵他，僵在路中间。等认出是老詹和小赵，才回过神来。小赵：

"慌里慌张，你做啥哩？"

杨百顺一方面还在慌神，另一方面真不知道自己要去做啥，说话便有些结巴：

"不做啥。"

小赵盯他看半天：

"既然不做啥，给你个差事你干不干？"

杨百顺：

"啥？"

小赵指着瘫到地上的老詹：

"把老头背到县城，给你五十钱。"

原来跟染坊和猴无关，杨百顺才放下心来。接着看地上的老詹，开始在心里盘算。一方面自己正不知干啥，也无处可投；另一方面背一人到县城，能挣五十钱，一个烧饼五个钱，五十钱能买十个烧饼，自己的包袱细软，都落在了老蒋的染坊，正身无分文；何况三人同行，不担心夜里会碰上狼。左右想过，觉得还划算，于是点了点头。

但等背起老詹，杨百顺又觉得上了当。老詹虽然快七十了，但他个头高，一米九左右；个高，分量就重，一个老头，竟快二百斤了。杨百顺背着他走了一里路，通身就出了汗。

原来这五十钱也不是好挣的。好在自己在老蒋家挑过大半年水，把肩膀练了出来，于是走三里一歇，走三里一歇，三人结伴往县城赶。有人背着不用走路，老詹渐渐又精神了。一精神想起自己的职业，便在杨百顺背上与杨百顺拉话：

"那谁，你叫个啥？"

杨百顺：

"杨百顺。"

老詹：

"哪村的？"

杨百顺：

"杨家庄。"

老詹：

"好像见过你。"

杨百顺：

"我过去杀过猪，师傅叫老曾。"

老詹恍然大悟：

"老曾我认识。老曾呢？"

杨百顺：

"我现在不杀猪了，学染布。"

老詹也没追究其中的原委，开始切入正题：

"晓得我吗？"

杨百顺：

"全县人都晓得，你让人信主。"

老詹大感欣慰，几十年的教没有白传。又用手拍杨百顺的肩：

"你想信主吗？"

老詹这话问人问过千万遍，千万遍的回答都是："不想。"久而久之，老詹见人只是这么一问，往往不等别人回答，他已经提前自问自答："你想信主吗，不想吧？"但令老詹没想到的是，杨百顺脱口而出：

"想。"

杨百顺说完没有什么，老詹倒大吃一惊，好像不是他问杨百顺，而是杨百顺在问他。他不禁反问：

"为啥？"

杨百顺：

"我原来杀猪时，听你说过，信了主，就知道自己是谁，从哪儿来，到哪儿去。前两件事我不糊涂，知道自己是谁，从哪儿来，后一个往哪儿去，这几年愁死我了。"

老詹拍了一下大腿：

"主想引导众生的，主要就是这个；前两个说的都是过去的事，倒还在其次。"

杨百顺：

"我信了主，你能给我找个事由吗？"

老詹这时才明白，两人话说得一样，意思不一样，老詹愣在那里：

"你不是在染坊吗？为啥还找事由呢？"

杨百顺绕过染坊，指了指身边的小赵：

"我想像他一样，信了主，每天骑车，卖葱。"

他一说这话，老詹还没反应过来，小赵立马急了。小赵急并不是说杨百顺要抢他的饭碗，而是他竟用信主，来哄骗老詹；用信主，来哄骗事由。但他不说这个，指着杨百顺的脸，冷笑一声：

"他信啥呀，我早就看出来了，就是没说；看他脸上的血道子，不是跟人打架了，或杀了人，从哪儿逃出来的吧？"

杨百顺争辩：

"你胡说，我没跟人打架，也没杀人，就是不想染布。路上碰到一兔子，想抓兔子，被兔子蹬的。"

老詹趴在杨百顺背上，"吭吭"着鼻子，从侧面看了看杨百顺的脸。看后，觉得也不像杀人的痕迹。老詹在延津待了四十多年，七十岁了，只发展了八个信徒，近些年没碰到一个合适的；现在路途中无意中遇到一个，虽然两人话同意不同，但回答信主那么干脆，四十多年还属少见。就冲这一点，是个可塑的坯子也料不定。正是因为话同意不同，主才引导大家呢。便有意把杨百顺发展成延津信主的第九人。但他说：

"咱先不说事由，你要信主，能让我给你改个名字吗？"

这倒是杨百顺没有想到的。杨百顺：

"改成啥呢？"

老詹想了想：

"你姓杨，就叫杨摩西吧，这可是个好名字。"

老詹想把杨百顺的名字改成杨摩西，也是图个吉利；想借这个名字，像摩西带领以色列人出埃及一样，能把深渊中的延津人，带出苦海；想在自己人生的最后阶段，把天主教在延津发扬光大。但杨百顺没觉得"杨摩西"这个名字好听，但改了名字，或许就有了事由；找着事由就叫杨摩西，找不着事由，自己再把名字改回来；改不改的，不过一个名字，自己从来不叫，都是别人在叫；过去叫杨百顺，倒百事不顺，倒干脆利落地说：

"改名我倒不怕，那个杨百顺，我已经当够了。"

虽然两人初衷不一样，但杨百顺这话，倒跟老詹的意思八九不离十。老詹大为欣慰，"吭吭"着鼻子：

"阿门，就冲这句话，要割断自己，你已经接近主了。从现在起，你就叫杨摩西吧。"

暮色中，小赵噘着嘴，老詹和杨摩西聊着天，三人一块儿往县城赶去。

·十·

杨摩西信主之后，并没有像小赵那样骑脚踏车、卖葱，另外去了延津县城北街老鲁的竹业社破竹子。这事由倒是神父老詹给找的。但破竹子不对杨摩西的心思。不对心思不是杨摩西跟竹子有仇，或那边有小赵骑脚踏车卖葱比着，这山望着那山高，而是做了老詹的徒弟之后，发现师傅老詹，和过去杀猪时见过的老詹，好像是两个人。过去他对做老詹的徒弟很羡慕，一个小赵，整天骑着脚踏车，师傅传教，他可以卖葱，觉得他们师徒关系松散，有些向往；跟他们在一起的时候，才知道他们关系不是松散，而是太松散了，或者说，小赵根本不是老詹的徒弟，只是老詹雇的一个脚力。小赵既不信主，平时又不跟老詹在一起，他平时就是跟他爹卖葱；老詹下乡传教时，自己骑不动脚踏车，才雇小赵骑车，骑一天车二百钱，一把一结，与小赵卖葱的收入差不多，小赵才帮他骑车；老詹在村里传教时，小赵可以捎带卖葱；跟信不信主倒没关系。或许，正是因为他们关系松散，杨摩西做了老詹的徒弟，想骑车卖葱，才有空子可钻，才好顶小赵的窝子；但杨摩西新来乍到，不会骑脚踏车，无顶窝的本事，也就谈不上顶窝了。不会骑脚踏车可以学，当初小赵也不会骑脚踏车，骑脚踏车还是老詹教的。但当初老詹六十来岁，还不算老，有这工夫，为教小赵骑车，整整花了一个月工夫，车被摔伤好几处；现在七十岁了，光阴过一天少一天，急着传教，手里只有这一辆脚踏车，就无空闲让杨摩西学骑车，每天下乡传教，还得用小赵。传教是在白天．本来夜里也可以学。但这辆"菲利普"脚踏车已骑了三十多年，小心骑着还常出毛病，让人拿去学车，恐怕杨摩西还没学会骑车，车早就成了一堆零件。老詹首先就不赞成杨摩西学骑车。杨摩西倒也不是非要骑车，而是觉得一个外人整天来骑车，正经的徒弟反到外边破竹子，弄得师不师徒不徒的，看着不像。倒是小赵见杨摩西动骑车的心思，老詹找他骑车时，他还给老詹甩脸子：

"今儿就算了吧，腿疼。你也找找别人。"

老詹反要给小赵赔笑脸：

"看在主的分儿上，没看今年秋季又遭灾了吗？"

当初杨摩西信主是和事由连在一起，才改了名字，现在一切不像原来想的，杨摩西本可以不信主，辞了事由，再把名字改回去。但事情虽然别扭，可离开老詹，再去找别的事由，一下又难了；到延津县城北街老鲁的竹业社破竹子，还是老詹托了人情，费了不少周折，才把他弄进去的。杨摩西在县城两眼一抹黑，一时又找不到别的出路，也只好暂时边信主，边破竹子。原来他还想着，信主就彻底信主，跟老詹就彻底跟老詹，像和尚尼姑入庙进庵一样，每天念过经吃饭，不用再干别的，图个清闲；没想到老詹像喊丧的罗长礼一样，单靠一个喊丧或传教，养不起一个徒弟。

老詹的教堂自前年被县长小韩拿去，改为学堂之后，县政府一直没还回来。按说县长小韩因为一个爱讲话，饭碗被省长老费砸了，已卷包回了唐山，"延津新学"也解散了，教堂该物归原主；但小韩走后，新来了一个县长叫老史。老史是福建人，和省长老费是同乡。小韩被撤之后，延津县县长由谁来当，本该由新乡的专员老耿做主；但因为小韩是被省长老费撤的，遴选接替者，老耿就不敢自专，便请示了省长老费。老费倒也举贤不避亲，就推荐了他的同乡老史。老史过去在老费身边当科长。老费撤小韩时严肃，推荐老史时也严肃。正因为两面都严肃，倒让老耿佩服他，人家该当省长。老史到延津上任之后，与小韩大为不同，不爱讲话，不办学堂；性格与省长老费相像，一天说不了十句话。虽然他自己不爱说话，却喜欢听别人说话，这是他和省长老费的区别。但他不喜欢听人在日子里说，喜欢这个人扮成另一个人，在舞台的戏文里说。一台戏演下来两三个钟头，两三个钟头人"呜里哇啦"都在说；说不过瘾，还唱。老史来延津之后干的第一件事，就是给延津引进了一个戏班子。过去延津人饭还吃不饱，听的都是过路戏，自己养不起戏班子；或者戏班子在延津待着，养不活自己。老史来了，由县财政出钱，养了一个戏班子。县财政本也拮据，老史到任之后，见财政亏空，不声不响，先在全县的商号明察暗访。明察没察出什么，暗访半个月，访出三家商号，盐商老焦，木材商老沈，烟馆老邝，或不法经营，或买空卖空，或偷漏税金，老史二话没说，将老焦、老沈和老邝下了大狱，三人家产充了公，县财政一下由瘦子变成了胖子。全县百姓看到老史下车伊始，就惩治不法商人，倒都拍手称快。延津的商风，也因此大为好转。老史接着便请大家看戏。延津本属河南，大家爱听的戏是河南梆子；但老史是福建人，不爱听河南梆子。大家以为他该听闽剧，可他又不喜欢闽剧；还是他年轻时在苏州上学堂时，偶尔喜欢上当地一个剧种叫"锡剧"，于是千里迢迢，从江苏引进来一个锡剧班子。有了戏班子，就得有个剧场，老史便把过去的"延津新学"，改装成一个戏院。锡剧刚开始

189

上演的时候，听者就老史和他的身边人；"咿咿呀呀"的唱腔，延津人听着像猫叫；三百人的教堂，显得空空荡荡。但老史处变不惊，天天来戏院听。久而久之，延津人也跟着老史听出些门道，"咿咿呀呀"的锡剧，倒比河南梆子要细致许多。所以直到现在，河南的腹地延津，却流行外省的锡剧，源头就在这里。老史爱听戏不同于小韩爱讲话和爱办学，这里不涉及救国救民，顶多跟当年的另一位县长老胡爱做木匠活一样，是一种个人嗜好，所以从省长老费到专员老耿，大家倒相安无事。当初小韩把老詹赶出教堂的时候，老詹在县城西关寻到一座破庙，当作临时的教堂。破庙已被一个和尚丢弃多年，好在老詹懂建筑，又手脚勤快，修缮一番，下雨倒也不漏。小韩倒台的时候，老詹高兴过一阵子，以为教堂马上要还给自己；谁知来了个老史，又要在里面唱戏。老詹去找老史，说明来龙去脉，让他还回教堂。老史倒很温和，笑着说：

"物归原主，天经地义。可这个教堂，我是从小韩手上接的，我的原主是小韩。你要教堂我不管，但你不该找我，该去找小韩。"

可小韩已经不是县长，回了唐山，找他还有啥用？老詹急了，说政府不能一而再再而三，对教会强取豪夺。老史笑眯眯止住他，突然换成正色：

"詹先生，你要这么说，我倒觉得小韩干的是对的。嘛叫强取豪夺？这里是中国的土地，你来之前，这里并没有教堂；如果说有强取豪夺，恰恰是你詹先生，不但夺了我们的土地，还想蛊惑人心。詹先生，有句话我说到头里，传教我不反对，但不能本末倒置，更不能要挟政府。如果井水不犯河水，咱们相安无事；如果你借教会要挟政府，我这个人倒不信邪，就信圣人一句话：'子不语怪力乱神。'不管它是嘛教，有多大势力，绝不能让它胡作非为，我立马在延津取缔它。我这么做，倒与个人无关，纯粹为了一方水土的平安。"

又笑眯眯地说：

"詹先生，你是个明白人，传教就好好传教，为吗非要干政呢？"

老詹哭笑不得，他要的是自己的房子，怎么成了干政？何况，老史占教堂本为唱戏，和"政"也八竿子打不着。老詹这才知道，这个新来的老史，比走了的小韩还难缠。不跟他要教堂，老詹还能在延津传教；再跟他要教堂，怕是连自己也要卷包走人。老史惩治不法商人，老詹也看到了，老詹只好不再提教堂的事，在破庙里继续住下去。老詹传的是天主教，住的却是和尚的破庙，每天出来进去，又让老詹感叹。更让老詹叹息的是，开封天主教会，也一直与他作对。自老詹的叔叔死了之后，开封天主教会的会长换成了老雷，老雷与老詹在教义上有分歧；加上老詹四十年过去，只在延津发展了八个信徒，老雷早想将延津分会取消，合并到其他分会去。还是看老詹七十多岁了，动了恻隐之心，才没有撵老詹走，但给延津天主教会拨的经费，一年少似一年，意思是让它自生自灭。这些经费只够养活老詹一个人，杨摩西信主和改名，老詹只能给他提供一个住处；杨摩西的生计，还得靠杨摩西自个儿解决。过去跟师傅老曾杀猪时，老曾管吃不管住；现在跟了老詹，老詹管住不管吃。过去跟老曾时，见过传教的老詹，当时对他也没在意；谁知一年之后，自己又成了老詹的徒弟。一年也就是转眼的光景，杨摩西想起来却恍若隔世。杨摩西叹息一声，只好去了竹业社。

竹业社的掌柜叫老鲁。老鲁是个破锣嗓子，破锣嗓子说话声音都大；平常一句话，老鲁喊着说，喊着说并不是为了强调这话的重要，而是为了强调这话说过。句句强调，倒分不出个话语高下。老詹推荐杨摩西来破竹子时，老鲁并不愿收杨摩西。不愿收杨摩西不是老鲁对杨摩西有啥看法，而是老鲁问杨摩西话时，杨摩西答错了一句话。头天晚上，老詹已与老鲁说妥，让他的徒弟到老鲁的竹业社破竹子。第二天一早，老詹去乡下传教，杨摩西到竹业社上工。老鲁本来对招一个学徒没有在意，但进一个生人，掌柜的总要照例问上两句。老鲁边吸烟，边问杨摩西是哪里人，过去在哪里干过，都干过些啥。老鲁问者无意，杨摩西答者有心。因过去有过染坊老顾招工的经历，一说自己换地方多，容易让人生疑，便长了个心眼，瞒下卖过豆腐与杀过猪两节不说，单拣近处的，说之前在蒋家庄老蒋的染坊干过，因脚手一沾染料起疹子，只好离开染坊。如杨摩西说他过去做过豆腐或杀过猪都无碍；过去换过多少地方也无碍，老鲁不是老顾；恰恰杨摩西说他跟过蒋家庄染坊老蒋，让老鲁生了气。因老鲁办竹业社之前，和蒋家庄的老蒋一样，也是个茶贩子，后来年岁大了，跑不动了，便用贩茶赚的钱，开了个竹业社。他在贩茶时，和鹰钩鼻老蒋认识；那时老蒋还爱说话，说起话来，两人有些不对脾气。两人都是延津人，按说无论到江浙一带贩茶，或是到山西内蒙古一带卖茶，本该相互帮衬着；但因为话说不到一起，加上同行是冤家，两人倒走得挺远。最后不贩茶了，一个开了染坊，一个开了竹业社，就证明两人志趣不同。现听说杨摩西跟过老蒋，马上说自己竹业社不缺人，将杨摩西赶了出去；全不知杨摩西因为一只猴子，与老蒋也不敢见面。杨摩西被老鲁赶出去，还不知道自己被赶的原因。杨摩西回到老詹的破庙里，不明不白待了一天；晚上老詹从乡下传教回来，才知老鲁变了卦。老詹撇下杨摩西，又去县城北街竹业社找老鲁，问了半天，才知是老鲁对老蒋的仇气，报到了杨摩西头上。老詹吸着烟说：

193

"老鲁呀，这就是你的不对了。主说：要宽恕你的仇敌。耶稣被钉在十字架上，还是他徒弟出卖的。主事先知道，也没有跑。"

但老鲁不是主，对老蒋和杨摩西，一个也不宽恕。但他不说老蒋和杨摩西，说老詹的主：

"死到临头了还不跑，脑袋有毛病呀？"

老詹又在主跑与不跑的问题上，给老鲁说了半天。老詹也不是非让杨摩西破竹子，才死缠着老鲁。而是因为延津人皆不信主，无人有事求老詹，都是老詹求人信主；老詹虽在延津熟人多，但不求人办事是熟人，一求人办事人就生了；熟人之中，老詹还数与老鲁好；离开老鲁，一时也给杨摩西找不下别的事由；找不下事由事小，因找不下事由，自己发展第九个信徒的计划再落空了，事情就大了。把主抬出来，见老鲁仍不转意，他突然想起贾家庄的瞎老贾。瞎老贾是老鲁的表哥，会弹三弦，会给人看相算命，当初老汪的私塾解散之后，杨摩西的弟弟杨百利曾投奔过瞎老贾，被瞎老贾赶了出去。老鲁本不喜欢这位表哥，既不喜欢他的三弦，也不喜欢他的算命，说：

"一个瞎子，算得过，他咋不算算他自己？"

但神父老詹去贾家庄传教，自认识瞎老贾，却与瞎老贾说得着。老詹喜欢瞎老贾并不喜欢他的算命，每个人的命运

194

都在上帝手里握着，何用算？但喜欢他弹的三弦。四十多年前，老詹从意大利刚来时，听不懂中国话，也不喜中国的戏曲和乐器；四十多年过去，老詹会说延津话，但对中国的戏曲仍是不喜，唯一个瞎老贾弹的三弦，中了老詹的心怀。老詹去别的村庄布道，布完道就走；在贾家庄布完道，还要去找瞎老贾，听一回他弹的三弦。瞎老贾本来架子很大，不是谁让他弹曲儿，他就弹曲儿；但看老詹是个外国人，也喜欢自己的三弦，有些自得，便给老詹弹上两曲儿。瞎老贾会弹喜曲儿，如《打雁》《算粮》《张连卖布》《刘大嘴娶亲》等；也会弹悲曲，如《李二姐上坟》《六月雪》《孟姜女》《塞上泪》等。听喜曲儿老詹不以为然，听后摇头一笑；听悲歌一曲，听罢李二姐、窦娥、孟姜女、王昭君这些苦人儿的满腹冤屈，往往头垂到胸前，感叹一声：

"这曲儿里说的苦，就是主要救的呀。"

又拍着桌子正色说：

"这就是主存在的理由！"

接着感叹瞎老贾弹出了主的心。又摇头惑叹，一个能懂主的心的人，为啥还不信主呢？便想让瞎老贾信主。没想到瞎老贾说：

"既然我都知道他的心了，为啥还信他呢？"

老詹倒愣在那里，只好作罢。老詹与竹业社掌柜老鲁，也认识了三十多年。老鲁贩茶时，老詹就想发展老鲁信主。老鲁说：

"忙得过，你要能让主来帮我贩茶，我就信他。"

后来不贩茶了，开了竹业社，老詹又劝他，他改成：

"你要能让主来帮我破竹子，我就信他。"

几十年来，与主也是两股道上跑的车。虽然老鲁不信主，但看老詹老实憨厚，四十多年只发展八个信徒，还锲而不舍，天天跑着，又有些佩服他；延津就找不出这么执意的人，不管干啥事，十个有九个半，当时见不着利，就望风跑了；倒与老詹成了朋友。老鲁与人喝酒，谈到老詹，常说：

"老詹是让主害了，他要不传教，干些别的，哪怕是贩茶叶，也早发了，用不着住破庙。"

当然说的是另外一回事了。老詹见老鲁执意不收杨摩西，知道除了老鲁与染坊的老蒋有隙之外，也是自己和主的面子不够；这时想起贾家庄弹三弦的瞎老贾。瞎老贾既与自己是好朋友，又是老鲁的表兄；老鲁不买自己和主的账，该买瞎老贾的账，便说：

"我要说不下这事，就去贾家庄找老贾，让他来给你说。"

老詹以为瞎老贾是老鲁的表哥，比自己和主在老鲁面前有面子；全不知道老鲁讨厌瞎老贾，面子还不如老詹。老詹又说：

"当初让你信主，你说主能帮你破竹子，你就信；现在主不能来，派他的信徒来了，你为何不收呢？"

正是因为老鲁讨厌瞎老贾，怕老詹真把他搬来，与自己啰唆；又觉得老詹后一段话，信主和破竹子之间，又说得驴唇不对马嘴，让人哭笑不得；为了与瞎老贾和老詹都不啰唆，便苦笑一下，又收下杨摩西。老詹和主没办成的事，没出面的瞎老贾却办成了。杨摩西也是无意之中，沾了瞎老贾的光。

自此，杨摩西白天在老鲁的竹业社破竹子，晚上到老詹的破庙里睡觉。白天破竹子并不难，过去杨摩西杀过猪，动过刀子；二者刀法虽然不同，但都跟刀有关系，很快就悟出了门道。但到了晚上睡觉，出了问题。出了问题不是老詹的破庙睡不得觉，老詹的破庙四处透风，正因为透风，伏天不热，正好歇息；而是杨摩西破完一天竹子回来，老詹从乡下传教也正好回来，又要用晚上的时间给杨摩西讲经。别人学门手艺只有一个师傅，杨摩西为了找一个事由，一个人被劈成了两半，白天一个师傅，晚上一个师傅。白天在竹业社破了一天竹子，身子已很乏；晚上再听老詹讲经，容易打瞌睡；听了半夜经，早上爬起来再去竹业社，破竹子时也犯困。这时才知道，信主也不是件容易的事。前一个月杨摩西还能坚持，一个月后，就感到一身不能二任。杨摩西自生下来，没这么缺过觉。晚上听经打瞌睡老詹倒有耐心，等他醒来再接着讲；白天破竹子打瞌睡，掌柜老鲁就急了。因为一打瞌睡，竹子就破残了。破残一根竹子老鲁倒不怎么心疼，但因为破残竹子，耽误了老鲁别的好事，老鲁就急了。老鲁虽然不喜欢瞎老贾的三弦，但喜欢高门大嗓的晋剧。老鲁本是延津人，按说喜欢戏，也该喜欢河南梆子，但他和新任县长老史一样，不喜欢河南梆子，喜欢外地戏。老鲁当年去内蒙古卖砖茶，常常从山西路过，听些晋剧。一开始他并不喜欢听戏，不但不喜欢河南梆子，也不喜欢晋剧。但听着听着，晋剧唱起来，可着嗓门往外吼，不吼到破锣嗓子，不算唱到兴处；到了兴处，破着嗓子又像钢丝一样，往上拐一个弯和挑一个高。不是破锣嗓子与自己有些相仿，老鲁才喜欢；而是到了兴处，又拐个弯和挑个高，不知撞到了老鲁心里的哪一块，这一块过去没发现，现在发现了，从此落下病根。但他与老史不同的是，老史喜欢外地的锡剧，可以从江苏引进一个戏班子；老鲁喜欢晋剧是白喜欢，一个竹业社的掌柜，养不起一个戏班子，唱晋剧的山西人，从来不到延津来，就是来了，除了老鲁，也没别人听。县长老史天天能看锡剧，心头不憋得慌；老鲁常年看不了晋剧，心里憋过了劲儿，只好在脑子里，走过去听过的戏。如《苏三起解》，如《大祭桩》，如《天波楼》，如《凤仪亭》，还有《杀宫》等。老鲁走戏没有固定时间，兴致来了，马上就走。有时一边在店铺看徒弟们破竹子，一边在脑子里走戏。但他对戏文只想不唱，戏在脑子里走，他随着戏在那里摇头晃脑和挤眉弄眼。知道的，知他脑子里锣鼓喧天；不知道的，还以为他是个精神病。就像杨百利在延津铁冶厂看大门时，在脑子里走"喷空"一样。但走戏与"喷空"又有不同，"喷空"讲张致，有影没影的事，自个儿往上生编；走戏不能编，要记住戏里的词，唱戏就讲不能错词。看似凭空编一个"空"难，其实记别人的话也难；或者说，记别人的话更难。加上老鲁已经五十多了，记性大不如从前。有时摇头晃脑、唉声叹气是入了戏，戏走得正酣；有时唉声叹气是想不起词，戏停在了那里，自个儿在生自个儿的气。杨摩西第一次看老鲁在那里走戏，以为他犯了癫痫，吓了一跳；后来知道是走戏，笑了。但他只知道老鲁唉声叹气是在走戏，不知道唉声叹气还有分别。有时看着笑着，打了瞌睡，便把竹子破残了。把竹子破残会有岔音；一出岔音，老鲁脑子里的戏就停了，或刚想起的词，又忘了。不管是停戏，或是忘词，老鲁从戏里出来，抄起残竹就摔杨摩西的头；但他不骂杨摩西破坏他走戏，也不骂破残了竹子，操着破锣嗓子喊：

"妈拉个×，看你这败坏人的样子，就像老蒋！"

蒋家庄染坊的老蒋，无意之中也跟着吃了杨摩西的挂落。残竹摔到头上，杨摩西倒一下醒了。醒来之后，环顾四周，突然不知自己身在何处。

　　这天下午，老詹收到意大利一封来信。四十多年过去，老詹的外婆、父母都相继去世，与他通信的是他妹妹。老詹的妹妹，是世界上唯一崇拜老詹的人。老詹在延津没有亲人，一个叔叔过去在开封，十五年前也死了；叔叔死之前，叔侄相见，也是叔叔在教诲他，他只有听的份儿；几十年间，能说心里话的，也就是个妹妹。可妹妹远在意大利，两人说话只能靠通信。老詹与妹妹通信通了四十多年。四十多年间，老詹在写给妹妹的信里，不知都说过些什么，大概是说自己在延津如何传教，延津的教堂如何雄伟，天主教在延津如何从无到有，四十多年过去，已发展到十几万人。因为在老詹的妹妹看来，在中国传教的意大利神父，从古至今，无出老詹其右者，老詹是詹家的骄傲，也是意大利的骄傲。如果老詹的妹妹知道老詹的真实情况，又会作何感想，就不得而知了。老詹的妹妹这次在信里说，她一个孙子八岁了，昨天刚受洗礼；孙子听说舅姥爷在遥远的中国传教，成绩斐然，对舅姥爷十分佩服。也不知老詹的妹妹，又对她孙子说了什么。过去给老詹写信，就是妹妹一个人；这次在信的末尾，这孙子也用意大利文歪歪扭扭写了几句话：舅姥爷，虽然我没有见过你，但我想起你，就想起了摩西。大概是说摩西领着以色列人走出了埃及，老詹领着中国人走出了苦海。老詹自传教以来，还没得过这么高的评价；信读罢，心情久久不能平静。激动起来，晚上给杨摩西讲经，声音就格外高亢嘹亮。但杨摩西这天在竹业社又挨了老鲁的打，情绪有些低落；老詹刚开始讲经，他就昏昏欲睡。但这天老詹忽略了杨摩西，自顾自地在那里讲，从一主、一信、一洗、一神讲起，一直讲到如何脱去旧人，穿上新人，重在将心志攻换一新。这些经过去都分段讲过，像这么一气呵成地讲下来，老詹还是头一回。虽然讲着讲着乱了，或断了，老詹"吭吭"着鼻子，从头再讲。从天擦黑，一直讲到五更鸡叫。老詹认为这是自己自传教以来，讲经讲得最好的一次。四十多年间，似这样透彻淋漓的，也就三五回。但杨摩西一句也没听全，觉得这是自听经以来，老詹最啰唆的一晚。经讲罢，老詹还红光满面，杨摩西头一挨枕头，天就亮了。天亮又得赶紧爬起来去竹业社破竹子。待坐到杌子上，头沉得像碾盘。梦中破竹，破一竿残一竿。这天老鲁脑子里又在走戏，而且走的是一部大戏，叫《伍子胥》。伍子胥是个楚国人，一辈子打打杀杀，皆为报仇：为报父仇，逃亡他乡，多年后，率别国的军队灭了自己的故国；哪知在新的国度，又为奸臣所害，被君王杀了；临死之前，伍子胥让把自己的眼睛挖出来，挂在城门楼子上，要看另一个故国灭亡。这戏有些啰唆，但这天老鲁走戏走得格外地顺；过去不敢走《伍子胥》，走两步一断，走两步一断；但老鲁昨晚上喝了两口酒，夜里睡得踏实，早上起来，头脑格外清醒；一开始走《伍子胥》也是试试，不行就换戏；没想到一试走成了，过去忘词的地方，今天竟接上了，老鲁突然觉得自己青春焕发。但老鲁刚入戏，杨摩西就把竹子破残了；残竹的岔音，就将《伍子胥》打断了。因今日走得顺利，老鲁顾不上跟杨摩西计较，不顾残竹接着往前走。但刚又入戏，残竹的岔音又响了。伍子胥如丧家之犬逃往他乡，还没逃到昭关，杨摩西破残了十一竿竹子。这时老鲁睁开眼睛，顾不上伍子胥，转身去了后院。等他回来，腋下夹着杨摩西的包袱；包袱里装着杨摩西一些衣物零碎；因老詹的破庙里白天没人，老詹要下乡传教，杨摩西怕把包袱丢了，便把自己的细软，寄放在竹业社；老鲁没看残竹，也没看杨摩西，直接将包袱扔到了大街上，然后闭着眼睛用破锣嗓子喊：

"那谁，我×你八辈祖宗，还不给我滚！"

杨摩西还在梦中，就丢了饭碗。丢了饭碗的杨摩西，只好背起包袱，去破庙里找老詹。杨摩西认为这次丢饭碗不怪自己，全是老詹昨夜讲经闹的。既然是老詹闹的，就想让老詹再给他找个事由。老鲁那里，他也待腻了。但老詹看杨摩西背着包袱回来，一方面他给人找事由的能力也有限，上次为了让杨摩西进竹业社，他就跟老鲁费了不少口舌，一时三刻，给杨摩西再找不着别的事由；同时两个月过去，他对杨摩西的看法，也发生了改变。一到听经就打瞌睡，打一次两次可以原谅，天天这么没精打采，就不是打瞌睡的问题了，也许杨摩西和主并无机缘。意大利八岁的小外甥都知道主和老詹的重要，说老詹像摩西，眼前这个摩西快二十的人了，昨天晚上自己讲经讲得那么高亢嘹亮，他还熟视无睹，这样的人哪里还能救药?他也知道杨摩西白天在竹业社破竹子身子有些疲倦，但主把自己的身子都钉在了十字架上，用他的血唤醒世人，再苦再累，能苦过主吗?老詹七十岁的人了，白天同样没闲着，要下乡传教，晚上还要给他讲经；一个是讲，一个是听，再苦能苦过老詹吗?老詹开始怀疑自己当初的选择，也许把杨摩西当成他要寻找的第九个信主的人，本身就是一个错误。一个人信主的动机可以不追究，就像杨摩西当初信主，是为了一个事由；但有了事由之后，还不把主和老詹放在心上，老詹就有了上当受骗的感觉。被人骗倒没有什么，老詹也不是没被人骗过；但年岁不饶人呀，老詹年轻时被骗，他还有补救的机会，现在七十岁的人了，骗的就不是老詹，而是老詹替主传教的时间。整整两个月，花了老詹多少个夜晚，杨摩西还油盐不进，老詹便对杨摩西的处境有些懒意，不愿再替他张罗什么。同时也想让杨摩西自己出门碰壁，磨炼一下他的意志，说不定有一天浪子回头也料不定。

主也是讲磨炼和考验人的。但杨摩西哪里是经得起磨炼和考验的人。经不起磨炼和考验并不是说他没有这个心志，而是和老詹一样，没这个时间。一天不张罗生计，一天就没有饭吃；饿着肚子，哪里还有闲心信主?老詹不愿管他，他也就离开了老詹。

自与老詹分手，杨摩西开始在延津县城四处打零工。他也想过重去开封，但现在去开封，和当初想去开封又不同：没经过老蒋的染坊和老鲁的竹业社，杨摩西还有胆量去外地；经过这些波折，对去外地的前景，心里更加打鼓，只好先在延津县城待着，看将来有无别的机会。一开始在延津货栈扛大包，工钱倒一把一结；但扛了半个月，货栈老断货源，养不住人，便离开了货栈，开始重操染坊的旧业，沿街给各个店铺挑水。有人家让他挑水，他就饱一顿；没人家让他挑水，他就饥一顿。夜里仍睡到货栈的货棚里。与前些日子相比，除了有时肚子挨饿，身子倒自由了；夜里不用再听经，也能睡个安稳觉。睡安稳之后，夜里倒是睡不着了。货栈对面有段家一个酱铺，有时杨摩西半夜爬起来，看对面酱铺门前挂的灯笼。灯笼上写着两个字，一个是"段"字，一个是"酱"字；风一刮，这"段"字和"酱"字，便在风中飘。本来不跟老詹和主了，杨摩西可以把名字再改回来，重叫杨百顺；但杨摩西一个挑水的，名字到底叫啥，无人认真，别人不认真，光自己认真有啥用?当初老詹给他改名时还有些郑重，现在想把名字改回去，就郑重不起来了；延津县城的人只知道他叫杨摩西："摩西，给挑缸水!"他也没法挨个解释，自己不叫杨摩西了，本名叫个杨百顺。又想起《圣经》里说的，摩西当年领着以色列人走出了埃及，没想到事到如今，却沦落到延津挑水，杨摩西倒"扑哧"笑了。这样饥一顿饱一顿，转眼就到了年底。

每年到年底，延津县城要闹一次社火。说是年底，其实是转年的元宵节，但大家还是习惯说年底。县城东街有个打兔的叫老冯，既上山用火铳打兔，也到十字街头卖熏好的兔肉。老冯是个豁嘴，除了打兔卖熏兔，最喜热闹。每年年底城里闹社火，都归他张罗，是城里社火会的会首。每年一到年底，老冯便集结一百多人，踩着高跷，穿着彩衣，用油彩涂着脸，敲锣打鼓，从城里穿过。平时大家从事五行八作，现在每个人都改做另外一个人：或是百年前千年前的一个人，如共工、勾龙、蚩尤、祝融、文王、纣王、妲己等；或是生活中没影的人，如孙悟空、猪八戒、沙僧、嫦娥、阎王、小鬼等；或是戏里的生、净、旦、末、丑，只装扮一个大概，不具体要求他是谁。社火一般要闹七天，从阴历十三，直闹到阴历二十。这年阴历元宵节，老冯又领着社火队大闹县城。但今年又与往年不同，前些年延津的县长是老胡，老胡两耳不闻窗外事，一心只管做木匠，对每年的社火不闻不问。后来县长换成了小韩，小韩虽然只做过大半年县长，就被省长老费撤了职，但他做县长跨年头，也赶上过元宵节。但小韩只爱有秩序地讲话，他讲，众人听；对这种群魔乱舞的场面，只觉得是一个乱。好好的街道，被社火队弄得尘土飞扬。元宵节舞社火时，小韩站在街上看了一眼，用手帕捂着鼻子说：

"何谓群氓？指的就是这个。"

更觉得办学的必要。而新任县长老史，对社火的看法，却与老胡、小韩不同。不同不是喜欢这种乱，而是乱与乱又有不同。生活中他反对乱，但一个人扮成另一个人在街上舞，他觉得这不叫乱，恰恰是静。他喜欢舞台上的人连说带唱，原因也在这里。社火又与一出戏不同，戏中只有几个人在变，现在一百多人都比画着变成了另一个人，这就不是静不静的事了；如全民都变成另外一个人，不再坚持原来的那个，从此就天下大治了。从阴历十三起，老史就让人把太师椅搬到津河桥上，身披狐皮大衣，居高临下，看万民舞社火。戏院，也就是老詹的教堂本也唱着锡剧，但老史撤下锡剧，专门来看社火。社火队看县长也来观看，社火舞起来，架势又与往年不同。每天一大早，天刚麻麻亮，锣鼓就敲响了，社火队围着津河在舞，围观的人成山成海；到了晚上，河边挤掉的鞋，能拾三箩筐。正月还是寒冬，硬是让老冯的社火队舞成了春天。围观的人跟着社火跑出一头汗，老史在津河桥上干坐着，一坐一天，不觉得冷，也不觉得饿，中午也不回县政府打盹，就吃随从送的几个热包子。但社火舞到第三天，出了事故。事故说起来也不大，一个社火队的主角，扮阎罗的杂货铺掌柜老邓病了。老邓的杂货铺叫"大魁商号"，老邓的女儿叫邓秀芝，小名叫二妞；去年她说错一句话，把一只耳垂说成耳朵，硬是把同学秦曼卿和李金龙的婚姻拆散了，秦曼卿后来嫁给了杨摩西的哥哥杨百业。老邓昨天晚上身子还好好的，今天早起肚子突然疼起来，疼得在床上打滚。原以为是虫子闹的，请来中医老褚，老褚按了按老邓的肚子，说不是蛔虫闹的，是几根肠子绞在了一起，世上不怕别的，就怕相同的东西绞在一起；麻烦麻烦，就是相同的麻搅在了一起；开剂药吃下去，要么将肠子捋顺了，要么就治得了病治不了命了。老邓登时疼昏过去，邓家的人"呜啦"一下哭了。等社火队上了街，会首老冯才闻知老邓的消息，一下把老冯急蒙了。老冯急蒙不是着急老邓的死活，而是社火队里少了一个阎罗，社火就耍不开了。本来社火队有一百多人，少一个阎罗不算什么。但老冯不这么认为，他认为一百多人一百多个角色，每一个角色都无法替代，每一个角色也不可或缺，突然一个角色没了，链条就断了。譬如没了阎罗，小鬼就不成立了，闹社火之中，阎罗还要审判小鬼呢；按此推论，把阴间的人都拿下去，阳间的人就没有依托；阴间阳间的人都没了，单靠传说和戏文中的人，哪里撑得起这个世界？于是他止住锣鼓点，开始急如星火地寻找新的阎罗。但急手现抓，哪里找得来？找了篾匠老王，找了鞋匠老赵，找了做醋的老李，找了卖鸭梨的老马，不是本人脚手不利索，上不得台面，就是像卷包回唐山的小韩一样，厌烦这种热闹，或是怕凑热闹耽误自己的生意。找阎罗找了半个上午，社火队还没有开耍，把老冯急出一头汗。把老冯急出一头汗没啥，县长老史不明就里，在桥上也等急了。派人问清缘由，又派人告诉老冯：

"既然找不着阎罗，还是先舞起来要紧，别让这么多人干等着。"

又说：

"也可以边舞边找嘛。"

县长说可以边舞边找，老冯却认为先舞这一段，无法向人交代，也无法向自己交代。他先放下阎罗不找，亲自到桥上，向老史说明其中的利害，老史倒被他说笑了：

"我一辈子性慢，性急了一次，又急错了。"

又说：

"还是照你老冯说的办，万事不能凑合，一凑合就乱了套。那就找，那就干等着。"

老冯又下桥焦急地找。找了打铁的老蔺，厨子老魏，也都是上不得台面的人；让他们看热闹行，一说让他们上场子，他们竟转头跑了。越是着急，越无抓挠处。正无抓挠处，老冯从焦急等待看社火的人海里，突然发现人缝里的杨摩西。杨摩西看社火老不开耍，正张头探脑，往人海里瞅人。老冯看他头、身、腿、脚还合适，太阳已经快晌午了，也是退而求其次，一把将杨摩西从人群里揪出来，问他愿不愿扮阎罗。杨摩西本也是个喜欢热闹的人，当年他崇拜的对象就是罗家庄喊丧的罗长礼；罗长礼就是一个能支撑大场面的人，其呼风唤雨的能力，不比张罗社火的老冯差；村里舞社火时，杨摩西也参加过；只是这几年杨摩西走岔了路，先后跟着卖豆腐的老杨、杀猪的老曾、染坊的老蒋、神父老詹、竹业社的老鲁当徒弟，跟一个人，消磨一回性子，把喜欢热闹的本性给消磨没了，或者把世上还有热闹这回事给忘了；脱离这些人后，才恢复了自由，跟着社火队看了四天热闹。热闹是看了，但也耽误了给人挑水，到了饭点没饭吃，肚子是瘪的。突然有人提出让他上阵他也有些兴奋，但旁观久了，又对这加入有些发怵：

　　"那谁，我成吗？"

　　老冯有些不耐烦：

　　"你过去玩过吗？"

杨摩西：

"玩是玩过，但是在村里，没见过这么大阵仗。"

老冯"呸"了一口：

"没想让你出彩，也就凑个数罢了。"

便拉杨摩西到旁边老余家的棺材铺，用油彩给他涂脸，让他穿阎罗的彩衣。给杨摩西涂脸的时候，杨摩西老哆嗦着出汗，老冯又急了：

"又不杀你，你怕个啥？看，刚涂上去的油彩，又花了。"

杨摩西：

"叔，我不是怕，虚汗，好几顿没吃饭了，饿的。"

老冯做主，从老余家拿了几个烧饼让杨摩西吃。杨摩西吃过烧饼，又喝了一碗水，在腿上绑上高跷，加入了社火队伍。一开始有些拘谨，身子还是哆嗦；但这哆嗦就不是那哆嗦了，锣鼓点没有踩对，摔了几个跟头，惹来几阵笑声；后来舞着舞着，也就忘了形。刚刚吃过几个烧饼，身上也长出些力气，随着锣鼓点，渐渐舞出花来。不但舞出花来，还舞出些别致来。杨摩西也就是杨百顺，在杨家哥仨中长得还算有模样的，高个，大眼；过去在生活里埋着，看不出来；现在涂上油彩，穿上彩衣，这英俊就透了出来。前几天杂货铺掌柜老邓扮阎罗是越扮越丑，阎罗成了一个糟老头子；现在杨摩西扮阎罗，阎罗就成了另一个英俊的年轻后生。有些憨

210

厚，又有些调皮；有些羞涩，又有些开朗；提肩掀胯，一颦一笑，他不像阎罗，倒像潘安呀。杨摩西这时又变回早年的杨百顺。特别是他把在村里舞的一个"拉脸"，带到了县城的社火队里。这个"拉脸"杨家庄有，县城没有。所谓"拉脸"，就是一边提肩掀胯，一边用双手遮住脸，然后一寸一寸拉开，露出你的真面目。脸一寸一寸被拉开，杨摩西舞着没在意，却惊着了众人，齐声给他喝彩。会首老冯，本来对杨摩西没抱太大希望，临时抱佛脚，还担心他舞砸；他舞砸没啥，由于他舞砸，把整个社火都耽误了，事就大了。谁知这小子一上场，不但社火舞得好，竟改变了大家对阎罗的看法。一天社火舞下来，老冯眉开眼笑，拉着杨摩西问东问西。原想着只用杨摩西一天，第二天再找合适的阎罗；其实第二天也不用找了，原来的阎罗、杂货铺掌柜老邓的肚子也好了；老邓的肚子，并不像老褚说的，肠子绞在了一起，还是蛔虫闹的；吃下老褚的药，肠子没捋顺，将蛔虫拉了出来，阴差阳错，肚子也就好了；但老冯不再理老邓，让杨摩西又舞了四天社火。不但天天让杨摩西吃烧饼，中饭和晚饭，还各加一碗胡辣汤。并且准备明年舞社火时，还用这个阎罗。

但天下没有不散的筵席。正月二十一过，年底就算过完，红红火火的社火，也戛然而止；昨天津河边还锣鼓喧天，今天河边就剩下些没人捡的破鞋。舞社火的人也烟消云散，大家又从社火中的角色，重回到日子中，原来干啥，现在还干啥。会首老冯又去卖熏兔，祝融老杜又去当裁缝，妲己老余又去做棺材，猪八戒老高又去铣石磨，阎罗杨摩西又去沿街给人挑水。天刚麻麻亮，津河边偶尔响起的，是豆汁店老聂挑担子卖豆汁的吆喝声。

正月二十二这天，杨摩西给县城东街"隆昌号"老廉家挑水。"隆昌号"老廉家，就是当年和私塾老师老汪家打官司的那家粮栈。一场官司打下来，老廉没把老汪逼死，官司把老汪逼死了。但十几年过去，掌柜老廉也已经死了，掌柜的换成了小廉。廉家除了厨房有一口大缸，做生意还要防"走水"，粮栈里还放着四口大缸；运粮食得养牲口，五六匹骡马，每天也要饮水，后院牲口棚里还有三口大缸；前后共八口大缸。一口大缸需七挑水，八口大缸，共需五十六挑水。对挑水来说，算宗大生意了。挑水不光管挑水，须先将缸里的剩水舀出来，添瓢新水，用炊帚将缸刷干净。杨摩西先将八口缸刷净，开始挑水。廉家离东街的水井有二里之遥，杨摩西挑了一上午，才挑满四缸水，已累得满头大汗。但有活儿干就不能叫累，没活儿干等活儿的时候，才叫累呢。杨摩西坐在井口歇息一会儿，顾不上吃午饭，又站起挑水。正挑着两桶水在街上走，突然被一人喊住：

"那谁，你站住。"

杨摩西扭头一看，是在县政府当差的老晁；老晁在县政府当催办，家住在县城北街。杨摩西以为他家也要挑水，忙说：

"只能等下午了。挑完廉家，吃口东西，就去你家。"

老晁：

"不是让你挑水，是官事。"

元宵节期间，大家都在津河边看社火，有一伙盗贼，乘人不备，青天白日，到县城南街"瑞林祥"绸缎店老金家，偷走了三十块大洋，还有一包妇女的头面钗钿。老金家告了官，老史正着人破案。杨摩西听老晁说是"官事"，以为官府怀疑他与盗窃有关，忙说：

"叔，南街那事，跟我没牵连；我一个挑水的，胆子没那么大。"

又说：

"再说，那几天我都在舞社火，你也都看到了。"

老晁手里抖着锁人的铁链：

"正是因为社火，我才找你。"

杨摩西以为老晁要用铁链锁他，吓得把两桶水摔到地上，水泼了一地。谁知老晁转脸一笑，将找他的缘由，一五一十说了。原来老晁找他不是为了"瑞林祥"丢东西，而是县长老史看上了他。县长老史除了爱听戏，平日还喜欢种菜。种菜也不是为了吃菜，像三国时的刘皇叔一样，为了韬光养晦。一个县长韬光养晦虽有些小题大做，但老史把种菜当回事，别人也无可奈何。县政府后院，有一亩三分地，过去被老胡堆过木料，后来被小韩荒着，老史到任之后，让人开垦出来，就成了他的韬光养晦处。正因为是韬光养晦，老史种菜也就是做做样子，闲时背着手到菜园转转；每天拾掇菜园子，还需要一个人。过去给老史种菜的，是福建他一个表叔。老史从小丧父，家境贫寒时，得到过这位表叔家的接济，老史做了县长，便让这位表叔来种菜。谁知这位表叔来了之后，心也不在种菜上，倒在老史的政务上。以为老史小时候听他的，现在也得听他的。看老史整日不理政事，就惦着听戏，背后骂他是"糊涂官"，自个儿跑到街上包揽诉讼，替人出头。好像延津的县长不是老史，而是这位表叔。上次神父老詹来要教堂，被老史扣了个"干政"的帽子，把老詹吓了回去，现在这位表叔天天干政，把个菜园子荒在那里，让人无法韬光养晦，倒让老史哭笑不得。年前腊月，表叔又出幺蛾子，也是学着戏中，要在县政府门前新添一面一丈见圆的大鼓，让万民擂鼓喊冤。过去表叔胡闹，老史都忍了，这次看他闹得太不像了，便说了他两句。谁知这位表叔除了喜欢干政，心眼也窄。一气之下，撂了挑子。临回福建时，撂下一句话：

"我不是生气姓史的糊涂，是可怜延津的苍生啊。"

214

老史闻知一笑；因已厌烦这位表叔，任他去了。元宵节老史看社火，发现了社火队中的杨摩西，扮一个阎罗，就扮得与众不同；接着打听，这人是街上一个挑水的，整日无家可归，便想让这个阎罗来替自己种菜。不是种菜找不着别人，才找杨摩西，而是老史种菜不为种菜，为了韬光养晦，韬光养晦时，有一个阎罗在身边，倒也别有情趣。杨摩西听说县长让他种菜，脑子一时反应不过来。见他反应不过来，老晁并不奇怪，上去拧他的耳朵：

"妈拉个×，别说你蒙，我看着都气。你一个挑水的，凭啥一步登天?刚才还像个要饭的，转眼就进了县政府?"

杨摩西的弟弟杨百利，当年想通过上"新学"进县政府，路没有走通；谁知杨摩西没上"新学"，无意之中，舞一个社火，竟越过杨百利遂了心愿。虽然是去种菜，总算有份正经营生，不用再沿街挑水，活计没个着落，整日饥一顿饱一顿的；同是种菜，在县政府种菜，又和在村里种菜不一样。过去在老汪的私塾里读书时，圣人说"业精于勤，荒于嬉"，谁知杨摩西二十而立，跟"勤"没关系，靠的是元宵节一个玩。杨摩西不禁摇头感叹：

"过去我以为帮我的会是人，或是主，谁知是个社火。"

· 十一 ·

人运气来了，门板也挡不住。杨摩西在县政府种菜三个月，又在县城成了亲。

延津县城南街有个"姜记弹花铺"。"姜记弹花铺"既轧棉花，也弹棉花；弹花之余，还把弹出的棉籽儿榨成油，一罐罐摆在货架上卖；同时也做旧花换新花的生意。"姜记弹花铺"的掌柜叫老姜。老姜有三个儿子，大儿子叫姜龙，二儿子叫姜虎，三儿子叫姜狗。一家人成年累月弹棉，全家男女老少，头发眉毛里，皆钻些棉毛或棉屑。见一人顶着一头白走来，大家便知道是南街老姜家的人。兄弟三人没娶亲时，老大姜龙和老三姜狗说得着，老二姜虎不爱说话，爱心里做事，自成一路。五年前，兄弟三人相继成亲，这时谁跟谁都说不着。说不着不是兄弟之间发生了什么，而是妯娌之间产生了矛盾。老姜加上三个儿子，四股人共同经营一个"姜记弹花铺"，谁出力多了，谁出力少了；谁得的多了，谁得的少了；派给谁的活儿重了，派给谁的活儿轻了；妯娌之间七嘴八舌。时间一长，兄弟之间也产生了隔阂。人相互一有隔阂，对方便无做得对的地方；同做一件事，本来是为对方考虑，对方也把你想成了另有想法。隔阂虽没影响"姜记弹花铺"的生意，但一家十几口，把日子过成了一锅粥。这年阴历五月初六，姜家的鸡和狗斗气，狗把一只鸡咬死了。老姜踢了狗两脚，把鸡提到了厨房，让老婆炖了个清汤鸡。一个弹花的人家，平日也是粗茶淡饭，这天中午，饭桌上有了肉。老姜吃了个鸡头，老大姜龙的孩子，老三姜狗的孩子，也眼巴巴看着这鸡，老姜便撕下两只鸡腿，递给他们。姜虎有个女儿叫巧玲，三岁了，这天在街上玩过了头，回来吃饭，盆里的鸡腿已经没了。巧玲看到另外两个孩子一人一只鸡腿抱着啃，便上去抢。姜龙的儿子五岁了，姜狗的儿子两岁了；巧玲不敢抢大孩子的，便抢姜狗儿子的。姜狗的儿子"哇"的一声哭了，但也死死抱着鸡腿不放。姜虎的老婆叫吴香香，兜头扇了女儿一巴掌：

"有你的，你才吃，没你的，吃啥？"

说的就不是鸡腿的事了。巧玲张着大嘴，也"哇"的一声哭了。姜狗的老婆见巧玲抢自己儿子的鸡腿，心中已不喜；

抢时没说啥，又见吴香香拿这只鸡腿说事，打巧玲给人看，说了一句：

"为只鸡腿，至于吗？"

"孩子不懂事，大人也不懂事？"

两人便吵起来。一件事又扯出来八件事，有件事又撞到了姜龙老婆头上，姜龙老婆也加入进来，全家吵成了一锅粥。老姜忙到街上买了豁嘴老冯一只兔腿，递给巧玲，又被吴香香从巧玲手里一把夺过来，摔到门外，倒是被狗给叼跑吃了。闹了半下午，不但耽误了下午轧花和弹花，晚饭做好了，大家也没人吃。到了夜里，老姜把姜虎叫到正房，在桌腿上磕着烟袋：

"全怪我，给你媳妇说说，忘了一只鸡两条腿，看这闹的。"

整个中午吵架，姜虎就是看着，没有说话，这时说：

"爹，再闹你们闹吧，我是不想闹了，想静一下。"

老姜听出这话头有意思，吃了一惊：

"啥意思？"

姜虎：

"天下没有不散的筵席，我想出去单过。"

老姜知道这个姜虎，平日不爱说话，心里主意大着呢。出去单过没啥，借一只鸡腿，扯到跟爹分家上，看来早就跟

218

爹不是一条心了。这就不是鸡腿的事了。老姜也赌上了气，第二天一早，把姜虎的老舅找来，父子俩也就分了家。姜家除了在县城南街有座弹花铺，在西街还有三间门面房，也是老姜他爹留下的产业，一直租给人做豆腐。姜虎另立门户后，干脆连棉花也不弹了，由南街搬到西街，收回豆腐坊，改作馒头铺；锅灶倒都是现成的。不愿再弹棉不是跟爹分家，捎带对弹棉也伤了心，而是不愿再顶着一头白在世上走。馒头铺起了个名字，叫"姜记馍坊"。相互不住在一起，干的又不是同一行，倒与爹娘和兄弟彻底脱了干系。一家三口，日子过得虽无在"姜记弹花铺"殷实，但夫妻两个蒸馒头卖馒头，确也比过去清静许多。姜虎的身子，从小长得比两个兄弟单薄，过去在南街弹棉时，姜龙姜狗皆说姜虎奸猾。如今在西街揉馒头，馒头揉了两个月，膀子和胳膊，倒比过去粗壮许多，暴出几块疙瘩肉。吴香香有时边揉馒头边说：

"你走你的阳关道，我过我的独木桥；离开你的弹花铺，我也没饿着。"

姜虎倒呵斥她：

"哪那么多废话?会不会说点儿有用的?"

姜虎平日不爱说话，也讨厌别人说废话。啥叫废话?说些已经过去的没用的事；啥叫有用的话?张罗些前面的有用的事。做馒头生意之余，姜虎又和两个朋友，一个叫老布，一个叫老赖，合伙到山西贩葱。多一条门路赚钱，姜虎想把馒头铺三间房子翻修一番。过去把房子租给人做豆腐，不是人家的房子，人家就不心疼，四壁全让灶火给熏黑了；熏黑倒没什么，墙体全让火给熏虚了；墙脚也让杠豆腐的泔水给浸酥了，在屋里一跺脚，墙上就"扑啦""扑啦"往下掉土；房顶也不行了，一下雨就漏，雨停了，屋里还要"滴答""滴答"下上半天。除了翻修旧房，还想盖出一间耳房。翻旧房，盖新房，就是张罗前面的有用的事。出门贩葱风餐露宿，比守在家揉馒头苦多了；但贩葱是长趟生意，比卖馒头来钱快。一年下来，卖馒头兼贩葱，姜虎真把三间房子给翻修一新，并盖出一间耳房。但贩葱也上了瘾，虽不再常年出门，赶上茬口，仍与老布老赖跑山西。与亲兄弟说不着，路上与朋友倒说得着。这时贩葱就不单是贩葱，还为个说得着。

前年年关前，姜虎又和老布老赖去贩葱。三人赶着三辆毛驴车，一路说些闲话，七天之后，就到了太原。太原的葱是鸡腿葱；说是鸡腿，像猪肘子一样肥；嚼到嘴里扯鼻子辣，辣不说，辣后没有苦味；贩回去抢手。三人贩了三车葱，没在太原停脚，便往回走，欲赶上延津县城腊月二十三大集。紧走慢走，三天之后，赶到山西沁源界。这时天变了，刮起北风，接着飘起雪粒。山西的风又冷又硬，和着雪打人的脸；人受冻没啥，看着拉葱的驴浑身冒汗，又打着哆嗦，担心驴被冻病了。赶到沁源县城，三人望望天，虽离天黑还有两个时辰，但决意不再赶路，就在沁源宿下。找了个车马店，把驴拴在牲口棚里，喂上草料，又给它们点上一堆火，三个人开始沿街找饭铺，欲吃口热乎的暖和身子。进了几家饭铺，皆不如意，不是屋里冷，就是饭菜贵。最后寻到县城西关一家卖杂碎汤的小店，看着还干净，价钱也公道；屋里有杂碎汤煮着，也显得暖和，加上外边天已经黑了，便在这里落下脚。但南来北往的生意人，都被天寒阻在了沁源县，正是吃饭的茬口，店里坐满了人。恰好一张桌子上，一拨人吃完走人，姜虎三人便坐在那张桌子前，要了三碗杂碎汤，三十个烧饼。店里客人多，烧饼在店里是现成的，现点现上；杂碎得现煮，要一锅一锅等。但吃杂碎汤就图个能添汤，添汤不再另收钱，十个烧饼吃下来，碗里皆是热乎的，所以无人先吃烧饼。等了一个时辰，杂碎汤上来，三人埋头先喝汤。正吃着，又掀门帘进来三个人，两个男的，一个女的。看看别处无空位，便坐在姜虎桌子对面，也点了三碗杂碎汤，三十个烧饼。听他们张口说话，听出两个男的是山东口音，一个女的是山西口音；听他们的话头，似是做贩驴生意的。他们等杂碎汤时，男女间开始调笑。不管是听他们的口音，还是看他们调笑的样子，那女的不像是谁的家眷，倒像是在路上临时轧的姘头。而且那女的不是跟一人调笑，跟两人都调笑，

221

就更是妍头了。这种事在路上见怪不怪，姜虎埋头吃饭，没太在意；同行的老布天生多事，不禁多看了那女的两眼。多看两眼也就罢了，又低头与老赖嘀咕了两句，两人"哧哧"笑起来。正是这嘀咕和笑，对面两个山东人觉得不是好意，与他们急了。两个山东人一个个儿高，一个个儿矮，但都粗壮。个儿矮的山东人抢先啐了老布老赖一口，又操着山东腔骂道：

"妈拉个巴子，瞎嘀咕个啥，身上哪块肉痒痒了，明告诉爷爷呀！"

老布低头不敢再说话，老赖在延津就赖，出门也不怵人，就还了山东人两句。双方话越说越多，这时店小二给两男一女上来三碗杂碎汤。店小二正要劝架，个儿高的山东人后撤一步，抄起一碗刚上的滚烫的杂碎汤，要砸向老赖；老赖也后撤一步，抄起条凳，要与山东人对打。姜虎见要打起来，停下吃烧饼，起身劝架。知道对方是山东人，便不叫"大哥"，叫"二哥"："大哥"是武大郎，二哥是武松：

"二哥，怪我这俩弟兄不懂事，出门在外，我替他俩赔个不是吧。"

没想到这山东人不依不饶，也是看姜虎身子单薄，说话声轻，看上去好欺，便说：

"赔不是行啊，给她叫声妈。"

指了指旁边的姘头。但山东人把姜虎想错了，接下赔的不是双方各干各的；就是不接，撇下姜虎，你们再接着吵；让姜虎给一个姘头叫妈，惹恼了姜虎。惹恼姜虎，比惹恼老布老赖事还大，姜虎不再啰唆，一脚踢掉那山东人手里的汤碗，一把揪住他的头发，将他的头"咣咣"往桌面上磕，直磕得血流满面，还不住手。个儿矮的山东人惊了，那个山西姘头也惊了，老布老赖惊了，店里吃饭的人全惊了。没想到这么单薄的身子，藏着那么大的脾气和劲头。接着令人没想到的是，血流满面的山东人，身上藏着刀子；一开始被磕头猝不及防，接着被磕晕了头，没有反应；待回过神来，突然从腰里掏出一把刀，一下捅进姜虎的胸腔里。待拔出刀来，血"呼"的一声，喷了一墙。老赖老布见姜虎倒了，只顾去拉姜虎；回过神儿来，两个山东人和那个山西姘头，早已跑得无影无踪。出门去寻，只见茫茫一片黑夜，天上已飘起大雪。姜虎在地上喘了一阵气，头一勾死了，地上又淌出一大摊血。老布老赖也拉着杂碎汤店主到县政府报了官．但凶犯不是本地人，既不知他们的名姓，又不知他们是山东哪州哪县人，只听出一个口音；一个山西姘头，也是四海为家；脚在人身上长着，哪里捕去?老布、老赖也是无奈，在沁源停了三天，只好将姜虎的尸首拉回了延津。老布又与老赖商量，瞒下姜虎的死因，不说是老布老赖在山西惹了祸，只说是姜虎在沁源与人发生了口角，打斗起来，被对方捅死了。去山西贩葱时还是一大活人，回来是一具尸首。姜虎的老婆吴香香，抱着孩子，哭昏过去好几次。时逢年关，门板上本该贴鲜红的对联，现在换成了白色的烧纸。

姜虎死后，吴香香成了寡妇，一个人在馒头铺揉面。有姜虎在，虽然姜虎不爱说话，走来过去，馒头铺也显得热闹；剩下一个寡妇，屋子里顿觉冷清。对南街姜家而言，儿子一死，儿媳似乎成了外人。老姜加上姜龙姜狗，皆以为吴香香会改嫁；儿子死了可惜，儿媳改嫁没啥可惜的，新翻盖的馒头铺可以落回自家手里。吴香香本也想改嫁，丈夫死了，自己还年轻；但一个寡妇带一个孩子，一时寻不到合适的茬口；同时看出姜家盼自个儿改嫁，图的是个馒头铺，反倒赌上了气，继续在县城西街蒸馒头。人要一赌上气，就忘记了事情的初衷；只想能气着别人，忘记也耽误了自己。一年过去，姜家见吴香香还没动静，老姜倒没有什么，媳妇是外人，还有孙女巧玲呢；但姜龙姜狗有些着急，二人本不对付，现在联起手来，要把吴香香赶走。赶走并没公开赶，公开赶也说不出口，而是等到每个月的后半月，每天的后半夜，天上没了月亮，县城睡得正熟，他们由南街溜到西街，爬到馒头铺房上，跺脚吓吴香香。一开始是两人一起跺，后来一人一月轮着；人照样吓得着，两人也有歇着的时候。但他们又把吴香香想错了，不吓吴香香，吴香香倒可能改嫁；这么一吓，吴香香横下心来，不谈改嫁的事了，倒把个"姜记馍坊"，改成了"吴记馍坊"。但天天夜里担惊受怕，也不是长事，便想招一个女婿，来支撑门面。试着寻了几个，也没合适的。模样、脾气，相互是否说得来，单讲一条遍地都是，几样凑到一起就难了。要么这人脾气好，但生性窝囊，撑不起门面；要么这人脾气犟，但又犟过了头，吴香香害怕招了这个女婿，自个儿降不住他，馒头铺没成姜家的，又成了他的。也碰到一个合适的，鞠家庄一个姓鞠的，正好老婆死了，是个外场人，是个大嗓门，说起话来，既不怕事，又知道让着吴香香，但他带着三个孩子，一成亲，别的不说，先要养活三个外人。吴香香又犹豫下来。这时吴香香感叹，世上最难吃的是屎，世上最难寻的是人。于是事情不上不下，在那里悬着。一悬就是一年多。一悬一年多对吴香香是苦事，但一年多后，事情在茬口上，就碰上了杨摩西。

杨摩西已经在县政府种了四个月菜。杨摩西过去没种过菜，但他自小在杨家庄长大，没吃过猪肉，见过猪跑。阴历二月一开春，冻土一化，杨摩西便在县政府后院，给县长老史的一亩三分地上粪。上过粪，便开始翻土。县政府不养牲口，一亩三分地，是杨摩西用铁锹一锹一锹掘出来的。接着用铁耙打坷垃，将地耙平。接着撒种。按县长老史的意思，种了些茄子、豆角、萝卜、菠菜、辣椒、葱、蒜、荆芥等。地的四角，又种了些丝瓜和葫芦。接着挑水灌苗。苗出来，草也出来了，接着拔草。接着松土保墒。三个月下来，杨摩西觉得在县政府种菜，比过去沿街挑水还累。沿街挑水有活儿就干，没活儿就歇着，现在只要一到一亩三分地，从早到晚，手闲不下来。但累归累，心里却松快许多。过去挑水是他等活儿，现在种菜是活儿等他；干活儿再累，也比找不着活儿强。另外，在县政府种菜，时间上可以自个儿做主。过去沿街挑水，何时挑水，挑多少水，全听主家的；现在一天到晚手虽然不停，但先干啥后干啥，全由自个儿主张，只要把一亩三分地种好就行了。人一自主，心里又松快许多。吃的也比过去强。过去沿街挑水，活计没个着落，天天饥一顿饱一顿的；现在虽是一个种菜的，也算县政府的属员，一天三顿，到点就去伙房吃饭。每天不用操心吃的，也让人放下一条心。县政府的科员，有四十多人；大家在伙房吃的时间长了，人人都说伙夫老艾做的饭难吃，就会炖个杂烩菜，把肉片和许多杂菜放到一个锅里乱炖。杨摩西刚吃，却觉得老艾的杂烩菜好吃，好在油水大，有嚼头。三个月下来，大家都说，种菜的杨摩西，比刚来时胖了许多。唯一不如过去挑水处，是跟县政府的人相处，要比一个人挑水难。过去在蒋家庄老蒋染坊挑水，十几个人，杨摩西就觉得应付不过来；

226

如今县政府四五十口子，个个又比染坊的人要刁。县政府其他差员见杨摩西是新来的，像老蒋染坊的内蒙古人老塔一样，皆有些欺生。杨摩西种菜就忙得脚底朝天，还有人白支使他跑腿送信，去街上买烟买酒，或唤他搬桌挪柜；连伙夫老艾，三天有两天，也唤他去街上买油买酱，或到十字街头扛一篓馒头。杨摩西除了是个种菜的，等于还是个打杂的。杨摩西肚子里也骂这些人不是东西，但知道种菜的差事来之不易，加上这几年与人打交道多了，长了记性，除了不与人拉帮结派，招惹是非，也学会了吃亏。人支使他，他便放下种菜的活儿，替人去干分外的杂事；肚子里骂人，面上不带出来，仍乐呵呵的。县长老史招他来本为种菜，为自个儿韬光养晦，现在看一件事变成了另一件事，杨摩西被人支使得像个陀螺，老史既没对大家发火，也没对杨摩西发火，只是摇头一笑。笑不是笑杨摩西，而是笑大家。大家看似欺负杨摩西占了便宜，其实是帮了杨摩西；杨摩西看似吃了亏，其实是占了大家的便宜，只不过大家和杨摩西没想到这层理儿罢了。三个月下来，县政府上上下下的人，都知道种菜的"摩西"嘴虽然有些笨，但手脚勤快。在县政府干差的人都有些刁，刁人之中，杨摩西不凭别的，就凭一个手脚勤快，倒在县政府立住了脚。啥叫韬光养晦，从杨摩西和大家的关系上，老史已经韬光养晦。

老史闲的时候，也背着手到菜园子里转悠。杨摩西除了种菜，还自作主张，在前院的空地处，刨坑种了两溜儿马兰和美人蕉，每天浇水。老史当初招杨摩西来，是因为他会舞社火，把个阎罗舞得与众不同；阎罗掌管着天下的生死簿，阎罗让你一更死，小鬼决不等二更；现在看阎罗只会撅着屁股干活儿，全没了社火中的威风模样，问起话来，有一说一，决不由一扯到二；老史又笑了。杨摩西与老史有一说一，不扯废话，并不是像对县政府的差人一样，说话办事都留着心，而是因为老史是县长，又不苟言笑，见了老史，有些害怕，没说话身子先哆嗦，哪里敢再啰唆?这点差别，倒被老史忽略了。一天老史又踱到后花园，站在美人蕉前，看杨摩西弓着身子锄地。看了半天，突然问：

"摩西，你整天种菜，脑子里都想些啥?"

这也是杨摩西怵老史的地方，问起话来，话题都是突如其来；他所问的，都是你事先没想到的。杨摩西站直身子，愣在那里想了半天，答：

"没想啥。"

老史：

"你不说实话，人在干东的时候，都在想西。"

杨摩西又愣住想，想了半天，突然想起什么：

"有时候会想起罗长礼。"

接着将喊丧的罗长礼的底细，本是一个卖醋的，最会喊丧，如何嗓门大，如何会调停场面，一五一十，来龙去脉，跟老史讲了；在世上活了二十来年，他最喜欢那一喊。老史听后，倒愣在那里。愣不是愣罗长礼，而是愣杨摩西；一个种菜的，原来也喜欢世界上一喊；加上杨摩西在社火里扮阎罗，阎罗喜欢一喊丧的，二者都跟死人打交道，一前一后，交接倒也方便；愣过，又摇头一笑。

但四月十六这天，出了一件事，让老史改变了对杨摩西的看法。老史当县长的时候，室内还没厕所，县长夜里撒尿，照样得用夜壶。老史平日不苟言笑；不苟言笑的人，一般背地里都有些好色。老史也不例外。一个人好色不算啥大毛病，但老史的好色，又与众不同：他不好女色，单好男色。好男色也没什么，问题是他不好生活中的男色，单好戏中的男色。老史爱看戏，原因也在这里。看着是去看戏，戏也看，主要是看戏中的男旦。老史当县长的时候，戏中的女角，大部分还是俊俏的男生装扮。老史打小生长在南方，不喜五大三粗的北方男人；北方男人扮起女角，举手投足，挟肩提胯，马上会露出马脚，故不喜河南梆子等北方戏；年轻时在苏州上过学，中意小巧玲珑的苏州男旦，于是把锡剧千里迢迢引到延津；南方也有诸多剧种，只是锡剧中的男旦，扮相比闽剧、越剧等，更加像女人罢了。不是女人，胜似女人。从苏州引来的锡剧班子，当家的男旦叫苏小宝，十七岁一孩子，长得玲珑剔透，戏台上风情万种，卸了装又不苟言笑，又对老史的心思，故在锡剧班子中，引的是这一班而不是另一班。天天到戏院，也就是老詹的教堂去看锡剧，也就为看个苏小宝。去年年底，老史不看锡剧看社火，不是因为看锡剧看厌了，恰恰是因为苏小宝在苏州的老舅死了，苏小宝赶回苏州奔丧，老史觉得戏台上一下空了，这才抽身出来，看万民舞社火。老史不看社火，还发现不了杨摩西；杨摩西能进县政府，以为该感谢社火，其实应该感谢锡剧中这位男旦苏小宝；接着应该感谢苏小宝的老舅，死得是个时候。苏小宝奔丧回来，老史又接着看锡剧。除了看戏，戏后，老史还把苏小宝叫到县政府他的住处，两人一待一夜。县长和一个男旦来往，看上去有些不雅，但这里不涉及救国救民，顶多又像当年另一位县长老胡爱做木匠活一样，是一种个人嗜好，所以从省长老费到专员老耿，听后也是一笑。大家或许以为老史和苏小宝干了什么，其实老史和苏小宝一夜待下来，并不上床做什么，就是在一起说个话。说话也不用嘴，而是用手，两人对面坐着，在下围棋，讲的是个手谈。就是扯到淫上，老史的做法也与众不同，讲的不是做，而是个"意"啊。只是要求苏小宝，手谈时也不卸戏装和脸上的油彩罢了。老史和苏小宝手谈，也不是天天谈，天天谈就把人累着了；而是十天一谈，每月初五、十五、二十五，不急不缓，倒也怡然自得。虽然他们关在屋子里是手谈，但外人并不知其中的底细，以为他们在一起什么都干了。一男一"女"，在一个房子里关了一夜，要说两人啥都没干，别说别人不信，整个县政府的人都不信。但大家信不信，老史并不在意，平日见人，仍是不苟言笑；正因为仍不苟言笑，老史的下属，反倒更加怵老史。怵不是怵他是县长，而是不知道他的路数。

四月十五这天晚上，老史又去戏院看戏。戏完，回到县政府住处，老史又和穿着戏装的苏小宝手谈。房外的月亮好大，但两人的心思都在棋中，对外面并无留意。从深夜手谈到天亮，两人竟手谈出一盘奇局。这棋局的名字叫"风雪配"。虽是和棋，但布局之奇特，机关之巧妙，一招一式，一板一眼，事先并不有意，也是随机应变，待到棋终，突然出现了大境界。整个棋局虽风云密布，但天苍苍，地茫茫，黑白之间，楔榫连接，出现了天作之合。这种天作之合，许多人手谈了一辈子，也无遇到过；或许快接近了，又擦肩而过。手谈并不为个输赢，为输赢者皆是俗物，而为手拉手共同去一个过去没去过的地方。不为手谈，不为棋局，为了这天作之合，两人第一回有了肌肤之亲。亲也没亲别处，就是一个抱头痛哭。两人日常都不苟言笑，为了一盘棋，竟共同大放悲声。他们的大放悲声，也不像别人一样吼喊，直哭得哽哽咽咽，相互拭泪罢了。正是这样抽抽噎噎，两人才能哭到深处。

县政府有一个扫地的叫老甘，老甘长个大脑袋，说话声大，像敲锣。在县政府四十多个属员中，杨摩西私下跟老甘走得近。两人走得近并不因为一个是扫地的，一个是种菜的，地位相仿；或县政府四十多人都刁，就老甘不刁；而是老甘虽是一扫地的，却喜欢教诲人。别的文案书记都是刀笔吏，老甘跟人搭不上腔；杨摩西是一种菜的，又是新来的，老甘便找到了白话的地方；杨摩西新来，对县政府的方方面面都不熟，正好需要人指点；两人一拍即合，常在一起说话。四月十三这天，老甘在乡下的老婆生了个儿子，老甘要回家摆酒席，挂了七天假。临走时，来到菜园子，唉声叹气。杨摩西不解：

"生个儿子该高兴，咋愁眉不展的？"

老甘：

"不是儿子的事，我一走，对这里不放心。"

杨摩西：

"不就一个扫地吗？我替你扫就是了。"

老甘：

"要是扫地我就不说了，关键是县长的夜壶。"

原来县长老史的夜壶，每天清晨归老甘倒。有时老甘也把夜壶提到菜园子里，用县长的尿浇菜。老甘：

"把县政府的人想遍了，交给谁，我都不放心。"

杨摩西：

"不就一个夜壶吗?我替你倒就是了。倒完，刷干净，我再给放回去。"

老甘：

"你倒是个老实人。可你耳朵管用吗?"

杨摩西愣在那里：

"啥意思?"

老甘拉杨摩西坐下，开始一五一十说夜壶的事。原来这倒夜壶不只是个倒，也讲个时辰；讲时辰不是倒尿也图吉利，而是要不早不晚，赶到县长老史刚刚起床；老史还没起床，你进去倒夜壶，打扰了老史睡觉；老史起床了，你没及时倒，让一个夜壶在脸前摆着，也不是个事；老史还没起床，你就得在窗外候着；听到里边有响动了，忙进去倒夜壶；不早不晚，赶个恰如其分。老甘说完，杨摩西听明白了：

"我每天起早点儿，在县长窗下候着就是了；听到动静，我马上进去。"

老甘叹口气：

"也只好这样了，千万不可大意。"

从四月十四这天，杨摩西种菜之外，又多了一个差事，给县长倒夜壶。十四这天一早，天刚蒙蒙亮，杨摩西就去县长老史窗前候着。候了一个时辰，听到老史在里边咳嗽，杨摩西忙进去提夜壶。老史看他进来，倒一愣：

"啥事？"

杨摩西：

"替老甘倒夜壶，老甘老婆生孩儿了。"

老史也没在意，杨摩西提着夜壶就出去了。十五早起倒夜壶也很顺利。但老甘走时忽略了，他走的这七天，跨一个阴历十五；十五晚上，是老史跟苏小宝在一起手谈的日子；十六早起，倒夜壶要待苏小宝走后。老甘没交代，杨摩西也不明其中的底细。十六早起，又去老史窗下。待到窗下，正是老史和苏小宝相拥在一起，抽抽噎噎之时。杨摩西听到屋里有响动，以为县长老史起床了，也没多想，推门就进去了。待进去，看县长和一个涂着彩脸穿着戏装的戏子搂在一起哭，吓了一跳，不禁"啊"了一声。他这一"啊"不要紧，把老史和苏小宝惊着了。虽这拥是因为棋局而不是别的，但在外人面前，苏小宝首先清醒了，从没去过的地方，一下回到了眼前，推开老史，面向墙站着。老史回头看到杨摩西，心中还有些恍惚；待也从恍惚回到清醒，不禁大怒。怒不是怒杨摩西看到了这场面，而是怒他和苏小宝还没有哭到深处；这回哭不到，也许永远没这个机缘了；本来能走得更远，到一

234

个从来没去过的地方，现在因为杨摩西突然撞进来，一切都半途而废了。气恼之下，老史有些语无伦次，没问杨摩西，倒问苏小宝：

"咋回事？"

苏小宝面壁不回答。杨摩西已吓得浑身哆嗦，倒是替苏小宝说：

"我来倒夜壶。"

因为一个夜壶，让天作之合半途而废，老史更气了。平日他不苟言笑，现在也仰着脖子喊：

"你给我滚！"

杨摩西跟斗流水，逃回到菜园子，夜壶也没倒成。杨摩西知道自己闯了大祸，以为老史要辞他，但老史过后也没辞他，只是从此之后，不再跟杨摩西搭话。杨摩西以为老史对他手下留情，岂不知县长老史，从来不对人手下留情，只不过这气生得有些大，生气不只对杨摩西一个人；祸是杨摩西惹的，老史由杨摩西起，突然对全世界失了望。一个阎罗，在社火中还与众不同，到这个世界种菜，昏头昏脑，也和大家差不多；或者，对眼前这个世界，老史失望的不是一个人，而是整个大家。辞了杨摩西，换一个种菜人，也不会比杨摩西或他爱"干政"的表叔好到哪里去；失望之下，没换杨摩西。但杨摩西不知道老史是咋想的，虽然人还留在县政府，

235

开始诚惶诚恐；每天种菜时，总觉得头上悬着一把剑，刚进县政府的时候，心里也没这么怕。也是将功补过的意思，种菜的时候，倒更加勤谨；县政府其他属员支使他，也跑得更欢了。也是祸兮福焉，正是伙夫老艾支使他三天两头去十字街头买馒头，让杨摩西认识了吴香香。杨摩西过去挑水时，也认识吴香香。吴香香除了在县城西街"吴记馍坊"蒸馒头卖馒头，也到十字街头做生意。冒着蒸汽的馒头笼子上，插着"吴记馍坊"的幌子。杨摩西哪天挑水少了，身上缺钱，便到县城北关"老冉粥铺"喝粥，只喝稀的，不吃干的；哪天挑水多了，身上有了余钱，也到十字街头买过吴香香的馒头。但现在买吴香香的馒头，和过去又有不同。不同不是说过去就买一个人的馒头充饥，现在县政府四五十口人吃饭，馒头一买就扛一篓；而是身份与过去不同。吴香香过去卖给挑水的杨摩西馒头，并无留意他；现在见县政府的杨摩西来了，心里便留了意。留意还不是从现在开始，而是四个月前县城闹社火时，她和大家一样，注意过这个阎罗，注意过这个阎罗与别的阎罗不同。但当时也就是个注意，没想过把自己跟一个舞社火的连在一起；现在这个阎罗成了县政府的属员，她才知道他不单会舞社火。杨摩西过去挑水时，街上从事五行八作的人，皆没拿他当回事；现在见他进了县政府，而且是县长老史看上的人；大家只知道他被老史看上，不知道老

236

史又看不上他了；大家看杨摩西，又与过去不同。十字街头的馒头摊旁，是鞋匠老赵的摊子。杨摩西挑水时，走路磨鞋，三天两头到老赵的摊子补鞋。因赊过两回账，老赵生了气。杨摩西再去补鞋，老赵总黑着脸：

"我这是小本生意，可得先交钱。"

不先交钱就不补鞋。现在杨摩西种菜也费鞋，去替伙夫老艾扛馒头，有时顺便到老赵摊上补鞋，老赵不但先补鞋，补过鞋也不收钱。杨摩西要交钱，老赵还急：

"兄弟，骂我呢?费我个啥?也就是个手艺。"

或：

"怕我有事找你?"

久而久之，吴香香便对杨摩西动了心。接着打听杨摩西的底细，又有些失望。原来他除了挑过水，以前还破过竹子，染过布，杀过猪，做过豆腐，所有干过的，皆是些粗活，他家是杨家庄做豆腐的人家，心里一下凉了半截；又听说杨家和秦家庄东家老秦家是亲家，杨家的身份又往上长了一截；又打听出杨摩西是与家里闹翻了，孤身一人跑了出来，除了有个身子，房无一间，地无一垄，心里又凉了；但正是孤身一人和在县政府当差，又让她动了心。如杨摩西仍在挑水，她只是找了个挑水的；如今杨摩西在县政府，与杨摩西成亲，就不单是与杨摩西成亲，背后还有座大靠山，正好支撑门面；

那时"吴记馍坊"的馍头，就不单姓"吴"，还姓"县政府"，倒跟当初杨家庄做豆腐的老杨、马家庄赶大车的老马让杨百顺的弟弟杨百利上"新学"，接着进县政府的想法一样。还有孤身一人，如是嫁给杨摩西，他房无一间，地无一垄，是件坏事；但对于招婿，却正好合适，招过来的只是一个人，没有另外的麻烦；正因为房无一间，地无一垄，自己才能高他一头。

这天下午，杨摩西正在县政府后院菜地捉虫子。也是以前没种过菜，只知道卖力，不知其中的诀窍。不管是茄子、豆角、菠菜、丝瓜或葫芦，苗出来之后，长势都不错；但菜叶长到巴掌大时，生了虫子。虫子将叶子吃出一个个窟窿。县长老史到菜地来转，看到一片片被虫吃的叶子，便皱着眉摇头。菜长虫本属正常，但放到过去正常，自从打散老史和苏小宝的哭泣，杨摩西自个儿先觉得犯了大错，看老史皱眉，怕由一个虫子，再节外生枝。自个儿过去没种过菜，找不到病因，慌忙到城外老龚的菜园，向种菜的老龚打听。头一回老龚没理他；第二回，给老龚买了一包烟丝，老龚才告诉他，虫子生在现在，祸根却是上粪时做下的。原以为多上粪菜会壮，谁知鸡粪上多了，也会生虫；根治的办法倒简单，往地里埋烟丝。烟丝一发酵，虫卵闻到，立马就死了。杨摩西只好停下其他活计，买来烟丝往地里埋。治过虫卵，又一只一

238

只，去捉叶子上剩下的成虫。白天捉一天，夜里还打着灯笼翻菜叶子。过去吃饭是在伙房，现在将饭从伙房打回来，马不停蹄，边吃边捉。五天没有离开县政府后院。这天吃过中饭，挨个翻茄秧的叶子；茄秧又比豆角、菠菜、丝瓜和葫芦招虫子；茄子又种得多，占到四分地，豆角、菠菜、丝瓜和葫芦诸菜，皆占到三分二分不等。直捉到夕阳西下，突然有人在背后喊：

"摩西，跟你说句话。"

杨摩西扭头，见县政府后墙外，有人探个头，仔细一看，是县城东街牲口牙子老崔。杨摩西又弯腰捉虫：

"正忙着呢。"

老崔：

"这话不听，你可别后悔。"

杨摩西：

"我正后悔着呢，当初不该上这么多鸡粪，也不该种这么多茄子。"

老崔：

"这事比鸡粪和茄子大，给你说个老婆。"

杨摩西这才想起，老崔除了是个牲口牙子，闲时还给人说媒。有人说亲是件好事，但杨摩西平日与老崔并无交情，过去挑水时，两人见到，老崔总拿他打镲，以为老崔从县政

239

府墙后过，又顺便拿他开心，说不定院墙背后，还藏着一帮闲人，等着看杨摩西的笑话呢，便说：

"听说你娘死了，把这媒说给你爹吧。"

又蹲下身子捉虫，任老崔在墙外喊，再不回头。老崔终于急了：

"×你娘，给你说媒，你倒端上了。"

又骂：

"给大户人家说媒，成不成，还吃顿酒席，今儿倒好，热脸贴了个冷屁股。"

又骂：

"让你托大，我马上退了这亲。不说这媒我死不了，你照样打你的光棍。"

又杂七杂八说了许多。杨摩西听骂声越来越远，扭脸，院墙上的人头不见了；起身跑到墙前，见墙外的老崔，骂骂咧咧，顺着津河，已走出一箭之地。老崔不骂不走杨摩西觉得是拿他打镲，一骂一走，杨摩西觉得这事有些门道，忙翻院墙出去，追上老崔，一把拉住他：

"叔，把话说完。"

老崔倒端上了，挣着身子：

"放手，我还有事。"

见老崔拿糖，杨摩西知道事情又有了几分：

"叔，今天无论如何，咱爷俩儿得喝一盅。"

老崔挣着：

"放手，真有事。"

但也半推半就，脚下随杨摩西走。两人拉拉扯扯，来到津河桥下，一个叫"鸿膳成"的饭馆。"鸿膳成"有个厨子叫老魏，当年杨百利和牛国兴拿他"喷"过"空"，老魏爱夜游，夜游时，在坟场碰到一个白胡子老头，白胡子老头趴到他耳朵上说过两句话，老魏回来，炒菜时老哭。也可能以前哭过，现在不哭了；过去他当厨子，现在不当厨子了，当酒保。老魏与老崔和杨摩西皆认识，想着一个贩驴的，一个种菜的，到饭铺只是吃碗烩面；没想到两人坐下，杨摩西点了一盘大块牛肉，一盘卤羊杂，每人一个酱兔头，外加四两白酒；便知二人有事。酒菜上来，老崔和杨摩西先吃了一阵。杨摩西过去没跟老崔在一起吃过饭，吃起饭来，才知道老崔不愧是个贩驴的，走南闯北，饭量大，三盘荤菜，转眼间见了盘子底，酒壶也空了。杨摩西又叫了两海碗烩菜，外加三两白酒。烩菜里有白菜、豆腐、海带、猪肉片子，热气腾腾端上来，老崔又吃了一阵，喝了一阵，终于放下筷子，掏出火吸烟。杨摩西这才问：

"叔，女方是谁呀？"

老崔这才说出了吴香香。吴香香托人说媒，一开始找的

241

不是贩驴的老崔，而是县城东街的媒牙子老孙。托老孙时，给老孙提了一只羊腿。老孙一开始答应了，后来了解其中因由，吴香香招婿的背后，还藏着与姜家的积怨；积怨的背后，又藏着馒头铺一座家产；姜龙姜狗兄弟俩，皆不是省油的灯。这就不是一桩媒情事了，里面还藏着一个火药桶：说得好，成全了别人；说不好，引爆了火药桶，炸着了别人，也伤着了自己。但一下把这媒退回去，又把事情挑明了，也得罪人；便假装肠胃疼，出不得门，把这桩婚事和羊腿，一起托转给老崔。老崔平日是个驴贩子，贩驴之余才说媒。老崔贩驴是把好手，因说媒是三天打鱼，两天晒网，功夫不到，十桩有八桩说不成；说不成倒没什么，往往又说出些另外的蹊跷。去年县城北街"丰茂源"和"济世堂"李家的儿子李金龙，与秦家庄东家老秦家姑娘秦曼卿的婚事，就是老崔撮合的；后来因为秦曼卿缺一只耳垂，婚事发生了变故，秦曼卿就嫁给了杨摩西的哥哥杨百业。老崔说媒的功夫虽然不到，但爱和专门说媒的老孙平起平坐；老孙嫌他不知高低，也是设一个套让他钻，让他在南墙上碰个壁，知道一下说媒的深浅。老崔正是因为功夫不到，没估算出这桩婚事背后的危害，只估算了一下男女双方，觉得是桩易说的媒，便收下羊腿，来找杨摩西。卖馒头的吴香香，杨摩西倒不陌生，五短身材，小眼小嘴，疙瘩鼻，眉心有一粒红痣；长相不能说俊，但她

242

皮肤白，像刚出锅的馒头一样白，也是一白遮百丑，倒又透出另一种姿色。红痣长在黑脸上，就是一粒老鼠屎；但红痣长在白脸上，就是一粒小樱桃。杨摩西也知她是一个寡妇，带着一个孩子。买馒头见过，但从无把她和自己连到一起想过，现在不由得愣在那里：

"这事我可没想到。"

又问：

"叔，有啥说法不？"

老崔饭量大，酒量却不行，七两酒下去，脸像红布一样，已有些醉意。老崔一醉，爱跟人说知心话，这一点和杨家庄卖豆腐的老杨有些相像，身子伏在桌子上，一把抓住杨摩西的手：

"除了是你，换个人，我不管这闲事。"

一听就是醉话，过去两人并无来往，没存下这情谊；何况刚刚骂过人，转脸又拉人的手。但杨摩西不论贵贱，先接住这手：

"叔，等事儿成了，侄子少不了还得登门孝敬您。"

老崔一听这话急了，拍着桌子：

"啥意思，骂我？好像我图你东西。"

杨摩西：

"叔，我不是这意思，我一种菜的，就是孝敬您，还能孝敬个啥?说的是个意思。"

老崔这才将身子收回来，挥着手说：

"要说说法，这桩婚事可不简单，处处有说法；但别的说法，我都替你挡了回去，单有一条，我做不了主。"

杨摩西：

"啥?"

老崔：

"这桩婚事，不成也就算了；如果成，不是你娶她，而是她娶你，算是入赘。"

杨摩西愣在那里。别人结亲都是男娶女，这里结亲却是女娶男，一切得倒着来。杨摩西刚要说什么，老崔瞪着眼睛：

"这还不算，你要愿意，还有说法。"

杨摩西：

"啥?"

老崔：

"既然是入赘，就得改姓，你不能姓杨，得姓吴。"

杨摩西又吃了一惊。别人结亲皆是名正言顺，自己结个亲，还得改姓。两个说法加在一起，杨摩西有些蒙，在那里犯了考虑。见他考虑，老崔一下又急了。老崔给人说媒不单图个吃喝，或图些东西，这是他与专业说媒者老孙的区别；东西之外，主要图个说，过个嘴瘾。贩驴时老说驴，回头便

244

想说说人。但这嘴瘾有时能过，有时不能过。像上次"丰茂源"和"济世堂"李家和秦家庄老秦家的婚事，他夹在中间，不但说不上话，还受了不少夹板气。但在杨摩西这里，他觉得可以居高临下白话，甚至可以把在他处受的气找补回来；或者说，杨摩西一口答应下来，他倒有些失望；见他犹豫，倒给他白话提供了一个茬口。老崔朝地上啐了一口痰：

"以为你是个识时务的人，我才给你张罗这事；谁知我话还没说完，你倒犯了琢磨。你也不撒泡尿照照你自己，你配不配这琢磨？你家是个卖豆腐的，你是个种菜的，除了有个光身子，房无一间，地无一垄，吴香香不娶你，人家能娶到别人；你要过了这茬口，怕是要打一辈子光棍。知道你在县政府，可你不是县长，就是个种菜的。我倒不是生气你琢磨这事，是生气你认不清自个儿是谁。你要不想入赘，想正经娶人，你千万别勉强；你要觉得你的姓值钱，你还姓它一辈子。我也想明白了，这事也不怪你，怪我，怪我眼瞎认错了人。全是为人好，好像在害谁。我就想不明白，我害你能得到啥好处？你又有啥值得害的？你要不信，咱就走着瞧！"

老崔已经把一件事说成了另一件事。而且说着说着，真生气了，站起身，气哼哼要走。杨摩西忙放下琢磨，一把拉住老崔。老崔边挣边喊酒保老魏：

"老魏，你来给评评这个理。"

老魏也是个好事者，见这桌有事，虽然手里忙着别的，耳朵一直向这边支着。听老崔喊他，忙过来插嘴：

"我都听见了，这事真不能怪老崔。"

三人嚷成了一锅粥。杨摩西劝过老崔，又劝老魏。看老崔脸被气得煞白，对老魏说：

"大爷，事情有些突然，总得让我想想啊。"

三人分手后，杨摩西回到县政府菜园子，一个人坐在地头想。除了事情有些突然，事情还有些不一般。先想入赘。别人结亲都是男娶女，这里结亲却是女娶男，一切得倒着来。事情本末倒置，首先看起来就不顺。但接着又想，正着或倒着，放到别人那里是件大事，放到自己这里，如老崔所言，真得另外计较。不是女娶男，自己还摊不上这好事。就算不是女娶男，换成男娶女，把颠倒的事情再颠倒过来，不说娶不到，就算娶得到，吴香香不要他入赘，让他明媒正娶，杨摩西房无一间，地无一垄，还能把吴香香娶到哪里去？现成的地方，只能娶到杨家庄了。先不说娶到杨家庄吴香香会不会同意，吴香香现在城里，杨家庄是乡下；就算吴香香同意，杨家庄和卖豆腐的老杨，杨摩西首先不愿意见到；就是愿意见到，卖豆腐的老杨，也没有现成的房子让他娶亲。倒是入赘，给杨摩西省去不少麻烦和口舌。又想改姓的事，别人结亲皆是名正言顺，自己结个亲，还得改姓。但又想，自己的名字，以前也不是没被人改过；为了找个事由，他就信过主，改叫"杨摩西"。当然，改了名姓就不是自己了，可几年下来，自己换一个活路，改一回禀性，瓤里早不是自己了，没必要徒讲外表。当然改姓与改名又有不同，改名只是改自个儿的称呼，改姓连祖宗都丢了；但杨摩西自生下以来，没感到祖宗给自己带来什么好处，倒尽添些麻烦，最大的麻烦是，改了尽添麻烦的它，反叫天下人耻笑。还有，吴香香是一个寡妇，像把夜壶一样，被别人用过；但买一个新夜壶，自己又没这本钱；寡妇吧，还带一个孩子，一过门，先得替别人养着崽子。又有些犹豫。比这些更重要的是，如是四个月前碰到这事，杨摩西仍在街上挑水，不管是入赘也好，改姓也好，寡妇带个孩子也好，自己正走投无路，等于天上掉下个馅饼，没啥好思摸的；但现在自己进了县政府，虽不是县长，是一种菜的，也算有一正经营生，长此以往，万一混出个头脸，提前入赘改姓，"嫁"了寡妇，那时反要后悔。但他上个月刚刚得罪县长老史，虽然仍在种菜，头上却悬着一把剑：老史高兴，他仍能在县政府种菜；万一老史哪天不高兴了，把他赶走，他又得流浪街头去挑水。如能在县政府长待，他没必要入赘和改姓；如早晚有一天要挑水，趁此成个家，也是个退路。到街上挑水，仍是房无一间，地无一垄；"嫁"了吴香香，倒有个现成的馒头铺接着他，也就不用再到街上挑水了。换句话，这亲该不该成，从根上论，并不取决于自己，而取决于县长老史。老史到底是咋想的，杨摩西又无从得知。无人提亲还没这些烦恼，有人提亲，倒叫人犯起愁来。更让人犯愁的是，遇到犯愁的事，满世界的人，没个商量处。这时他突然想起了老詹。在自己交往过的人中，还就他算个忠厚人。虽然不会传教，但也从来不害人。于是走出菜园子，走出县政府，信步走向西关破庙，去找老詹。到得破庙，老詹刚从乡下传教回来，正坐在床边吸烟。几个月不见，老詹似乎老了许多。见到杨摩西，老詹倒不感到意外：

"阿门，我知道，你早晚会回来。"

杨摩西以为老詹误会了他的意思，忙说：

"师傅，我这次回来，不是那个回来。"

谁知老詹没误会他，说：

"不是说你回来当徒弟，你总有忧愁。"

杨摩西忙点头：

"就是来跟师傅商量个事。我是谁，从哪儿来，就不说了，又犯愁往哪儿去了。"

便把老崔给自个儿说媒的事，从吴香香说起，怎么要招赘和改姓，中间拐了几道弯，又拐到了县长老史身上，一五一十，来龙去脉，给老詹说了。这个老史，因为教堂的事，老詹曾跟他吵过。老詹首先说：

"这个老史，不是主的子民。"

又看了杨摩西一眼：

"孩子，头一回我不以主的名义，以你大爷的名义给你说，遇到小事，可以指望别人；遇到大事，千万不能把自个儿的命运，拴到别人身上。"

说的是老史了。接着替杨摩西发愁：

"可咱靠自个儿，又有啥可靠的呢？"

接着又说：

"咱自个儿啥都没有，就不能怪别人有苛求了；咱自个儿说不起话，就不能怪别人有言在先了。"

指的是招赘和改姓的事了。老詹往床帮上"哪哪"地磕着烟袋，又感叹一声：

"啥叫悲呀?非心所愿谓之悲呀。"

杨摩西：

"师傅，你的意思，是不理会这事了。"

老詹：

"事情这么别扭，按说不该理会，可叫大爷说，换成别人别扭，换成你，咱还是'嫁'了吧。"

杨摩西：

"为啥？"

老詹：

"因为从你心里讲，你还是愿意的。"

杨摩西：

"如果愿意，我就不找你商量了。"

老詹：

"你恰恰说反了，如果不愿意，你早不说这事了；恰恰是找我商量，证明你心里愿意。"

杨摩西要说什么，老詹用手止住他：

"愿意就对了。摩西呀，你比离开我时强多了，知道自个儿是谁了。知道自个儿是谁，才能明白往哪儿去呀。"

过去跟老詹学经时，老詹讲主，一讲一夜，杨摩西一句没听进去；现在换成说杨摩西，杨摩西倒觉得句句中的，不禁潸然泪下。

五月十三，杨摩西入赘到延津县城西街馒头铺吴香香家，改名吴摩西。从说媒到结亲，用了三天。上次吴摩西的哥哥杨百业娶秦曼卿，从提亲到结亲，用了四天，这次比杨百业还少一天。对吴摩西来讲，"嫁"人也算桩人生大事，但吴摩西从始至终，没跟杨家庄卖豆腐的老杨商量。没商量不是怕卖豆腐的老杨反对他"嫁"人，他估计老杨也不会反对，像上次杨百业娶秦曼卿一样，又认为是天上掉馅饼；而是杨摩西第二次离家出走时，在心里跟老杨有杀人冤仇，不愿意再见到老杨。不但没告知老杨，哥哥杨百业、弟弟杨百利，他也没告知。驴贩子老崔见一场婚事下来，吴摩西上不告知父母，下不告知兄弟，倒有些佩服他：

"我还真小瞧你了，原来你小子六亲不认。"

吴摩西成亲那天，婚礼还算热闹。因吴摩西凭一个手脚勤快，在县政府立住了脚，许多县政府的属员，本该来吃酒；但因吴摩西是一种菜的，答应来吃酒者，也就扫地的老甘、伙夫老艾二人。倒是县长老史听说种菜的阎罗突然被招赘了，并且改了姓，杨摩西成了吴摩西，吃了一惊。吴摩西对入赘也是踌躇再三，老史却以为他敢作敢为，做事与众不同，又对吴摩西刮目相看。成亲这天，派人送来一幅字，老史亲笔题写：敢作敢为。吴摩西看到这字，倒哭笑不得。县政府的属员见县长赐字，本不欲来吃酒的，又来了许多。成亲这天，神父老詹、竹业社掌柜老鲁也来了。老詹送给杨摩西一柄银十字架；除了祝福，大概是让吴摩西永远不要忘了主。老鲁带来几把竹椅。老詹到场吴摩西不感到意外，竹业社的掌柜老鲁来了，倒让吴摩西感动。虽然过去闹过别扭分了手，但毕竟师徒一场。婚事过后，老史"敢作敢为"四个字，被吴香香刻成匾，挂在"吴记馍铺"的门头；老鲁的竹椅被吴香香留下了，供来买馒头的主顾坐；老詹的银十字架，被吴香香送到隔壁银匠老高那里，回了一下炉，给自己打了一副水滴耳坠。

·十二·

　　吴摩西成亲半年后，挨了一顿打。延津县城有个打更的叫倪三。倪三黑胖，门头一样高，一脸疙瘩肉，满头红毛。无论春夏秋冬，走路皆敞着怀，露着胸前凸出的一条子肉；几十年下来，这肉变得黑红，与身上其他部位不一个颜色。倪三的爷爷，曾是延津出的第一个举人，做过山西潞州的知府。到了倪三他爹，与他爷路数不同，不喜读书，不喜功名；长大后，图个吃喝嫖赌。倪三他爹活到四十岁，临死之前，将他爷做知府积下的家产，也挥霍尽了。人说倪三他爹短寿，倪三他爹临死时说：

　　"我活一天，等于别人活十年，值了。"

　　到了倪三这一辈，家徒四壁，倪三开始在县城打更。打更者白天无事，报更是在夜里。夜里从戌时起，用梆子敲出

252

从一更到五更的时辰。倪三虽是一打更者，但有官宦人家的遗风，一是不喜张罗，虽家徒四壁，除了夜里打更，白天不张罗别的，就是歇着；二是穷归穷，不耽误喝酒，一到夜里是醉的。夜里打更，倪三皆趔趄着脚步，闭着眼睛从十字街头穿过，抡着梆子，常常把一更敲成三更，把三更敲成二更；所以直到现在，延津人不论更，一论就是错的，源头就在这里。打更者除了敲梆子，嘴里还应喊"天干物燥，小心灯烛"之类的话，倪三一概省略了；延津打更不喊话，源头也在这里。打更的不靠谱，本来可以换一个；倪三的爷爷虽然做过知府，但那是五六十年前的事了；但延津三任县长，一个爱做木匠活，一个爱讲话，一个爱听戏，为自己的事还忙不过来，无暇留意夜里的梆子。倪三二十五岁那年，倒娶了一个老婆，老婆是个对眼。虽然对眼，但能生孩子；一年一个，不落空当。倪三喝醉酒常打老婆，打老婆不为别的，就为她能生孩儿：

"妈拉个×，你是人还是猪，身子不能挨，一挨就下崽。"

为躲挨打，也为躲挨身子，倪三的对眼老婆常常住娘家。但十年下来，仍给倪三生下七男二女。生下的孩子倒不对眼。七男二女本是个吉数，但加上倪三两口子，一个打更的，要养活一家十一口人，便有些吃力。倪三虽不爱张罗，但为人憨厚，年轻时，家里虽然穷，既不偷人，也不抢人；后来随着孩子长大，日子一年过得比一年紧，便一年比一年不顾脸皮。不顾脸皮倪三也不偷人，家里断了炊，便到集市的货摊上公开乱拿：

"记着账，回头还你。"

这个"回头"，不知会到何年何月。做生意者知他粗鲁，拿吧也就几根葱、半升米、一条子肉的事，皆不与他计较。见无人与他计较，倪三变本加厉。变本加厉不是多拿东西；倪三从不多拿人家东西，顾住当天吃喝为止，明天断顿，明天再拿；而是有时喝醉了，边拿东西边说：

"妈拉个 ×，我就不信，一个延津县，养不起一个倪三。"

拿东西不气人，这话气人；但拿东西都无人计较，因为一句话，谁与他计较呢？吴摩西过去挑水时，也与倪三认识，还给倪三家挑过水。当然，水是白挑，倪三不会给他工钱；吴摩西知延津县城人人怕倪三，自个儿也不敢多事，水挑完就走，不说别的。平日见倪三走来，也是能躲就躲。倒是倪三见他躲，有些不高兴：

"躲啥？欠我租子？"

但倪三为人仗义。张家王家、李家赵家发生矛盾，县长不务正业，无处说理，或理被说乱了，案子被断得七零八落，大家无处申冤，便找倪三主持公道。到倪三这里告状，谁先告状谁有理。倪三听原告说完，不由分说，便去被告家中，替原告出气。喝醉酒，进门就砸东西；没喝醉，或被告家人口多，料打斗不过，便从腰里掏出一根绳子，要把自个儿吊死在这家门前。打架还好应付，一个人要自个儿上吊，如何收拾呢?想着他家爷爷，曾是一个举人，到了倪三这里，竟拿上吊说事，也让人哭笑不得；左右无法计较，便不再讲理，与倪三将事情说开，大事化小，小事化了罢了。久而久之，倪三替人出气，不管来到谁家门口，没等倪三开口，这家人赶紧迎出来：

"老倪，知道了，只要不出大格，事情还能商量。"

卖葱卖米者让倪三白拿东西，原因也在这里。吴摩西与倪三，本来井水不犯河水，但吴摩西成亲半年后，被倪三打了一顿。倪三打吴摩西并不是吴摩西惹着了倪三，或跟谁发生了矛盾，倪三替人出气，而是因为半年前吴摩西成亲，没有请倪三喝酒。事情发生在半年前，倪三半年前没打，拖了半年才打，是因为半年之后，吴摩西离开了县政府。与吴香香成亲时，吴摩西曾问吴香香，成亲之后，她会不会让他离开县政府，到"吴记馍坊"去揉馒头；就跟和尚入庙一样，念经就念经，不用再干别的。但吴香香娶他，不图别的，就图个靠山，图个"县政府"，好用来支撑门面，倒不让吴摩西回家揉馒头，让他继续在县政府种菜。把县长老史题写的"敢作敢为"四个字高挂门头，也是这个意思。听说让他继续在县政府种菜，吴摩西倒也喜欢。喜欢不是不喜欢揉馒头，喜欢种菜，而是在县政府种菜，还盼着有朝一日出人头地。由于有馒头铺接着他，种起菜来，倒比过去大胆许多。两人成亲后，吴摩西也帮吴香香揉馒头，两人五更起床，揉馒头蒸馒头；待到天亮，吴香香推着馒头车到十字街头做生意，吴摩西到县政府上差种菜；日子过得倒也各得其乐。半年后突然离开县政府，并不是吴摩西厌烦了种菜，或吴香香改了主意，或因何事又得罪了县长老史，老史把他赶了出来；而是县长老史出了事，离开了延津县。县长老史出事并不是老史县长没当好，像前任县长小韩一样，因为一个爱讲话，出了差错，被上峰拿住了；恰恰是上峰出了问题，省长老费出了事，老史跟着吃了挂落。省长老费出事也不是他省长没当好，恰恰是要当好省长，这省长就没有保住。

老费省长已当了十年，国民政府换了几届，老费在河南还纹丝不动，也算老资格了。正因为是老资格，总理衙门又新换了一个总理，老费一时大意，就把这总理给开罪了。新上来的总理姓呼延。这呼延小五十了，放到人中不算年轻，当总理就显得年轻了。老费跟延津县县长老史一样，不苟言笑，一天说不了十句话；新上来的呼延总理却跟延津另一个

256

县长小韩一样，喜欢讲话，一讲起话来就眉飞色舞，两手高举，像挥着粪叉，讲起话来，爱讲一二三点，从一点说到十点，还不停歇，一个上午就过去了。呼延总理的意思，灯不挑不亮，话不说不明，事先不把道理说清楚，事情做起来不就乱了?这就是知和行的关系。老费和他不对脾气。这天在京城总理衙门开会，全国三十多位省长都到了。本来说的是边疆防务的事，河南地处中原，跟边疆没太大关系。但呼延总理讲着讲着，由边疆扯到了内地；由黑龙江扯到河北，由河北扯到山西，由山西扯到河南，最后在河南停住了脚。也说了几句河南的好话，由好话说到缺失，又停住了，一口气说了两个钟点。但呼延总理是由京城衙门上来的，没做过地方官，对地方事务不熟，两个钟头说了八点，他说的每一点，都与实情不符；稍微接近的，也隔靴搔痒；不熟的，干脆本末倒置。说过八点，又说改进的举措，也是驴唇不对马嘴。当着全国的省长，被呼延批了八点，老费肚子里虽然憋气，嘴上没说什么，也就点头而已。开过会吃饭，呼延总理挨桌敬酒，敬到老费一桌，又旧话重提，开始说河南第九点。说完，还拍着老费的肩膀：

"我说得对不对呀，老费?"

如是在会上，老费再点点头就过去了。但换了场合，大家在喝酒，还穷追不舍，老费就有些下不来台；加上老费喝了两杯酒，突然爆发了。老费平日话不多，性子却偏；加上是老资格，本来就看不上这呼延，于是将呼延总理的手从他肩膀上推开：

"对是对呀，但照你的弄法，河南不出三年，就民不聊生了。"

接着又说：

"比河南更大的问题是，当官不靠业绩，靠的是一个裙带。"

明显是指呼延个人了。呼延没做过封疆大吏，能当到总理，靠的就是在衙门里玩裙带。呼延总理脸气得铁青，指着老费说：

"你的意思，这个总理不该我当，该你当了？"

老费针锋相对：

"咋该我当？我不叫'呼延'，我也不会'胡言'！"

两人本无私怨；如是私下吵架，说些气话也无妨；但当着三十多位省长，话说绝了，两人结下的怨，就比私怨还大了。京城会散三天，呼延就派人到河南明察暗访。明察没察出什么，暗访却暗访出，老费当省长十年，仅贪污受贿一项，就达千万之巨。劣迹在报上一公布，监察院就把老费下了大狱。全国人民看一个贪官倒了，倒拍手称快。呼延总理这么做，倒也不是私仇公报，而是刚刚上台，从老费的言行，已看出自己地位不稳；也是想借扳倒老费，杀鸡给猴看，让其他三十多个省长都长个记性。但大家知道，当十年省长，家产仅存千万，算是省长中最廉洁的了；其他同僚感叹，就算是只鸡，也算只老鸡了，咋犯了小鸡的幼稚呢?老费进了大狱，延津县县长老史是老费推荐的，老费出事第二天，新乡专员老耿就免了老史的县长。老史种菜是为了韬光养晦，看来这菜也白种了。老史卷铺盖卷回福建时，锡剧班子的男旦苏小宝来送他，拉着老史的手，又哽哽咽咽哭了。老史倒没哭，说：

"都笑话我韬光养晦，其实我从这件事上，收获最大。"

苏小宝：

"到了这种时候，你还说笑话。"

老史正色：

"我说的是实话。这群鸡巴人，弄了几千年，还弄这些，没啥指望了。"

接着感叹：

"可惜的是，不能再手谈了。"

苏小宝执着他的手：

"我跟你走。"

老史：

"是县长，才能手谈；不是县长，跟我走也无用了。"

又说：

"手谈，也不是光用手的事。"

老史走后，延津的县长换成了老窦。老窦是专员老耿遴选的，是他姥娘家一个表弟。上回延津县县长小韩被撤，省长老费推荐老史，就内举不避亲，这回老耿也不避亲了。老窦是行伍出身，在队伍上当过团副；战场上打瘸一条腿，从队伍上退了下来。一个瘸子，性子却躁，说一句话，带三个"鸡巴"。老窦爱说的一句话是：

"少鸡巴跟我啰唆，我他妈是个丘八。"

丘八不韬光养晦，所以不喜种菜，本性不改，喜欢打枪；上任之后做的第一件事，就是把县政府后院的菜园子，改成了靶场。自此，延津县城一天到晚枪声不断，生人以为起了战争，其实是延津的县长在打枪玩。这枪声，倒是镇住了外来的贼，延津的社会治安，一下反倒变好了。延津的治安变好了，但菜园子被改成了靶场，吴摩西失业了。春天种下的菜，也被老窦一高一低两只马靴踏得稀烂。吴摩西得罪过前任县长老史，老史没把他赶走；新上来的老窦，吴摩西与他只见过一面，老窦只对他说了一句话：

"种什么鸡巴菜，滚蛋！"

吴摩西只好滚蛋，回到"吴记馍坊"，专心揉馒头。吴摩西伤心之余，也有些庆幸，多亏半年前入赘到"吴记馍坊"，现在有个退路，不然仍得流浪街头去给人挑水。当时入赘不入赘，他还拿不定主意，曾找神父老詹商量，老詹看透他的情形，倒赞成他入赘。老詹一辈子传教不见起色，但关键时候，倒给吴摩西指点了迷津；吴摩西又有些感激老詹。老詹唯一没说准的是，当时不让吴摩西把命运系到老史身上，说老史这个人靠不住；谁知到头来不是老史靠不住，是顶替老史的人靠不住。不能种菜回家揉馒头，对吴摩西倒无大碍，吴香香却觉得上了吴摩西的当。当初她找吴摩西除了为找个男人，还想找个靠山；现在一夜之间，身后的靠山说坍就坍了，吴摩西又成了吴摩西；靠山一失去，吴摩西就不值钱了，房无一间，地无一垄，要钱没钱，要人没人，后悔当初打错了算盘。全不知她不是上了吴摩西的当，是上了县长老史的当；也不是上了县长老史的当，是上了省长老费的当；也不是上了省长的当，是上了总理衙门的当。不管上了谁的当，吴摩西成了吴摩西，"吴记馍坊"的馒头就成了个馒头。吴摩西成亲时，老史曾题过"敢作敢为"四个字，一气之下，吴香香将制成的牌匾从门头上摘下来，用刀给劈了。题字人一倒，不劈也成了笑柄。原以为靠山失去只是个馒头，没想到吴摩西回"吴记馍坊"揉馒头卖馒头的第二天，就被倪三打了一顿。被人从县政府赶出来，不是件多么光彩的事，吴摩西回到馒头铺，想在家躲几天，再出门见人；但吴香香觉得，

261

既然县政府的差事丢了，吴摩西就该将功补过，多给馒头铺出力，除了在家里揉馒头和蒸馒头，还得替她到十字街头卖馒头，她好在家里张罗别的。吴摩西害怕到了十字街头，碰到钉鞋的老赵、卖熏兔的豁嘴老冯、棺材铺的老余……吴摩西为啥从县政府被撵出来，他们肯定要问个底儿掉，一时也与他们解释不清。但吴摩西又不好说怕出门见人，便说自己过去没卖过馒头，只卖过豆腐，隔行如隔山，能不能停两天再上街。他搔着头：

"不知道咋吆喝呀。"

吴香香马上急了：

"过去你在县政府当差，天天图个清静；现在就剩下光身一人，难道还让一个女人家抛头露面，你一个大老爷们儿，倒在家里坐着？"

吴香香说得也不是没有道理。于是第二天五更起床，揉过馒头，蒸过馒头，天也亮了，吴摩西便推着馒头车出门，硬着头皮向十字街头走去。过去这个时候，是去县政府上差的时候，又对老史和种菜有些留恋。推着馒头车正走着，打更的倪三趔趄着脚步，从一条胡同里钻出来，大老远，就喊吴摩西：

"那谁，你站住。"

吴摩西站住，倪三斜睨着眼睛：

"当初你娶亲时，为啥不请我喝喜酒？看不起我老倪？"

吴摩西哭笑不得。娶亲已是半年前的事，为何今天又重新提起？就算是昨天娶亲，二人非亲非故，自个儿成亲，为啥非得请他喝酒？自己结一门亲事，当初连爹娘兄弟都没告知，别说一个外人打更的。这跟看起看不起人是两回事。吴摩西以为倪三喝醉了，不与他计较，转身要推车走。没想到倪三大步奔来，不由分说，一脚将吴摩西的馒头车踢翻，馒头登时滚了一地；又一脚踢翻吴摩西，掏出两个醋钵大似的拳头，照吴摩西脸上乱打：

"谁给你撑腰，你敢看不起倪大爷？这气我憋了半年了，今天也让你知道知道，马王爷长着三只眼。"

一时三刻，吴摩西脸上似开了个油酱铺，红的，黑的，绛的，从鼻口里涌出来。天亮正是赶早市的时候，许多人便上前围观；见是倪三打人，也无人敢劝。倪三打累了，才仰起身，指着吴摩西：

"给我滚回杨家庄，这里没你待的地方。不然我见你一回，打你一遍！"

趔趄着脚步走去。吴摩西这才听出些话头，倪三打他，并不为成亲没请他喝酒，背后另有原因。吴摩西挨打是在上午；下午，给吴摩西说媒的驴贩子老崔，也挨了倪三一顿打。倪三打老崔，比打吴摩西下手更狠，将老崔一只胳膊都打折

263

了。不管是吴摩西或是老崔，两人过去皆蒙在鼓里，现在每人挨了一顿打，终于明白，这亲也不是好结的。媒情之外，还有许多其他缘故。追根溯源，明白倪三背后，有姜家指使；倪三收了姜龙姜狗的东西，现在来替姜家出气。过去吴摩西在县政府，无人敢招惹他；如今吴摩西被新县长老窦赶了出来，他们就把仇报到了今天。驴贩子老崔，也跟着吴摩西吃了挂落。驴贩子老崔挨打之后，并不怪倪三，开始怨恨职业说媒者老孙。明知前边是个火坑，半年前自己不跳，唆使别人跳。挨打不算受欺负，被人蒙了，就算受欺负了。挨打之后，老崔没找倪三说理，托着折胳膊，来到县城东街老孙家。老孙也听说今天吴摩西和老崔分别挨打的事，隔着门帘，见老崔来了，慌忙又躺在床上装病。待老崔进屋，来到他床前，他闭着眼睛呻吟：

"老了，天天七歪八病的。"

又伸出一把手，有气无力地说：

"这一回不同往常，五天了，水米没打牙。"

老崔一把将被子给他掀开：

"还他妈装，老东西，我跟你没完！"

老孙见老崔急了，只好翻身坐起，不装了，开始一迭连声地向老崔赔不是：

"兄弟，啥也别说了，怪我。"

又说：

"半年了，以为事情过去了，谁知道又翻旧账。"

又说：

"当初想着开个玩笑，没想到差点儿出了人命。"

又说：

"先看胳膊，不管花多少钱，我出。"

看老崔仍一腔怒气，忙伸过自己的脸：

"你要还不解恨，再打我一顿。"

倒弄得老崔哭笑不得，下决心今后专心贩驴，不再说人的事。这倒正中了老孙的下怀。

吴摩西挨打之后，头是晕的；一是倪三拳头大，二是没有防备，一拳一拳，皆打在脸上。待倪三走后，从地上爬起来，手一抹脸，沾了一手血；从地上捡起土馒头，放回车上馒筐里，馒头成了红的，馒筐也沾满血迹。当众挨打，比从县政府被赶出来还丢人，吴摩西不好再去十字街头卖馒头；馒头成了血馒头和土馒头，也没法再卖。顶着一脸花，也不敢回家，只好推起馒头车，先去了过去挑水对住的货栈。打一盆水，先洗头脸，掸了掸身上的土；又打一盆水，把车上的馒头，一个个擦干净；擦完馒头，又擦馒筐；待上下收拾干净，才推起馒头车，回到西街馒头铺。出门挨了一顿打，不是件有脸的事，吴摩西想将这件事瞒下，等回过神儿来，再慢慢料理；但清早出门，转头又回来了，得给吴香香编一个理由；想出的理由，准备说肠子疼。一手推车，一手捂着肚子进了家门。没想到吴香香已经知道他挨打的事，正泪一把鼻涕一把，坐在老鲁送的竹椅上哭。吴摩西知道事情瞒不住了，将手从肚子上移开，轻描淡写地说：

"没事，一句话说岔了，两人就打了起来。"

吴香香又哭：

"挨打就是挨打，别说也打了别人。"

吴摩西看又瞒不住，说：

"还好，没伤着筋骨。"

吴香香倒没说筋骨的事，而是说：

"我当初找你，不光图你在县政府。"

吴摩西：

"啥？"

吴香香：

"听说你过去杀过猪，想着能支撑门面；没想到你卖馒头头一天，就挨了打。"

吴香香不提这个话头，吴摩西还把自己过去的职业给忘了；经她一提，热血开始往上沸腾。吴香香：

"没你的时候，我没受过这么大委屈；有了男人，男人倒被人欺负。这要开了头，你天天挨打，馒头铺的生意也别

266

做了。"

又说：

"你以为打你只为打你，人家的意思，是要赶咱们走。你要有地方让俺娘俩落脚，我现在就去收拾东西；你要没地方落脚，还想在这个地方跟俺娘俩混下去，你想忍过去，怕是人家也不答应！"

又说：

"孩子他爹在的时候，别说是人，就是苍蝇蚊子，也不敢落下叮一口；自他一死，我们就成了没用的人了。"

接着拍着地又哭：

"我那苦命的人哪，你咋走得这么早哇。"

似在哭姜虎，又似在说吴摩西；似在说吴摩西，又似在将吴摩西。吴摩西听后，觉得吴香香说的也有道理。倪三今天打他，如果仅仅为了个打，似还能忍过去；如是要赶他们走，吴摩西却没地方去。吴摩西一个人有地方去，随便混个差事，一个人吃饱，全家不饿；现在带着老婆孩子，就没地方去了。唯一可以落脚的地方，就是杨家庄。不说杨家庄吴香香愿不愿去，就是吴香香愿去，吴摩西也不愿去。半年前成亲，他没有告知老杨，两人也算彻底掰了。这些年从杀猪起，到去染坊挑水，到跟老詹当徒弟，去老鲁的竹业社破竹子，再到沦落街头挑水，到去县政府种菜，到入赘"吴记馍坊"，一步步走来，没有一步不坎坷；步步坎坷，好不容易有个安生日子，有人又要赶自己走。步步坎坷没把吴摩西逼到绝路，一个互不相干的倪三，倒把他逼到了绝路。吴香香哭声越来越高，吴摩西心头的火苗也越蹿越高，突然转身去了厨房；待出来，手持一把姜虎留下的牛耳尖刀。吴香香看他拿刀，止住哭问：

"干啥去？"

吴摩西：

"我去杀了倪三。"

吴香香朝地上啐了一口痰：

"知道你就是这个，打你的是倪三，背后指使打你的人是谁呢？"

吴摩西脑子一下子又醒了过来，拎着牛耳尖刀出门，像驴贩子老崔一样，没去北街找倪三，反大步流星，向南街"姜记弹花铺"走去，要找姜龙姜狗算账。出门时一腔怒火，待走到十字街头，心里又开始发虚。姜龙姜狗他也见过，虽不及倪三粗壮，但也五尺五高；倪三一个人还好对付，姜龙姜狗兄弟两个人，自己怕不是对手。虽然过去杀过猪，但没杀过人。几年之前，也曾动过杀马家庄赶大车的老马的念头；但走到马家庄，并没有动手，只是在心里把几个该杀的人想了一遍。真到杀人，自己未必下得去手；不敢杀人，出门为

268

啥带刀呢?这时又觉得自己的老婆吴香香不是一般的女人：别人家遭了横事，妻子皆劝丈夫不要节外生枝；这里丈夫刚挨打，她又唆使丈夫去杀人。但人已拎刀上了路，就无法再退回去；再退回去，不但怕吴香香笑话，也无沄向所有人交代。因快到中午，县城街头赶集的人正多，看吴摩西拎着一把刀在街上走，知道这桩婚姻内情的人，便知道火药桶炸了，皆放下手中活计，跟在后面看热闹；不知晓的，稍一打听，也知晓了，也跟着看热闹。如果无人知晓，吴摩西半路还可以躲避；现在众人簇拥，反倒不好再退回去。吴摩西硬着头皮来到"姜记弹花铺"，弹花铺一丈开外，有一个碌碡，碌碡半截戳在土里；吴摩西撤一下身子，脚踏碌碡，壮着胆子大喊一声：

"姓姜的，你给我出来!"

指使倪三打吴摩西和老崔者，正是姜龙姜狗二兄弟。姜龙姜狗生气不单是气吴香香招婿入赘，从此馒头铺永远姓吴；而是半年之前，吴香香从提亲到结亲，只用了三天，没给姜家留反应的余地，就把生米做成了熟饭。当时吴摩西在县政府种菜，是县长老史看上的人，姜龙姜狗对他也无可奈何；现在老史出了事，吴摩西被新县长赶了出来，成了一个卖馒头的，便将倪三找来，给了他五块钱，让他先将吴摩西和老崔教训一顿。老崔虽然可恶，但与馒头铺无关；教训吴摩西，就不光图个教训，像戏台子上唱戏一样，今天只算弦子拉了个过门，大戏还在后头呢；打了头一顿，就有第二顿，直到把吴摩西打跑。这时打跑的就不只是吴摩西，还有吴香香母女二人；吴香香不招赘还不好赶她，如今招了个外人，倒给赶他们提供了方便。这时赶他们，就不光图个馒头铺，还有半年来憋着的闷气。姜龙姜狗过去见过吴摩西在街上挑水，人说什么，他听什么，一看就是个懦人；后来虽然进了县政府种菜，也常被人支使，整日跑得像个陀螺，又是个没主张的人，会一打就跑；头一回不跑，打几回就跑了。没想到吴摩西刚挨头一回打，就有了主张，没等再打，拎着刀就杀上门来。姜龙姜狗本要出去跟吴摩西对打，但被爹爹老姜拦住了。老姜还是上了些岁数，看吴摩西拎着刀，怕因此出了人命；如果出了人命，不管死的是谁，就不光是馒头铺的事了。吴摩西大喊一声过后，姜家无人出来；但一条牛犊般大的狼狗，呼啸着冲出门，扑向吴摩西。不出人放狗，也是老姜的主意。老姜的意思，放出一条狼狗，将吴摩西吓跑，事情暂时有个了结，回头再慢慢计较；没想到适得其反。如果是姜龙姜狗二人出来，吴摩西倒不知如何对付；现在冲出一条狗，吴摩西倒精神起来。因吴摩西过去跟师傅老曾学杀猪时，杀猪之前，先拿狗练过手。杀人吴摩西犯怵，杀狗吴摩西属重操旧业。待狗扑过来，吴摩西侧身一躲；待狗转身，他已抓住狗的一条前腿，手起刀落，那狗应声倒地，从脖子到胸腔，裂开一条大口子，血"呼"地喷出来，溅了吴摩西一脸一身，狼狗花花绿绿的肠子流了一地。围观的人群，"噢"地叫了一声好。吴摩西染了一身血，自个儿倒被自个儿的英勇感动了，更加大声喊：

"狗已经死了，该换人了！"

按说姜龙姜狗这时出来，两个人杀一个人，吴摩西还不是对手。如果在狗之前，两人敢出来；现在见吴摩西动了真格的，一条大狼狗，被他手起刀落杀了，反倒有些发怵。或者说，正因为是兄弟二人，无人敢先出来；因见动了刀子，各人的老婆拉住各自的丈夫，盼着另一个人先出来，外面一个血人，明显是要拼命，为何让自己丈夫先死呢？最后姜龙姜狗都没有出来，出来的是"姜记弹花铺"的老掌柜老姜。老姜身穿长袍马褂，头戴瓜皮帽，远远站在自家门口，看着吴摩西：

"大侄子，你搞错了吧？打你的人不姓姜。"

吴摩西见出来一个老头，话头又往别处扯，知道姜家心里发怵了；姜家发怵，吴摩西倒来劲了：

"大爷，咱们都不是小孩了，就别揣着明白装糊涂了。"

老姜：

"你别误听小人言，咱们结下冤仇。"

271

老姜越这么说，吴摩西心里越有底，今天丢不了命，但也不敢将弓弦绷得太紧，也说：

"大爷，给您留着面子呢。按我的脾气，不用等谁出来，早拿刀冲进去了；虽不能说让姜家满门抄斩，但像刚才杀狗一样，见一个杀一个，我做得出来。今天既然来了，就没想活着回去；我是杀一个够本，杀两个赚一个。"

老姜浑身打着哆嗦：

"大侄子，不管这事的来龙去脉，事情不能够到那种地步。虽说之间有些误会，但你现跟着我儿媳过日子，说起来也算我的续儿子；看在我年岁分儿上，听老汉一句话，事情到此为止，知道你了，回去吧。"

吴摩西又往前逼了一步，跨到街道正中，挥起刀子，往自个儿脸上杠狗血：

"大爷，今天没个说法，我不会回去。"

老姜果然上了吴摩西的当：

"不会让你白回去，给你个说法。"

吴摩西：

"啥说法？"

老姜：

"过去的事一概不提，从此两家和好。"

吴摩西朝地上啐了一口唾沫，意思是还不答应。老姜拍了一下大腿：

"再给你加两葫芦棉籽油，回去炸油馍吃。"

棉籽油就是轧棉花脱出的棉籽，又榨出的油；弹花铺不缺这个。吴摩西见火候已到，怕再扯别的节外生枝，这时说了话：

"大爷，我不要两家和好。"

老姜：

"那你啥意思？"

吴摩西：

"两家永不来往。"

老姜想了想，拍了一下大腿：

"你说得也对，事情到了这种地步，永不来往，就是两家永远和好。"

吴摩西浑身是血，拎着两葫芦棉籽油，从南街往西街走。这时围观者人山人海，不亚于元宵节闹社火。"吴摩西大闹延津城"，从此成了一个话题；几十年后，还在延津流传。吴摩西往回走的时候，心里倒开始后怕，后脊梁一阵阵出冷汗，腿一走一软。今天能活着回来，算是命大。待进得馒头铺，吴香香见他得胜而归，一把抱住他，亲他的脸：

"亲人。"

吴摩西一身狗血，站在那里。除了觉得浑身马上要散架，突然觉得这个亲着喊他"亲人"的人，他与她不亲。

姜虎在时，姜家馒头铺一天蒸七锅馒头。头天晚上发三缸面；第二天五更鸡叫，夫妻俩起床，开始揉面，蒸三锅馒头；每锅罩七个笼屉，每个笼屉放十八个馒头；待蒸好，卸下三百七十八个馒头，放到两个馍篓里，这时天刚放亮，将馍篓装车，推到十字街头去卖。一个早上，一个上午，能将馒头卖完。下午再蒸四锅；待蒸好，卸下五百零四个馒头，再推到十字街头去卖。这一卖要到夜里。天黑了，点上麻油灯，一直卖到倪三打更。收摊子回到家，接着发面。姜虎死后，剩吴香香一个人，吴香香每天改蒸四锅馒头。早上两锅，下午两锅；夜里不卖。现在"娶"了吴摩西，吴家馒头铺又恢复到每天蒸七锅馒头。头天晚上发面，第二天五更蒸三锅馒头，下午蒸四锅馒头，推到十字街头去卖；一直卖到夜里，倪三出来打更。"吴摩西大闹延津城"之后，倪三也吃了一惊。过去不见吴摩西说话，见他就躲，原来竟敢杀人。一时摸不清吴摩西的来路，倒对吴摩西客气许多。倪三的客气不在嘴上，见了吴摩西，仍愣着眼，有时还往地上吐一口唾沫，意思是：

"你敢杀别人，可敢杀我？"

但倪三家一断顿，就去集市的摊铺上乱拿东西：拿张家的葱、王家的米、李家一条子肉。过去姜虎卖馒头时，倪三

274

还拿过姜虎的馒头；如今换成吴摩西卖馒头，倪三倒从无拿过吴家的馒头，证明心里给吴摩西留着面子。吴摩西当时大闹延津城也是虚张声势，阴差阳错杀了一只狗，现在见了倪三，也不借题发挥，双方不远不近，保持一段距离。

日子一天天过去，半年馒头卖下来，吴摩西发现自己不喜欢卖馒头。发面、揉面、蒸馒头是个力气活，他倒不怵；卖馒头不用出力，他倒不喜欢。不喜欢卖馒头不是不喜欢馒头或卖，而是卖馒头老得跟人说话。前年跟师傅老曾学杀猪时，到了年关，师傅老曾的老寒腿犯了，走不得路，吴摩西那时还叫杨百顺，一人上阵，出门杀猪，老得跟人打交道，跟人说话，心里就有些犯怵。但卖馒头的犯怵和杀猪时的犯怵又有不同。杀猪时跟人说话，应对的只是一头，一天只在一个主顾家杀猪，顶多两家，还好应付；而且杀猪主要是杀，说话还在其次；就是说话，在张家杀猪，与在李家杀猪同一个套路，话准备一套，可应付多家。如今卖馒头是在十字街头，买馒头者人多嘴杂，一人一个长相，一人一个脾气，一人一个说话的路数；做生意跟人说话，又与平日说话不同，平日说话照着自己的心思，做生意得照着别人的心思，见什么人说什么话。一天馒头卖下来，卖馒头不累，说话累；到了倪三打更，浑身像散了架。这时想起来，还不如过去给人挑水，挑水不用多说话，只讲出把子力气；一个挑水的，主

275

顾还讨厌你多嘴多舌。在十字街头卖馒头，有时也碰到熟人，如神父老詹、竹业社掌柜老鲁，还有卖葱兼给老詹骑脚踏车的小赵，与生人说了半天话，见到他们，倒觉得亲切。接着又觉得，日子过得累不单是不喜欢卖馒头，比卖馒头更累的是，他与吴香香不对脾气。不对脾气不是说她曾唆使吴摩西杀人，吴摩西与她不亲；比让去杀人更让人头疼的是，过起琐碎日子，两人说不到一起。杀人是一时的事，过日子可是细水长流。吴摩西跟人说话吃力，吴香香跟人说话不吃力。两个人在说上不一个秉性，办起事来就更加不一样了。吴香香看吴摩西卖一天馒头下来，因为个说，就累得浑身像散了架，先在嘴上，就有些看不上他；看他舞社火，能把阎罗舞成潘安，到得眼前，却是一个闷嘴葫芦，连话都说不到点上，何况做？在外边不会说话还在其次，两人回到家里，不管是发面，或是揉面，或是蒸馒头，吴摩西也皆无话。甚至夜里到了床上，干起那事，吴摩西也无话垫着，上来就干，也让吴香香哭笑不得；干比不干还让吴香香憋得慌。吴香香娘家是吴家庄一个皮匠，她爹就是个闷嘴葫芦，她娘是个快嘴。她爹一天说不了十句话，她娘一天得说一千句话；话多不一定能占上风，还看谁能说到理上；问题是她爹话虽少，但句句也说不到点上；她娘话多，不管在不在点上，都将那十句给淹了。吴家庄都知道，老吴家是老婆做主，男人只是个摆设。

吴香香在说话上像她娘。但吴香香说话和她娘又有不同。她娘不识字，话虽然多，一多半是胡搅蛮缠；吴香香上过三年私塾，话能往理上说，不但能往理上说，偶尔还能抓住事情的骨节，正是因为这样，更能挑出人的毛病。吴香香当初嫁给姜虎，姜虎虽也不爱说话，但脾气犟，动不动就打人，吴香香降不住他；"娶"了吴摩西，吴摩西虽然大闹过延津城，但日子过久了，发现他为人做事处处懦弱，便知道他的大闹延津城也是一时逞能，也就处处不怵他，反倒事事压他一头。渐渐，在吴家馒头铺，也像吴家庄老吴家一样，十件事有九件事，全由吴香香做主。吴香香像个男的，吴摩西倒像女的。吴摩西"嫁"给吴香香，倒也名副其实。到十字街头卖馒头，有时是吴摩西一个人，有时是夫妻两个人，全看家里忙闲。如果是夫妻两个一块儿卖馒头，来买馒头者，皆与吴香香说话，不与吴摩西说话，好像吴摩西是个摆设。一些浪荡子弟，买馒头时，也与吴香香说些风话，占些嘴上的便宜；吴香香也是兵来将挡，水来土掩。浪荡子弟拿起篓里的馒头，在手里掂了掂：

"馒头不大呀。"

吴香香知道他说的是另一个意思，便说：

"给你蒸个山？你吃得下吗？"

浪荡子弟盯着吴香香的胸脯：

“也不白，没那个馒头白。”

吴香香皮肤白，在县城是出了名的。吴香香：

“那个馒头白，你吃了得给我叫娘。”

吴家馒头铺平日蒸馒头，逢年过节，也蒸包子。浪荡子弟：

“哎哟，包子里没馅呀。”

或者：

“馅里没肉。”

吴香香知他说的也是另外的意思，朝地上啐了一口：

“给你包里一头牛，出来顶死你！”

浪荡子弟并没占着一句便宜，还被吴香香拐着弯骂了一顿。众人都笑了。因是说笑话，不能当真，吴摩西也笑了。这些应对的话，吴摩西就想不起来，倒也佩服吴香香的脑子比自己灵。或者说，吴香香跟姜虎过的时候，吴香香的口才被姜虎压住了；现在换了吴摩西，吴香香就成了吴香香。卖馒头有吴香香在，馒头就卖得快，好像大家不是来买馒头，而是来听吴香香拐着弯骂人；吴香香不在，剩下吴摩西一个人，馒头就卖得慢，一直卖到倪三打更，还要剩些筐底。夜里回去，吴香香见馒头卖得不如意，便说吴摩西。如果吴香香心情好，就是小说；如果心情不对，就是大说，直把吴摩西说得头昏脑涨。好像吴摩西活了二十年，连说话办事都没学会，一切得从头再来。就是从头再来，一切从何入手呢？吴摩西又想，一个人总被另一个人说，一个人总被另一个人压着，怕是永无出头之日。但又想，县长老史已经走了，自己已被新县长老窦赶了出来，与沿街挑水比，总算有个家，每天能吃得饱，身上穿的，也比过去体面许多 不被吴香香压着，自己还能到哪里去？还是有求着别人的一面。面上求着别人，话上就得吃些亏，也不全是口才的问题。便也不再多想，遇到吴香香说他，他想起话来，就回一嘴；想不起来，就闷着头不说话。十次有八次，想起的时候少，想不起的时候多。

吴香香有个女儿叫巧玲。这年五岁了。巧玲从小调皮，一岁多的时候，她玩的时候，总得有人看着她；稍不留意，她不是打碎了桌上的灯盏，就是在灶怀里玩火，燃着了柴草，得赶紧用水泼灭，不然房子就燃着了。巧玲三岁那年，得过一场大病。起初是小病，中秋节吃月饼，吃坏了肚子，拉些痢疾。姜虎和吴香香没当回事，也是图省事，让她误吃了江湖郎中几颗药丸，痢疾倒是止住了，开始发高烧。姜虎只好回头再找正经的药堂。县城北街老李家有一个"济世堂"，"济世堂"有一个坐堂的中医叫老缪；让老缪看过，巧玲又吃了老缪几服中药，高烧仍是不退，脖子向后肘着。姜虎只好雇马车到新乡"三味堂"，巧玲吃了"三昧堂"几服中药，高烧退了，头也回到了脖子上，肚子又开始拉东西。这次不拉痢疾，开始拉虫子。拉出的虫子倒也不大，芝麻粒大小；但每次能拉出十来粒，在粪便里涌动；一粒看着不大，十来粒滚到一起，搁在人肚子里就受不了。巧玲天天捂着肚子喊"哎哟"，一个月下来，瘦得像个小鬼。姜虎只好又雇马车到开封"悬壶堂"，吃了"悬壶堂"几服中药，虫子终于不见了，脸上又开始出斑疹。又雇马车到汲县"回春堂"去看斑疹，前后去了三次，吃了"回春堂"二十多服中药，脸上的斑疹才一点点消退，人渐渐胖了起来，有了个人模样。一场病看下来，前后花了半年时间，百里之内的药堂，算是跑遍了。本是一泡痢疾，蚂蚁般的事，最后拐了几道弯，变成了一头大象；本为图省事，反倒多花出去几十倍的工夫，几十倍的钱。更让姜虎和吴香香懊恼的是，巧玲病是好了，但从此落下个胆小。过去无法无天，现在变得胆小。但她这胆小不是一般的胆小；一般胆小是见啥怕啥，巧玲胆小是只怕外边，不怕家里。外面天一黑她怕；街上一有热闹，别的孩子是往街上跑，巧玲是往家里跑；与别人家孩子闹了别扭，别的孩子打她，她不敢还手，只会哭。但在家里，似换了一个人，仍敢玩灯玩火，敢跟吴香香顶嘴；吴香香说东，她非说西；吴香香让她撵狗，她非撵鸡。但在家里仍怕天黑；吴摩西没"嫁"吴香香之前，她夜里得跟娘睡；吴摩西来了之后，她只好一个人睡；但夜里睡觉，屋里得通宵点灯。吴香香嫌她是夹尾巴狗，只会在家里汪汪，不太喜她。吴摩西进门之后，一开始和巧玲不熟，两人互不来往；后来熟了，倒有些脾气相投：共同不喜欢外边。吴摩西与吴香香说不着，与巧玲说得着；巧玲与吴香香顶嘴，与吴摩西不顶嘴。能说到一起，哪里还用顶嘴?馒头铺蒸馒头要买白面；十天一次，吴摩西要到四十里外白家庄老白的磨坊拉面。县城也有磨坊，但白家庄老白磨坊的面，每斤要比县城磨坊便宜二厘，面的黑白，也差不到哪里去；一斤差二厘，一次拉两千斤面，也差出四块来钱；四块来钱，是卖一天馒头的赚头；所以十天一次，要去白家庄拉面。从县城到白家庄，去时四十里，回来四十里，共八十里；套一个毛驴车，要走一天时间。吴摩西去白家庄拉面，就不用到十字街头卖馒头；去拉面的时候，巧玲爱跟吴摩西去白家庄。吴摩西在别人面前不会说话，但跟巧玲在一起，嘴倒变利索了。赶着毛驴车，两人边走边聊。吴摩西问：

"巧玲，昨晚做梦了吗?"

巧玲：

"做了。"

吴摩西：

"啥?"

巧玲：

"水淹了床。"

吴摩西：

"你干啥了？"

巧玲：

"我骑了一头牛。"

巧玲管吴摩西叫"叔"，不叫"爹"。这样称呼吴摩西，起先是吴香香的主意；后来叫顺了嘴，就没再改口。吴摩西对自己叫啥都不在乎，才有了今天的"吴摩西"；对一个外来的称呼，叫"叔"或是叫"爹"，倒也不大计较。往往毛驴车一出县城，巧玲就说：

"叔，今天要早点儿回来。"

吴摩西知道巧玲怕天黑，从白家庄回来得晚，就会走夜路。但吴摩西看看天，故意逗她：

"刚出门，日头就老高了；到了白家庄，还得装面；接着还要打尖；往回走，怎么也得赶上天黑。"

巧玲：

"要是天黑了，你还让我钻到被窝里，把口扎严实。"

每次去白家庄拉面，吴摩西都带上一床被窝。如果天黑，巧玲就钻到被窝里，让吴摩西用麻绳将被窝扎上；扎上口，巧玲就觉得把天黑挡在了外面。吴摩西：

"给你扎上口，你不能睡着，得跟我说话。"

巧玲：

"我不睡着，跟你说话。"

但如赶上天黑，十次有八次，巧玲在毛驴车的被窝里睡着了。一开始没有睡着，但话说不上十句，就睡着了。吴摩西"嫁"吴香香时，还嫌寡妇带一个孩子；现在看，幸亏有这个巧玲。一家三口，就这么磕磕碰碰，过了下来。唯一让人感到奇怪的是，吴摩西和吴香香在一起好些日子，吴香香不见有喜。有喜无喜，吴香香倒不着急；就是有喜，再生个吴摩西？吴香香不着急，吴摩西也不敢着急。再说，这也不是着急的事。转眼秋去冬来，就到了年底。一到年底，大家都开始张罗过年的东西，也是馒头铺生意最好的时候。平日一天蒸七锅馒头，现在一天蒸十锅馒头，还不够卖。腊月二十七这天，吴香香在家盘账，吴摩西一个人到十字街头卖馒头；买馒头的人多，吴摩西嘴不停，手也不停，忙得满头大汗。这时县城东街卖熏兔的老冯来到馒头摊前，老冯是个豁嘴，先说：

"馒头不白呀。"

吴摩西仰起脸，见是老冯，知是开玩笑，笑了。老冯：

"心里痒痒了没有？"

吴摩西不知老冯指的哪一方面，脑子有些蒙。老冯：

"眼看又到年底了，该玩社火了，你还得来呀。"

吴摩西恍然大悟，又笑了。想起豁嘴老冯还是社火会的会首。一年下来，先在县政府种菜，如今只顾蒸馒头卖馒头，把个社火给忘了。去年不玩社火，他还进不了县政府，接着还成不了亲。正是因为成亲，今年不比去年，如是去年仍在挑水，吴摩西能马上答应会首老冯；但今年"嫁"了吴香香，玩社火要玩七天，会耽误做生意，吴摩西就不敢自专。虽然玩社火是在元宵节，馒头生意没有年前好，但元宵节串亲赶庙会的人多，馒头也比平日好卖。老冯见他不回答，也知他做不了吴香香的主，便说：

"年前给我回信。只要你答应，阎罗还是你的，让杂货铺的老邓，去扮媒婆。"

又说：

"你不要忘了，去年舞社火，就给你带来了好事，说不定今年的社火，又会给你带来好运气。"

吴摩西摇头一笑。哪能舞一回社火，带来一回好运气？有头一回，不一定有第二回。但不提社火吴摩西就把它忘了，一提社火，吴摩西心里真痒痒起来。心里痒痒不光图个玩，而是比起琐碎的日子，舞社火有些"虚"。所谓"虚"，是一句延津话，就像"喷空"一样，舞起社火，扮起别人，能让人脱离眼前的生活。当年吴摩西喜欢罗长礼喊丧，就是因为喊丧也有些"虚"。如今天天揉馒头蒸馒头卖馒头，日子是太实了。正是因为太实了，所以想"虚"一下。当天卖馒头到倪三打更。因是年前，吴摩西一个人，也把十锅馒头卖完了。推着空车回家，吴香香见他馒头卖完了，也有些高兴。也是趁着吴香香高兴，吴摩西洗了手脸，躺在床上，便与吴香香说起元宵节玩社火的事。吴摩西想着，虽然两人平日不对脾气，但共同从春天忙到年根，直直忙了大半年，该让人喘口气了。但出乎吴摩西意料，吴香香想也没想，一口就回绝了。回绝不是吴香香不喜欢社火，而是吴摩西平日连馒头都卖不好，不想着借过节将功补过，脑子里还想着玩；耽误生意倒在其次，而是吴摩西这人没心；平日说他那么多，看来都白说了。不是气耽误生意，是气这个白说。但她不说白说，仍说生意：

"你要去玩，生意谁做？"

吴摩西：

"我都想好了，先头天里发好面，平日五更起床，到时候我三更起床，揉面蒸好馒头，白天不耽误你卖。"

吴香香：

"我去做生意，你去玩，照我看，夜里你也别蒸，白天我也不卖，咱都歇着。"

吴摩西知道她说的是气话，退一步说：

"要不咱俩一人一天，轮着做生意，我隔一天一玩。"

吴香香本不生气，见他讨价还价，就生气了。生气不是他退一步还要玩，而是平日以为他没主意，谁知他主意大着呢，早想好了隔一天一玩。吴香香平日说的话，他听不进去，原以为是他没心，通过一个玩社火，知道他有心，就是藏在心里不说；如果平日有心，两人就成了两条心，不听她的话，就成了故意的。这就不是一个白说不白说的事，是她上当受骗的事。吴香香柳眉倒立：

　　"你明着是要玩社火，心里到底是咋想的？大半年下来你啥也不说，磨磨蹭蹭，到底安的什么心？你从来没把这里当家吧？你就想傍着我们娘俩图个吃喝吧？现在吃够了喝够了，又开始玩了。你不这么死乞白赖要玩，说不定我让你玩；你死乞白赖要玩，我今年偏不让你玩。你今年不但不能玩社火，还得一个人干两个人的活儿，夜里你该蒸馒头蒸馒头，白天你一个人去街上卖，我在家歇着。你不是有劲玩吗？那就把劲用到正地方。"

　　吴摩西见她越说越多，已经把一件事说成了第三件事；已经说的不是社火，成了置气。本不想回嘴，突然想起一句话；能想起一句有力的话，在吴摩西也不容易，吴摩西便脱口而出：

　　"我是你男人，不是你雇的伙计；伙计到了年关还放假呢。我想玩就玩，你管不着！"

吴香香见吴摩西这么说，愣在那里。这是吴摩西自"嫁"过来，说的第一句硬话。话硬吴香香也不怕；吴摩西说一句，她能说十句。但她什么也没说，抱起被子，去另一屋跟巧玲睡去，把吴摩西一个人撂在床上。接下来三天，吴摩西皆与吴香香分睡；吴香香跟巧玲睡在一起，巧玲屋里，夜里倒不用点灯了。两人别别扭扭，年也没有过好。到了元宵节头前，吴摩西就没随老冯他们舞社火，仍在十字街头卖馒头。没有舞社火这回事，去街上卖馒头会是两个人；出了这档子事，吴香香说到做到，自己在家歇着，去十字街头卖馒头，就成了吴摩西一个人。吴香香：

　　"自作自受，让你跟我两条心！"

　　吴摩西叹息一声，天天仍在十字街头卖馒头。但社火队并没有因为吴摩西没来，就停了下来；仍像去年一样，又在县城闹了七天。从阴历十三，直闹到阴历二十。阎罗这个人，今年就换成了油漆匠小杜；杂货铺的老邓，去年阎罗没扮好，今年改扮媒婆。每天他们敲着打着，舞着闹着，从十字街头穿过；人山人海中，吴摩西边卖馒头，边捎带看上两眼。或者，干脆连这两眼也不看了，埋头卖馒头，就当社火不存在。眼里不存在，心里倒更存在了。白天不看，夜里不由自主，像竹业社的掌柜老鲁一样，社火开始在脑子里走。当时老鲁脑子里走的是晋剧，现在吴摩西脑子里走的是社火。表

287

面和吴香香睡在一起，脑子里却锣鼓喧天。共工蚩尤、妲己祝融、猪八戒孙悟空、阎罗嫦娥，人物一个不少；挟肩提胯，仰脸顿足，一颦一笑，还有"拉脸"，过程一步不落。从县城东街舞到西街，又从南街舞到北街。舞着舞着睡着了，梦里又接着舞。有时又梦到社火队人手不齐，老冯又在着急，四处寻找吴摩西来救场；或是自己坐在镜前，正在画脸，老也画不好，但一笔一笔，描的似不是阎罗，而是嫦娥；身扮嫦娥舞着，又脱离了社火队，一身长裙，飘着舞着，奔向了月亮，真成了女的。突然醒来，窗外鸡叫了，觉得一切恍若隔世。五更鸡叫，又得起来蒸馒头。蒸完馒头装馒头，然后推到十字街头去卖。这样脑子不停，连轴转了三天，吴摩西没舞社火，比舞了三天社火还累。正月十七这天上午，吴摩西在十字街头卖馒头，喊着卖着的间隙，竟睡着了。街上一些孩子在玩炮仗，见卖馒头的睡着了，便将吴摩西两篓馒头给抢了。抢的也不是两篓馒头，每一篓都已卖出一多半。吴摩西猛地醒来，开始撵这些顽童。但抓住这个，跑了那个；有的孩子被抓，又故意往抢到手的馒头上吐唾沫，就是将馒头再抢回来，也无法卖了。中午，吴摩西推着空车回家，吴香香已听说馒头被抢的事。大人欺负吴摩西吴香香不急，连孩子都敢欺负他，吴香香急了。天天受人欺负，竟还想着玩社火。吴香香这次急跟以前的急不同，以前急是说吴摩西，或

288

骂吴摩西；说了，也骂了，吴摩西还不长进；不长进没什么，遇事还跟她玩心眼；跟老婆有心眼，出门却被一帮孩子给欺负了。见吴摩西进来，吴香香二话不说，扬手打了吴摩西一巴掌。打完，才找补一句：

"你丢的是你自己的人吗？你连俺吴家祖宗三代的人都丢尽了！"

这是自吴摩西和吴香香成亲以来，吴摩西挨的头一回打。吴摩西本想还手，真打起来，吴香香也不是对手。但吴摩西没打吴香香，只说了一句话：

"去尿！"

转身走了。意思是要跟吴香香一刀两断。吴摩西离开馒头铺，去了过去扛大包的货栈。这时想起来，离开货栈已有一年多光景；重回货栈，仿佛就是昨天，跟吴香香过的这大半年日子，好像只是影子中的事。大正月里，货栈扛大包的伙计，都回家过年了。过年时也无货可扛。无人也好，图个清静。街上又锣鼓喧天，社火队舞到了货栈门前。本来身子又自由了，吴摩西可以去看社火，但吴摩西既没心思出来看，也没脸出来看。心里乱想着，下午转眼过去，到了晚上，吴摩西只顾赌气从馒头铺出来，没带铺盖，夜里只好睡在稻草堆里。货栈墙角，扔着几片装大包的破麻袋，吴摩西便把麻袋片抻开，盖到身上御寒。第二天白天，又在货栈待了一天。

饿了，悄悄到货栈对面老刘的烧饼铺赊了几个烧饼。吴摩西以为一天一夜过去，吴香香回过神儿会后悔，或会消气，过来找他，或接着再吵。但吴香香没有露面。这时吴摩西心里又有些发虚，担心吴香香真生了气，也要跟他一刀两断；自己在馒头铺的生活，真要到此为止，从此又得重操旧业，沿街给人挑水，过饥一顿饱一顿的日子。又后悔当初挨了一巴掌，不该赌气离开馒头铺，就是跟吴香香打起来，跟吴香香的线头也不会断；现在自己把线头给揪断了，自己怎么续上去呢?说话又到了晚上，吴香香还没有来。吴摩西叹息一声，又扯开麻袋片，准备睡觉。刚要睡着，听到有动静，仰身坐起来，发现巧玲站在自己面前，正在喘气。吴摩西以为巧玲和吴香香一起来的，吴香香在门外等着，让巧玲进来喊他。人不来找他，吴摩西心里有些发虚；有人来找，吴摩西反倒又赌起气来。吴摩西：

"让你妈进来，我跟她有话说。"

巧玲：

"我妈没来。"

吴摩西吃了一惊：

"那你跟谁来的?"

巧玲：

"我自个儿来的。"

吴摩西心里又开始发虚：

"你妈让你来的？"

巧玲摇摇头：

"我妈让我一辈子不理你，是我自个儿偷偷跑来的。"

吴摩西突然想起什么：

"你不是怕黑吗？怎么跑这么远来找我？"

巧玲哭了：

"我想你了。明天该去白家庄拉面了。"

吴摩西潸然泪下。起身，拉起巧玲的手，重回了馒头铺。

·十三·

"吴记馍坊"旁边，是一家银饰铺。银饰铺的名字叫"起文堂"。"起文堂"的掌柜叫老高。说是一个"堂"，其实就老高一个人，掌柜是他，伙计也是他。老高本不是延津人，他爷爷辈上，从山东逃荒过来；他爷是个拾粪的；他爹是个货郎，推个独轮车，走村串户，卖些针头线脑；到了老高，跟师傅学了银匠的手艺；师傅死后，在县城租了个铺面，耍开了手艺。老高三十来岁，每天守在火炉前，锻造些银的手镯、戒指、耳坠、簪子、孩子狗头帽上的铃铛、虎头鞋上的镶脸等。延津有两个银饰铺，另一个银匠是县城南街的老曹。老高没老曹干活快，但老曹没老高手艺精；县城一多半人，身上戴的银器，皆出自老高的手艺。主顾可以到老高的铺子买银饰；也可以以旧换新；也可以把旧的银饰交给老高，让老高用银饰布去擦，银饰本来已经发闷发乌了，经老高一擦，又白晃晃的；或干脆在银水里"炸"一遍，头脸翻新；或不满意这银饰的式样，让老高回一下炉，铸出另一种银饰。如吴摩西与吴香香成亲时，神父老詹送给吴摩西一柄意大利银十字架，吴香香就交给老高，老高将十字架回了一下炉，给她打了一副水滴耳坠。

老高个头不高，却长得眉清目秀；一眼看上去，不像山东人的后裔，倒像个江南人。老高做银饰时，爱边干活边跟主顾说话；不干活时，嘴倒是闭上的。边干活边说话，说的并不是银饰，而是街上发生的乱七八糟的事情。也是借说别人的事情，来冲淡做活的寂寞。老高说话慢，一句一顿，声音也不高，但句句能说到理儿上。街上的事乱七八糟，经老高一说，丝丝缕缕，都能码放整齐。老高手里有一把檀木小锤，敲打银饰用的；码放完一件事，老高"哪"地敲一下锤，作为了结。老高常说的话有三句。这三句话，常常插在事情的关键处，或是评判一件事情的对错，或是否定一件事后，这件事本来该怎么办，需要一句话铺垫，起个转承的作用。第一句是：

"话是这么说，但不能这么干。"

第二句是：

"事儿能这么干，但不能这么说。"

第三句是：

"要让我说，这事儿从根上起就错了。"

经老高说过的事，十件有九件半，从根上起就有毛病。既然从根上起就有毛病，事后说它还有啥用呢？也就是闲磨牙。

吴摩西蒸馒头卖馒头，也有歇着的时候。卖馒头须是晴天；阴天下雨，街上就无人买馒头，生意就得停下来。但天上下雨，并不耽误老高在"起文堂"敲打银饰。遇上雨天，吴摩西不愿在家待着，便到隔壁老高的银饰铺串门。串门不为别的，就为听老高说话。吴摩西嘴笨，本不喜欢多嘴多舌的人，但老高是个例外。别人认为老高是闲磨牙，吴摩西却不这么认为。吴摩西活了二十一年，以为世上的事，一多半是说不清楚的，只好清楚不了糊涂了；但到了老高这里，事事皆有原因，件件能分辨个明白。巧玲胆小，平日不爱出门，爱在家待着；但巧玲和吴摩西一样，也喜欢老高。当然两人喜欢的方面不一样；吴摩西喜欢老高说话，巧玲喜欢老高敲敲打打，手里就出来许多玩意儿。吴摩西到老高家串门，巧玲像一条尾巴，常常跟着。老高见了巧玲，也拿油馃子给她吃。久而久之，吴摩西与隔壁的银匠老高，成了好朋友。两人一开始说些街面上的事。吴摩西天天在十字街头卖馒头，张三李四王二麻子的事，知道的也多；在街上想不明白，便

294

攒下等着天下雨，一件一件说给老高，让老高去码。后来熟了，也把自个儿的窝心事，说与老高；老高仔细听过，也与他排解。但老高排解事情仅限于街上，吴摩西在街上卖馒头，赵钱孙李，买馒头与吴摩西发生了摩擦；谁是谁非，老高能断个明白。但事情进了家门口，老高就闭口不谈了。吴摩西自进了吴家馒头铺，最窝心的事，并不发生在街上，而是在家里与吴香香脾气不投。如吴摩西刚离开县政府，挨了倪三一顿打，吴香香就唆使他杀人；如今年元宵节，吴香香不让吴摩西玩社火，两人别扭了半个月；如街上的孩子抢了馒头，吴香香扇了吴摩西一巴掌，吴摩西躲在货栈，两天一夜，吴香香也没去找。这些事情说与老高，老高除了陪吴摩西嗑牙花子，并不多说一句话。吴摩西以为他怕招惹是非，但老高不涉及别人的家务事，也能说出一番道理。老高：

"清官难断家务事。"

或者：

"街上的事，只是一个事；家里的事，就不光是事。"

或者：

"街上的事，一件事就是一件事；家里的事，一件事扯着八件事。你只给我说了一件事，我如何去断八件事呢？"

吴摩西想想，觉得老高说得也有道理；虽然老高什么也没说，但好像什么都说了，起码吴摩西将这些窝心事说了，有人听着，心里也畅快不少。

老高有一个病老婆，一年有半年，要在炕上躺着。老高的老婆姓白，娘家是吴摩西常常去拉面的白家庄的。有时老高的老婆走娘家，还乘吴摩西去白家庄拉面的毛驴车。老白患的病有些奇怪，这病说来也平常，就是一个羊角风。但她的羊角风与别人的羊角风不同，别人的羊角风就是一个病，该犯才犯；老白的羊角风，却和她的心气连着。她心气顺的时候，一般不犯病；有人惹她生气，一句话不对付，她会立马口吐白沫，倒在地上抽搐。犯一次病，身体往下弱一次。因有病在身，在家里还压老高一头；老高怕她犯病，十件事有八件事，得听老白的。老白不会生孩子，二人无儿无女；女人不会生孩子也算个短处，但老高怕她犯病，就不敢怪她。吴摩西更明白了老高只说街上的事，不说家务事的道理。吴摩西看到老高也被老白压着，想起自己在馒头铺的处境，心里倒安慰不少。自上次挨了吴香香的打，一个人在货栈待了两天，吴摩西也比过去明白许多。明白不是明白吴香香，而是明白自己；既然遇事跟她计较不得，计较也计较不过她，不如像老高对待老白一样，干脆不计较；或者，反正与她说不明白道理，这时再计较道理，反倒是不懂道理了。吴摩西从老高身上，倒学到不少道理。自此之后，吴香香说啥，他就顺着吴香香的心思来，日子过得倒比过去安稳许多。

一个人总顺着别人的心思来，自己心里就有些别扭；但一个人自己别扭，也比再让别人别扭自己强。这也是他喜欢老高的原因。

但吴香香的想法常变，又让吴摩西猝不及防。吴摩西刚"嫁"吴香香时，吴摩西不喜欢卖馒头，吴香香喜欢；一年多以后，吴摩西发现，吴香香也开始不喜欢做馒头生意。虽然两人先后都不喜欢，但不喜欢的原因不同。吴摩西不忺揉面和蒸馒头，喜欢去白家庄拉面；卖馒头老得跟人说话，不喜欢的是个卖。一个馒头生意，有喜欢处，也有不喜欢处。吴香香不喜欢馒头生意，是开始嫌馒头生意小，她更想做的生意，是开一个饭铺。开饭铺扎的本钱要比蒸个馒头大上百倍，只是现在卖馒头没赚够开饭铺的本钱，所以还在卖馒头。夫妻两个，一个心胸比过去大，一个连应付现在都勉强，两人更说不到一块儿去了。两人五更鸡叫起来揉面，接着蒸馒头。吴摩西揉面就是揉面，蒸馒头就是蒸馒头，嘴上顾不上说话，累得一头汗；吴香香揉着蒸着，手便停下来，开始说将来要开的饭铺。将来要开的饭铺，还不是卖烧饼杂碎汤的鸡毛小店，而是能开大席撑得起场子的铺面。饭铺要有十间屋大，同时能开八桌饭；煎炒煮炸，鸡鸭鱼肉，样样齐全。如此算起来，铺面虽比县城东街"鸿膳成"小，但也是个饭庄，不是饭铺。接着又听出，吴香香喜欢饭铺不单是喜欢卖饭的生意，卖饭比卖馒头来钱快，还喜欢卖饭的场面；天天人来人往，掌柜伙计，吆三喝四；还能天天听到肉和菜下锅的声音，厨房里，"嗞啦"一声，锅里腾出火苗，接着扑出一阵油雾。原来不单喜欢这生意，还喜欢生意中的气势。这就不单是要做一桩生意，还有诸多喜欢藏在里面，看来这饭铺是非开不可了。吴香香说着说着高兴了，便问吴摩西：

"你喜不喜欢开饭铺？"

吴摩西本不喜欢开饭铺，比不喜欢卖馒头还不喜欢。因为开起饭铺，明显吴香香是掌柜，自己就是个跑堂的，又得整天跟人周旋；饭铺里客人众多，在饭铺里跟人周旋，比卖馒头还让人头疼。但他放下自己的不喜欢，顺着吴香香：

"喜欢。"

吴香香瞥了他一眼，马上识破了他：

"说的是瞎话吧？"

接着板起脸来：

"把事做错没啥，能说你是个笨，天天嘴里尽是瞎话，到底你要干吗？"

吴摩西看吴香香想急，忙又改口：

"那就是不喜欢。"

吴香香：

"那你到底喜欢啥？"

吴摩西只好说实话：

"我从小喜欢罗家庄的罗长礼，他喊丧很出名。"

吴香香看他一辈子就喜欢个喊丧，倒被他气笑了。

说过喊丧没几天，出了一桩丧事，神父老詹死了。老詹身体平日挺硬朗，七十多岁的人了，还满延津县跑着传教。得病缘于他住破庙。本来，县长老史走了，新县长老窦到任，老詹应该去要回教堂。但前边县长换过两茬，老詹跟两任县长要过教堂，皆是当头一棒；不要还好，一要，说不定连在延津待下去都难了。新换的县长老窦当兵出身，又喜打枪；他到任以后，将一班戏子从教堂赶出来，把教堂改成了一个兵营，他要在里边训练民团。老詹估计去找老窦，更是秀才见了兵，有理说不清；也是对县长们彻底失了望，就没去县政府跟老窦理论教堂的事，继续在破庙里住下来。七月十八那天，天气闷热，破庙四处透风，本该不热；但这天一丝风也没有。到了晚上，老詹像别的延津人一样，睡觉上了房顶。房顶被晒了一天，其实也热，但心里觉得比屋里凉快。一直到下半夜，辗转反侧，躺下一身汗，起来还是一身汗，也没睡着。五更时起风了，一下觉得透心地凉快，很快就睡着了。但也被风吹着了。早上起来，鼻子齉齉的，开始咳嗽。原定当天要到七十里外的贾家庄传教，吃过早饭，骑脚踏车的小赵也来了。小赵看老詹伤了风，不住地咳嗽；又抬头看看天，天似乎要变，一层层的云，开始从西北堆上来。小赵只是老詹一个脚力，不是老詹的徒弟，他不叫老詹为"师傅"，简单叫个"老头"，便说：

"老头，天要变了，你又咳嗽，今儿就别出去了。"

老詹想了想，本也要打退堂鼓；如果是去别的村庄传教，老詹就在家养病了，但因为是去贾家庄，贾家庄有个弹三弦的瞎老贾，老詹想着传完教之后，还去听瞎老贾的三弦，看看天说：

"不打紧，天阴了，正好日头晒不着，趁个凉快。"

两人便上了路。县城离贾家庄七十里，刚走了十里，瓢泼大雨就下来了，把两人浇了个落汤鸡。不但人成了落汤鸡，地上也一片泥泞。眼看去不成贾家庄，两人只好又折回来。脚踏车在泥泞里骑，小赵一用劲，链条又断了，雨中修不得，两人只好步行。骑脚踏车，十里路就半个钟头，顶着风雨在泥泞里走，花了两个时辰。回来之后，两人都病了。小赵病只是个风寒；老詹风寒之上，加上之前的伤风，发起高烧。吃了县城北街"济世堂"几服中药，病不见轻，反倒更重了。从得病到去世，仅用了五天。终年七十三岁。临死前的五天，全在发高烧；临死时，也没留下一句话。一个意大利人，在延津活了五十来年，就这么说死就死了。听说老詹死了，吴摩西大吃一惊。两人除了曾有过师徒名分，吴摩西能走到今

300

天，在馒头铺揉馒头，还多亏老詹的指点。这今天自个儿未必满意，但老詹指点时，却一片诚恳，头一回不以"主"的名义，以"大爷"的名义。当时老詹磕着烟袋，像个上了岁数的爹。吴摩西在十字街头卖馒头时，老詹还常到吴摩西摊上买馒头。虽然已脱开了师徒关系，但吴摩西仍叫他"师傅"。老詹买过馒头递钱时，吴摩西说：

"师傅，算了吧。"

老詹倒明白事理，说：

"如是去你家吃饭，你不能收我的钱；如今你在做生意，就是两回事了。买馒头不给钱，下回我就不好意思来了。"

馒头铺每天出笼的馒头是有数的；如吴摩西在家里能做主，吴摩西不会收老詹的钱；馒头铺由吴香香做主，吴摩西怕回家之后，馒头数和钱数不符，吴香香骂他，便也收下老詹的钱。老詹一死，吴摩西再想，师傅吃几个馒头，自己还收他的钱，不由得悲伤起来。吴摩西到十字街头卖馒头，有时还带着巧玲。巧玲跟他去街上仅限于白天，夜里怕黑，就不敢去。就是白天，在十字街头困了，要么哭着闹回家，或是已卖了一篓馒头，让吴摩西把她藏到空篓里，扣上盖子，她在里边睡觉。街上的人知道巧玲胆小，买馒头时故意逗她：

"快跑吧，西关来了个妖怪，专吃小孩的心。"

巧玲"哇"的一声哭了，有时会吓得拉裤兜子。或有人上去抱巧玲：

"巧玲，跟我走，找个地方把你卖了。"

巧玲又"哇"的一声哭了，往馒头篓子里钻。吴摩西便跟逗巧玲的人急，去护巧玲。巧玲见了别人都怕，唯独见了神父老詹不怕。老詹买馒头时，也低头与巧玲说话：

"孩子，几岁了？"

巧玲：

"五岁。"

老詹马上想起传教：

"可该受洗礼了。"

或买了馒头，马上掰下半个，递给巧玲；巧玲也接下吃。老詹有时也上去抱巧玲，巧玲不让别人抱，让老詹抱。老詹：

"长大要信主呀。"

巧玲：

"主是啥？"

老詹还是老一套：

"信了主，就知道自己是谁，从哪儿来，到哪儿去。"

别人听了老詹的话，都嘲笑老詹；巧玲一个五岁的孩子，听了老詹的话，倒在那里愣神。为了这愣神，老詹对吴摩西感叹：

"你也许与主无缘，这个孩子，倒像是主的信徒呀。"

又说：

"人在罪恶中，却不自知，让主如之奈何呢？"

又说：

"向罪，是死的；向神，才是活的呀。"

突然有些眼泪汪汪。巧玲倒用小手给他擦泪。吴摩西信主时，老詹这话已听过千百遍，耳朵听出了茧子，也没在意；现在老詹死了，由巧玲想起老詹，不由得心里一动，又喟然长叹一声。老詹死时吴摩西不知道，听说老詹死了，已是第二天中午，吴摩西正在十字街头卖馒头；吴摩西赶紧把馒头摊交给旁边钉鞋的老赵照料，赶到城西破庙里吊丧。进得破庙，老詹已经闭着眼睛，躺在草铺上，身边一个亲人也没有。延津天主教会归开封天主教会管，开封天主教会见老詹传教四十多年，只发展八个信徒，加上开封教会的会长老雷跟老詹有教义之争，老詹生前，他们拨的经费一年比一年少。现在老詹死了，他们也没来人，只是发了个唁电；唁电吊的是老詹，收件人也是老詹，让人哭笑不得。可能他们一是怕花丧葬费，二是要就此跟延津了断，让延津的天主教自生自灭。教义有分歧，分歧的教义教出的信徒，就成了异教徒，大概老雷不愿意承认。老詹在延津有八个信徒，这八个人倒陆续到了。给老詹骑脚踏车的小赵，风寒还没有好，也包着头来了。竹业社的掌柜老鲁，也算老詹的生前好友，虽不信主，也来了。众人盘点了一下老詹的遗物，所剩的钱，刚好够买一口棺材。老鲁把钱交给吴摩西，让他到县城北街老余的棺材铺拉了一口棺材。伏天天热，放不得人，大家第三天就把老詹拉到城外埋了。棺木下葬的时候，八个信主的人，共同念了几声"阿门"。大家知道这次念过"阿门"之后，延津的天主教就要树倒猢狲散，几个人倒哽哽咽咽地哭了。把老詹埋完，吴摩西突然想起一件事，老詹生前除了传教，就爱听贾家庄瞎老贾弹的三弦。最后一次传教，还跟三弦有关；或者说，不是为了三弦，就没有这次传教，老詹也就被雨淋不着了。怎么在安葬老詹时，大家只顾念"阿门"和哭，没想到把贾家庄的瞎老贾叫来，给老詹弹上一曲儿呢？来吊丧的有十一个人，看来大家都没有把老詹的心事放到心上。但老詹已经埋了，再说这些有啥用呢？

大家埋过老詹之后，又回到破庙里。因老詹身后没有亲人，竹业社掌柜老鲁替老詹做东，从西关"老杨羊汤馆"叫了十一碗羊汤，一百一十个烧饼，大家蹲在破庙里，共同吃了一顿丧饭，算是画了个句号。老詹还留下一辆脚踏车，一是这脚踏车快散架了，值不了几个钱，二是卖葱的小赵，用这辆脚踏车载了老詹七八年，也是老鲁做主，脚踏车归了小赵。吃过饭散伙的时候，吴摩西环顾四周，又想起以前跟老詹在这里学经的时候，老詹边讲经，鼻子边"吭吭"着。众

304

人走后，他又一个人待了片刻。这时突然从老詹草铺的乱草里，发现一卷纸头。吴摩西拾起来看，原来是老詹新画的一幅教堂图纸。老詹年轻时，在意大利跟他舅学过建筑，现在一笔一画，画得工整，也标着尺寸。这是一座八层高的哥特式教堂，中央穹隆，直径四十点六米；穹顶离地，六十点八米；钟塔高一百六十米，塔顶上有座大钟，直径六米；教堂标明用大理石墙面，七十二扇窗户，窗上的玻璃是彩绘的，门头上竖一根十字架，直插云霄。不但教堂雄伟，教堂中的摆设，也画在一旁，件件精美。柜子和桌子，都标明用皂荚木做，里外包着精金，四周镶着金牙边；幔子标明用山羊毛织；罩棚的顶盖用公羊皮和海狗皮做；灯台用精金做，岔出六个枝子，每枝上有三个杯，形状如杏花；圣坛也标明用皂荚木做；圣牌用精金做，上刻着："归耶和华为圣。"这时吴摩西才知道，老詹虽然住在破庙里，心里还想着教堂；而且不是被几任县长占着的教堂，是一座更大的教堂。初看是一幅图纸，再看，图纸上的一切似都活了：教堂的七十二扇窗户，一扇扇被推开；塔顶上那座大钟，"哐当""哐当"，发出震耳欲聋的轰鸣声。随着教堂窗户被打开，吴摩西的心里，似也开了一扇窗。过去跟老詹学徒时，老詹夜里给吴摩西布道，吴摩西一句也没听进去；现在看到这幅教堂的图纸，吴摩西觉得老詹是世上最好的神父。虽然他一辈子在延津只发展了八个信徒，但信徒不在多，而在信；虽然这八个也未必信，但起码有一个是信的，那就是老詹。老詹传教虽没传给别人，但传给了他自己。老詹在时，吴摩西并不信主；现在老詹死了，吴摩西也不想信主，但老詹这个人，让他信了。吴摩西心里那道亮，并不来自主，而来自老詹。

看过这教堂，又将图纸翻过来，发现图纸背面，还有五个字，从字迹看，也是老詹写的，蝇头小楷，工工整整。这五个黑字是：**恶魔的私语**。吴摩西心里突然像被锥扎了一下，但疼痛之后，又不知这五个字指的是什么；仔细琢磨，好像跟教堂无关，跟万千不信主和老詹的人有关；又知老詹这一辈子，不只是无奈，也是痛恨这些人的；正是因为痛恨，他才要建这么宏伟的教堂。老詹的这种感觉，倒和吴摩西心中从没想到的某种感觉，突然有些相通。吴摩西心中也常常痛恨。

吴摩西感慨之下，怀揣着老詹的图纸，回到吴家馒头铺。半夜睡醒一觉，又拿出来看。先看图纸背后的五个字，又看图纸正面的教堂。五个字似琢磨透了，接着又好像糊涂了；便放下这字，主要琢磨正面的教堂；对这教堂，倒越来越看出些门道。吴摩西早年在杨家庄时，曾用竹篾扎过玩意儿，如小虫小虾、小猫小狗，现在突然产生一个想法，想按老詹的图纸，用竹篾扎起一座教堂。当然扎不起老詹在图纸上标的尺寸，只能扎出个大体模样。世上无人拿老詹的心思当回事，吴摩西这次准备拿老詹的教堂当回事；当回事不是为了纪念老詹，而是为了自个儿心里开的那扇窗。

十天之后，吴摩西开始动工。竹篾倒是不缺，老鲁的竹业社有的是残竹，到十字街头卖过馒头，回来路过老鲁的竹业社，顺便将残竹捡回来，就能破成竹篾，不用另花钱。平日吴摩西须五更起床，揉面蒸馒头；现在他二更起来，躲到柴草房，点上灯，在灯下看这图纸，琢磨教堂。但扎一座八层高的教堂，比扎小猫小狗费工费时多了。小猫小狗一顿饭工夫能扎两三个，现在连着扎了五天，连教堂的地基还没有搭出来。费工费时不在扎本身，关键是谋篇布局，要花许多心思。有时看着图纸半天，下不了几根篾子。扎的时候不费工，想起来费工夫。刚下去几根篾子，五更鸡叫了，又该揉面蒸馒头了；吴摩西便放下教堂，跑到馒头房，去揉面蒸馒头。巧玲见他扎教堂，觉得好玩，有时半夜起来撒尿，竟跑到柴草房来看。夜里在家里扎竹篾，不同于元宵节舞社火。舞社火是在白天，耽误卖馒头的生意；现在夜里早起，耽误的是他自己的瞌睡。看他每天早起扎竹篾，吴香香一开始倒没有管他；有时觉得好奇，也从被窝里爬出来，披上衣裳，过柴草房蹲下看；原以为他图个新鲜，扎几天就不扎了；但一个月过去，还见他扎，夜夜二更起床；而且工程刚完一层，还有七层等着他；就有些不耐烦：

"整天点灯熬油扎这个，有啥用？"

吴摩西：

"没耽误正事。"

吴香香见他这么说，急了：

"怎么没耽误正事？耽误正事多了；既然你除了蒸馒头，还有闲工夫弄这个，为啥不去贩葱？"

已经把一件事说成了另一件事。但过去姜虎在时，卖馒头之余，就去贩葱；与老布老赖一起，跑到太原，贩回鸡腿葱，在延津集市上卖。家里这三间馒头铺，就是一边靠夫妻俩卖馒头，一边靠姜虎贩葱翻盖的。吴香香当时也就是赌气一说，过后一想，真不如自己在家卖馒头，让吴摩西到山西贩葱。一是让他出门长长见识，榆木疙瘩一样的脑袋，也开开窍，免得在家里不务正业；二是出门贩葱，家里也多一份进项。出门贩葱要风餐露宿，比守在家卖馒头辛苦；但贩葱是长趟生意，比在家卖馒头利大。早一天把本钱攒齐，就能早一天开饭铺。便去找老布老赖商量，让他们再出门贩葱时，带上吴摩西。老布老赖看在死去的姜虎面上，倒也答应了；吴香香回来告诉吴摩西，吴摩西却不喜欢贩葱。不喜欢贩葱不是怕出门辛苦，而是出门在外，又得与人支应；同时正在扎的教堂，刚由一层扎到二层，正是较劲的时候，出门怕耽误工夫；耽误工夫不是怕耽误时间，而是胸中有好多搭建教堂的想法，怕出门贩葱，回头再找不回来。吴香香见他犹豫，知他惦着教堂，马上火了：

"你只想着教堂，咋不想想我的饭铺？"

又说：

"你不去贩葱也行，我马上去把教堂给烧了。"

站起身，就去柴草房。吴摩西忙站起拦住她：

"啥也别说了，我去贩葱。"

这年阴历九月初十，老布老赖要去太原贩葱，吴摩西便放下手里正扎着的教堂，赶上毛驴车，跟着老布老赖去了太原。出门贩葱说起来也算正事，只是这贩葱是老詹的教堂引起的，后面又连着吴香香要开的饭铺；前因这么不搭后果，让吴摩西哭笑不得。

吴摩西过去与老布老赖不熟。上了路才知道，老布老赖像蒋家庄染坊的内蒙古人老塔一样，也像县政府的属员一样，有些欺生。一路上，两人只顾自个儿说话，不搭理吴摩西。这一点吴摩西倒能想通，虽然姜虎和吴摩西都是吴香香的丈夫，但他们与姜虎是朋友，与吴摩西不是朋友；不与吴摩西说话，吴摩西倒图个清闲。在饭铺打尖，他们总是支使吴摩西端茶倒水，他们坐着不动。夜里住店，虽是秋天，屋外风也寒，两人总睡在炕里头，让吴摩西睡在门口。半夜给驴添草，也总让吴摩西起身，他们俩躺着不动。他们俩自个儿说起话来也拌嘴，待到支使吴摩西，两个人马上变得异口同声。吴摩西过去磨过豆腐，杀过猪，染过布，挑过水，种过菜，揉过面蒸过馒头，但说到贩葱，毕竟是初来乍到，严格说起来，人家就是自己的师傅，一路上摆些师傅的款儿，吴摩西倒也能够容忍。三人赶着三辆毛驴车，走了两天两夜，出了河南界；第三天傍晚，来到山西沁源县城。山西沁源县城，就是三年前姜虎在饭铺跟人争斗，被山东人捅死的地方。三人找店住下，喂上牲口，又沿街去找饭铺。这时老布说：

"可不敢再找姜虎被捅死那个饭铺了，每次从那儿路过，我都后怕。"

老赖：

"说话三年了。有时候想起来，姜虎真仗义。"

又瞥吴摩西一眼，感叹一声：

"旧的不去，新的不来呀。"

吴摩西知他们在夸姜虎好，言下之意，就是新来的吴摩西差了。但这种咸一句淡一句的话吴摩西听多了，不好与他们争执，也就假装没听见；加上对沁源县不熟，只顾张着眼睛看街两旁的买卖铺子。正走间，突然有人从背后喊住他们：

"那谁，说你们仨呢！"

三人扭头，见身后路旁，停着一辆马车，马车前站着两个人；听他们说话，山东口音；马车上像山一样，堆着一车大葱。但车辕里并不见马。两个山东人一个胖，一个瘦。那个瘦子：

"看你们的模样，也是去太原贩葱的吧？"

吴摩西没敢说话；突然被人喝住，老布有些不高兴：

"咱们井水不犯河水，贩葱不贩葱，碍着你们啥？"

那个山东胖子笑了：

"掌柜的误会了。俺们是山东曹县人，乜是去太原贩葱；回来路过此地，一个伙计病了，大口大口吐血；让这儿的医生看了，医生看咱是外地人，药价使劲儿往上抬；可咱人生地不熟，不能把伙计的性命丢在这，只能伸脖子让他宰；在这儿待了三天，伙计还不见好，盘缠也花光了，还拉了一屁股药账；也是没有办法，想把这车葱趸出去，给伙计看病。这葱在太原，每斤三分六，趸给你们，每斤给俺四分。你们也少跑路，俺们也救了急。"

三人听了，觉得这倒是桩合算的买卖。老布老赖常走太原，知道这葱价不假；从沁源到太原，还要走两天两夜，来回就是四天四夜；在沁源能买到太原葱，等于省下四天四夜的路程；每斤葱虽比太原贵四厘，但省去四天四夜的路程不说，等于还省去三个人三头驴四天四夜的嚼谷，折合起来还是合算。但老赖有些怀疑：

"葱别是假的呀，不是太原葱，说成太原葱。"

那个山东胖子：

"可以尝葱。"

老布又怀疑：

"那你们的马呢？"

那个山东瘦子：

"在店里喂着呢，不敢卖马；无马拉车，就回不去了。"

老赖便上去翻葱。先看葱的粗细，又从葱堆底下抽出一根，放到嘴里嚼。嚼完倒对老布点头：

"葱吧，倒是太原葱。"

又问山东人：

"一共有多少斤呢？"

那个山东胖子：

"不多不少，一共六千斤。"

老布这时给老赖使了一个眼色，对山东人说：

"不买。"

老赖会意，又拉吴摩西；三人转身就走。那个山东胖子倒不强卖：

"不买就不买，你再走两天两夜，拉的还是这葱。"

又说：

"今天碰到的，全是不识相的人。"

见他这么说，老布又站住：

"不是识相不识相的事，得有个说法。"

那个山东瘦子：

"啥说法？"

老布：

"俗话说，货到地头死；这葱你要想卖，价钱上，就不能照你说的办。"

那个山东瘦子：

"从太原拉到沁源，一斤只加四厘，过分吗，二哥？"

老布：

"你要是原价，俺就要。"

那个山东瘦子：

"你们河南人，咋跟山西的医生一样，拿起刀就宰人？"

老布：

"那就算了。"

又拉老赖吴摩西走。这时山东胖子上来拉老布：

"二哥，人命关天，你就当帮俺个忙，俺也不要四厘了，三厘。"

老布：

"一厘。"

一阵讨价还价，又各让一厘，每斤葱三分八，双方成了交。接着山东人回店牵马，将一车葱拉到老布老赖吴摩西住的客店。卸下，点上马灯过秤，风吹日晒，六千斤葱，变成了五千九百二十斤。那个山东瘦子摇头：

"说话又折了八十斤。以后不敢出门了。"

山东人走后，老布老赖吴摩西甚是喜欢。少跑四天四夜的路，又贩到了太原葱，而且是干葱；回去卖葱时，洒上水，分量又回来了；算起来，里外里占了便宜。在谈生意的过程中，老布出力最大，老赖也帮了腔，老布便要了两千二百斤，老赖要了两千斤，剩下一千七百二十斤，是吴摩西的。吴摩西虽比他们俩少要，但也少费了口舌。第二天一早，三人高高兴兴，赶着毛驴车回了延津。

回到延津已是第六天下半夜。到了县城，与老布老赖分手，吴摩西赶着毛驴车，回到西街馒头铺。也是怕惊醒吴香香和巧玲睡觉，吴摩西悄悄拨开门头，牵着毛驴，蹑手蹑脚进了院子；同时想给吴香香一个惊喜，没到太原，却贩得一车太原葱；头一回出马，就旗开得胜。月光下，院里像撒了一层霜。待要卸葱，发现巧玲屋里亮着灯。自己不在家，她怎么不跟她娘睡呢？以为两人闹了别扭。或两人睡在巧玲屋里，睡着之前，忘了吹灯。吴摩西没卸车上的葱，先去巧玲窗户前看。窗户上糊着窗户纸，恰巧有一处破洞。吴摩西顺着破洞往里看，原来巧玲一个人睡在床上，仰面八叉，被子也踢翻了，露着肚子；梦里喊了一句什么，翻过身，又睡着了。吴摩西知是娘俩闹了别扭，摇头笑了，又去卸驴车上的葱。这时听到他和吴香香睡觉的屋里似有人说话。吴摩西一开始以为是吴香香说梦话，再往下听，是一男一女两个人的声音。接着往下想，头上的头发，"支棱"一下竖了起来。又放下驴车上的葱，来到自己屋脚下，屋里果然有人。吴香香：

"趁巧玲没醒，你赶紧走吧。"

又说：

"鸡快叫了，我也该起来揉面了。"

人穿衣裳的窸窣声。吴香香：

"这可是最后一回了。"

男人说话了：

"那人回来还得几天呢。"

吴香香：

"你媳妇知道了，也不是闹着玩的。"

男的：

"我让她走娘家去了，大后天才回来。"

吴香香：

"明天你不能来。"

男的：

"三四年了，不也没出事？"

吴摩西脑袋"嗡"的一声炸了。脑袋炸不是说吴香香跟人偷情，自己跟她过了一年多，竟不知道；而是屋里这个男的，从声音听，不是别人，就是隔壁的银匠老高。是老高还不是最让人吃惊的，听他们的话音，他们已经在一起好了三四年，不但自己没有察觉，吴香香过去的丈夫姜虎也没有察觉；不但后夫蒙在鼓里，前夫也蒙在鼓里。吴香香"娶"了吴摩西，吴摩西原以为只是在一起过日子，谁知还替人当着幌子。就说这次去山西贩葱，原以为就是个贩葱，大不了为了将来开饭铺；谁知除了这两层原因之外，还给人腾了地方。平日吴香香对自己发脾气，接着发展到抬手就打，自己还对她犯怵；后来干脆不与她计较，处处顺着她的心思，把别扭留给自己一个人；现在想来，自己除了心眼实，还上了别人的当；窝囊成了里外里。还有奸夫老高，平日与自己还是好朋友；自己看不透的事，还找他码放；他一字一顿，慢条斯理，说得头头是道；现在看，竟是嘴上一套，心里一套，耍着吴摩西玩。这时屋里又在说话。吴香香：

　　"将来咱们的饭铺开了，就不能这么不明不白下去，你得有个说法。"

　　老高：

　　"放心，我家那个病秧子，活不了多长时间。"

　　吴香香：

"那个没用的人呢?"

吴摩西听出来了,那个没用的人,指的就是自己。老高慢条斯理:

"没用的人,正好用上他的死心眼。上次我给你出的主意,让他去杀姜龙姜狗,不就把姜家给镇住了?"

吴香香:

"我看出来了,你还想让我跟他稀里糊涂下去。上次姜虎死时,你说怕你老婆一生气死了,将来她死了咋办?"

老高:

"死了再说死了。一个老实疙瘩,想打发他,还不容易?"

吴摩西的脑袋,"嗡"的一声又炸了。过去老高不给吴摩西排解家务事,吴摩西以为他怕招惹是非;现在看,是心里有鬼;心里有鬼还没什么,他不给吴摩西出主意,却在背地里给吴香香出主意。包括吴摩西去南街"姜记弹花铺"杀人,原以为是吴香香唆使,现在才知道背后还有老高。杀人的主意都敢出,别的主意什么出不来呢?原以为自己跟吴香香脾气不投,两人在闹别扭;现在看,面上是在跟吴香香斗,背后是在跟老高斗。说不定吴香香要开饭铺的主意,也是老高给出的。平日吴摩西卖一晌馒头,中午回来时,常见老高在吴家院里站着,与吴香香说话,以为是街坊聊天,也没在意;谁知他们两人一直明白三人的关系,唯有吴摩西一个人,被蒙在鼓里。两人快乐完，还在褒贬吴摩西，说他是个"没用的人"。老高过去给人码事情时，说过三句话，其中一句是："事儿能这么干，但不能这么说。"现在三人的局面，就是这种情况。事情就是说得过去，情理说不过去。但这些情理吴摩西过去想都没有想过，现在事到临头，吴摩西首先不是气愤，而是六神无主，不知该怎么应对；倒是突然一阵反胃，浑身抽搐，蹲在地上。直到老高穿好衣裳，拉开屋门，吴摩西才突然站起来，倒把老高吓了一跳。情急之下，老高说话也不慢条斯理了，声音也不低了，高声叫道：

"你不是停几天才回来吗？"

好像提前几天回来，是吴摩西的错。这一声叫，既惊着了屋里的吴香香，也惊醒了脑袋还在蒙着的吴摩西。吴香香从屋里跑了出来，看到吴摩西，也愣在了那里。吴摩西醒过来之后，二话没说，转身去了厨房。从厨房出来，手里拎着姜虎留下的牛耳尖刀。去年"吴摩西大闹延津城"，用的就是这把尖刀。上次拿刀是虚张声势，这次拿刀是真要杀人。老高和吴香香也醒过闷来，惊呼一声，各人顾各人，奔到街上逃命。他们在前边跑，吴摩西在后边追。到底吴摩西刚从山西贩葱回来，走了几百里路，又受了惊吓；老高和吴香香在家没出门，又要逃命；吴摩西追到十字街头，还没赶上他们；两人钻到一条胡同里没影了，吴摩西喘着气，蹲在了地上。

这时十字街头一个人也没有，从远处传来倪三打更的梆子声。吴摩西在地上喘了一阵，又站起身，突然不追他们了。吴摩西产生了另外一个想法。他转身回到馒头铺，将葱卸到院子里，牵毛驴车出来，赶着毛驴车，去了白家庄。到了白家庄，天刚泛亮，吴摩西去敲老高的老婆老白娘家的门。见到老白，吴摩西哭丧着脸，说老高得了急病，让老白赶紧回去。老白不明就里，哆哆嗦嗦，连包袱都没拿，就上了吴摩西的毛驴车。吴摩西的意思，老白是个生不得气的人，一生气就犯羊角风；等把老白接到县城，一五一十，来龙去脉，把老高和吴香香的偷情之事，原原本本告诉老白；让老白去和老高和吴香香撕掳，自己先来个坐山观虎斗。这比杀了奸夫奸妇还要让吴摩西解恨。杀人就是一刀，这个撕掳的过程，怕是需些时日。老高虽说老白早晚会死，但她现在还没有死。没死就有没死的用处。最好老白就死在这件事上，看老高和吴香香如何处置。如果死了人，就不单是桩偷情的事了。这时死人就不是吴摩西杀人，而是老高和吴香香逼死了一个人，看老高和吴香香怎么办。既然是坏事，就让它坏到底，不单为自己解了气，也为没见过面的姜虎报了仇。吴摩西一下觉得自己长大了。也一下发现自己的内心，还有闪亮的一面；原来闪亮的一面，就是狠毒的一面。也许以前没有，是吴香香和老高，一个是自己的老婆，一个是自己信得过的朋友，手把手教会了自己。过去是个死心眼，现在终于活泛了。

　　但吴摩西还是打错了算盘。待他用毛驴车拉着老白回到县城，已是第二天中午。吴香香和老高，已双双卷包逃出了延津。老白闻知此事，倒是一下犯病了，浑身抽搐，口吐白沫，直挺挺倒在地上，死了过去。吴摩西手忙脚乱，赶忙又把她拉到县城北街老李家的"济世堂"。

· 十四 ·

　　老高和吴香香走时，各人从家里带走些东西，作为私奔的盘缠。老高从银饰铺拿走些银饰。这些银饰，一半是银饰铺的，老高刚锻造出来，放到柜子里卖；一半是主顾留在银饰铺的旧货，如耳坠、手镯、戒指、簪子等，让老高或擦或"炸"，或改样式。老高卷包逃了，留下老白，这些主顾没顾上老高和吴香香私奔的事，先惦着自己的银饰，来找老白闹。可老白正犯羊角风，众人又不敢太逼老白。大家都骂老高，看上去是个老实人，谁知既偷别人的老婆，又偷别人的东西。吴香香带走一个首饰匣子，匣子里装着馒头铺赚的馒头钱。这钱原准备将来开饭铺；现在看，这饭铺也开不成了。两人走时，都从家里拿钱财，一方面证明他们心齐，同时也能看出，一点儿后路都不留，两人是不准备回来了。老高走时，

321

连句话也没给老白留；虽然在一起过了十来年，看来这次不管她的死活了。吴香香走时，倒从账本上撕下一张纸，给吴摩西写了几句话：

啥也别说了。说啥也没用了。等你回来，我也走了。家里的钱是我拿的。馒头铺给你留下。巧玲也给你留下。一是出门在外，带着她也是受罪；二是她跟你说得着，跟我说不着。

过去老白犯病之后，老高半个月不得安生；老高一句话不对她的心思，她就带着羊角风闹上吊；老高不怕她闹羊角风，就怕她闹上吊，所以事事让她三分；这次老白犯病，没有老高在身边，吴摩西担心她会寻无常；但恰恰老高不在身边，老白就没有上吊；过去一场羊角风要犯半个月，现在三天就好了。众人见她病好了，又来找她赔银饰；但众人没急，老白急了：

"没有你们的银饰，老高还没盘缠跟那个骚货跑；你们让我赔银饰，你们咋不赔我的老高呢？"

倒弄得众人哭笑不得。吴香香跟老高私奔之后，吴摩西生闷气生了三天。生闷气不是说自己去接老白的阴谋落空；如果那天不去接老白，就在家守着，他们的逃跑就不会这么从容；就是逃跑，也无法带盘缠；而是生气一出事他们逃了，剩下一个局面，让吴摩西一个人收拾。他们跑了，给吴摩西戴的绿帽子没有跑。他们不跑，吴摩西能闹出个结果；他们跑了，倒把吴摩西闪了，让他不知接着该咋办。按照常理，吴摩西应该像那天晚上一样，拎着牛耳尖刀，满世界去寻老高和吴香香；但吴摩西没有去寻。如果没出这事，或换在过去，他会去寻；有了这事，换成现在，他倒不寻了。当然没这事他就无从寻起，恰恰有了这事，吴摩西就不是过去的吴摩西了。像那天晚上不杀他们，去白家庄接老白，他要坐山观虎斗和借刀杀人一样，现在他们跑了，他又要一个人另作盘算。首先，过去跟吴香香在一起，两人脾气不投，事事说不到一起，事事吴香香压他一头，他感到与她不亲；现在这个不亲的人跑了，心里像卸下一块石头；她在的时候，是一个麻烦，现在这个麻烦跑了，要把这个麻烦再找回来吗?找回来的麻烦，就不单是一个麻烦了。他们不跑，大家会闹个天翻地覆；现在他们跑了，事情倒简单了。接着又想，吴香香虽然跑了，但馒头铺没有跑；只要有馒头铺在，走了一个吴香香，怕再找不来一个李香香?跟吴香香脾气不投，说不定跟李香香脾气就相投了；跟吴香香不亲，说不定跟李香香就亲了。吴香香给他戴了绿帽子，李香香一来，绿帽子自然就摘掉了。等于白落一个馒头铺，接着能再娶一个老婆。那时候就成了"娶"别人，而不像前一回是"嫁"吴香香；连嫁娶的名分，一下也能纠正过来。当然，老婆跟人跑了，不是一件多么光彩的事，他又不能在人前露出高兴，还得装作愁眉苦脸和一脑门子官司的样子。不是因为吴香香跑，而是因为这个装，让吴摩西愁眉苦脸。吴香香走后，馒头铺马上清静许多。无人说吴摩西了，也无人骂吴摩西了，吴摩西浑身自在许多。正是这个自在让人不习惯，浑身又不自在起来。与他有同感的是巧玲。娘跟人跑了，她竟无动于衷，既不哭，也不闹，该吃吃，该玩玩。巧玲的态度，也助长了吴摩西的不找。吴香香走后，到了夜里，巧玲就跟吴摩西睡到一起。两人睡在一张床上，巧玲就不怕黑，睡觉可以吹灯。吹灯之后，两人还聊一会儿天。但聊的都是两人的话题，一次也没有聊到吴香香；聊的都是现在的话题，一次也没有聊到过去。

吴摩西：

"巧玲，睡着了吗？"

巧玲：

"咋？"

吴摩西：

"我让你堵鸡窝，你堵了吗？"

巧玲：

"哎哟，我给忘了。"

吴摩西：

"堵去。"

巧玲有些发愁：

"外面天黑，我不敢去。"

吴摩西"呸"了一口：

"指着你，鸡早让黄鼠狼叼跑了，我早堵上了。"

巧玲笑了：

"明儿吧，明儿我帮你拴驴。"

或是，巧玲：

"叔，睡着了吗?"

吴摩西：

"咋?"

巧玲：

"点灯。"

吴摩西：

"刚吹了灯，又点灯，折腾我?"

巧玲：

"我想撒尿。"

吴摩西笑了，又起身点灯。倒是白天有人来了，吴摩西赶紧装出愁眉苦脸；同时用手止住巧玲的玩，或止住她正在笑；巧玲也心领神会，一个五岁的孩子，与吴摩西同谋，装出唉声叹气的样子。不是这个同装，而是装的心情，让吴摩西觉得自己变了。自己过去不会装神弄鬼。俣一天天这么装下去，也不是办法。吴摩西打定主意，他和巧玲只装十天；十天之后，准备重打鼓另开张，一个人做馒头生意。街上怎么说，那是街上的事；自己怎么做，才是自己的事。吴摩西已经想好了，从第十一天开始，头天晚上发面，第二天五更鸡叫起床揉面；一天仍蒸七锅馒头，推到十字街头去卖。卖馒头时带着巧玲。走了吴香香，吴摩西对将来到十字街头卖馒头，突然也不发怵了。不就是与人说话吗？过去有吴香香在，得按吴香香的话路说；没了吴香香，自己想怎么说就怎么说；或者，想说就说，不想说就不说。卖馒头回来，他还想跟巧玲一起，将老詹的教堂再搭起来。哪天再给说媒的老孙提一只羊腿，等有合适的茬口，让他帮着找一个李香香。上回说媒的是老崔，老崔不靠谱，这回不找老崔找老孙。盘算是这么盘算的，但没到十天，到了第五天，吴摩西又得出门去寻吴香香。这天上午，吴摩西正在家和面，巧玲在旁边剥葱，案子上还放着一条子肉，两人准备剁饺子馅包饺子吃。县城南街"姜记弹花铺"的掌柜老姜来了。吴摩西和巧玲已配合默契，听有人在门外喊，慌忙将肉、葱、面和一根大萝卜藏到锅里，盖上锅盖；又共同做出愁眉苦脸的样子，应对进来的老姜。因为一个馒头铺，过去老姜家与吴香香结了仇怨，后来才有了"吴摩西大闹延津城"；现在吴香香跟人跑了，吴摩西以为老姜来谈馒头铺的事；馒头铺本姓姜，并不姓吴；现在姓吴的跟人跑了，让吴摩西卷铺盖走人。老姜如是这么想，吴摩西却不准备这么办。吴摩西与吴香香夫妻一场，吴香香跑了，馒头铺就该是吴摩西的。如是吴香香跑之前，吴香香赶吴摩西走，吴摩西只好再去沿街挑水；现在老姜家赶人，吴摩西倒认为馒头铺姓吴。还指着馒头铺找李香香呢。大不了再大闹一场延津城。这件事如闹起来，吴摩西准备豁出去。上次为了吴香香，与姜家闹还有些发怵，只杀了一条狗；这次为了馒头铺，吴摩西倒敢豁出去杀人。但出乎吴摩西意料，"姜记弹花铺"掌柜老姜没有提馒头铺的事，而是说：

"大侄子，人跑了，你到底咋想的呀？"

原来说的不是馒头铺的事，而是人跑的事，吴摩西松了口气。对于人跑，吴摩西早就想好了。如是过去，吴摩西咋想就咋说，现在就不一样了。吴摩西唉声叹气：

"叔，心是乱的，想不出一条路。您老是咋想的呀？"

老姜：

"媳妇被人拐跑了，不能没个说法。"

吴摩西：

"您老要啥说法？"

老姜：

"人是老高拐跑的，得砸了老高的银饰铺。你砸不砸？你要不砸，他们兄弟俩可要动手了。"

原来说的是这回事。这个弯吴摩西倒没想到。他们兄弟俩，指的就是姜龙姜狗了。老姜：

"不是图老高的东西，这么吃了哑巴亏，惹人笑话；咱们都是脸朝外的人，白白被人欺负，在街面上就没法混了。"

原来事里事外，还藏着这么一层道理，也是吴摩西没想到的。老姜：

"四天了，不见你言语。他们哥俩儿说了，等你到明天中午；明天中午，你要不动手，可别怪俺老姜家抄了你的后路。"

吴摩西低下头在想。老姜：

"除了这件事，我还有一句话。"

吴摩西抬起头：

"啥话？"

老姜用手里的拐棍，四处指了指馒头铺：

"我也知道你的想法，想白落一个馒头铺；但不能为了一个馒头铺，就不找人；那样也惹人笑话。"

在这一点上，惹人笑话吴摩西早料到了。但吴摩西自有吴摩西的主意，便跟老姜装聋作哑。老姜：

"我还有句话。"

吴摩西：

"啥?"

老姜:

"你上回说得对,咱们都不是小孩了,就别揣着明白装糊涂了;老姜家不提馒头铺的事,不是怕你,是为了巧玲;你别往歪里想。"

这层道理,又是吴摩西没想到的。老姜上午刚走,下午,吴香香她爹,吴家庄老吴又来了。说起来老吴也是吴摩西的老丈人;但吴香香已经跟人跑了,他就不是老丈人了。老吴在家里像吴摩西一样,一直被老婆压着;现在见了吴摩西,倒摆出老丈人的款儿来,虽然说话有几分气馁:

"巧玲她叔,人跑了,你到底咋想的呀?"

说的还是人跑的事。吴摩西以不变应万变,仍做出唉声叹气的样子;老吴尊称他为"巧玲她叔",他在对老吴的称呼上,也不好马上改口:

"爹,心是乱的。您老是咋想的呀?"

老吴:

"得找哇。不明不白,把事儿撂在这儿,叫啥事呢?"

吴摩西:

"我不是不找,一找就得出人命。那天晚上他们跑得快,没出人命;这次要找着,就得出了。"

吴摩西以为这么说会吓着老吴,谁知老吴叹息一声:

"那也算个结果呀。人丢了不找，大家都没脸；赖着脸皮，你想活下去，有人也不答应呀。"

吴摩西：

"谁？"

老吴：

"我老婆。她说了，明天你再不出去找人，她就拿刀子跟你拼命。"

又说：

"她也看出来了，人丢了不找，你是想守着馒头铺，另再找人。"

吴摩西倒有些慌乱：

"爹，我从没这么想过。"

老吴看他一眼，摇摇手：

"这四天我日子也不好过；我也是偷偷跑出来，告你一声。"

又说：

"我老婆那人，你也知道；她说得出，就做得下。她要拿刀子过来，不也得出人命吗？"

吴摩西又愣在那里。女儿跟人跑了，丈母娘不怪女儿，却要找女婿拼命；这层道理，也是吴摩西没有想到的。吴香香在的时候，吴香香都敢打吴摩西；吴香香她娘，又比吴香香沤上十倍；她跟吴摩西闹起来，吴摩西倒也不怕；只是一场风波，就变成了另一场风波。在头一场风波中，吴摩西还受着委屈；如演变成另一场风波，这风波就是吴摩西造成的。事情到了这种地步，人不找也得找了。就是假装找，也得出去找一番了。但吴摩西又有些犯愁：

"我去找人行，那巧玲咋办呢？"

老吴：

"这你不用发愁，我早想好了，待会儿就把她带到吴家庄。"

巧玲一直在旁边听着，这时瞪了老吴一眼，梗着脖子说：

"我不去吴家庄。"

老吴想了想，又说：

"要不把你送到你爷爷那儿？"

巧玲的爷爷那儿，就是县城南街"姜记弹花铺"。巧玲又梗着脖子：

"我不去弹花铺。"

吴摩西对老吴摊着手：

"这就不好办了。我一走，孩子没去处。"

巧玲对吴摩西说：

"你走哪儿，我跟哪儿。"

吴摩西又哭笑不得。第二天，就是姜家准备砸老高"起文堂"银饰铺这天，吴摩西带上行李和盘缠，将门户锁好，拉着巧玲，出门寻找吴香香。因心里盘算着假找，吴摩西出门并没走远；带着巧玲，来到百里外的新乡，在城东关一个鸡毛店住下；准备在这里一住十天，重回延津。回去就说去了新乡、汲县、开封、郑州、安阳、洛阳等地，满世界寻了个遍，没有找到老高和吴香香，给大家一个说法，接着再做自己的馒头生意。出门时，把老詹的图纸也带上了；想等闲的时候，琢磨一下老詹的教堂；待重回延津后，把这座教堂彻底搭起来。

新乡东关这个鸡毛店，在汽车站旁边，有五间客房；每个客房里有一个大通铺，一个大通铺能睡十几个人。吴摩西与巧玲起初住在靠大门口的屋子，后来最里边的房子有了空位，又搬到最里边。里边的屋子靠灶火，夜里炕不凉。白天两人也不出门；偶尔出门，就在店门口转转；大不了转到汽车站，让巧玲看看汽车。汽车有一个大鼻子，"呜"地叫一声，拉着几十个人就跑了，巧玲"咯咯"地笑。这个鸡毛店虽铺面不大，但院子、房间还干净。院子里有一棵大槐树，秋天了，第二天早起，能落一地的黄叶。店里给客人开伙，虽说又赚了客人的伙食钱，但也给客人提供了方便；吃着上一顿，报出下一顿想吃什么，伙计下一顿给你做。清早客人都吃稀粥窝头，分别是在中午和晚上两顿饭。吴摩西和巧玲中午和晚上常吃的，是一人一碗羊肉烩面。要面不要饭菜，一是图个省钱；二是一大碗面外加羊肉，吃下也扛饿；三是烩面有汤有水，吃到肚子里也熨帖。吃起羊肉烩面，吴摩西想起自己小时候，为看罗长礼喊丧，丢了家里一只羊，夜里躲到打谷场睡觉，碰到剃头匠老裴；老裴带也到镇上，敲开饭铺老孙的门，吃的就是羊肉烩面。那时吴摩西还叫杨百顺。在鸡毛店吃起烩面，吴摩西突然有些想念剃头匠老裴。多年不见，也不知老裴怎么样了。

鸡毛店人来人往，来往的客人，一般住一宿，顶多住两宿，就重新上路，各人忙各人的去了。店主姓庞，是个斗鸡眼，看吴摩西爷俩在店里天长地久地住了下来，整天又不干什么，不知他们的来路；鸡毛店的店钱是一天一结，且是早起早结，吴摩西每天不少他的店钱，他又说不出什么来。另一位在店里常住的客人，是一个卖老鼠药的叫老尤。老尤来自开封，长个猢狲嘴，哑嗓子，三十来岁，每天就在汽车站旁边做买卖；白天出去摆摊，晚上回老庞的店里住；已住了一个来月。一个月能在一个地方卖老鼠药，看来新乡的老鼠多。因都是长客，皆住在靠里一间屋，三天下来就熟了。白天，吴摩西扯着巧玲去汽车站看汽车，有时也到老尤的地摊前，看他卖老鼠药。一袋袋老鼠药，用草纸包着，码了一地。巧玲对老鼠药不感兴趣，爱看老鼠药前边，摆着的二十来个干硬的大老鼠。大老鼠也就是些老鼠皮，里边填些稻草破布撑起来的，证明皆是吃了老尤的老鼠药毒死的。巧玲还拾起一根草棍，拨弄这些大老鼠；拨它们也不见动，巧玲"咯咯"笑了。过去巧玲胆小，带她到新乡，她胆子倒练大了。有人踢着地上的老鼠问老尤：

"这么大个儿，真的假的呀？"

老尤：

"这还叫大？大的没敢带来，怕吓着谁。"

卖老鼠药是小本生意，小本生意就是卖个嘴；老尤虽是哑嗓子，一天到晚喊个不停。吆喝的曲儿也成批成套。如：

　　天增岁月人增福

　　家里不能藏老鼠

　　从北京，到南京

　　都知道老尤的鼠药灵

　　…………

又如：

　　紫禁城，乱哄哄

　　八个老鼠来集中

大鼠喊，小鼠叫

都要把老尤给灭掉

灭老尤，为个啥

姑嫂妯娌都没了

…………

等等。

吴摩西听了笑。巧玲听了也笑。这些话，让吴摩西吆喝，吴摩西就吆喝不出来；先是想不起这些词；就是想起这些词，也拉不下这个脸。一方面佩服老尤的口才，同时感叹，卖一个老鼠药，哑着嗓子，还一喊一天，也不容易。到了晚上，三人常在店里一起吃晚饭。吴摩西父女俩爱吃羊肉烩面，老尤爱吃烧饼夹驴肉，外加一碗白菜虾皮汤。不点饭菜点烧饼，也是图个省钱。但吃过烧饼，再喝一碗热汤，老尤也能吃出一头汗。有时老尤会掰下一牙夹肉烧饼，递给巧玲；巧玲与他熟了，也接过就吃。一开始吴摩西说巧玲：

"人家的东西，拿来就吃，没个规矩。"

老尤倒笑了：

"吃吧，一嘴烧饼，孩子家，哪那么多讲究。"

老尤除了卖老鼠药会吆喝，平日与人说话，也显得活道。老尤大吴摩西十来岁，叫吴摩西为"兄弟"，吴摩西只好管他称"哥"。老尤吸烟，吴摩西不吸烟；夜里入睡之前，躺在炕上，老尤吸着烟，两人也扯些闲话。巧玲一开始跟着听，但听不到两袋烟的工夫，就兀自睡着了。老尤来自开封，爱说些开封的典故，如开封的相国寺、龙庭、潘杨二湖、清明上河街、马市街等；还有开封的吃食，如开封的灌汤包、沙家牛肉、白家羊蹄、胡家罐焖鸡、汤家焖狗肉等，说起来也是一套一套的，把开封说成了天上人间。吴摩西听后心里笑，既然开封这么好，为啥还离开开封，来新乡做小买卖呢？说到别的话题，两人也有说岔的时候。如家里人好还是外边人好，如急脾气好还是慢性子好，对人善好还是对人恶好……按说这些事都不能一概而论，得具体事儿具体掰扯，但两人争论起来，往往各执一词；两人岔起来，老尤一开始坚持自己的说法，看吴摩西急了，就不坚持了，马上转过话头，顺着吴摩西说：

"兄弟，你说得也对。"

再说别的，老尤干脆没了说法；吴摩西说什么，他都随声附和：

"没错。没错。"

这也是一个功夫，也是出门做买卖练就的本领。卖一个老鼠药，可不得处处顺着别人说吗？倒弄得吴摩西有些不好意思。只有一次，说起老尤卖老鼠药，吴摩西夸他嘴上功夫好，接着指指自己的嘴：

"我的嘴就不行。"

没想到老尤叹息一声：

"兄弟这话就说错了，要不就是笑话你哥。"

吴摩西：

"咋？"

老尤：

"一辈子卖个老鼠药，逗个嘴皮子，啥时候是个头呀。"

吴摩西：

"那你还想干啥？"

老尤看吴摩西一眼，在炕沿上敲着烟袋：

"啥时也能发一笔横财。"

横财谁不想发，但正因为是横财，哪里是好发的？吴摩西说：

"想发横财，先得黑了心；看你的面相，不像黑心的人。"

老尤一愣，回过神儿来，又叹口气：

"没错。"

吴摩西能看出来，老尤像店主老庞一样，也对吴摩西和巧玲整天住店不干事有些好奇。因是萍水相逢，两人聊天时，老尤倒也不问。这天晚饭，吴摩西和巧玲要的又是羊肉烩面。吃时觉得挺香，吃过回到客房，吴摩西觉得今天的烩面咸了，又回厨房喝水。老尤这天收摊晚，还在厨房吃驴肉烧饼。吴摩西走到厨房门口，听到店主老庞正和老尤说话，而且在说吴摩西，吴摩西便停住脚步偷听。老庞：

"这个人，带一个小孩，天天住在店里，啥也不干，到底是啥人呢？"

老尤的哑嗓子：

"这些天，我也纳闷儿呢。"

老庞：

"我见人多了，那个孩子，不管他叫'爹'，叫'叔'，怕不是一个人贩子，要卖这孩子，在这等买主吧？"

老庞：

"天下之大，无奇不有，真不敢说。"

接着两人说起了别的。吴摩西想冲进去跟他们急，但他跟巧玲整日住店不干事这事，来龙去脉，如何向外人解释呢？解释又有啥用呢？反正就住十天，大家各自分散，一句无用的话，没必要认真；只是被人看成了人贩子，让吴摩西哭笑不得；也就叹口气，又回到客房。白天店里无人，有时吴摩西在槐树下发呆，巧玲一个人也往外跑。吴摩西喊住她：

"跑啥？丢了你。"

巧玲：

"我去汽车站看老尤卖老鼠药。"

汽车站就在旁边；看巧玲胆子越来越大，过去怕外边，现在一个人敢出门找人，吴摩西也有些欣慰；便说：

"你去，你去。"

但巧玲还是胆小，没吴摩西跟着，不敢去远处；跑出鸡毛店，在门口站站，也就回来了。

转眼之间，吴摩西和巧玲在店里住了九天，明天就要回延津去。在新乡住了九天没多想，因出门寻找吴香香是假找，想着明天回到延津，如何编谎话向吴家庄老吴解释，向老吴的老婆解释，向县城南街"姜记弹花铺"的老姜解释，向凡是向他打听老高和吴香香的人解释，如钉鞋的老赵、卖熏兔的豁嘴老冯、棺材铺的老余……这个谎如何编圆，心里又有些犯愁。出门寻找吴香香只来到新乡，回去却说去了汲县、开封、郑州、安阳、洛阳等地，万一有人问起这些地方的大街小巷，自己的嘴本来就笨，别到时候露出马脚，那就聪明反被聪明误了。又想，如果自己的嘴，能像老尤那样就好了。就是这些谎能编圆，这件事过去，今后馒头铺如何重新开张，也费思量。吴香香拿走馒头铺赚的钱，吴摩西和巧玲在新乡白住十天，又花了些盘缠；重新开张已无钱垫底；去白家庄老白家拉面，只能先赊着；老白卖面从不赊账，恐怕还得先去别处借钱；这个别处在哪里，一时又想不出来。如果馒头铺玩不转，将来再找李香香就是句空话。又想着九天前出来那天，南街老姜家要砸老高家的银饰铺，也不知砸了没有；如果砸了，不知砸出个啥结果；这个结果会不会涉及自己。原想着一个假找能一了百了，回头一想，事情又没那么简单。又想，虽然出门寻找老高和吴香香是假找，自打出事那天起，已过去半个月了，也不知这对狗男女跑到哪里去了。思来想去，到了半夜，还没睡着。起身收拾自己的行李，倒从包袱里翻出老詹的图纸。原来说出门琢磨一下老詹的教堂，没想到九天过去，竟把这事给忘了。收拾完行李，又躺下，仍睡不着。听着身边巧玲和老尤的鼾声，又披衣起身，出了屋门；在院中槐树下站了片刻，又出了鸡毛店，来到街上。鸡毛店地处新乡东关，街上一片漆黑，往城里望去，倒有光亮。吴摩西便顺着路往城里走，想找一个热闹去处，来解一下自己的烦闷。同时出来寻人一趟，只到了新乡；就是到了新乡，也天天在东关鸡毛店待着，连新乡什么模样都不知道；也想在临回去之前，看看新乡，起码别人问起新乡，自己能答上来，不至于连到过的地方也答得驴唇不对马嘴；那样连新乡也白来了。也不知走了多长时间，到了新乡城里。城里倒有电灯，但路上一个人也没有，街两旁就是些房子，一时看不出新乡的模样。又接着往前走，不知不觉到了西关，来到新乡火车站。一到火车站，吴摩西眼前豁然开朗。虽然已是下半夜，但火车站仍人山人海。站前广场上，摆满了做生意的小摊，高声叫卖着茶水、馄饨和胡辣汤。吴摩西在广场上站了片刻，又越过这些人群，上了火车站的天桥。这时从北平开往汉口的一列火车正好进站。这是吴摩西平生头一回见到火车。吴摩西二十一岁的时候，火车用的还是蒸汽机。火车像一条长龙一样"嗷嗷"叫着，接着又"扑扑"地放汽，蒸汽弥漫起来，像馒头房的蒸汽涌出来，把眼前的火车站给湮没了。等火车停稳，蒸汽之中，看到从火车上下来许多人，又从站台上上去许多人。成山成海的人，不知他们从哪里来，又往何处去。成山成海的人，自己竟一个也不认识。想起自己认识的亲人，一多半不亲；现在看到成山成海的陌生人，嘴里说着天南海北的话，或是着急上车的神色，突然都觉得那么亲切。成山成海的人，出门干的都是正事；唯有一个吴摩西，出门干的事对人说不出口：假装在找跟人跑了的老婆。吴摩西突然想坐火车跟人走，倒也一了百了；别人到哪里，他就跟到哪里。但火车已经开动了，转眼之间，熙熙攘攘的人群不见了，仅剩下一个冷清的站台。吴摩西看着站台墙上的大钟，突然想哭；又定睛一看钟上的时间，已是早上六点；抬头看看天，东方已经泛白；知道该回东关鸡毛店了。等吃过早饭，还要跟巧玲回延津呢。便从火车站出来，信步走回鸡毛店。

待回到鸡毛店，天已大亮。吴摩西进了屋子，发现巧玲不在，老尤也不在。吴摩西以为巧玲一大早醒来，发现自己不在，急得哭了；老尤去汽车站卖老鼠药，带上了巧玲；便去汽车站找巧玲。到了汽车站，往常老尤摆摊的地方，是一个空地；打听旁边卖烧鸡的一个老头，老头说老尤今天没来，还向吴摩西打听，老尤是不是病了；吴摩西心头不禁一紧。匆忙回到店里，回到屋里，发现老尤过去放在墙角的行李和包袱不见了，知道事情坏了。慌忙去找店主老庞，老庞刚从街上买菜回来，也不明就里。吴摩西急得大叫，伙夫倒从厨房钻出来，说五更鸡叫起来做饭，听见巧玲哭，嚷着找吴摩西；接着看老尤拉着巧玲的手，一块儿出门了。吴摩西的脑袋，"嗡"的一声炸了。如老尤带着巧玲去找吴摩西，不会带他的行李；现在连行李都带走了，肯定是借吴摩西出门，把巧玲拐跑了。这才知道十天来，他上了老尤的当。那天夜里与老尤说起话来，老尤曾说要发一笔横财，当时听着也就是个笑话；吴摩西还说，老尤黑不下心；没想到老尤面善心黑，他要发的横财，竟想到巧玲头上。两人扯起别的话来，老尤总爱顺着吴摩西说；现在看，顺着你说的人，心里就是憋着坏。还有一种可能，老尤看吴摩西带着巧玲，十天来住在店里，啥也不干，真把吴摩西当成了人贩子，现在抄了吴摩西的后路，才对巧玲下了手。不管老尤怎么想，结果都一样，巧玲丢了。吴摩西顾不上和老庞和伙夫啰唆，慌忙跑出鸡毛店，去寻老尤和巧玲。店主老庞突然想起什么，在后边撵着喊：

"你和老尤，今儿还没结账呢！"

吴摩西顾不上回头理他，急着往前跑。绕过汽车站，先将周边的大街小巷寻了个遍。但哪里还有老尤和巧玲的身影？又跑向城里找，像没头苍蝇一样，四处乱撞到中午，也没个结果。这时突然明白，自己在新乡也是瞎找。老尤拐了巧玲，怎么会在新乡停留，等着吴摩西找呢？想着老尤是开封人，必是带着巧玲去了开封。还不知老尤怎么骗巧玲的呢，五更鸡叫时，巧玲发现吴摩西不见了，"哇"的一声哭了；老尤便说带她去找吴摩西，骗她出门；接着又说吴摩西一人先去了开封，带她去开封；巧玲一个五岁的孩子，胆子又小，出门在外，认识的人只有老尤，老尤过去还让她吃过驴肉烧饼，只好跟着老尤走。不想不急，一想更心急如焚，急忙又跑向鸡毛店。跑向鸡毛店不是要回鸡毛店，而是跑到旁边汽车站，想搭汽车当天赶到开封。待到了汽车站，去开封的汽车只在上午发车，下午有去安阳的，有去洛阳的，有去郑州的，就是没去开封的。吴摩西转身又离开汽车站，一个人向开封跑去。新乡离开封二百一十里，吴摩西跑了一下午，竟跑了一百二十里，到了黄河边。这时天已经黑透了，渡河的船早已经回家了；吴摩西只好在河边停下来，等着明天。在路上跑着不觉得心急，待坐在河边喘气，心又急起来。昨天巧玲还好好的，在自己身边，今天巧玲就不见了。巧玲丢了，怨不得别人，昨天晚上，大半夜的，自己出来瞎溜达什么?有什么烦闷，要借别人的热闹来解的?这下好了，旧的烦闷没解，又添了新的烦闷。相对巧玲丢了，那些烦闷就不叫烦闷。突然又想起，自己只顾寻老尤和巧玲，把行李落在了新乡东关老庞的鸡毛店里；但也顾不得回去再拿；好在盘缠都缝在夹袄的衣襟里。想着想着，也是一天跑累了，竟在黄河滩上睡着了。梦里又梦见巧玲，原来没丢，老尤跟自己闹着玩呢；三人还住在鸡毛店里，巧玲又在吃老尤的驴肉烧饼。这次吴摩西一把将烧饼夺了过来，打了巧玲一巴掌：

"这烧饼是好吃的?吃了烧饼，你就没了。"

巧玲哭了，喊：

"叔。"

猛地醒来，眼前仍是一片河滩；不闻巧玲唤"叔"声，但闻黄河流水鸣溅溅。仰起头来，满天星斗，都眨着眼睛看吴摩西。吴摩西想起自己这些年的遭遇，从做豆腐起，到杀猪，到染布，到信主破竹子，到沿街挑水，到去县政府种菜，到"嫁"给吴香香，到吴香香和老高出事，没有一步不坎坷；但所有的坎坷加起来，都比不上巧玲丢了。吴摩西跟神父老詹当徒弟时，老詹讲起主来，吴摩西大半听不懂，只觉得主

344

高深莫测，似在跟人下棋；现在不由得对天长叹：

"老天，你这跟我下的是哪一出啊？"

接着落下泪来。

第二天一早，吴摩西搭第一班船到了黄河对岸。又坐汽车，中午赶到开封。过去自己走投无路时，曾想过来开封谋生；后来在津河渡口遇见同学小宋，多亏小宋帮忙，去了蒋家庄老蒋的染坊；没想到三年之后，果真来了开封；来开封不为别的，竟是为了找孩子。吴摩西在开封不熟，但过去跟老尤扯闲篇时，听老尤说过开封的地方，如相国寺、龙庭、潘杨二湖、清明上河街、马市街等，打听着，一个下午，竟都跑遍了，仍不见老尤和巧玲的身影。说话天又黑了，又往夜市上找。相国寺前一条大街，买卖铺子都灯火通明；还有许多小吃摊，也趁着夜里，在街道两旁摆满了。卖灌汤包的，卖煎包的，卖胡辣汤的，卖糖梨的，卖馄饨的，卖杂碎汤的；一家点一盏电石灯，亮了一街。沿街细细寻找，一直找到铺子一家家上了门板，卖小吃的都收摊了，剩下一街杂纸；风一吹纸飘起来，与刚才的热闹比，显得更加冷清；也没找出个头绪。从中午到夜里，也寻着几个孩子，背影像巧玲；待扑上去，扳转身子，又不是巧玲；还被孩子身边的大人骂了一顿。街上的人越来越少，眼看今天是没指望了。吴摩西一屁股坐到相国寺的台阶上，突然觉得肚子饿了。这才想起，两天一夜，只顾寻巧玲了，自己水米没打牙。抹了一把眼睛，左右张望，沿街一家家饭铺皆关门了。唯有拐角处一家饭铺，门口还亮着灯，映出一个招牌叫"老汤烩面馆"。吴摩西拖着身子来到这家烩面馆，饭铺的掌柜是个老头，长得像个老婆婆，正举着一个话匣子在听；也是听话匣子入了神，忘了关门；伙计们都走了，就剩下他一个人。他看吴摩西进门，说：

"火封了，没饭了。"

吴摩西：

"大爷，麻烦您，两天滴水未进，不弄口吃的，挨不过今天夜里。"

老头一愣，看吴摩西；突然想起什么：

"倒是有一碗剩面，客人没动，给你热热，行不？"

吴摩西点点头：

"面条姓张，越热越香。"

老头放下话匣子，捅开火；待火上来，搁上炒菜的大马勺，舀一瓢水进去；待水开了，从橱柜里端出一碗剩面，倒了进去；也是饭铺该关门了，都是一天剩的东西，待水裹着面又开了，老头把筐里剩下的碎肉，拍着筐底，都倒进这马勺里；接着放酱醋盐；起锅，看一碗盛不下，索性换成一个汤盆，将面和肉扣进盆里，又往盆里浇了一勺肉汤，放上些菜码。一碗面，足有两碗多的分量。吴摩西心领地向老头点了点头，端起烩面，三口两口，就吃下了肚。也是饿了，觉得这是自生下来，吃得最香的一顿饭。但又想起这是在丢了巧玲之后；前几天跟巧玲在新乡东关鸡毛店里，两人就爱吃羊肉烩面；丢了巧玲，自己还觉得饭香，一口气吃了一盆，不禁自己抽了自己一耳光。接着泪"扑嗒""扑嗒"，掉到了空盆里。这一耳光惊动了饭铺掌柜的。像老婆婆一样的老头，放下话匣子，走过来，坐到他对面：

"客人有啥忧愁哇，这么伤心。"

也是十几天没遇到可说的人了，吴摩西擦着泪，瞒下出门找老婆的由头，只把丢巧玲一节，一五一十，来龙去脉，给老人家讲了。老人家听后，陪着吴摩西叹息一声：

"真是知人知面不知心哪。"

说的是卖老鼠药的老尤了。又替吴摩西发愁：

"可开封这么大，大海里捞针，你哪里找得过来呢？"

又劝吴摩西：

"如此说来，就不是一个找的事了。"

吴摩西：

"那是啥呢？"

老人家：

"就是一个命了。"

事到如今，也只能讲命了。老人家又劝吴摩西：

"盼就盼着你说的那个老尤，不是个人贩子，家里正缺闺女。"

话是这么说，可又不能不找哇。从第二天起，吴摩西又在开封找了五天。开封的大街小巷，旮旮旯旯，都跑遍了。过去在开封不熟，五天下来，竟全熟了。吴摩西突然又觉得，在开封找巧玲也不对，老尤知道与吴摩西说过，老尤来自开封，老尤拐带了巧玲，怎么会回到开封，让吴摩西找呢?恰恰是拐带了巧玲，他不会回开封，去了外地。吴摩西醒过闷儿来，当天离开开封，到了郑州；在郑州找了五天，又离开郑州，去了新乡；在新乡又找了五天，巧玲没找着，倒又去了趟东关鸡毛店，将自个儿的行李找了回来；离开新乡，去了汲县；离开汲县，去了安阳；又从安阳到了洛阳；周边能找的地方，都找了个遍。这一找花了三个月工夫。离开开封的时候，盘缠就花光了。吴摩西走到一地，边寻巧玲，边重操旧业给人挑水，或给人扛大包，挣下盘缠，接着再找。几个月前出门寻老高和吴香香时，吴摩西只想着在新乡假找，汲县、开封、郑州、洛阳、安阳等地，原准备瞎编，没想到为寻巧玲，倒是都跑了个遍。但三个月下来，也没找到巧玲。巧玲丢了，吴摩西也无法再回延津。自己虽跟巧玲亲，但是巧玲的后爹；县城南街"姜记弹花铺"的老姜，吴家庄的老吴，可是她的亲爷爷和亲姥爷；老吴的老婆，是她的亲姥娘；姜龙姜狗，是她的亲叔叔；虽然过去他们都跟巧玲不亲，但如果知道巧玲让吴摩西弄丢了，就是两回事了；他们不吃了吴摩西，也得打折吴摩西的腿。吴摩西再一次走投无路；漫无目的，从洛阳又回到了郑州。回到郑州，便去火车站扛大包。一是在火车站扛大包，活能接上手；二是郑州火车站大，人来人往，扛完大包能接着找巧玲。虽然知道三个月过去，老尤不知把巧玲拐到哪里去了，再想找到巧玲已是无望；但天天扛完大包，仍到火车站广场上、候车室里溜达。这时就不是为了一个找，而是为了自己心安。说话又到了冬天，吴摩西给自己添置了一身棉衣；穿棉衣时才知道，自己比去年瘦了一圈。一天在候车室溜达，路过厕所前一面镜子，对着镜子照了照，自己两个眼睛，已瘦得眍瞜进去；吴摩西眼睛本来就大，眼睛眍瞜进去，眉骨凸现出来，自己把自己吓了一跳。

　　说话在郑州火车站又待了两个多月。年也是在火车站过的。这天扛完大包，已是夜里十点。平日货栈八点就下工了，这天机务段急着往汉口运一批棉纱，临时往开向广州的客车上，加挂了两节货车，上货上到十点。收了工，几个扛大包的伙计，约吴摩西去喝酒；吴摩西笑笑，没去喝酒，又到火车站前溜达。这时的溜达，就成了一个形式：不溜达心里不安，溜达一圈，回到货栈，才能睡安稳。左右看着人往前走，突然听到一个女声在喊：

"洗脸吧——热水！"

声音似乎有些熟悉。起初也没在意，车站广场上，有许多卖小吃的挑子，也有专门卖洗脸水的：出站口几层台阶下，放着一溜脸盆；每个盆沿上，搭着一条毛巾；每个脸盆旁，放着一把棉垫包着的铁壶；铁壶里是滚烫的热水；一溜脸盆后边，站着一溜妇女；妇女都扯着嗓子在喊：

"洗脸吧——热水！"

旅客从站台里出来，讲究的，或为了解乏，便蹲下洗个脸，整整仪容。洗一个脸五分钱。吴摩西以为在一群妇女的喊声中，自己听岔了音，没有在意，接着往前走；突然又回身看，大吃一惊：原来一排卖洗脸水的妇女中，有一个竟是吴香香。当然现在的吴香香，已不是半年前的吴香香了。人也瘦了，皮肤也没那么白了，被风吹得黑红；面目憔悴不说，挪转俯仰之间，手脚也有些笨；又走近张看，原来她竟怀孕了。吴摩西已在郑州火车站溜达了两个多月，过去没发现吴香香卖洗脸水，想着她也是漂泊流浪，刚到了郑州。吴摩西接着又在广场找，发现广场转角处，蹲着一个男人，正埋头给人擦皮鞋，竟是"起文堂"银饰铺的掌柜老高。老高一脸胡楂儿，也瘦了一圈。半年来，吴摩西急着找巧玲，已经忘记了这对狗男女；也是为找巧玲，才在郑州火车站落下脚；没想到巧玲没有找到，无意之中，竟找到了他们。事情的阴差阳错，虽让吴摩西有些哭笑不得，但心中的怒火，"呼"地一下又燃着了。不是这对狗男女，自己还不会沦落到如今的地步；当初正是因为他们偷情，为了出门寻找他们，才丢了巧玲；接着自己才无家可归。当初丢巧玲的时候，只觉得卖老鼠药的老尤可恨；现在想来，比老尤可恨的是他们。吴摩西二话没说，转身回了货栈。待从货栈出来，身上已掖上那把姜虎留下的牛耳尖刀。带巧玲出门寻找他们的时候，只是一个假找，没想着杀他们，带牛耳尖刀只是做个样子；现在巧玲丢了，自己也走投无路，意外碰到他们，吴摩西却下得了手。一个事情出来这么多岔子，始作俑者，就是这对狗男女；杀了他们，吴摩西能跑就跑，被人抓住，大不了偿命，来个同归于尽，也算一个了结。待回到火车站，发现刚从站台里拥出一帮旅客，人声鼎沸，不好下手；两人一个在出站口卖洗脸水，一个在广场拐角处擦皮鞋，人分在两处，又怕杀了这个，跑了那个；要杀就把他们全杀了，落个心里干净；便在远处钟楼下蹲着等。等着又想，半年不见，也不知这对狗男女都漂泊到了何处，又来到郑州；既然来到郑州，总该有个住处；想等火车站人群散了，尾随他们到住处，或到一个僻静的地方再下手。今天两人还活着，明年的今天，就是两个人的周年；如果加上自己，就是三个人的周年。

蹲着等了两个时辰，已是半夜；来往的客车已经过尽了，剩下的就是些货车。车站的人越来越少，除了货车在站内的鸣笛声，夜渐渐地静了。这时吴摩西发现，无人到老高那里擦皮鞋，老高便背起擦皮鞋的箱子，走向站台口的吴香香。吴摩西也从钟楼下站了起来，摸了摸身上的刀。出站口前，别的卖洗脸水的也已经收摊了，就剩下吴香香一个人，还在那里守着。老高走近吴香香，似在劝说吴香香收摊，吴香香指着站台内说些什么，老高也放下擦皮鞋的箱子，与吴香香共同蹲在洗脸盆旁边；看来还想等下一拨旅客。一看就知道他们刚来郑州火车站，对来往的客车不熟；客车已经没了，还要再等。突然老高又指指远处，对吴香香说些什么；吴香香站起身，扛着肚子，向远处走去。原来远处有个卖烤白薯的，还没收摊。吴香香与卖白薯的老汉说着什么，似是讨价还价；终于交了钱，买了一个白薯；看来白薯刚出炉很烫，吴香香两手倒腾着，边吃边回到出站口。到了老高跟前，又让老高吃。两人你一口，我一口，为吃一个白薯，相互依偎在一起；白薯仍是吴香香拿着，在喂老高。老高说了一句什么，吴香香笑着打了一下老高的脸，接着又笑弯了腰，把吃到嘴里的白薯又喷了出去。看到这副吃薯图，吴摩西的脑袋又"嗡"的一声炸了。脑袋炸了不是说奸夫奸妇如此亲密，让吴摩西生气；而是吴摩西与吴香香过了一年多日子，吴香香对吴摩西，从无这么亲密过。过去认为她对自己不亲是两人脾气不投，或吴摩西不会说话，或干脆嫌吴摩西没出息；现在看，这些并不主要，主要还是对人。吴摩西跟吴香香在一起时，虽然整天做的是小本生意，就卖一个馒头，但也吃喝不愁，但吴香香整天在说吴摩西，在骂吴摩西；现在她与老高颠沛流离，到了卖洗脸水擦鞋的地步，吴香香既不说老高，也不骂老高；老高让她买白薯，她就买白薯，回来还喂老高；吴香香似换了一个人。或者说，不是吴香香换了，是吴香香身边的人换了。吴香香跟吴摩西过了一年多，一直不见有喜；跟老高跑了半年，就扛上了肚子。吴摩西降不住吴香香，老高降得住吴香香。这就不是一个把谁杀了能了结的事。就是把人杀了，也挡不住吴香香跟吴摩西不亲，跟老高亲。他们骗了吴摩西，但没骗他们自己。这么说，倒是吴摩西错了。吴摩西又转过身子，回了货栈。唯一让吴摩西恼火的是，一个女人与人通奸，通奸之前，总有一句话打动了她。这句话到底是什么，吴摩西一辈子没有想出来。

　　第二天一早，吴摩西收拾行李，离开了郑州。离开郑州不是要躲老高和吴香香；当然，也是为了躲他们；当初出门是要寻他们，现在寻到了他们，反要躲他们；就是躲他们，也没必要离开郑州；郑州大得很，老高和吴香香占住火车站，吴摩西可以离开火车站，另找一个街角谋生；而是吴摩西突然对郑州伤了心；这就不单是躲人的事了。不但对郑州伤了心，凡是过去待过的地方，去过的地方，如生他的杨家庄，待过的延津县城，去过的新乡、开封、汲县、洛阳、安阳，一并都伤了心；同时对寻找巧玲也死了心；吴摩西要离开伤心之地。这时吴摩西想起师傅老詹生前讲经时说过的一段话，亚伯拉罕离开了本地和亲族，往神指引的地方去。但吴摩西与亚伯拉罕不同，吴摩西离开本地和亲族，离开伤心之地，却无处可去，也无人指引。吴摩西再一次感到自己有家难回，有国难投。这时他突然想起早年的私塾老师老汪，便想去宝鸡找老汪。一是老汪当年也是因为伤心，离开了延津；虽然两人伤心的事由不同，老汪当年是因为小女儿灯盏死了，突然要离开延津；吴摩西过去不理解，现在把巧玲丢了，就理解了；虽然一个是孩子死了，一个是把孩子丢了，但都是孩子没了，两人的伤心也有共同之处；老汪当时一直往西走，到了宝鸡，不再伤心。二是在自己认识的人中，别的人都与自己烦闷的事有联系，唯有一个老汪，与这些无关；见到老汪，不用再解释过去。于是在郑州火车站打张车票，欲去宝鸡找老汪；一是投奔熟人，马上有个落脚处；二是像老汪一样，彻底离开伤心之地，对过去有个了断。

待上了火车，虽然年关已过，但车上仍人山人海，拥挤不动。这趟车由北平开往兰州，在郑州算过路车，车厢里别说座位，连个站脚的地方都没有。从郑州到宝鸡，火车要开两天两夜；吴摩西背着行李，在过道的人群里挤着，挨个儿问座位上的人，看他们都在哪个站头下车，想找一个在近处下车的，靠着候座位。连问了三个车厢，不是去潼关的，就是去西安的，或是去宝鸡的，或是去天水的，要不就是彻底去兰州的；不知他们真要走这么远，还是不愿一个生人挨在身边候座，故意说谎话骗他。终于，在第四节车厢，问到一个中年男人，这个中年男人头小，像个鸭梨，正在埋头啃一只肥大的烧鸡；也是只顾啃鸡，随口说自己在灵宝下车。灵宝虽然过了洛阳，但还没出河南界；候上一天，也就有了座位。吴摩西便对中年男人说：

"大哥，你这座位我占了，有人再问，你就别再应了。"

中年男人这才回过神儿来，抬起头看吴摩西；因已说过到灵宝下车，不好再改口，只好不情愿地点点鸭梨头。吴摩西便紧挨着这中年男人站着。中年男人也是爱说话，也是要找补一下答应吴摩西候座，边啃烧鸡边问：

"你从哪儿来呀？"

因候着他的座位，他问什么，吴摩西赶紧回答什么；于是如实答：

"延津。"

回头一想，又不如实。自己这半年来并不在延津。

中年男人：

355

"延津不挨铁道。你去哪儿呀？"

吴摩西：

"宝鸡。"

这是实话。中年男人：

"干啥去？"

吴摩西：

"投亲戚。"

回答着中年男人的问话，吴摩西突然又想起师傅老詹。当年老詹让人信主，说的就是这套话；说人信了主，就明白自己从哪儿来，到哪儿去。吴摩西当初为了生计信过主，后来又不信了；不管信不信，一个最大的问题一直没解决，就是到哪儿去。没想到这些话，又在火车上被一个陌生人问到了。这些话问过，中年男人又问：

"你叫个啥？"

吴摩西这时愣在那里，没有像回答"从哪儿来""到哪儿去"那么利落。一是半年来，全在外面漂泊寻人，接触的全是生人，没有一人关心他的名姓，也没有一人喊起过他的名姓；半年下来，自己叫啥，自己一下也有些茫然；二是自己活了二十一岁，姓名已改过三遍，一开始叫杨百顺，后来叫杨摩西，后来又叫吴摩西，仓皇之下，一时不知从何说起。中年男人见他发愣，从烧鸡上抬起头，不耐烦地说：

"自己叫个啥，有啥难说的?不是杀了人，逃出来的吧?"

吴摩西"唉"的一声长叹。要说他杀人，他没杀过；但在心里，也杀过几个；从他爹他兄弟，一直到赶大车的老马，一直到自己的老婆吴香香，还有"起文堂"的掌柜老高。吴摩西张口要解释什么，这时火车要钻山洞，突然一声长鸣，又让吴摩西想起罗家庄喊丧的罗长礼。罗长礼当年喊丧，就像火车鸣笛一样气派。当年的罗长礼，是吴摩西在世界上最崇拜的人。听罗长礼喊丧，也就七八年前的事；现在想起来，却好像过了半辈子。前几年还偶尔想起罗长礼，后来人多事杂，渐渐就把他忘了。但细想起来，吴摩西从杨家庄走到现在，和罗长礼关系最大。不是喜"虚"不喜实，迄今他还在杨家庄跟老杨做豆腐。虽然他和罗长礼，迄今还没说过一句话。感慨之下，他又不解释了，答：

"大哥，我没杀过人，你就叫我罗长礼吧。"

下　部

回延津记

· 一 ·

牛爱国三十五岁时知道，自己遇到为难的事，世上有三个人指得上。一个是冯文修，一个是杜青海，一个是陈奎一。指得上不是说缺钱的时候可以找他们借钱，有事的时候可以找他们办事；而是遇到想不开或想不明白的事，或一个事拿不定主意，可以找他们商量。或没有具体的事要说，心里忧愁，可以找他们坐一会儿。坐的时候，把忧愁说出来，心里的包袱就卸下许多。赶上忧愁并不具体，漫无边际，想说也无处下嘴，干脆什么都不说，只是坐一会儿，或说些别的，心里也松快许多。

冯文修和牛爱国是同学。从小学到中学，都是同学。牛爱国和冯文修本不该成为好朋友，因为牛爱国他爸跟冯文修他爸有过节，相互不说话。牛爱国他爸叫牛书道，冯文修他爸叫冯世伦，两人本也是好朋友；正因为是好朋友，每年一入冬，两人常做伴到长治去拉煤。拉煤不为做生意，为家里过冬取暖。从沁源到长治，来回三百四十五里，要走四天。牛书道个头小，拉煤能拉两千斤；冯世伦个头大，能拉两千五百斤。山西西高东低，去时是空车，又是下坡路，两人说说笑笑；回来是重载，一大半是上坡路，两人只顾埋头拉车，顾不上说话。但中午在路边饭铺打尖的时候，晚上住店的时候，两人各要一碗热羊汤，掏出自己的干粮，掰碎泡上，也吃得满头大汗。牛家爱蒸馍，冯家爱烙饼，有时两人还换着吃。两人做着伴，又说得着，四天下来不觉得累。牛书道大冯世伦两岁。每年一入冬，两人在街上碰面，牛书道说：

"弟，今年咱还一块儿拉煤。"

冯世伦说：

"哥，别说今年，后年咱也一块儿拉。"

这年一入冬，两人又一块儿去长治拉煤。去时和往年一样，两人说说笑笑。回来时也一样，两人闷头拉车不说话，中午打尖，晚上住店。第三天起身的时候，天上刮起了大风。风吹起黄土，迷得人睁不开眼睛。幸亏是顺风，两人扯起被单子，绑在车上当帆，煤车倒一下清爽许多。没风时一顿饭走五里，现在能走十里。坏事倒变成了好事。半下午的时候，离家还有八十里，牛书道先起了雄心：

"弟，今晚就别住店了，打个黑儿，咱一口气赶到家。"

冯世伦身上也来了劲儿：

"听哥的，赶回家再吃饭。"

两人吃了一阵干粮，又接着上路。赶到天黑，离家还有五十里。这时牛书道的煤车"咔嚓"一声，车轴断了。车轴断了，车就走不了了。前不着村，后不着店，两人只好用木棍将牛书道的煤车支起来，坐等天亮；待天亮，一人看车，另一人到前边镇上买车轴。牛书道：

"亏是两人做伴，要是一个人，碰到劫道的，只能把煤车给他了。"

冯世伦：

"哥，饿了，我干粮吃完了，你还有干粮没有？"

牛书道翻翻自己的馍袋：

"弟，我这也空了。"

虽是初冬时节，夜里也寒，这时风更大了。好在两人车上带着被窝，两人各抽了一支烟，躲在煤车后背风处，裹着被窝睡觉。鸡叫时候，冯世伦被冻醒了，起来撒尿，却发现牛书道躲在自己煤车后，偷偷在啃一个馒头，知道他还剩下这点儿干粮，不愿分给冯世伦吃。冯世伦撒完尿再躺下，越想越气，是你车轴断了，我才陪着挨冻，剩的还有干粮，为何不分给朋友吃？不是说挨不了这饿，而是朋友不能这么做。待牛书道睡下，冯世伦拉起自己的煤车，独自走了。牛书道一觉醒来，发现冯世伦撇下自己走了，知是因为干粮的事，但也火了。冯世伦问干粮时，牛书道的馍袋确已空了；扯被窝睡觉时，又滚出一个馒头，不知是何时落下的；这时反倒不好说自己还有干粮，只好半夜偷偷吃了。因为一个馒头，何至于把朋友一个人扔在半山腰上？因为一个馒头，两人从此成了仇人，见面相互不说话。

牛爱国的爸和冯文修的爸相互不说话，两人也该不说话。两人虽是同班同学，十岁之前不说话。十一岁那年，因为一个共同喜好，两人都爱养兔，而两人的爸虽然是仇人，但在好恶上有个共同点，皆不喜欢家里养兔，因为一个养兔，牛爱国和冯文修走到了一起。两人在家皆养不得兔，共同在村后一座废砖窑里，养了两只小兔。一只公兔，一只母兔；公兔是紫兔，母兔是白兔。半年之后，下了一窝九只杂毛兔。每天放学后，两人拔草，喂兔。因两家是仇人，共同做一件事，还得背着大家；两人在学校还假装不说话，放学后，拔草也各拔各的，在砖窑里聚齐喂兔的时候，反倒显得亲密。牛家爱蒸馍，有时也蒸包子，冯家爱烙饼，有时牛爱国给冯文修带包子吃，冯文修给牛爱国带葱花饼吃。这年八月初七傍晚，两人各自拔了一筐草，来到废砖窑，发现大小十一只兔子，全被黄鼠狼给咬死了。兔子或被黄鼠狼吃了，或被黄鼠狼一趟趟拖走了，剩下一地兔毛和兔血。黄鼠狼能钻进来，皆因冯文修昨晚堵窑洞口时，少堵了两块砖。牛爱国当时说，堵严吧；冯文修说，没事，给兔子透透气。牛爱国也没埋怨冯文修，两个人抱着头哭了。

班上有个同学叫李克智，大舌头，爱传闲话。李克智十一岁时，已长到一米七八。个儿大力气就大，班上无人敢跟他打架。李克智他爸在长治煤矿挖煤。李克智上学的时候，常戴一顶大矿灯，大白天照人眼睛。班里有一个传闲话的，全班五十六个人，就被他搅得鸡飞狗跳。这年十月，李克智传闲话传到牛爱国头上。但闲话传的不是牛爱国，而是牛爱国他姐。牛爱国他姐叫牛爱香，在镇上供销社卖酱油。牛爱香与县城一个邮递员叫小张的谈过两年恋爱。小张国字脸，白净，不爱说话，大家坐在一起，都是别人在说，他在听；小张爱笑，别人说笑话他笑，别人说一件平常事他也笑。小张到牛家来过，骑着邮电局的绿色自行车，后边载着牛爱香，牛爱香搂着小张的腰。小张送过牛爱国一个打火机。牛爱国与冯文修养兔时，还把打火机掏出来，打着火让冯文修看。但上个月，牛爱香与小张吹了。两人吹了不是两人谈不下去，而是小张跟牛爱香谈恋爱时，还跟县城广播站一个叫小红的播音员也谈着。脚踏两只船让人生气，更让牛爱香生气的是，与小张谈了两年，自己竟没有发现；现在终于发现了，她首先怪的不是小张，而是自己。原以为小张不爱说话、爱笑靠得住，谁知不爱说话、爱笑的人皆一肚子坏心眼。于是吹了。吹了也就吹了，但到了李克智嘴里，牛爱国他姐已经跟小张睡过觉。睡过觉不说，还怀了孕，到县医院去打胎。小张把她甩了，她又喝了供销社的农药，又被拉到县医院，抢救过来。李克智传牛爱国，牛爱国不急，李克智传牛爱国家其他人，牛爱国也不急，但传牛爱国他姐，牛爱国就急了。牛爱国上有一哥一姐，哥叫牛爱江，下有一弟，叫牛爱河。打牛爱国记事起，他爸牛书道亲牛爱江，他妈曹青娥亲牛爱河，剩下牛爱国无人亲；有人亲不是说吃上穿上占多大便宜，而是受人欺负后，能有人做主；有苦处，能扎到他怀里说；牛爱国无人亲，遇事无人做主，有苦处无处说，姐姐牛爱香比他大八岁，姐便护着牛爱国。牛爱国从小是拉着姐的衣襟长大的。这天李克智又在学校操场传牛爱国他姐，传到打胎处，牛爱国扑上去，一头将李克智顶倒了。李克智爬起来，两人厮打在一起。牛爱国十一岁时一米五六，李克智十一岁时一米七八，牛爱国哪里是李克智的对手？李克智将牛爱国按在身下，"啪啪"扇了几个耳光不说，又脱下裤子，用屁股蹭牛爱国的脸。蹭着蹭着蹭舒服了，连着蹭了三十多下，还没下来。又打开头上的矿灯，照着前方。牛爱国挣脱不得，在李克智身下哭。这时只听"咣当"一声，李克智头上挨了一棒，应声倒地，头上的矿灯碎了，接着"汩汩"地往外冒血，裤子还褪在腿窝处。冯文修拎着一根牛轭，站在一旁喘气。牛爱国、冯文修二人见李克智头上冒了血，瞪着眼躺在地上，以为他死了，慌忙拉着手跑出学校。接着也不敢回家，顺着路逃到了县城。在县城躲了三天。白天到饭店拾些剩饭吃，或到地沟里捡甘蔗头啃，晚上到县城棉站，扒窗户跳进仓库，睡到棉花堆里。三天之后，两人正沿着县城街道看商店，被冯文修他爸冯世伦捉住了。原来李克智没死，头上白冒了些血。牛家冯家，各赔了李克智家二百块钱。牛爱国和冯文修回到家，分别被牛书道和冯世伦打了一顿。打他们不是说他们与李克智打架，或两家赔了李家钱，而是牛家和冯家本是仇人，牛爱国和冯文修不该搅到一起。冯世伦打冯文修更重一些，怪他不该帮牛爱国打架。

冯文修比牛爱国大一岁。牛爱国十八岁时，冯文修十九岁时，两人高中毕业，都没有考上大学。牛爱国他爸牛书道是个磨香油的，牛爱国没有回家跟牛书道磨香油，出门当兵去了。起了出门的意，牛爱国没有跟爸牛书道商量，也没有跟妈曹青娥商量，跑到镇上跟姐牛爱香商量。牛爱香在镇上不卖酱油了，在供销社卖杂货。牛爱香已经二十七岁了，还没结婚。没结婚不是因为早年和一个邮递员谈过恋爱，后来吹了伤了心，而是后来又谈过十多个，没有一个说得来。早年跟邮递员吹了她没有喝农药，后来跟第九个对象吹的时候，喝过一次农药；虽然被拉到医院灌肠救了回来，但从此落下歪脖的毛病，动不动还打嗝。牛爱香二十来岁时爱说爱笑，绑着一双大辫子，人一走在腰里晃；现在烫了发，头发像个鸡窝；人也变得性躁，动不动就跟人急。但她见了牛爱国不急。牛爱国坐在锅碗瓢盆的杂货间，把自己准备出门当兵的想法，一五一十跟牛爱香说了。牛爱香打个嗝问：

"今年当兵去哪儿呀?"

牛爱国：

"甘肃，酒泉。"

牛爱香：

"离家三四千里呢。"

又说：

"知你为啥要当兵，不为当兵，是烦这个家；也不是烦这个家，是烦咱爸妈。从小我也烦爸妈，他们只亲老大和老四。可等你长大就知道了，爸妈毕竟是爸妈。"

牛爱国没有说话。牛爱香打个嗝又说：

"长大你就知道了，不就是个爸妈吗?"

又说：

"从小不亲没啥，孩子遇到难处，也不知护着孩子；不护倒在其次，也不知给孩子指条出路，弄得孩子左右为难。"

眼中竟落下了泪。牛爱国：

"姐，我当兵不为烦爸妈。"

牛爱香：

"啥？"

牛爱国：

"这一批是汽车兵，我想学开汽车。"

牛爱香：

"开汽车有啥好？"

牛爱国：

"学会开汽车，我开着汽车，带姐去北京。"

牛爱香歪着脖笑了。接着又落了泪。从手腕上摘下自己的手表，戴到牛爱国手上。

牛爱国要去当兵，冯文修还没有出路。牛爱国撺掇冯文修：

"一块儿当兵去吧，等学会开汽车，咱俩开一个车。"

但冯文修是色盲，当不了兵。就是不色盲，冯文修在家里是独子，他爸冯世伦也不会让他出远门。冯文修叹息：

"爸妈不亲你，有不亲的好处；爸妈护着你，有护着的坏处。"

那年沁源县有五百多人当兵。出发那天，五百多人排着队，在县城街道走。恰逢这天是元宵节，街上有社火队在闹社火，锣鼓喧天中，新兵队伍，社火队伍，夹杂着往前走。街两旁拥满了人，或看社火，或看新兵。五百多人穿上同样的服装，迈着同样的步伐，"一、二、一"走起来，就显出了气势。刚换上军装，随着五百多人往前走，牛爱国一下迈不好当兵的步伐，走着走着顺轴了。正兀自着急，被人一把揪住；扭头一看，人群之中，原来是冯文修。看看自己身上的军装，再看看仍穿着家常衣裳的冯文修，才知二人要分手了。牛爱国：

"一到部队，我就给你来信。"

冯文修喘着气，一头的汗：

"不是信的事。"

牛爱国：

"啥?"

冯文修：

"我在这等你半天了，咱去照相馆照个相。"

牛爱国抬头一看，队伍正好路过西街老蒋的"人和照相馆"，方知冯文修是个有心人。牛爱国与带兵的排长请假，排长抬腕看看表：

"要快，只有五分钟。队伍一到北街，就该上汽车了。"

牛爱国忙拉着冯文修的手，跑进老蒋的照相馆。两人照相时，冯文修攥着牛爱国的手，攥得手心出汗：

"不管你到天南海北，咱俩好一辈子。"

牛爱国点点头，也攥冯文修的手。离开照相馆，到了北街，新兵上了卡车；二十多辆卡车在前边跑，冯文修挥着手，

369

还跟着汽车跑了好远。汽车把牛爱国拉到霍州，又在霍州换火车；火车走了三天三夜，到了甘肃酒泉。牛爱国一到部队，就给冯文修来了一封信。半个月后，冯文修回了一封信，信中夹着二人在沁源"人和照相馆"照的合影。照片上，二人都没有笑，一个穿着新军装，一个穿着家乡衣裳，眼睛直直地看着前方。牛爱国在甘肃酒泉当了五年兵。五年之中，头两年两人还通信，后来渐渐淡了，后来渐渐断了。五年之后，牛爱国复员，冯文修已经娶了老婆，生下两个孩子，在县城东街肉铺卖肉。牛爱国回到家第二天，就骑自行车到县城找冯文修。五年后再见面，两人倒不生疏，抱着对方，说些分别后的种种事情。冯文修的老婆姓马，是县城东街肉铺经理老马的闺女。冯文修管他老婆也叫老马，牛爱国也跟着叫老马。老马大高个儿，明眉大眼，就是腰口粗些。老马说，腰口粗，是生孩子生的；当闺女的时候，一把能掐住腰；接着白了冯文修一眼：

"全是让他给糟蹋的。"

又对牛爱国说：

"我后悔找了他个龟孙。"

冯文修脸上已出现了几道深沟，一笑，也不说话。

从此两人又恢复了来往。牛爱国遇到烦心事，便骑自行车，后来骑摩托车到县城找冯文修。两人坐下，牛爱国将烦心事一五一十说过，冯文修也一五一十与他排解。冯文修遇到烦心事，也开着一辆拉猪肉的三轮"蹦蹦车"，来牛家庄找牛爱国。两人说过一番话，心里皆松快许多。但五年后的冯文修，已不是五年前的冯文修；五年前冯文修的眼睛是清澈的，现在浑浊了；眼睛浑浊倒没啥，问题是冯文修染上了喝酒的毛病，一喝就醉；喝醉之后，和醒着是两个人；醒着通情达理，醉后六亲不认。一喝醉，还爱给人打电话。牛爱国与他说话，就不像五年前；说也说，但不敢深入，怕他酒醉之后说出去。冯文修一来电话，他就害怕，怕他喝醉了，说个没完。

杜青海是牛爱国当兵时的战友，河北平山人。杜青海大名叫杜青海，小名叫布袋。杜青海常说，他的家乡在滹沱河畔。牛爱国当兵说是在酒泉，部队驻扎的防地，从酒泉往北，还有一千多公里，四周是茫茫一片戈壁。牛爱国和杜青海并不在一个连队，当兵两年还不认识。第三年部队拉练的时候，一个师七八千人在戈壁滩上行军，晚上宿营在甘肃金塔县一个叫芨芨的集镇。一个集镇容不下七八千人，各团各营搭起帐篷，宿营在集镇周围。牛爱国在三团二营五连，半夜起来放哨，杜青海在八团七营十连，半夜也起来放哨，一个从东往西巡逻，一个从南往北巡逻，在芨芨镇的镇口相遇，碰过口令，为吸烟借一个火，两人认识了。两人背着枪，吸着烟，随便扯些闲话，一个是山西人，一个是河北人，并不是老乡，但说起话来，竟能说到一起，越说越有话说。牛爱国已在部队待了两年，连队有一百多号人，天天在一起，低头不见抬头见，没交上一个知心朋友；与杜青海只见一面，就能说得来，可见能否成为朋友，不在相处的长短。头一场话说下来，两人竟说出后半夜，说到黎明，直说到宿营地吹起起床号，千军万马复活回来，东方涌出血样的红霞。后来两人常说，两人成为朋友，也就是一袋烟的交情。牛爱国虽然当的是汽车兵，但到了部队，并没有开上汽车，在炊事班做饭；杜青海虽然当的是步兵，但连队有一辆卡车，他倒在连队开汽车。牛爱国的连队距杜青海的连队有五十多里，中间隔一条河，又隔一座山；这河叫弱水河，这山叫大红山，是祁连山的余脉。以后逢礼拜天，牛爱国就蹚过弱水河，爬过大红山，到八团七营十连看杜青海。牛爱国的连队肉龙做得好，牛爱国在炊事班做饭，便带肉龙给杜青海。牛爱国到后，杜青海假借去镇上拉货，将汽车开出来，两人到戈壁滩上，边吃肉龙边兜风。戈壁滩四处无人烟，吃罢肉龙，杜青海便教牛爱国开车。牛爱国虽没当上汽车兵，但几年兵当下来，却学会了开汽车。有时不是礼拜天，杜青海开汽车出勤，也拐到三团二营五连来看牛爱国。牛爱国说：

"不是礼拜天，别让连队知道了。"

杜青海：

"我路上开得快，把时间省出来了。"

杜青海个头不高，皮肤黝黑，但黑而不焦，油光光的；

说话声音不高，慢吞吞的；说着说着，还不好意思一笑，露出一嘴白牙。牛爱国从小说话有些乱，说一件事，不知从何处下嘴；嘴下得不对，容易把一件事说成另一件事，或把一件事说成两件事，或把两件事说成一件事。杜青海虽然说话慢，但有条理，把一件事说完，再说另一件事；说一件事时，骨头是骨头，肉是肉，码放得整整齐齐。牛爱国在部队遇到烦心事，这件事想不清楚，可行，不可行，拿不定主意，便把这件事攒下来；一个礼拜，总能攒几件烦心事；到了礼拜天，去找杜青海，两人在戈壁滩上，或开汽车，或坐在弱水河边，牛爱国一件一件说出来，杜青海一件件剥肉剔骨，帮牛爱国码放清楚。杜青海遇到烦心事，也说与牛爱国。牛爱国不会码放，只会说：

"你说呢?"

杜青海只好自己码放。码放一节，又问牛爱国。牛爱国又说：

"你说呢?"

杜青海再自己码放。几个"你说呢"下来，杜青海也将自己的事码清楚了，二人心里都轻快许多。

在部队相处三年，牛爱国和杜青海都复员了。牛爱国回了山西沁源，杜青海回了河北平山。沁源离平山有一千多里。一千多里，和在部队时相距五十里就不一样。牛爱国再遇到烦心事，就不能蹚河越山去找杜青海码放；杜青海遇到烦心事，也不能再找牛爱国，让牛爱国反问"你说呢"。两人也通信，有时也打电话，但不管是通信，或是打电话，都跟见面是两回事。有时事情很急，当下要做决断，更是远水解不了近渴。

又五年过去，牛爱国已娶妻生子。从信中知道，杜青海也娶妻生子。牛爱国娶的老婆叫庞丽娜，也是高中毕业，没考上大学。牛爱国本不认识庞丽娜，庞丽娜她姐叫庞丽琴，曾和牛爱国的姐姐牛爱香一块儿在镇上卖过杂货。牛爱国复员时，牛爱香已经三十二岁，还没结婚，但她给弟弟牛爱国介绍了庞丽娜。庞丽琴的丈夫叫老尚，老尚是县城北街纺纱厂的经理，庞丽娜在姐夫的纺纱厂当挡车工。庞丽娜个头不高，胖，但身胖脸不胖，倒显得眉清目秀。庞丽娜不爱说话。她过去谈过一回恋爱，对象是她的高中同学。后来那人考上了大学，把她给甩了。听说她过去谈过恋爱，牛爱国有些犹豫。牛爱国他姐牛爱香骂他：

"也不撒泡尿照照自己，你是个啥?也就是个退伍兵。"

又说：

"你要能考上大学，也甩人家呀。"

牛爱国一笑，便不计较庞丽娜谈过恋爱。牛爱国不爱说话，庞丽娜也不爱说话，大家觉得他俩对脾气；他们在一起相处两个月，也觉得对脾气；半年之后，两人结了婚。结婚

374

头两年，两人过得还和顺，生下一个女孩，取名百慧；两年之后，两人产生了隔阂。说是隔阂，但隔阂并不具体，只是两人见面没有话说。一开始觉得没有话说是两人不爱说话，后来发现不爱说话和没话说是两回事。不爱说话是心里还有话，没话说是干脆什么都没有了。但它们的区别外人看不出来，看他们日子过得风平浪静，大家仍觉得他俩对脾气；只有他俩自己心里知道，两人的心，离得越来越远了。牛家庄距县城十五里，庞丽娜在县城纺纱厂上班，头两年庞丽娜一个礼拜回来两次，后来一个礼拜回来一次，后来两个礼拜回来一次，后来一个月也不回来一次。百慧见她都往人身后躲。牛爱国在部队学会开车，回家之后，伙同哥哥牛爱江、弟弟牛爱河，共同买了一辆二手"解放"卡车，常到外边拉货；或去长治修高速公路，给地基拉土；忙起来，也是几个礼拜不沾家。两人两个月还不团聚一次。就是团聚，夜里也无滋无味，从头到尾没有声响。比这更可怕的是，两个月不见，牛爱国也不想庞丽娜。终于有一天，牛爱国听到风言风语，庞丽娜和县城西街照相馆的经理小蒋好。小蒋他爸叫老蒋，过去就在西街照相馆照相，十年前牛爱国当兵时，和冯文修的合影，就是老蒋照的。当年老蒋的"人和照相馆"，现在被小蒋改为"东亚婚纱摄影城"。一次牛爱国拉货回来，去县城北街纺纱厂找庞丽娜，庞丽娜下班了，但厂房、宿舍都没有她。牛爱国径直去了西街"东亚婚纱摄影城"。隔着玻璃，发现庞丽娜坐在里面，正与小蒋说话。庞丽娜平日不爱说话，现在与小蒋有说有笑。不知小蒋说了一句什么，庞丽娜笑得前仰后合。仅在一起说笑，不能断定两人好；但可以断定，庞丽娜与牛爱国在一起没话，跟小蒋在一起就有话；庞丽娜跟牛爱国说不着，但跟小蒋说得着；爱不爱说话，原来也看跟谁在一起。牛爱国没有进去搅局，离开"东亚婚纱摄影城"，到城外废城墙上，坐到太阳落山。晚上又去北街纺纱厂找庞丽娜，庞丽娜仍不在；又去西街"东亚婚纱摄影城"，庞丽娜不在，小蒋正在给人照相；牛爱国便去庞丽娜的姐姐庞丽琴家。待进庞丽琴的家门，听到庞丽琴、庞丽娜姐俩儿正在说话。庞丽琴：

"你不要再跟小蒋胡闹了，人家也有家有口；再说，满县城都知道了，小心传到牛爱国耳朵里。"

牛爱国以为庞丽娜会否定与小蒋的事，没想到庞丽娜说：

"传到就传到呗。"

庞丽琴：

"小心他知道了打你。"

庞丽娜：

"吓死他。"

庞丽琴：

"吓死他，用啥吓？"

庞丽娜弯下腰"咯咯"笑了：

"不用别的，只是夜里不理他，就治住他了。"

牛爱国便断定庞丽娜与小蒋的事是真的。是真的还不气人，气的是庞丽娜说的这番话。牛爱国离开庞丽琴家，回到牛家庄，一夜没睡。第二天起来，连杀庞丽娜和小蒋的心都有了。就是不杀人，也该离婚了。到底怎么往前走，牛爱国有些犹豫。他想到县城东街找卖肉的好朋友冯文修商量，但又想，这事比不得别的事，怕冯文修喝醉了不知深浅，把这事再说出去。这时突然想起河北平山的战友杜青海。本来第二天要开车去长治修高速公路，他放下这事，先坐长途汽车到霍州，由霍州坐火车到石家庄，由石家庄坐长途汽车到平山县，由平山又坐乡村长途汽车到杜青海的村子杜家店；前后走了两天两夜，第三天早上，终于见到了杜青海。五年不见，两人相互打量，都显得有些老了。由于事先没打招呼，杜青海有些激动；见杜青海激动，牛爱国也有些激动；两人激动起来，竟忘了握手。杜青海搓着自己的手：

"你怎么来了，你怎么来了？"

杜青海复员回家之后，并没有开车，在家里办了一个养猪场。杜青海的老婆叫老黄，五短身材，大眼睛，正端着猪食盆喂猪；见丈夫的战友来了，倒上来与牛爱国打招呼。杜青海在部队时爱干净，一双开车的手套，都洗得发白；现在衣着邋遢，院里院外也一片狼藉。一个两岁的小男孩脏头脏脸，在院里撵鸡。接着发现，杜青海在部队时爱说话，现在不爱说话了；杜青海的老婆老黄倒爱说话。大家吃中午饭时，都是老黄在说，杜青海埋头吃饭，嘴里"嗯""嗯"着；老黄说的全是他们的家务事，牛爱国也听不懂；吃晚饭时，也是老黄在说，杜青海"嗯""嗯"应着；不管老黄说得对不对，他都不反驳。到了晚上，杜青海换了一身干净衣服，领着牛爱国，来到滹沱河畔。这天是阴历十五，天上的月亮好大。滹沱河的河水，在月光下静静流着。两人这时才回到五年之前，在部队戈壁滩上，坐在弱水河边，相互说知心话的时候。杜青海掏出烟，两人点上。但五年后的知心话，已不同于五年之前。牛爱国将自己和庞丽娜的事，一五一十说了出来，是杀人，是离婚，让杜青海帮他拿主意。五年后的事虽然不同，但说事的人和码事的人相同。杜青海听罢，也似五年前一样，替他码放。杜青海：

"你看似说的是这件事，其实不是这件事呀。"

牛爱国：

"啥？"

杜青海：

"你既杀不了人，也离不了婚。"

牛爱国：

"为啥？"

杜青海：

"如要杀人，你早杀过了，也不会来找我了；杀人咱先放到一边，单说离婚；离婚倒也不难，一了百了；问题是，离了婚，你可能再找一个？"

牛爱国想了想，如实说：

"爹在当兵时死了，家里三兄弟还没分家；大哥有三个孩子，大嫂有病，每个月看病拿药，得花二百多；三弟有了对象，还没成家，等着给他盖房；盖房，还等着我开车挣钱。"

又说：

"如没结过婚，也许好找；结过婚，又有一个孩子，加上家里这种情况，就难说了。"

杜青海：

"还是呀，不是想不想离婚，是自己离不离得起，这才是你犹豫的原因。"

牛爱国半天没有说话。半天后叹息：

"那咋办呢？"

杜青海安慰牛爱国：

"这种事，俗话说得好，捉贼要赃，捉奸要双；没有捉住，这种事，宁信其无，不信其有。"

牛爱国吸着烟，看着滹沱河水不说话。半天又说：

"还有一件事比这重要，两人在一起，没话。"

杜青海：

"有话，也就出不了这种事了。"

又看看四周，悄声说：

"给你说实话，我也是没话，你没看家里乱的样子？"

又感叹：

"不是当兵站岗的时候了。"

牛爱国：

"就算凑合，往前咋走呢？"

杜青海：

"既然往前走，就得让它往好里走呀，两人没话，你主动找些话呀。"

又说：

"找话，就不能找坏话了，回去多给她说些好话，让她回心转意。"

牛爱国：

"西街照相馆的事呢？"

杜青海：

"只能先忍着了。等她回心转意，这事也就不存在了。"

又攥住牛爱国的手：

380

"俗话说得好，量小非君子呀。"

牛爱国眼中涌出了泪。接着头靠在杜青海的肩上，看着滹沱河的对岸睡着了。

从河北回到山西，牛爱国按杜青海说的，既没杀人，也没跟庞丽娜离婚；跟庞丽娜在一起的时候，开始找话，开始跟庞丽娜说好话。又三年过去，牛爱国方知，在部队的时候，杜青海给自己码放事情，出的都是好主意；唯有在滹沱河畔，他和庞丽娜的事，杜青海出的主意，打根上起就错了。

牛爱国第三个朋友叫陈奎一，是牛爱国在长治修高速公路时认识的。陈奎一是工地一个伙夫，瘦高，左脸有颗大瘊子，瘊子上长了三根黑毛。别的伙夫都是胖子，陈奎一是个瘦子。陈奎一是河南滑县人，工地一个工长，是他的小舅子，他就成了工地的伙夫。牛爱国不爱说话，陈奎一也不爱说话，因都不爱说话，两人倒能说到一起。工地的伙房，有三百来号人吃饭，一天到晚，陈奎一忙得满头大汗。倒是牛爱国开卡车拉完自己的土方，有了空闲，来伙房与陈奎一闲坐。陈奎一蒸馒头煮菜，一刻不停，牛爱国就在条凳上坐着，两人东一句西一句地闲扯。陈奎一终于忙停歇了，如伙房有煮熟的猪耳朵猪心，便切上一盘；也顾不上细切，横上三五刀，滴些香油，两人吃上一番。吃完，相互看一眼，抹着嘴笑了。但猪耳朵猪心不是每天都有，没有的时候，陈奎一忙完，两

381

人就对坐着吸烟。有时有了猪耳朵猪心，牛爱国正在工地上忙，没来伙房，陈奎一忙停歇了，便去工地找牛爱国。人群之中，陈奎一向牛爱国使个眼色：

"有情况。"

然后用围裙擦着手，撅屁股走了。牛爱国便加紧干活。干完，从卡车上跳下来，跑到伙房，陈奎一已将猪耳朵猪心切好，放到盘子里，码上了葱丝，滴上了香油。渐渐这个秘密被别人发现了。有一个东北人叫小谢，在工地上举小旗，见陈奎一和牛爱国一前一后有些奥妙，几次问：

"爱国，你们干啥去？"

牛爱国：

"不干啥。"

一次小谢见陈奎一又跑到工地向牛爱国使眼色，说"有情况"，又见牛爱国加紧干活，干完，从卡车上跳下来，跑向伙房，也赶紧跟了过来。进了伙房，见两人正坐在一起，对着头在吃一盘猪耳朵猪心，小谢假装偶然遇见：

"光吃菜呀，也不弄壶酒。"

接着做朋友状，便想坐下。但牛爱国和陈奎一都没理他，把他干在那里。吃完猪耳朵猪心，牛爱国站起又去了工地，陈奎一白了小谢一眼，将一大笼馒头盖到锅上：

"开饭还得会儿。"

不是心疼那点儿猪耳朵和猪心，是让小谢明白，一个人想和另一个人成为朋友，也不是件容易的事。但牛爱国和陈奎一也就限于投脾气，东一葫芦西一瓢地闲扯行，牛爱国遇到烦心事，就指不上陈奎一。陈奎一的脑子比牛爱国还乱。牛爱国能把一件事说成两件事，陈奎一能把一件事说成四件事。陈奎一遇到烦心事，还找牛爱国排解。牛爱国给他剥肉剔骨码放，他已佩服得点头如捣蒜；牛爱国遇到烦心事找陈奎一，陈奎一用围裙擦着手，束手无策，像牛爱国在部队反问杜青海一样，陈奎一反问牛爱国：

　　"你说呢？"

　　牛爱国只好自己码放。码放一节，又问陈奎一，陈奎一又问：

　　"你说呢？"

　　牛爱国只好再自己码放。几个"你说呢"下来，牛爱国倒学会了自己码放事情。

　　这年端午节，工地为了改善生活，让伙房买了半扇牛。集市上牛肉的价格不一，最低九块三一斤，最高十块五一斤；陈奎一买回牛肉，报账的价格是每斤十块五。工长也就是陈奎一的小舅子，看了这牛肉，怀疑是九块三一斤买的；一斤多出一块二，半扇牛二百来斤，就多出二百多块钱。为这价格的真假，两人吵了起来。陈奎一：

"别说有九块三的，还有六块八的呢，里面都是水。"

又说：

"二百多块钱算什么，当年你走背字的时候，还借过我两千多呢。"

已经把一件事说成了另一件事。小舅子冒了一句：

"这不是牛肉的事，说瞎话。知道的，是扇牛肉，不知道的，还不知有多少呢。"

为这一句话，陈奎一"啪"地扇了自己一耳光，吼了一句：

"妈拉个 ×，算你认识我！"

当时就解下围裙，收拾行李，坐长途汽车回了河南。平日不爱说话的人，气性都大。

陈奎一走的时候，牛爱国还在工地开车拉土。待中午吃饭的时候，伙房开不了伙，工长给每人发了两包方便面，方知陈奎一走了。牛爱国跑到伙房，看到冷锅冷灶，半扇牛肉在地上撂着，上面飞着几只苍蝇，不由得叹息一声。叹息不是叹息陈奎一说走就走了，而是陈奎一一走，工地上再没有可以说知心话的人，工地一下显得空了。陈奎一回河南之后，牛爱国也与他通信，有时也打电话。与别人在一起说话的时候，有人说起河南，牛爱国马上想起了陈奎一；但牛爱国遇到事情，不会像到河北平山县找杜青海一样，去河南滑县找陈奎一。

· 二 ·

  牛爱国他妈叫曹青娥。牛爱国他妈本不该姓曹，应该姓姜；本也不该姓姜，应该姓吴；本也不该姓吴，应该姓杨。曹青娥五岁那年，被人从河南卖到山西。六十年过去，曹青娥还记得她爹叫吴摩西，她娘叫吴香香；她娘吴香香跟人跑了，她爹带着她去找她娘，住在新乡一个鸡毛店里，她被人拐子给拐走了。她还记得自己的小名叫巧玲。

  巧玲还记得，她由河南被卖到山西，中间经过三个人。头一个人叫老尤，是个卖老鼠药的，开封人，哑嗓子，说话张嘴就来；卖老鼠药唱曲儿，平常一件事，也能编成曲儿。正是因为喜欢听他说话，巧玲跟他混熟了。大家住在一个店里，老尤还掰驴肉烧饼给她吃。这天天刚麻麻亮，老尤将巧玲拍醒，说她爹遇到急事，去了开封，让老尤带上巧玲，去开封找他。一个五岁的孩子，见爹走了，撇下她一个人，登时就吓哭了；接着又想，爹可能得着了娘的信儿，匆匆找娘去了；忙也穿上衣服，跟老尤上了路。开封本在新乡东面，老尤却没有往东，带着她一路往西；五天之后，到了济源。巧玲弄不清东西南北，也弄不清济源和开封的关系，只盼着早一天见到爹。人一离开爹，显得懂事许多；为了找到爹，巧玲对老尤百依百顺。路上走累了，老尤蹲下吸烟，巧玲伸出小手，还给老尤擦汗；打尖吃饭时，巧玲知道给老尤夹菜；饭还没吃完，又给老尤端来一碗水；似一下长大十岁。济源是河南和山西的交界处。到了济源，老尤碰到另一个人贩子叫老萨。老尤不愿再往前走了，十块大洋，把巧玲卖给了老萨。等老尤把巧玲交到老萨手里，巧玲才明白是怎么回事，"哇"的一声哭了。巧玲一哭，老尤心倒软了，又将十块大洋掏出来，还给老萨：

"这孩子我不卖了。领她回开封，当个闺女，自己养了。"

又说：

"一路上，你不知道她多懂事。"

又说：

"我不是干这行的，也是一念之差。"

老萨也不接钱，笑着看老尤：

"晚了。"

老尤：

"十块大洋还在，咋能说晚了？"

老萨：

"我不是说买卖晚了，是你自个儿晚了。"

老尤：

"此话怎讲？"

老萨：

"没卖之前，你可以把她当闺女；现在你卖过她，她也知道了，你就养不得她了。本来是头羊，等她长大了，也会变成老虎；啥叫养虎遗患，这就叫养虎遗患。"

又说：

"这是一道坎。一过了这道坎，你再亲她，也成不了亲人了。"

老尤想想，觉得老萨说得有理，只好又揣起大洋，转身要走。巧玲见老尤走，"哇"的一声又哭了。老尤见巧玲哭，自个儿也蹲到地上哭了。老萨朝地上啐了一口：

"这哪叫卖人呀。"

又上去踢了老尤一脚：

"既然冒充猫，就别哭老鼠了。"

巧玲到了老萨手里，发现老萨和老尤是两个人。老萨是洛阳人，卖人卖惯了，不心疼孩子。巧玲一哭就打。身上还带了个锥子，巧玲再闹，就用锥子扎巧玲的屁股。倒是把巧玲给吓住了。夜里睡觉，还将巧玲绑在床上，怕巧玲跑了。白天出门前，晃着手里的锥子：

"人问你，就说我是你爹。"

巧玲害怕他的锥子，见了人，只好给他喊爹。老萨带着巧玲继续往西走，出了河南，到了山西垣曲县，二十块大洋，把巧玲卖给了另一个人贩子叫老卞。老卞是个山西人，长着一对斗鸡眼，过去是个卖布的，看到卖人比卖布赚钱，便开始卖人。也是初入人牙行，人倒比老萨和善；不打巧玲，夜里睡觉也不绑她。但买了巧玲之后，问了问别的人牙子，别的人牙子端详一下巧玲，都说二十块大洋买贵了；买贵了该怪老卞的眼力，但老卞把罪过怪到巧玲身上，对巧玲也没好气，一句话不对付，便用斗鸡眼剜巧玲。巧玲见老卞不打，也没锥子，只是用斗鸡眼剜她，倒也不怕老卞。夜里睡觉不绑，巧玲该趁老卞睡熟，自己偷跑掉；一是巧玲自小怕黑，天一黑不敢出门；二是已到了山西，千里之外，出门一个人都不认识；山西人说话，有一半听不懂；怕出门之后，再落到别的人贩子手里；如果再是一个老萨，还不如眼前的老卞；所以没跑。老卞带巧玲开始往北走，到了长治县，逢到集市，开始卖巧玲。但几个集市下来，发觉果然上了老萨的当。巧玲本来个头就小，又长了一头黄毛，显得小样，卖不出价钱。

有出十五块的，有出十三块的，还有出十块的，连买巧玲的本钱还不够。卖一天巧玲，没有卖出去，天黑了，老卞又牵着巧玲走。这时往往说一句：

"我当初高看你了。"

这样前后盘桓半个月，巧玲还没有卖出去。住店加上嚼谷，又搭进去许多盘缠。老卞着急起来。越是着急，人越是卖不出去。说话到了深秋，南源山上，漫山遍野一片黄叶。秋风一吹，黄叶从树上纷纷落下，落了一路，也落了一山。山上的果子熟透了，树上的梨、油桃、板栗、核桃，纷纷从枝子上往地上掉。住店打尖，老卞心疼自己的钱，两张嘴，买一个人的饭食，自个儿吃不饱，也不让巧玲吃饱。现在看到满地的果子，巧玲便捡果子吃。吃着吃着吃饱了，便撵树间的松鼠玩。前后被卖了一个月，巧玲也习惯了，不以为意。松鼠蹿到树上，向巧玲作揖，巧玲"咯咯"笑了。巧玲捡果子吃老卞不管，看到巧玲笑，老卞急了：

"这是卖你，不是领你玩！"

又扬起手：

"再笑，再笑打你！"

巧玲也不怕他，跳到一边，仍"咯咯"笑着。

又停了几天，巧玲头上生出几窝秃疮。老卞带她住的全是鸡毛店，夜里睡在草窝里，一床破棉絮，不知多少过路人

389

盖过；头上的秃疮，也不知在哪里染上的。秃疮一发就疼。巧玲倒不笑了，在那里捂着头，哭着喊疼。老卞凑上去一看，几片秃疮，已经泛红了；前后十几个红点，似要往外涌脓。巧玲本来就不好卖，头上再长秃疮，人就更不值钱了。看罢秃疮，老卞气得在那里蹦：

"祖宗，你这不是故意跟我捣蛋吗？"

气得蹲在地上：

"干脆，你把我卖了得了。"

巧玲看老卞在那里急，倒不觉头上的秃疮坏，也忘了头上的秃疮疼，仰着头，又"咯咯"笑了。

襄垣县有个温家庄。温家庄有个东家叫老温。老温家有十几顷地，雇了十几个伙计。给老温家赶大车的叫老曹。老曹四十出头，留着一撮山羊胡。这天老曹从温家庄出发，到长治县给东家粜芝麻。三匹骡子，拉着一车芝麻，有四五千斤。出门时日头高照，无风无火，待进了屯留县界，天上起了乌云。老曹看看天，云从西北角涌上来，越涌越多，似要下雨；老曹怕雨淋着芝麻，赶紧用鞭子抽牲口，牲口跑了起来。紧赶慢赶，又跑出七八里路，西源河边上，终于碰到一家车马店。这时天上下起瓢泼大雨。老曹忙将大车赶进车马店。车上的芝麻有草帘苫着，倒没淋着，老曹的衣裳被淋湿了。老曹卸了牲口，让店主喂上草料，自己看看天，走进车马店灶间。在灶间点上一盆火，将外衣脱下来，用手搭在火上烘烤。火盆上腾出一股湿气。等身上暖和了，回过神来，才发现灶间炕上，蹲着一个男人。男人身边，躺着一个孩子。老曹将烘干的衣裳穿上，来到炕前，发现炕上的孩子是个女孩，小脸烧得通红，正在昏睡，鼻子一翕一翕的；用手摸了摸孩子的额头，老曹的手被烫了一下：孩子的额头，烧得跟火炭一样。又看那男人，拿着一根烟袋，蹲在炕沿唉声叹气。老曹：

"也是住店的?"

那男人翻了老曹一眼，点点头。老曹：

"怕就怕这个。路上，不是生病的时候。"

又说：

"大哥，这孩子得看呀，不能硬挺着。"

那男人又翻了老曹一眼：

"看?你掏钱?"

老曹被噎了一句，有些不高兴：

"我不是她爹，你是她爹。我好心说了一句话，倒落下不是?"

让老曹没想到的是，那男人抱着自己的头，"嘤嘤"哭了。老曹有些慌张，以为他心焦，或是身上没了盘缠；住店住灶间，就是为了省钱；又用话劝他。谁知越劝越哭。老曹倒束手无策。终于，等那男人哭够了，仰起脸，老曹才发现他长了一对斗鸡眼。平心静气之后，这男人告诉老曹，这女孩不是他的孩子，他是一个人贩子。初入此道，不知水的深浅，二十块大洋买了这个孩子，走村串镇，大半个月也没出手。卖不出本钱不说，加上住店和嚼谷，又赔出一大块。屋漏偏逢连阴雨，女孩头上又长了一头秃疮；长了秃疮，更卖不出价钱。秃疮发了，又发起高烧。前思后想，没有退路，所以忧愁。老曹听后，也替他发愁，忘记了他是一个人贩子；左思右想，也没有办法，只好陪他叹气。这时那男人突然抓住老曹的手：

"大哥，要不这孩子你要了吧。"

老曹吃了一惊，忙往后撤身子：

"我还得去长治县枭芝麻，没想到买孩子。"

那男人：

"你随便给俩，我不还价。"

又说：

"随便给俩，也比死了强。"

又说：

"死了，就更没法卖了。"

老曹见他这么说话，苦笑之下，知道他是个老实人。老曹四十多了，老婆一直没有生下孩子，家里倒是缺孩子，但老曹说：

"买个孩子，不是买条小狗；这么大的事，哪能说买就买？"

那男人：

"你就当可怜她。"

老曹：

"这不是可怜不可怜的事，我还得去长治县籴芝麻。"

又说：

"再说，这么大的事，我也做不了主，总得跟家里的商量商量。"

没想到老曹这句话，被那男人抓住了。那男人问：

"大哥是哪里人？"

老曹：

"襄垣县温家庄。"

说完这番话，雨住了，天晴了。老曹交了店里的草料钱，又赶着大车上了路。老曹以为这事也就是说说，说完也就完了；令老曹没想到的是，两天之后，等老曹籴完芝麻回到温家庄，那男人和那个病孩子，已经在老曹家。孩子躺在炕上，那男人正蹲在门槛上吸烟。老曹哭笑不得：

"你倒粘上我了？"

那男人往门框上"哪哪"地磕着烟袋：

"大哥，烫壶酒吧。大嫂愿意要这孩子。"

"大嫂"就是老曹的老婆了。这又是老曹没有想到的。也不知这个男人，怎么对老曹老婆说的，把她的心说转了。老曹老婆掀门帘子从里屋出来，对老曹说：

"这孩子我要了，模样还周正，十三块大洋，也不贵。"

老曹发现老婆换了一身新衣裳，知道她不是说着玩的。老曹：

"可她正在发烧，还不知是死是活。"

老曹老婆：

"烧已经退了。"

老曹走到炕沿，用手摸那女孩的头，烧果然退了。那女孩见老曹摸她，睁开眼睛，打量老曹；老曹也打量她，杏核眼，翘鼻，小嘴，不算难看。两天前在车马店烧得像火炭，咋一到老曹家，烧就退了呢?老曹不禁摇头。但老曹又说：

"可你看她的头，一头秃疮。"

老曹老婆还没说话，那男人说：

"疮跟疮不一样，这是新疮，不是老疮，能看好。"

又说：

"小骨头，嫩肉长得快。"

又说：

"不带点儿毛病，也不会这么便宜。"

又说：

"大哥，交钱吧，从今往后，我不卖人了，我还卖布。"

老曹哭笑不得。但老曹家里，老婆说了算。老婆说要，老曹只好从身上掏出钥匙，开柜门拿钱。家里只有八块大洋，老曹又跑到东家老温家去借。老温家除了种地，还开了个陈醋坊，叫"温记醋坊"，一天能酿出百十坛子醋，每一瓮醋坛子上，都贴着红纸四方签，上写着"温记"二字。方圆百十里，都吃老温家的醋。老曹除了给东家赶车，有时醋坊忙了，夜里还去醋坊帮东家翻醋糟。老曹来到东家后院，大槐树下，东家老温，正跟周家庄的东家老周下象棋。周家庄距温家庄五十里。周家庄老周家除了种地，还开了个酒坊，酒坊叫"桃花村"，就着杏花村的意思，酿辣酒，也酿甜酒。方圆几个县，红白喜事，都喝老周家的酒。方圆百里的东家中，卖醋的老温，数跟卖酒的老周好。逢年过节，或是老温去看老周，或是老周来看老温。就是平常日子，两人也时常走动。两人见面，除了在一起谈话，就是在一起下象棋。现在棋盘两端，老周正端着杯子喝茶，老温手里拿着两颗棋子，相互敲着看棋盘。见有客人在，老曹不好说借钱，想退出去。老温抬眼看到老曹，倒喊住他：

"啥事？"

老曹迟疑着：

"东家，没事。"

老温：

"老周又不是外人，说吧。"

老曹这才说：

"想借钱。"

老温：

"不年不节，借钱做啥？"

老曹只好将买孩子的事，一五一十，来龙去脉说了。老曹又说：

"东家，这孩子我真不想要，家里的娘儿们，没有正性。"

又说：

"年底算账的时候，东家从我工钱里扣就是了。"

又说：

"这女娃，一头秃疮，看上去真可怜。"

老温还没说话，周家庄的东家老周开了口。老周时常来温家庄老温家串门，有时当天返回去，有时天晚就住下了，打发跟他的马车回去；第二天回周家庄，老曹赶着温家的马车送老周。周家的轿车有酒味，温家的轿车有醋味。老周往车里钻的时候说：

"一闻就知道换了车。"

路上五十里，两人也聊天。因老周是东家，话头多由老周提起。老周问老温家的事，也问老曹家的事；老周问一句，老曹答一句。所以老周对老曹家的情况也熟悉。这时说：

"先不说孩子可怜不可怜，为老曹两口老了，膝下没个人，也应该买。"

老温也点头：

"就是为了孩子，也不为过；救人一命，胜造七级浮屠。"

但等孩子买下之后，老曹才知道，老婆要这个孩子，既不是为了孩子，也不是为了老曹两口，也不是为了造七级浮屠，而是为了跟二叔置气。二叔就是老曹的弟弟。老曹大名叫曹满仓，老曹的二弟大名叫曹满囤。曹满仓自小性子坦，曹满囤自小性子躁。曹满仓自小长得高，成人后一米七八；曹满囤是个矬子，成人后一米五六。矬子又性格躁，曹满囤小时在外常受欺负。在外受了欺负，回到家就霸道。跟爹娘霸道，跟曹满仓也霸道。霸道不是抢你碗里的吃食，或是手里的玩物，而是在说话上，一件事怎么办，得顺着他的心思来。话本来该这么说，他非那么说；事本来该这么办，他非那么办；一时不顺他的意，他就在家里打滚撒泼。见弟弟打滚撒泼，爹娘上来甩曹满仓一巴掌：

"多大了，还不懂事，遇事不知让着弟弟。"

事情虽然别扭着，却得按着别扭来。这种习惯一直延续到两人长大，各自娶了老婆。兄弟两人共事，一切由曹满囤说了算。曹满仓个儿高，娶个老婆也个儿高；曹满囤个儿低，娶个老婆个儿也低。曹满仓的老婆虽然人高马大，却不会生孩子；曹满囤的老婆虽然矬得像个毛蛋，却一口气生了五个孩子，三男二女。按当地风俗，老大家不会生孩子，老二家的大孩子应过继给老大；既给老大养老送终，也继承老大的家业。但曹满仓的老婆，却不愿意过继曹满囤的老大。曹满囤两口子个矬，生的孩子也矬。老大十六岁了，个儿头只有桌子高；个矬，腿却粗，头又大，像个侏儒。孩子像侏儒还不是主要的，曹满仓老婆讨厌的，是曹满囤说话，处处压曹满仓家一头。曹满囤见曹满仓老婆四十多了，还没开怀，常对曹满仓两口子说：

"就别等了，赶紧把大小接过去吧。"

曹满仓不敢说不接，曹满仓的老婆却不怕曹满囤；女人不会生孩子是个短处，但曹满仓老婆自己不当短处，别人也无可奈何；为曹满仓怕曹满囤，还跟曹满仓吵架。曹满仓老婆见曹满囤一而再再而三地催过继，知他图自家的家产；一开始不搭理他，后来有一回干脆说：

"二叔，这事不要再说了，大小该干吗干吗吧，俺不会接了。"

曹满囤：

"为啥不接？"

曹满仓老婆：

"人到小五十，还有生的呢。"

曹满囤立马急了：

"到时候你不生，咋说？"

曹满仓老婆：

"我要不生，就给你哥娶个小。"

一句话将曹满囤噎住了，也将曹满囤的后路给堵死了。话是这么说，几年又过去了，她还没开怀，但也没再提给曹满仓娶小的事，倒是如今碰到这个人贩子卖人，给家里买了个小闺女。小闺女过去叫巧玲，她给改名叫"改心"；意思是让她把心改了。改心长了一头秃疮，曹满仓老婆也没带她看医生，将她带到襄河边，用河水给她洗疮。头上的秃疮已经涌脓了，曹满仓老婆先挤脓，后洗疮；曹满仓老婆个儿大力沉，挤弄起来，改心护着头，哭得像猫叫。挤过洗过，曹满仓老婆问改心：

"改心，我好还是你亲娘好？"

改心：

"你好。"

曹满仓老婆扬手甩了改心一巴掌：

"才五岁，张嘴就是瞎话。"

改心"哇"的一声又哭了：

"我说的是实话。俺亲娘跟人跑了，你没跟人跑。"

曹满仓老婆一屁股蹾在河滩上，"咯咯"笑了。曹满仓老婆又问：

"知道老家在哪儿吗？"

改心点点头：

"知道，延津。"

曹满仓老婆：

"你娘跟人跑了，想你爹吗？"

改心摇摇头：

"俺爹死了。"

曹满仓老婆：

"那你想谁？"

改心：

"想俺后爹。"

曹满仓老婆：

"你后爹叫个啥？"

改心：

"俺爹叫吴摩西。"

曹满仓老婆"啪"地甩了改心一巴掌：

"以后不许想延津，也不许想你后爹；啥时候想这两样，啥时候挤你的秃疮。"

又张开手，去挤改心的秃疮。改心赶紧用手护着头，"哇"的一声哭了：

"娘，我不想他们。"

挤脓挤了一个月，改心头上的秃疮，竟让曹满仓老婆给挤好了，又长出头发。曹满仓一开始不同意买孩子；不同意买孩子并不是惦着娶小，一个赶大车的，也养不起两个老婆；就是养得起，他知道自家老婆的秉性，也容不下一个小；现成买一个孩子，倒图个方便。但他觉得买来的孩子会不亲；谁知一个月后，与改心熟了，两人倒说得着；这时觉得多个孩子，除了热闹许多，家里也变了许多；赶大车出门，心里也多了一份惦记。但曹满仓家买孩子，惹恼了曹满囤。曹满囤不是说曹满仓家不能买孩子，也不是因为曹满仓家买了孩子，不会再过继他的大儿子，无法承受曹满仓的家业，而是这么大的事，也不跟曹满囤商量。商量不商量也不重要，能看出曹满仓两口子买这孩子，是故意跟他置气。曹满仓两口子置气，曹满囤也赌上了气。两家住前后院，出门低头不见抬头见，过去兄弟俩见面还说话，现在连话也不说了。

说话到了年底。曹满囤有一个小女儿叫金枝，六岁了；这年正月，脖子里患了老鼠疮。年头里腊月还好好的，正月里患了老鼠疮。老鼠疮并不难治，到集上中药铺，买一帖老鼠疮膏药，贴上去，几天就好了。但曹满囤任金枝脖子里的

401

老鼠疮越发越大，不去买药。一开始像楝豆大小，几天后像红枣那么大。金枝在院子里哭：

"爹，我脖子上的老鼠疮疼啊，给我到集上买药吧。"

曹满囤在院子里跺着脚：

"不买！我不知道，要一个女娃有啥用，早晚不还得出嫁？"

曹满仓一家听到前院曹满囤的骂声，知道这话是冲着自己。曹满仓的老婆从屋里蹿出来，拿根棒槌就要过去理论，曹满仓拦住她：

"人家是说自己的孩子，又没有说改心，你过去能说个啥？"

曹满仓老婆想想，朝地上啐口唾沫。

又三天过后，金枝脖子里的老鼠疮，已发得像碗口那么大，金枝疼得昏死过去好几次。等醒过来，看着自己的爹：

"爹，我脖子上的老鼠疮疼啊，去集上买药吧，草屋山墙上的窟窿里，还塞着我的压岁钱呢。"

曹满囤仍顿着脚：

"不买，疼死你才好。"

到了晚上，"嘎嘣"一声，金枝真让疼死了；倒最后一口气的时候，脖子反弓着，落在了脊背上。一个晚上，曹满囤家没声。到了五更鸡叫，传来曹满囤号啕的哭声。他没哭自己的孩子，哭道：

"姓曹的，我跟你不共戴天。"

这一哭没收住，一直哭到第二天早起。等曹青娥长大才知道，当年金枝长老鼠疮时，二叔曹满囤并没想让她疼死，演的也是一场戏。原准备从初五演到初十，多折磨大家几天；给金枝看老鼠疮的医生都打听好了；谁知戏演到初八，假的竟变成了真的。曹满囤也是措手不及。他哭的不是孩子，是这个由假变真。曹家兄弟，从此一辈子不说话。

这是牛爱国他妈曹青娥，六十年中常说的一段话。

· 三 ·

　　沁源县有个牛家庄。牛家庄有个卖盐的叫老丁，有个种地的叫老韩。老丁除了卖盐，还卖碱，还捎带卖些茶叶、烟丝和针头线脑。老丁虽卖盐卖碱，但家里并没有盐土场，所卖的盐碱，都是从县城盐铺碱铺趸来的，再走村串乡零卖。走村串镇做买卖的人，本该爱说话，但老丁一天说不了十句话。到一个村子，人问起盐的价钱，碱的价钱，茶叶、烟丝和针头线脑的价钱，老丁都伸指头比画。人问：

　　"不能还价呀老丁？"

　　老丁摇摇头，也不说话。人又说：

　　"做生意，哪有不能还价的？"

　　老丁黑着脸，不再理人。十里八村，都知道牛家庄有个卖盐的老丁脾气轴。

老韩是个种地的。种地整天和牲口、庄稼打交道，本该不爱说话，但老韩一天得说几千句话。也是在田里种地憋的，不种地时，在街上碰见人，有事没事，都要与人说上几句。几句话下来，别人还没入题，他已经说到了趣处，拦住人不让走。村里的人，见老韩过来都躲。这时老韩就急了：

"妈拉个×，说句话，费你个啥?还躲?"

老丁和老韩是好朋友。一个不爱说话，一个爱说话，本不该成为好朋友，但两人有一个共同的爱好。一到深秋，地里的庄稼收了，第二年的麦子也种上了，两人爱上山打兔。老韩看到一只兔子跑出来，爱将火枪从肩上卸下来，平端着瞄准。老丁打兔枪不离肩，"砰"地就是一枪。老韩瞄准的工夫，兔子早钻到了树棵子里；老丁肩不卸枪，往往一枪中的。出门三天，打兔归来，老韩枪上挑不了几只兔子；老丁得带一个背篓，篓子里沉甸甸的，都是兔。除了兔子，有时老丁还能打到野鸡、獐子和狐狸。打兔的习惯不一样，两人本不该一起打兔，但两人除了打兔，还有一个共同爱好，爱唱上党梆子；为了一个唱戏，两人走到了一起。老丁平日不爱说话，但一到唱戏，像换了一个人，口舌翻飞，字正腔圆，精神焕发。两人本是朋友，但唱起戏来，或是朋友，或是夫妻，或是父子。两人唱《吴家坡》，唱《闯幽州》，唱《白门楼》，唱《杀庙》，也唱《杀妻》。有时唱一个折子，有时连走一本戏，全看二人的兴致。唱起大本戏，往往忘了打兔。唱到趣处，老韩背着枪在转圈：

"妻呀，我去京半年，回来后，闻听些许闲话；你不在家中安心料理，出门做甚？"

老丁马上做撩裙子状，给老韩作揖施礼：

"夫君，冤杀奴家，容我细细给你道来。"

老韩用嘴敲起锣鼓点，拉起弦子，老丁抖着水袖状开唱。

或，老丁一声长喊：

"儿呀，此语差矣，转来！"

老韩马上背着枪转来：

"爹爹，此事你有所不知。"

老丁忙用嘴敲家伙拉弦，老韩开唱。

两人是朋友，两家的老小也走得近。老丁有三男二女，老韩有四个闺女。老丁的小女儿七岁，叫胭脂，老韩的小女儿八岁，叫嫣红；嫣红和胭脂，常在一起割草。这年秋天，八月十五头一天，两人又到河边割草。割了一下午草，天快黑了，两人背着草回家。越过庄稼地，前边是条大路，两人看见前头路边，躺着一个物件。似是件棉袄，又似个褡裢。两人都想捡这物件，从庄稼地往路边跑。嫣红比胭脂大一岁，跑得比胭脂快，早一步跑到物件前，捡到手里。原来是一只布袋。嫣红拎了拎，布袋有些沉，便将这只布袋，搁到自己草筐里，背回了家。回家给娘一说，嫣红的娘，也就是老韩的老婆，"啪"地扇了嫣红一巴掌：

"拾啥不成，拾布袋，拾布袋是气。"

嫣红"哇"的一声哭了。老韩老婆打开布袋，却吃了一惊，原来里面躺着一堆大洋。倒出来数了数，整整六十七块。晚饭时候，老韩从地里收工回来，老韩老婆将老韩叫到里间屋，将布袋和大洋让老韩看。老韩看着白花花一堆大洋，也傻了眼。张张嘴，说不出话；再张张嘴，还是说不出话。老韩平日挺能说，面对意外之财，不知从何说起。两口子一夜没睡，盘算大洋的用途，或置两亩地，或盖三间房，或添几头牲口；一桩事情，似花不了这许多。说着说着，老韩激动起来，话匣子打开了，说了一夜；说的全是置地盖房添牲口之后的光景。第二天一早，老韩老婆将嫣红叫过来：

"昨天拾布袋的事，你就忘了吧。"

又说：

"漏出半点儿风声，我用绳子勒死你。"

嫣红吓得"哇"的一声又哭了。

吃早饭的时候，老丁来了。老韩以为老丁来商量秋后打兔的事，老丁却开门见山：

"听说嫣红昨天捡了个布袋？"

老韩知道昨天嫣红和胭脂在一起，便说：

407

"回来让她妈打了一顿，布袋里是半袋干粪。"

又叹息：

"老话说，拾布袋是气，不知应到哪一宗。"

老丁比老韩小两岁，笑了：

"哥，俺胭脂当时摸了摸那布袋，里边好像是钱。"

老韩知道瞒不住了，说：

"还不知是哪个买卖铺子的生意人，不小心丢在了路边；没敢动，等着人家来认呢。"

老丁：

"要是没人认呢？"

老韩有些不高兴：

"没人认，再说没人认的事。"

老丁：

"要是没人认，咱就得有个说法。"

老韩：

"啥说法？"

老丁：

"这布袋是胭脂和嫣红一块儿捡的。"

老韩急了：

"布袋现在我家，咋是你闺女捡的？"

老丁：

"我听胭脂说，她俩一块儿跑到布袋跟前；嫣红比胭脂大一岁，欺负了胭脂。"

老韩拍了一下大腿：

"老丁，你想咋样吧？"

老丁：

"一人一半。别说是两人一块儿捡的，就当是嫣红捡的，胭脂在旁边看见了，俗话说得好，见了面，分一半。"

老韩：

"老丁，你这不是耍浑吗？"

老丁：

"我不是在乎这个钱，是说这个理。"

老韩：

"你要这么说，咱俩没商量。"

老丁：

"要是没商量，又得有个说法。"

老韩：

"啥说法？"

老丁：

"就得经官。"

事情一经官，捡到的东西，明显就得没收。老韩听出来老丁的意思，我好不了，也不让你得着便宜。两人一块儿打兔唱戏，好了二十来年，老韩没发现老丁遇到大事，为人这么毒。平时不爱说话，怎么一到骨节上，话一句比一句跟得上呢？嘴比唱戏还利索呢？可见他说的这些话，来之前早想好了；可见两人平日的好，都在小处；一遇大事，他就露出了本相。不是说老韩贪财，舍不得分给他钱，而是这理讲不通。既然已经撕破了脸，就是再分钱给他，两人也算掰了。老韩也赌上了气：

"这布袋是捡的，不是偷的，你想往哪儿告，你就往哪儿告吧。"

老丁也不示弱，转身走了：

"正好，我今天要去县里进盐。"

但事情没等经官，老丁还没从县里告官回来，到了下午，布袋的主人找上门来。布袋的主人，是襄垣县温家庄给东家老温家赶大车的老曹。八月十五头前，老曹拉了一车黄豆，到霍州去粜。霍州黄豆的价格，每斤比襄垣县多二厘。襄垣离霍州三百多里，一去一回，要走五天。去时是重车，要走三天；回时是空车，只要两天。老曹在霍州粜完黄豆，不但结了这回黄豆的账，连霍州粮栈夏季欠老温家小麦的钱，也一并结了，共六十七块大洋。空着车往回走，身上乏了，在车上半睡半醒，由着牲口往前走。路过沁源县牛家庄村头，走到河边，一过沟坎，车一颠，装钱的布袋滑落到地上。等

410

车进了襄垣界，才发现布袋丢了，老曹惊出一身汗。急忙顺着原路回头找，但路上哪里还有布袋的踪影?老曹只好一个村庄一个村庄打问，谁家捡了布袋。从昨天晚上找到今天下午，问了百十个村落，口干舌燥，水米没打牙，没有问出布袋。本想没了指望，到了牛家庄，照例一问，纯粹为了心安，没想到牛家庄大人小孩，都知道老韩家拾了布袋。本来大家不知道，让卖盐的老丁一闹，大家全知道了。老曹便寻到老韩家。老韩见瞒哄不住，一边恨老丁无端寻衅，败坏人家好事，一边只好将布袋拿了出来。老曹一见布袋，一屁股瘫坐到地上，将布袋里的银圆倒出来数了数，分文不少。老曹站起身，向老韩作了个揖：

"大哥，没想到能找着布袋。"

又说：

"大哥，除了是你，换成我，捡了布袋，也不会拿出来。"

又说：

"路上我找了一条绳，找不着布袋，我也就上吊了；六十多块大洋，我赔不起东家。"

又说：

"赔起赔不起是一回事，回到家里，跟老婆就不好交代；我不上吊，老婆也得上吊。"

又端详老韩：

411

"大哥，看你是个种地的，却不贪财；一星半点儿不贪常见，六十多块大洋，没往心里去，大哥，你不是一般人。"

说得老韩倒有些惶恐。老韩平时嘴挺能说，现在一句话说不出来。老曹又说：

"今天不是小事。如不嫌弃，我跟大哥结个拜把子兄弟。"

老韩又有些猝不及防。两个素不相识的人，这么快就连到了一起?老曹看到院里呆站着一个小闺女，用嘴咬着指头，问：

"是咱家的孩子吗?比我家闺女大个一两岁。"

老韩指着她：

"布袋就是她捡的。"

老曹一把拉住老韩：

"走。"

老韩一愣：

"哪里去?"

老曹：

"去集上，咱先买只鸡，杀了盟誓，再给咱孩子扯一身新衣裳。"

因为一只布袋，襄垣县温家庄的老曹，和沁源县牛家庄的老韩，成了一辈子的好朋友。事后老韩说：

"真是知人知面不知心。因为一只布袋，我丢了一个朋

412

友，得到一个朋友。"

一个指的是老丁，一个指的是老曹了。襄垣县离沁源县有一百多里，从此逢年过节，老曹翻山越岭，到老韩家串亲戚。一年三次，端午节一次，八月十五一次，过年一次。老韩以为老曹串个一两年就完了，没想到老曹年年来。老韩见老曹认了真，也到襄垣县看老曹。这一走动起来，连着走动了十几年。老曹认识老韩的时候四十多岁，十几年过去，也快六十的人了。

这年夏天，牛家庄新起了一座关帝庙。关帝开光那天，牛家庄请了戏班子唱戏。戏班子请的是武乡县的汤家班，唱上党梆子；准备从六月初七，唱到六月初九，连唱三天。牛家庄有个张罗事的人叫牛老道，七十多岁了，在村里张罗了一辈子事；村里大小事务，全由他出头。村里建关帝庙，就是他起的意。与周遭别的村子比，牛家庄是个新村，起村不到一百年，是牛老道爷爷辈，逃荒到这里，在这河滩上落了脚，渐渐又来了些杂姓；周围别的村子都是老村，说起事来，能说到几百年前；牛家庄在这一点上，就矮人一头。别的村子都有庙，牛家庄没有。牛老道七十多了，临死之前，想办一件大事，就是张罗一座关帝庙。他又拉上一个晋发荣，也七十多了，历来张罗事，是牛老道的辅助；两个老汉手拉手，挨家挨户游说，让大家出钱建庙。建座庙不是建座鸡窝，别人张罗未必能张罗成，但牛老道张罗了一辈子事，各家各户，都有事请他张罗过，见他出头，大家都呼应，该出钱出钱，该出力出力。关帝庙建成之后，就等着迎关帝入位。看到关帝庙建得有模有样，牛老道满心喜欢，又起了雄心：

"干脆，关帝开光那天，再唱三天戏。不为关帝，也让牛家庄出出名。"

又与晋发荣一起，扛着两个笸斗，挨家挨户敛唱戏钱。但大家出了一轮关帝庙钱，再出唱戏钱，兴致就没有上回那么高。牛老道也变通了一下，唱戏上头，出钱可以，出木板桌椅可以，出粮食也可以。木板桌椅可以搭戏台用，粮食可以磨成面，供戏班子开伙。待东西敛上来，钱敛上来，单说敛起的碎钱，换成整钱，有二百六十五块。牛老道与晋发荣一起，背起褡裢，又去武乡县请戏班子。戏班子的班主叫老汤。老汤本是榆乡县人，不是上党人；但他出了榆乡县，便把自己说成上党人，只是在武乡县起了个戏班子，显得他的上党梆子传承正宗。人问：

"老汤，你哪里人？"

老汤：

"上党。"

牛老道常说事，有时说的是村里的事，有时说的是外边的事，过去与戏班子班主老汤也认识。见到老汤，牛老

414

道将沁源县牛家庄建关帝庙的事，一五一十、来龙去脉与老汤说了，订下唱戏的日子是六月初七到六月初九；然后将二百六十五块戏份钱，递向老汤。老汤的戏班子，唱一天戏一百块；连唱三天，应是三百块。牛老道：

"老汤，对不住，少三十五。"

老汤看着钱，有些不高兴：

"少个块儿八角行，一下少三四十，怕说不过去。"

牛老道：

"村小，没经过大阵仗，显得穷气。"

又说：

"看在俺俩老汉七十多的份儿上，又跑了百十里路，你给舍个脸。"

见老汤仍皱眉，牛老道站起身：

"要不我把我的褂子脱给你得了。"

老汤摇头：

"老人家，话不是这么说。"

但也收起钱来。牛老道见他应承下来，又追了一句：

"老汤，咱丑话说到头里，别因为钱少，就出假力。戏该垫场还垫场。"

老汤：

"唱戏上头，老人家倒放心，不为你牛家庄，为俺自个儿，汤家班也不会砸自己的牌子。"

又说：

"钱少了，吃上，就别再亏着大家。一口一口唱戏的人，也不容易。"

牛老道：

"放心，让你顿顿见肉。"

到了六月初三，牛家庄就开始热闹。关帝庙前，搭起了戏台子，糊起了彩棚，挂起了马灯。许多卖果物、杂货和零食的小贩，前三天就在牛家庄摆上了摊。老韩见村里唱戏，便给襄垣县温家庄的朋友老曹捎了个口信，让他六月初五动身，六月初六那天，务必赶到沁源县牛家庄，第二天一起听上党梆子。老曹收到口信后，却有些犹豫。老曹喜静，不爱热闹，也不爱听戏，加上岁数大了，本不愿去；就是去，也想带着老婆女儿一块儿去，路上做个伴。但她们皆嫌路远，不去。女儿改心还说，上回老韩五十大寿，她随爹去过一次沁源县，回来之后，腿疼了三天。但老曹知道沁源县牛家庄的朋友老韩爱听戏，也爱唱戏，拗不过这情谊，六月初五一早，只好只身一人，动身去沁源县。待得出门，在街上碰到"温记醋坊"的经理小温。小温三十多岁。小温他爹，就是过去的东家老温。老温八年前死了。老温在时，大家管他叫东家；换了小温，小温不喜"东家"的称呼，让大家从"温记醋坊"论，管他叫"经理"。小温当经理之后，说话办事，跟东家老温不一样；东家老温做事老派，小温做事图个新鲜。襄垣县头一辆胶皮轱辘大车，就是小温买的。胶皮轱辘大车在路上跑起来，风驰电掣，大家都看；这车又是气闸，一踩刹车，"嚓"的一声站住，纹丝不动。老曹刚赶这车，自个儿先有些发怵；因老曹是长辈，小温倒管他喊"叔"；小温坐在车上老催：

"叔，快点儿！"

一年下来，老曹才习惯这快。小温又撺掇周家庄"桃花村"酒坊的经理小周，也买了一辆胶皮轱辘大车。小周他爹，就是过去周家庄的东家老周，六年前也死了。现在小温看老曹出门打扮，背着干粮，便问：

"叔，哪里去？"

老曹：

"经理，去沁源县听戏。"

接着将听戏的事，一五一十对小温说了。又说：

"不为听戏，为朋友一句话；一百多里，让人捎过来不容易。"

小温问：

"啥戏？"

老曹：

"上党梆子。"

小温却说：

"叔，等一等，我和你一起去。这几天正闷得慌。"

又说：

"不为听戏，为路上散散心。"

小温要去，这去就不一样了。老曹一个人去沁源县是徒步；小温要去，老曹就赶上了三匹骡子拉的胶皮轳辘大车。徒步到沁源县，起早打晚，得走一天半；胶皮轳辘大车，一路跑起来，牲口脖子里的铃铛"叮当""叮当"，当天半下午，就进了沁源县界。路过集市时，小温让老曹停车，买了半腔羊、一筐山桃，又买了两坛子酒；没买"桃花村"的，买的是"杏花村"的；"杏花村"的酒，还是比周家庄小周家的"桃花村"酒味醇。日头还没落，就到了牛家庄。"温记醋坊"的经理跟老曹一起来听戏，既给老曹长了面子，也给沁源县牛家庄的老韩长了面子。三匹漆黑的骡子拉的胶皮轳辘大车，"嗤"的一声放气，停在了老韩家门前，接着往下卸酒卸肉卸果子，老韩大喜。因老曹小温提前一天到，老韩有些措手不及，但赶紧洒扫庭院，专门腾出一间屋子，搭上铺，铺上新铺盖，让小温住。晚上，村里张罗事的牛老道听说襄垣县"温记醋坊"的经理来了，也过来看望。因平日也吃"温记"醋，见面施礼后，先夸温家的醋。小温忙站起说：

"没想到惊动了老人家。一个卖醋的，当不起老人家抬举。"

牛老道：

"经理谦虚了，卖醋也分个大小。"

牛老道又说起三天唱戏的安排。说完，站起说：

"这里是小村，没经过事，有经理看穿的，不要笑话。"

小温赶紧又站起作揖：

"老人家，有空的时候，也到襄垣县去看一看。襄垣的绕绕腔，也能听。"

老曹和小温，便在老韩家住下，安心等着听戏。老韩又杀了几只鸡、一条狗，款待小温和老曹。老韩一辈子话多，但见小温不苟言笑，脸有些板，也收敛许多。说话看着小温的脸色，该说说，不该说不说。但还是比一般人话稠。小温一笑，倒也不大计较。六月初七这天，牛家庄如期开戏。十里八村的人，都赶过来看，关帝庙前人山人海。自从有了牛家庄，村里没这么热闹过。张罗事的牛老道，一下累病了，发烧咳嗽；但头上勒条蓝布，由晋发荣扶着，强撑着出来张罗。老汤的戏班子一天唱两场戏，上午一场，晚上一场，下午歇息。头一天唱的是《三关排宴》和《秦香莲》，第二天准备唱《法门寺》和《皮秀英打虎》，第三天准备唱《天波楼》和《鸳鸯恨》。老曹本不喜欢听戏，但老韩爱听，小温也听，

419

听戏的时候，他坐在两人身后，听老韩给小温讲戏；听到苦处，老韩没怎么样，小温倒掏出手绢拭眼睛；两场戏听下来，老曹也忽然开了窍，听出些戏的味道。戏里说的事，也是世上的事，怎么戏里说的，就比世上的事有意思呢?上午、晚上听戏，下午没事，小温先在屋里打个盹，起来洗把脸，信步走出老韩家，到院后散心。老韩家院后便是襄河，夏天河水涨了，肥肥一河水，浩浩荡荡向东流着。河边长着两三百株大柳树，株株有腰口粗。小温散心时，老曹老韩也一块儿跟着。老韩悄悄对老曹说：

"你们这个小温，倒没有架子。"

老曹：

"他遇事爱想，不爱说。"

老韩：

"不是想不想的事，证明人家有城府；不像咱，嘴跟刮风似的。"

老曹点头。

第三天中午，吃的是焖狗肉。狗肉热性大，再一喝酒，屋子里显得燥热。小温扇着扇子，身上还出汗。小温突然想起什么：

"叔，要不咱搬到院后河边吃去?"

老韩：

"就怕在外头招待客人，失了礼数。"

小温：

"都是自家人，不用客气。"

大家便将酒桌直接搬到院后河边柳树下阴凉处。河水在脚边流着，凉阴下，风一吹，身上马上凉快许多。一下又起了喝酒的兴致。大家边吃边聊，聊了些戏，聊了些襄垣县温家庄的事，聊了些沁源县牛家庄的事，这一聊，竟聊到日头偏西。血红的晚霞，映到河水里。小温趁着酒兴，打量着牛家庄：

"真是个好地方。"

老韩：

"经理说是好地方，我就想起一件事。"

老曹：

"啥事？"

老韩：

"我想给改心说个媒，让她嫁过来。"

老曹：

"嫁给谁？"

老韩：

"我也是四个闺女，要是有一个儿子，咱不结儿女亲家，让给谁去？只好说给别人。"

又对老曹说：

"不为说媒，为改心嫁过来，以后你来得就勤了。"

老曹笑了：

"好是好，就是远了些。"

没想到小温不赞成老曹的说法：

"如是好人家，值一百多里。"

又说：

"世上的人遍地都是，说得着的人千里难寻。"

老韩忙给小温倒了一杯酒：

"经理要这么说，您就给做个保山。"

小温笑了：

"你先说说是个啥人家。"

老韩：

"村里一个朋友，跟我最好，叫老牛，家里磨香油；改心嫁过来，不会受屈。"

又说：

"不是图他家东西，老牛家那孩子，难得稳当。"

又说：

"待会儿我把老牛和那孩子叫过来，经理相看相看。"

小温笑了：

"那倒不急。"

老曹和小温以为这事也就是说说，没想到老韩当了真。当晚散戏之后，老韩又摆上酒，将磨香油的老牛和他儿子牛书道叫过来，让老曹和小温相看。牛书道十七八岁，个头不高，大眼，有些怵生；小温问了他几句话，读过几年书，都去过哪里；小温问一句，他答一句；问完答完，牛书道说声"大爷叔叔们吃好"，就走了。孩子走了，老牛留下，大家又一起喝酒。老牛虽是一磨香油的，但能喝酒。小温本也能喝，但中午喝到日落西山，晚上听完戏又接着喝，几杯下去，就醉了。小温平日不苟言笑，喝醉了爱掉眼泪，爱摇着头说"不容易，真不容易"，和醒着是两个人。老曹知道小温有这个毛病，不以为意；老韩和老牛不知就里，见小温突然伤心落泪，一个劲儿说"不容易，真不容易"，也不知什么不容易，倒有些吃惊。

听完三天戏，老曹赶着胶皮轱辘大车，与小温回了襄垣县。路上老曹问：

"经理，那事咋样啊？"

小温一愣：

"啥事？"

老曹：

"就是给改心说的那个媒。朋友当了真，咱也不能儿戏，成与不成，怕是要说个一字。"

小温这才想起前晚相看人的事，这时摸着头笑了：

"前天我喝醉了呀。"

又叹息：

"这几天的戏，我没听好。"

老曹吃了一惊：

"为啥?老韩招待不周?"

又说：

"要不就是老韩话多，惹你烦了?"

小温摇摇头，说：

"惹不惹人烦，不在话多少。"

老曹：

"要不就是戏唱得不好?"

小温：

"老汤的戏班子，倒是个个卖力。"

老曹：

"那为啥呢?"

小温：

"来听戏之前，我和周家庄卖酒的小周掰了。"

老曹这才恍然大悟。几天之中，听戏之余，他也发现小温有些闷闷不乐。五天前自己来沁源县牛家庄时，小温说来一块儿听戏散心，原以为他只是说说，谁知其中竟有缘由；

来的时候，小温买"杏花村"的酒，不买小周"桃花村"的酒，原以为是给老曹长面子，谁知是与小周掰了。老曹：

"温家和周家，从祖辈起，好了几十年，咋能说掰就掰呢?是为钱的事吗?"

小温叹息一声：

"要为钱就好了。啥也不为，就为一句话。"

老曹：

"啥话?"

小温也不说，只是说：

"我原来以为他是个明白人，谁知是个糊涂人。小事明白，大事糊涂呀。"

老曹：

"经理要是觉得可惜，咱找人说和说和。"

小温：

"也不是话的事，也不是事的事，是他这个人，没想到这么毒。俺俩不是一路人，俺俩不该成为朋友；你和老韩，才叫朋友。"

又感叹：

"三十多年，我白活了。"

老曹知道小温真伤了心，倒不好再打听他们掰的缘由，只好又劝小温：

"掰就掰了呗，世上这么多人，不差一个做酒的。"

小温这时拍了一下大腿：

"叔，我看牛家庄磨香油的老牛家不错。世上最难是厚道，一见面大家就能喝醉，证明说得着。"

一个月后，襄垣县温家庄的老曹家，与沁源县牛家庄老牛家定了亲。一年过后，改心，也就是曹青娥，嫁给了牛家庄磨香油的牛书道。

这是牛爱国他妈曹青娥，六十年中，常说的另一段话。

六十年过去，牛书道死在曹青娥前头。埋牛书道那天，无风无火。在牛家坟地里，牛书道入了穴，上面埋上土，大家都不哭了，曹青娥还坐在地上哭。众人上前劝她：

"想开点儿，人死了，哭不回来。"

谁知曹青娥哭：

"我不是哭他个龟孙，我是哭我自己。我这一辈子，算是毁到了他手里。"

· 四 ·

　　曹青娥嫁给牛书道第二年，回了一趟河南延津。当时她正怀着牛爱国他哥牛爱江。曹青娥小的时候，在河南延津长过五年；后来在山西襄垣县温家庄长了十三年；十八岁那年，嫁到了沁源县牛家庄。无论是襄垣县或是沁源县，曹青娥认识的人中，没有人去过延津。在襄垣县温家庄的时候，为了一个延津，曹青娥，也就是改心，常和娘拌嘴。十三岁之前，改心不敢跟娘拌嘴，一拌嘴就挨打。改心她娘，也就是老曹的老婆，个儿大力沉，她骂改心的时候，改心不敢还嘴；不但骂延津不敢还嘴，改心把粥熬稀了或是稠了，或把鞋样子剪豁了，她骂粥，骂鞋样子，改心也不敢还嘴；一还嘴就挨打。等到改心长到十三岁，个头和娘长得差不多了；改心也长成个大个儿；她娘骂改心的时候，改心就开始还嘴了。这

427

时还嘴不是她娘不敢打她，或是她娘打不过她，而是她娘一打她，她就去跳井。一个跳井和不活，将她娘吓住了。她娘不敢再打，两人就剩下拌嘴。一开始改心吵不过她娘；但改心上过学，她娘不识字，吵得多了，改心还占上风。娘俩拌嘴的时候，爹爹老曹蹲在地上吸烟，也不说话。改心她娘吵不过改心，会将怒气发到老曹身上：

"你是个死人呀，身边有个白眼狼在咬人，你也不管。"

老曹吸着烟，还不说话。改心她娘：

"当初买她的时候，我就说五岁了，啥都记得，是喂不熟的狗，你非要买，可不种下个祸根？"

这话就冤枉老曹了。当初买改心的时候，老曹并不同意，是老婆拿的主意；不但买人是老婆拿主意，家里大小事务，买个灯盏，全由老婆做主；老曹吸着烟，仍不还嘴。改心她娘：

"我上辈子欠你们啥了，你们合伙欺负我？你不用跳井，我去跳井。"

家里闹成一锅粥。老曹背后倒说改心：

"整天吵个啥？好歹她是你娘，不能让着她？"

又说：

"懂道理的人，才跟他理论；这吵来吵去，也吵不出个子丑寅卯，就为磨嘴？"

428

改心与娘吵嘴，与爹不吵嘴。改心小的时候，爹不抱她，也不背她，让改心骑到他脖子里，他驮着改心，到东家老温家的牲口棚里喂牲口。有时改心睡着了，撒爹一脖子尿。爹给东家赶大车，时常出门，路过集上，常买些馃子或肉合子带回来，搁到篮子里，挂到房梁上，留着改心慢慢吃。改心长大以后，爱睡懒觉，每天都是爹喊她起床：

"妮，该起了。"

爹说改心，改心不还嘴，只是说：

"不是吵的事，我不能学你，一辈子让她骑到头上。"

老曹倒一愣，琢磨女儿的话。琢磨半天，叹口气：

"你说得也对。"

又感叹：

"你在前边与她吵了，倒让她把我给忘了。"

又抚着改心的头：

"当初要闺女的时候，没想到这一点。"

娘俩互不相让，吵油了，便什么都吵；不但家里的事拌嘴，说起街上的家长里短，两人的看法也不一样，一说也拌嘴。但拌得最多的，还是"延津"。改心也就是巧玲，离开延津时五岁，对延津的模样并不记得，记得也是一片模糊；倒是对那时的爹吴摩西记得清楚。改心刚被卖到曹家的时候，老曹的老婆不准她想延津和吴摩西，一想就打；但世上的事情，越是有人不让想，心里越想；延津一片模糊，想也白想，只剩下一个吴摩西。改心，也就是曹青娥到了十几岁，夜里做梦，还跟吴摩西在一起。五岁时是吴摩西把巧玲丢了，曹青娥做起梦来，往往是她把爹丢了；五岁时有人把她卖了，到了梦里，是她把爹卖了。爹被卖到人贩子手里，还蹲在地上哭：

"巧玲，别卖我，我回去都听你的还不行吗？"

巧玲从小怕黑，夜里不敢出门；到了梦里，成了爹怕黑，在哭：

"巧玲，别卖我，我夜里怕黑。"

或哭：

"巧玲，你要卖我，就给我装到布袋里，记着扎上口。"

一梦醒来，窗外的月牙，映在枣树的树杈间。但梦得多了，过去清楚的爹，面庞也渐渐模糊起来。白天细细想，也只能想出一个大概，爹的眉目、鼻子和嘴，被想成了一团麻花。原来一个人的面容，这么不经想。改心对延津一片模糊，对爹吴摩西一片模糊，没有去过延津的娘，也就是老曹的老婆，对延津和吴摩西却骂得清楚。老曹的老婆认为，改心所以跟她两条心，从根上论，皆因她不是亲生的，皆因她来自延津。两人吵起嘴来，无论一开始吵的是什么，吵着吵着，最后总能归到延津，或回到延津。延津成了两人吵架的缘起，也成了两人吵架的落脚处。走遍万水千山，都没有延津熟悉。延津骂得多了，像客住熟店，各种家什使用起来，倒也方便。正因为骂得多了，成了熟门熟路，每次骂起来，老曹老婆倒也骂不出新鲜：地方糟改，村挨村，镇挨镇，一百个人走出来，挑不出一个好人；男人都傻，女人都泼；吴摩西不傻，也不会把孩子丢了；女人不泼，改心也不会长成这个样子。骂着骂着，突然一激灵：

"你是丢的吗?是自个儿在老家存不住了吧?"

又问：

"你那个傻爹，是真傻吗?他丢你是不小心，还是故意的呢?"

又说：

"一个五岁的孩子，就让人故意丢了，还不知道她多不招人待见呢。"

改心本来对延津不熟悉，让娘把延津骂得倒是熟悉起来。但改心这时的熟悉，就不是娘的熟悉了。倒不是娘骂那地方糟改，她就把延津想成山清水秀；娘骂吴摩西傻，她就想他聪明；娘又骂吴摩西不傻，她又觉得吴摩西傻；而是随着娘骂，延津在她心里扎下了根。有时娘骂到恼处，下不来马，爹在旁边叹息：

"一个孩子，倒替延津担了不少罪过。"

又劝娘：

"我看改心变不了心。俗话说得好，不记生长记恩养。"

又说：

"说下大天来，哪里是她的家，襄垣是她的家，不是延津。"

但改心与爹的看法不同。改心在延津仅待了五年，在襄垣待了十三年，但襄垣的十三年，不抵延津的五年；襄垣不是自己的家，延津才是自己的家。也许本来不是这样，但娘俩吵着吵着，吵出一个延津；这时的延津，就不是改心过去待过的延津，这个新延津，成了改心心里的家。一开始老曹老婆不准改心想延津，想吴摩西；后来把延津和吴摩西吵俗了，延津和吴摩西就成了改心的伤疤和短处。两人吵架，吵到不可开交处，娘反倒说：

"你走哇，你回延津，去找你那个傻爹。"

改心：

"走就走，早想离开这里。"

十四岁那年，改心真赌气走过一次。但她脑子里是吵架的延津，实在的延津在哪里，千里茫茫，并不知道；改心又怕天黑；上午出走，天黑之前，又回到了温家庄。倒是爹爹老曹，在村口等着她：

"知道俺妮会回来。"

432

又说：

"身无分文，能走到哪里去呢？"

又说：

"你不想你娘，还会想我。"

又说：

"你要真走了，也把我想死了。"

改心蹲到地上，"哇"的一声哭了。老曹：

"你要真想回延津，等冬天闲下来，我带你去趟延津，让你见一见你的亲爹。"

指的也是后爹吴摩西了。老曹：

"九年前，你娘跟人跑了，也不知回来了没有。要是回来了，你也能见着。"

改心擦擦泪，摇摇头：

"爹，我不回延津。"

老曹倒吃了一惊：

"为啥？怕你娘打你？"

指的是温家庄老曹的老婆了。改心：

"爹，其实我挺恨延津的。"

老曹想了想，脑子里转过这个弯儿来；叹口气，暮色中，扯起改心的手，两人回了家。

改心也就是曹青娥，十八岁那年，嫁到了沁源县牛家庄。

为这桩婚事，娘和曹青娥又吵了一架。娘也就是老曹的老婆，与曹青娥吵架之前，先和老曹吵了一架。老曹和"温记醋坊"的经理小温，那天从沁源县牛家庄听戏回来，老曹将老韩提亲的事，与老婆说了，老曹老婆一听就急了。老曹老婆没有去过沁源县，也没有去过牛家庄，但她像骂延津一样，把沁源县和牛家庄骂了个狗血喷头。骂沁源县和牛家庄并不是她跟沁源县和牛家庄有什么过节，而是在提亲之前，老曹没跟她商量。这时说的就不是婚事，而是在家里谁做主的事。买个灯盏都跟她商量，嫁个女儿反倒不商量了？见老婆急了，老曹磕着烟袋：

"这不是跟你商量呢吗？"

老曹老婆放下商量，扭头又抓住一个路远。从襄垣县温家庄，到沁源县牛家庄，有一百多里。老曹老婆：

"襄垣县的男人都死光了，非要疯到沁源县去？"

又说：

"我好不容易把她养大，该中用了，又让她飞了，当初我还买她干啥？"

关于路远，老曹本也有些含糊，这时说：

"这也是我的心病，妮嫁过去，回一趟娘家，得两天，路上还得住店。"

老曹又说：

"不是我起的意，是老韩从中间撮合的。"

老曹老婆马上将矛头对准老韩：

"这叫啥腌臜朋友？明知是个坑，还故意让人跳。"

又埋怨老曹：

"快六十的人了，连个朋友都不会交：从今往后，再也不准去沁源县。"

老曹：

"小温也说这婚事好呀。"

老曹老婆：

"你跟小温过，还是跟我过？"

又骂：

"我看你是成心，与人联起手气我。把我气死了，你好再娶个小。"

已经把一件事说成了另一件事。老曹见老婆越说越多，不再说话。看来这婚事是成不了了。老曹想换个时间，给沁源的朋友老韩，还有"温记醋坊"的小温解释一下，就当这事没发生过。老曹按下此事不敢再提，没想到三天之后，沁源县牛家庄的朋友老韩，带着牛书道上门来了。老曹这里出了岔子，老韩却以为大局已定。看到老韩带人来了，老曹吓了一跳，担心老婆顾头不顾屁股，再把朋友骂一顿，大家伤了和气；没想到老韩话多，进门就说，几句话下来，倒说得老曹老婆偃旗息鼓。老韩：

"嫂子，哥去听戏的时候，我说过一句闲话；知道他在家里做不了主，现在跟你商量来了。"

老曹老婆刚要说什么，老韩止住她：

"你没说话之前，就是一句闲话；成与不成，全听你一句话。"

老曹老婆刚要说什么，老韩又说：

"耳听为虚，眼见为实，我把孩子也带来了。"

老曹老婆要说什么，老韩又说：

"这孩子俺哥和小温看过，但他们看管啥用呢？是不是个材料，还得过嫂子的眼，才能看出个大概。婚事成与不成，先放到一边，你说他两句，也让他长进长进。"

老韩说这话只是因为一个话多；话一多，句句不过脑子，句句都是虚的；但老曹老婆听后，却似喝下一服良药，登时就解了心病。老韩不但翻山越岭把孩子带来了，牛书道正撅着屁股，从毛驴车上往下卸香油、布匹、几袋芝麻，和几只"咯咯"叫的活母鸡。老曹老婆脸上马上转阴为晴：

"来就来吧，这么远，还带东西。"

老韩和牛书道在温家庄住了三天。三天之后，老曹老婆同意了这门亲事。同意这婚事不是因为老韩会说话，也不是贪图牛书道带的东西，而是看中了牛书道这个人。与老韩相反，牛书道不爱说话。正是因为不爱说话，说起话来，句句过脑子。老曹老婆说什么，他都想半天；想完，站起身说：

"伯母说的正是。"

用的还是文词。老曹老婆又说什么，他又想；想完，仍站起身说：

"伯母说的正是。"

几个"正是"下来，老曹老婆欢天喜地。欢天喜地不是说过去老曹家里总吵架，牛书道处处顺着她的心思；而是牛书道说话的样子，站起坐下的做派，老曹老婆没有见过。老韩和牛书道来到曹家，老韩住在西屋，牛书道住在东屋；每天清早，东屋便传来朗朗的读书声。因为牛书道的到来，曹家换了一种气氛和味道，一下成了耕读之家。老曹老婆不但改变了对婚事的看法，也改变了对老韩的看法，改变了对沁源县和牛家庄的看法。见老婆改变了看法，老曹也改变了看法，重新开始喜欢牛书道和老韩，还有沁源县和牛家庄。听说老韩来了，"温记醋坊"的经理小温也过来看望。老韩和牛书道在温家庄住了三天，赶上毛驴车，回了沁源县。老曹老婆拿定主意，要将曹青娥嫁给牛书道。婚事老曹老婆同意，老曹同意，但改心，也就是曹青娥却不同意。曹青娥以前跟爹去沁源县牛家庄时，见过这个牛书道，但两人没有正经说过话。这次牛书道在她家住了三天，两人也没有正经说话，牛书道只顾读书了。按说读书是件好事，曹青娥却从心眼里不喜欢他。头一回见面就不喜欢，第二回见面仍不喜欢。老曹老婆却认为曹青娥不是不喜欢牛书道，而是故意跟娘置气。看着娘喜欢，她才故意不喜欢。按说一桩婚事，本也不必在一棵树上吊死，但曹青娥越不喜欢，老曹老婆越要成就这门婚事。为此两人又大吵一架。曹青娥：

"你喜欢，你嫁给他，反正我是不嫁。"

又说：

"除了他，我嫁谁都行。"

本来不是赌气，也变成了赌气。老曹老婆验证了自己的想法，这时不骂曹青娥，开始拍着手骂老曹：

"这婚事可是你提的头，你张罗的这摊屎，你自己吃去。"

又说：

"反正这事我答应了；要是办不成，我就上吊。"

倒把老曹夹到了中间。这天半夜，老曹起身，欲去小温的醋坊翻醋糟；来到院中，见女儿房里仍亮着灯，便放下手中的木锨，拍了拍女儿的门。曹青娥打开门，老曹进去，蹲到地上吸烟；又招招手，让女儿坐在自己身边。老曹吸着烟说：

"挺好的孩子，咋就不嫁呢？"

曹青娥不说话。老曹：

"别故意跟你娘置气，别因为跟她置气，耽误了自个儿。"

曹青娥：

"过去是跟她置气，这次不是置气，我看着那人别扭。"

老曹：

"哪里别扭了？"

曹青娥：

"我觉得他有点儿傻。那天我到东屋墙根下偷听过他读书，他天天念的书，都是同一段；一大半还念错了，自己往里填词。"

老曹点点头，又叹一口气：

"我也看出来了，他不是个聪明人，是个老实孩子。正是这个老实，爹才劝你嫁过去。人都说聪明人好，可嫁人，还是嫁个老实的妥当。这不是出门做买卖，是居家过日子。爹活了五十多岁，吃亏都在精人手里。你娘不就假装精？我这一辈子，就毁在她手里。"

曹青娥：

"除了不喜欢他，我也不喜欢沁源县牛家庄。"

老曹：

"你就去过一回；醋坊的小温，见过大世面，他就喜欢。"

曹青娥：

"再说，那里太远。"

老曹又一愣。路远，本是老曹老婆起初不同意这门婚事抓的把柄。曹青娥：

"我一下又感到自己被卖到了生地方。爹，到一个新地方，我夜里怕黑。"

老曹叹息一声：

"你如今长大了，和五岁时不一样。就说这个远，也听爹一句话，远有远的好处。我儿嫁得远一些，再不会受你娘的气。"

老曹又说：

"再说，老韩看准的人家，不会出大错。他是爹的好朋友，不会骗我。"

又说：

"他要骗我，图个啥呢？"

曹青娥这时哭了，将头伏在爹的肩头。

等曹青娥嫁给沁源县牛家庄牛书道，却发现他们全家，都被老韩骗了。老曹和小温到沁源县牛家庄听戏时见到的牛书道，后来老韩和牛书道到襄垣县温家庄来，老曹、老曹老婆和曹青娥见到的牛书道，都是假的。假不是说人假，人还是这个人，只是见人怎么说话，到人家里怎么应对，本来他不是这样，现在说的做的，全是老韩教的。包括老曹老婆说话，他站起身说"伯母说的正是"，这个"正是"，就是因为

440

老韩爱唱戏，由戏文里扒的。天天清早起来读书，也是老韩指使的。等曹青娥嫁给牛书道，牛书道露出真相，就成了另一个牛书道。另一个牛书道倒不是曹青娥当初认为的傻，他也不傻，但也不文静，也不喜欢读书，从来不说"正是"，剩下的就是调皮和胡搅蛮缠。在外胡搅蛮缠，在家里也胡搅蛮缠。当初曹青娥随老曹到牛家庄赴老韩五十岁的寿宴，牛书道见了曹青娥，看曹青娥出落得漂亮，便一下看上了，缠着爹去找老韩，想把曹青娥娶到手里。磨香油的老牛经不起他缠，便找老韩。老韩一开始有些犹豫，觉得两人并不般配，从襄垣县到沁源县，路也有些远。但老韩与老牛是好朋友。两人本不是好朋友，老韩过去的好朋友是老丁，两人常在一起打兔唱戏；后来因为布袋的事闹翻了，就和磨香油的老牛成了好朋友。老牛不喜欢打兔，也不喜欢唱戏，但另外有一个爱好，和老韩相同：搁方。所谓"搁方"，就是在地上横七竖八画成方格，七八五十六个"眼"；一方用瓦碴，一方用草节，蹲在地上，看谁能把对方围住。类似围棋，又不是围棋。看似搁方，左推右堵，似在搁放整个世界。搁方倒在其次，重要的是，两人经年累月将方搁下来，输赢大体各半，这就较上了劲。搁方较上劲，生活中反倒离不开了。何况两人天天一个村住着，老曹和沁源县的老韩，一年才见三两面，老牛对老韩，似比老曹对老韩更重要些。老韩爱说话，又爱揽

441

事，经不起老牛磨，便开始主张这桩婚事；并在这桩婚事上，偏向了朋友老牛。人一有偏向，中间自然有假。曹青娥和牛书道在一起生活了四十五年。曹青娥花了十年工夫，才将牛书道的调皮和胡搅蛮缠扳了过来。等扳过来，这时曹青娥成了温家庄的娘，牛书道成了温家庄的老曹。

曹青娥与牛书道头一回大闹，是在怀了牛爱国他哥牛爱江之后。闹不足，曹青娥半夜跑了。牛书道第二天早起发现后，以为她去了襄垣县温家庄娘家，也没在意。说：

"跑就跑，不能惯她这个毛病。"

曹青娥十天还没回来，牛书道仍没在意。还是老牛和老韩看不过眼，逼牛书道到襄垣县温家庄去接曹青娥。牛书道到了襄垣县温家庄，曹青娥却没来这里。牛书道登时傻了，老曹傻了，老曹的老婆也傻了。老曹：

"她跑的时候，你咋不拦她？"

牛书道：

"她半夜跑的，我睡着了。"

老曹这时急的不是跑，而是半夜，老曹跺着脚：

"你咋能让她半夜跑呢？她夜里怕黑。"

曹青娥没嫁人的时候，老曹老婆天天跟她吵；现在曹青娥跑了，老曹老婆却不干了，扑上去撕打牛书道：

"我养了她十三年，让你给弄丢了，姓牛的，你赔我人！"

还是老曹明白曹青娥的心思，这时敲着烟袋说：

"我知道她去哪儿了。"

牛书道和老曹老婆愣在那里：

"哪儿？"

老曹：

"她必是去了延津。"

牛书道也没去过延津，只是愣愣地问：

"那她还会回来吗？"

老曹这时才知道牛书道果然有些傻。说他傻不是他心眼不够数，而是遇事只知其一，不知其二，便叹口气说：

"她要没怀孩子，回来不回来就不一定；现在怀着孩子，还能跑到哪里去呢？"

又叹息：

"过去能跑的时候没跑，现在不能跑的时候跑了，要说可怜，也就这点可怜。"

这是牛爱国他妈曹青娥，常说的另一段话。

· 五 ·

牛爱国三十五岁的时候，他妈曹青娥告诉他，曹青娥嫁到牛家庄第二年，阴历四月，半夜跑了，并没有去延津，而是去襄垣县找一个同学叫赵红梅，在外住了半个月。去找赵红梅并不是因为和牛书道生气，没地方去，才去赵红梅家；或担心延津路远，没有去延津；而是曹青娥压根儿没想去延津，也没想起去延津；去赵红梅家，也不是为了找赵红梅，而是为了向赵红梅打听她的表哥。赵红梅的表哥叫侯宝山。

牛爱国小的时候，他妈曹青娥并不亲他，偏向他的弟弟牛爱河。他爸牛书道偏向他哥牛爱江。正是爸妈都不亲他，他从小就想离开家，后来当了兵。当兵没跟爸妈商量，跑到镇上跟姐商量。但到了牛爱国三十五岁以后，爸牛书道已经死了，妈开始跟牛爱国说得着。妈有心事的时候，不找哥哥

444

牛爱江说，不找姐姐牛爱香说，不找弟弟牛爱河说，单找牛爱国说。但牛爱国有心事，却不给妈说。妈一说起来，皆是六十年前、五十年前的事情。六十年前、五十年前的事情，如今说起来，桩桩件件，都成了闲话。这些闲话，妈春天说得少，夏天说得少，秋天说得少，冬天说得多。通常是在夜里，围着一盆火，妈东向坐，牛爱国西向坐，妈说完一段，一笑；说完一段，又一笑。牛爱国听后却没有笑。

曹青娥当年去找赵红梅，并没有半夜上路。没有半夜上路不是怕天黑。曹青娥和牛书道结婚后，两人说不到一块儿去；白天说不到一块儿还好办，可以各干各的；夜里睡在一张床上，就不得不说，一说就吵架；吵架吵到半夜，曹青娥推门出去，到街上去转；正在气头上，便顾不得天黑，或忘了天黑；久而久之，就真的不怕天黑。曹青娥嫁过来一年，掐指一算，共吵了八十多场架。曹青娥和牛家庄一个叫李兰香的本家二嫂说得着，一次对李兰香说：

"嫁给牛书道，也不是没有好处，从此不怕天黑。"

但过去吵归吵，第二天天一亮，两人又无话说，各干各的；这天半夜从牛家跑了，还是出嫁以来头一回。吵完架，牛书道赌气倒头睡了，曹青娥决定去襄垣县找赵红梅。收拾好包袱，推门出去，并没有马上出发；没出发不是怕天黑，而是肚子饿了。曹青娥自怀上牛爱国他哥牛爱江，饭量比以前大了两倍。过去吵架吵到半夜不饿，现在一动劲儿就饿。她放下包袱，先去厨房捅开火，然后和面；等锅里的水开了，往锅里揪面疙瘩；待面疙瘩半熟，卧里一鸡蛋；面疙瘩和鸡蛋煮熟，加了酱、醋、盐；起锅，又加了葱花和香油。捧着这碗疙瘩汤卧鸡蛋，不慌不忙吃完，正是五更鸡叫；打了一个饱嗝，这才挎着包袱上了路。

曹青娥在襄垣县樊家镇上学时，和赵家庄的赵红梅是同学。那时镇上刚有学校，班上的学生年龄都大；两人上到五年级，曹青娥已十六岁，赵红梅十七岁。赵红梅在班里功课好，曹青娥在班里功课差，两人在学校没有太多的交往；但礼拜一从各自村里到镇上上学，礼拜六从镇上回村里，两人常搭伴赶路。温家庄距镇上二十里，赵家庄距镇上二十五里。赵红梅从镇上回家，要先路过温家庄。从赵家庄温家庄到镇上，中间要翻一座山。赵红梅在学校功课好，待到了路上，像换了一个人，爱跟曹青娥说男女之事。曹青娥这方面开窍，还是赵红梅教的。赵红梅只比自己大一岁，没想到她懂那么多。曹青娥个头高，胆子却小，夜里怕黑；赵红梅个子矬，十七岁了，个头不到一米六，胆子却大，夜里不怕黑。两人从学校搭伴往家走，有时天黑了，赵红梅把曹青娥送到温家庄村头，然后再回赵家庄；或干脆在温家庄曹青娥家住下；夜里，两人睡在一个被窝里；第二天早起，赵红梅再回赵家庄。礼拜一早上，天不亮的时候，赵红梅又从赵家庄赶到温家庄，接上曹青娥，两人再搭伴去镇上上学。

曹青娥十七岁时，镇上有了第一部"东方红"拖拉机。开拖拉机的小伙子叫侯宝山。春天的时候，秋天的时候，侯宝山开着"东方红"拖拉机，到各村去耕地。拖拉机耕地与牛不同，牛白天耕地，夜里就睡了；拖拉机白天耕，夜里也耕。曹青娥夜里睡觉，一觉醒来，就听到地里传来拖拉机的轰鸣声。拖拉机手到各村耕地，在村里各家轮着吃饭。早饭、晚饭在家里吃，午饭由各家给拖拉机手送到地头。轮到曹青娥家，曹青娥就到地里给侯宝山送饭。侯宝山瘦高个儿，细眼，留个分头，从拖拉机上跳下来，摘下白手套，蹲在地头吃饭；曹青娥等着拿饭罐、水罐和碗筷，看着他吃。攀起话来，知他是同学赵红梅的表哥，两人马上近了许多。吃完饭，曹青娥没有拿饭罐、水罐和碗筷，跳上侯宝山的拖拉机，看他耕地。拖拉机身后，泥土像浪花一样，一垄垄翻起。两人从地这头耕到地那头，又从地那头耕到地这头。攀起话来，曹青娥没有遇见过像侯宝山这么会说话的人。会说话不是说他话多，嘴不停，而是说起话来，不与你抢话；有话让你先说，他再接着说。曹青娥与她娘，吵起嘴来，都是抢着说。正因为这样，曹青娥认为侯宝山不爱说话。两人说了拖拉机，说了镇上拖拉机站，拖拉机站有几个人，每人每天都干些什么，又说起赵红梅，都是曹青娥挑起的话头。曹青娥问什么，他答什么；说完一笑，又闭上了嘴。曹青娥问：

"你白天也耕，晚上也耕，不累呀？"

侯宝山：

"一个村没多少地，耕完再歇。"

又说：

"再说，我爱夜里耕地。"

曹青娥：

"为啥？"

侯宝山：

"白天耕地不好看，夜里大灯照着，才有意思。"

这时加了一句：

"要不你夜里来试试？"

曹青娥：

"夜里我可不敢来，我夜里怕黑。"

侯宝山：

"你要想来，我夜里去接你。"

曹青娥以为是句玩笑，一笑，也没理他。这天半夜，曹青娥已经睡着，听到有人轻声拍后山墙；曹青娥起身，出门，转到墙后，竟是侯宝山。大半夜，他仍戴着一副白手套。曹青娥看看爹娘的后山墙，啐了侯宝山一口：

448

"你看着不爱说话，胆子倒大。"

侯宝山拉住曹青娥的手，带她走出胡同，绕到村后，一路跑着到了地里。拖拉机正在地头等着，两盏大灯，照出二里远。两人从地这头耕到地那头，又从地那头耕到地这头。四周一片漆黑，拖拉机白天是犁地，现在成了犁黑。前边的黑，像白天身后的泥土一样，在两盏大灯的照射下，翻向两边。虽然黑越犁越多，但犁掉一些，就少一些。曹青娥怕黑，但有大灯在犁黑，旁边又有侯宝山坐着，她看着前方，一言不发。

三天之后，温家庄的地耕完了，侯宝山开着拖拉机走了。侯宝山走了以后，曹青娥夜里开始睡不着觉，觉得周边更黑了。这时睡觉像小时候一样，又开始点灯。秋天，侯宝山又开着拖拉机来了，又在温家庄耕了四天。白天，曹青娥不理侯宝山，侯宝山也不理曹青娥；到了夜里，侯宝山到曹家院后接曹青娥，两人绕到地里，一块儿用拖拉机犁黑。曹青娥：

"你这拖拉机不好。"

侯宝山：

"咋？"

曹青娥：

"只会在地里跑。"

侯宝山：

"在路上也能跑。"

曹青娥：

"跑不快。"

侯宝山：

"你想干啥？"

曹青娥：

"要跑得快，带我去个地方。"

侯宝山：

"啥地方？"

曹青娥：

"挺远。"

挺远是哪里，曹青娥就不再说了。两人从地这头耕到地那头，又从地那头耕到地这头。

第二年夏天，沁源县牛家庄的老韩，给曹青娥提亲。老韩和牛书道从襄垣县温家庄走的第二天，天上下着雨，曹青娥冒雨跑到镇上拖拉机站，去找侯宝山。因为下雨，侯宝山没有去村里耕地，拖拉机在拖拉机站歇着，侯宝山和拖拉机站的几个人在屋里打扑克。侯宝山输牌了，脸上贴满纸条。看曹青娥一身湿跑进拖拉机站，侯宝山吃了一惊，忙胡噜掉脸上的纸条，从屋里跑出来：

"你咋来了？"

450

又说：

"快去灶间烤烤衣裳。"

曹青娥：

"我不去灶间，我有一句话问你。"

侯宝山：

"灶间也能问。"

曹青娥：

"不，找个清静的地方。"

转身出了拖拉机站。侯宝山忙跟出来，到了镇外河堤上，侯宝山也淋了一身湿。曹青娥：

"侯宝山，你能带我跑吗？"

侯宝山吃了一惊：

"跑？去哪儿？"

曹青娥：

"去哪儿都成，只要离开襄垣县。"

又看侯宝山一眼：

"你带我跑，我就嫁给你。"

侯宝山愣在那里，想了半天，搔着头：

"想不出哪里能存身啊。"

又说：

"嫁给我，不一定非跑呀。"

又说：

"再说，一跑，我就开不成拖拉机了，全县才五台。"

曹青娥照地上啐了一口：

"我明白了，在你心里，我还不如一个拖拉机。"

转身跑了。侯宝山在后边追：

"你别急呀，这事咱可以再商量。"

曹青娥扭回头，恨恨地说：

"这事没商量，我最讨厌胆小的人。"

转身回了温家庄。半年之后，曹青娥嫁给了沁源县牛家庄的牛书道。又半年过去，听说侯宝山也结了婚。曹青娥结婚之后，因与牛书道说不到一块儿，这时常常后悔，当初不该为一个"跑"跟侯宝山赌气。如果当初跟了侯宝山，就是不跑，两人也能过到一块儿去；攀起话来，侯宝山不与人抢话，两人就吵不起来；除了不吵架，侯宝山有拖拉机，曹青娥也不怕黑。虽然跟牛书道在一起，也开始不怕黑，但这个不怕黑，不是那个不怕黑。这天与牛书道吵到半夜，突然想起侯宝山，便收拾包袱，到襄垣县赵家庄去找赵红梅，想打听一下侯宝山过得怎么样。从沁源县到襄垣县，路上走了一天半。找赵红梅也不是去赵家庄，赵红梅也出嫁了，嫁到了季家庄，丈夫老季是个木匠。曹青娥到季家庄找到赵红梅，赵红梅吃了一惊：

"你咋来了?"

曹青娥:

"跟你打听一句闲话。"

夜里,赵红梅将木匠老季赶到牛屋去睡,曹青娥与赵红梅睡在一起。两人在被窝里抱在一起,似又回到了几年前两人正在上学,赵红梅住在温家庄曹青娥家的时候。只是如今曹青娥怀孕了,两人贴得不像以前那么紧。赵红梅:

"你要打听个啥?"

这时曹青娥就不是打听,而是说:

"我想找侯宝山,让他离婚。"

赵红梅:

"你也不问问人家过得啥样,人家老婆啥样,就叫人家离婚。"

曹青娥:

"他要离婚,我就离婚,等他一句话。"

赵红梅:

"凭个啥?"

曹青娥:

"我和他在拖拉机上,他摸过我。"

赵红梅"扑哧"笑了:

"那算个啥?"

曹青娥：

"摸和摸不一样。"

接着两人不说话。半晌，曹青娥又说：

"也不是离婚的事。"

赵红梅：

"那是啥？"

曹青娥：

"侯宝山要离婚，我就不要肚里的孩子了。"

两人又半天没说话。半晌，曹青娥又说：

"也不是孩子的事。"

赵红梅：

"那是啥？"

曹青娥：

"我光想杀人，刀子都准备好了。赵红梅，你让我杀人吗？"

赵红梅搂紧曹青娥，曹青娥又说：

"除了杀人，我还想放火，我从小爱放火。赵红梅，你让我放火吗？"

赵红梅更加搂紧曹青娥，曹青娥在赵红梅的怀里哭了。

第二天上午，曹青娥扛着肚子，到镇上拖拉机站找侯宝山。拖拉机站还是原来的拖拉机站，院子房屋的样式，一点儿没变。但侯宝山不在，"东方红"拖拉机也不在。拖拉机站场院的槐树下，站着拖拉机站的老李和老赵；老李和老赵比前两年老了许多。老李告诉曹青娥，侯宝山开着拖拉机到魏家庄耕地去了。曹青娥又从镇上到魏家庄。魏家庄的人告诉她，魏家庄的地耕完了，侯宝山开着拖拉机去了吴家庄。曹青娥从魏家庄又到吴家庄。吴家庄的人说，侯宝山开着拖拉机来过吴家庄，但没在吴家庄停留，直接去了戚家庄。曹青娥从吴家庄又到戚家庄，终于听到"东方红"拖拉机的轰鸣声。循着轰鸣声找去，在戚家庄村西后岗上，看到了"东方红"拖拉机。接着看到侯宝山在拖拉机里坐着，从地这头耕到地那头，又从地那头耕到地这头。但拖拉机上不是一个人，还有一个女的，怀里抱着一个半岁大的孩子；侯宝山在开拖拉机，那个女的在啃一根甘蔗，吃一口，吐一口。拖拉机到了地头，侯宝山从拖拉机上跳下来喝水，曹青娥看到他胖了，也黑了。那女的在拖拉机上喊：

"娃他爹，把娃接下来，给他把泡尿。"

曹青娥这时发现，那辆"东方红"拖拉机，比前几年破了许多。侯宝山开拖拉机，也不戴白手套了。曹青娥突然明白，她找的侯宝山，不是这个侯宝山；她要找的侯宝山，在这个世界上，已经死了。曹青娥也没上去跟侯宝山说话，转身离开戚家庄。从戚家庄也没回季家庄赵红梅家，直接去了襄垣县城。在襄垣县城的旅店住了十天，又挎着包袱回了沁源县牛家庄。牛书道和牛家的人，都以为曹青娥去了一趟河南延津。牛书道：

"去延津了，也不说一声。"

曹青娥没理他。五月端午回襄垣县温家庄走娘家，爹爹老曹也以为她去了一趟延津；吃过饭，剩下老曹和曹青娥，老曹问起延津，曹青娥：

"我没有去延津。"

老曹：

"那你去哪儿了？"

曹青娥不再答话，老曹也不再问。但老曹还是以为她去了一趟延津。

曹青娥真正去延津，是在十八年之后。这年秋天，襄垣县温家庄的爹老曹死了。这年牛爱国他哥牛爱江十七岁，牛爱国他姐牛爱香十五岁，牛爱国七岁，牛爱国他弟牛爱河两岁。曹青娥在牛家庄生活了二十年，早已将丈夫牛书道掰扯过来。两人不再吵架。但这时的牛书道，成了已经去世的襄垣县温家庄的老曹，曹青娥成了老曹老婆。曹青娥这时才明白，人是掰扯不得的，掰扯了别人，就是掰扯了自己。牛爱国记得他小时候，爸牛书道不爱说话，妈曹青娥动不动就急。家里大小事务，全由妈做主，爸蹲在旁边吸烟，也不说话。

妈一急就打孩子；也不是打，是拧；拧你的脸，拧你的胳膊，拧你的大腿，拧住哪里算哪里；边用劲边说：

"憋住，不许哭。"

曹青娥去延津那年三十八岁。去延津的因由和延津没有关系，和襄垣县温家庄爹爹老曹的死有关系。老曹活了七十五岁。老曹七十岁之后，和七十岁之前是两个人。老曹赶了一辈子大车。七十岁之前，老曹是个不爱说话的人，遇事也不爱做主；不爱做主是因为他做不得主，家里大小事务全由老婆做主；剩下的就是一个和气。曹青娥小的时候，常骑到爹爹老曹的脖子上；直到出嫁之后，心里有什么话，都是跟爹说，不跟娘说。但老曹临死前的五年，似变了一个人。老曹的变，和老曹老婆的变连着。老曹老婆在家里做了一辈子主，动不动就急，跟老曹吵了一辈子架，跟曹青娥也吵了一辈子架；但七十岁之后，突然不跟人吵了，遇事也不做主了，对一切都撒手不管；人说什么，她都应承，一切似无可无不可。一个跟人吵了一辈子架的人，到了晚年，话突然少了，对人笑眯眯的。老太太个头又高，挂着一根长柄拐杖，弯着腰与你说话，越发显得慈眉善目。牛爱江、牛爱香、牛爱国、牛爱河跟爹娘到襄垣县温家庄姥娘家串亲，都说姥娘对人亲。老曹七十岁之后，倒变成了年轻时的老曹老婆，唠叨，小心眼，爱生气；遇事爱做主，又做不到正地方。曹青

457

娥一家去襄垣县温家庄串亲，牛爱江、牛爱香、牛爱国、牛爱河稍微一闹，他就用眼睛瞪孩子，气哼哼的。老曹年轻时对人大方，七十岁之后，开始小气。曹青娥小时，他赶大车出门，回来给曹青娥也就是改心买馃子和肉合子吃；现在一家人吃饭，牛爱江、牛爱香、牛爱国、牛爱河盛饭超过两碗，他的脸就拉了下来。牛爱江、牛爱香、牛爱国、牛爱河都说，到姥爷家串亲吃不饱。牛书道吃饭时爱吸烟，一次正月里串亲，全家人吃饭，老曹不吃，拉着脸，气哼哼的；曹青娥以为爹嫌孩子们吃得多；饭后，他将曹青娥叫到里屋，说：

"吃了一顿饭，他吸了我七颗烟。"

原来说的是牛书道。串亲回去的路上，曹青娥将牛书道骂了一顿。骂完，曹青娥哭了。哭不是哭牛书道吸烟，而是爹爹的性子变了。老曹死时，曹青娥并没有特别伤心；死后，也没有特别想他。该想的，老曹活着的后五年都用光了。但老曹死后三个月，曹青娥突然开始想念爹爹老曹。夜里常梦见他。这时的老曹，又变回七十岁之前的老曹，或六十岁的老曹，或五十岁的老曹，或四十多岁的老曹，或刚买曹青娥，也就是改心时的老曹。老曹用脖子驮着她，笑着在街上走，给她买吃食；或老曹趴在地上，让曹青娥当马骑；或曹青娥要出嫁了，老曹拦住轿子不让走，哭着拉住曹青娥的手：

"妮，你嫁走了，谁管我呀？"

或：

"妮，牛书道那人没正性，不能嫁。"

在梦里，反倒是曹青娥要嫁牛书道，爹不同意；或嫁的又不是牛书道，而是侯宝山；与爹吵了起来。爹见她不听，用手打自己的脸：

"都怪我，当初错听了老韩一句话。"

曹青娥见爹打自己，上前搂住爹的手哭：

"爹呀，这事咱还可再商量。"

就哭醒了。一次梦见爹又与前不同，一个人站在墙根，两手贴着墙，一动不动。曹青娥：

"爹，你咋了?你病了吗?"

爹呆着脸，也不说话。曹青娥：

"爹，看你把扣子都扣错了，衣裳扭着。"

上前与爹解扣子，重新扣好。扣完扣子，突然发现爹的头没了。没头的爹，仍站在墙根。曹青娥惊呼：

"爹，你的头呢?"

一身冷汗醒来，再睡不着。之后半个月，经常梦见爹没头了。也不是每一回都没有，有时有，有时没有。接着又梦见不是老曹这个爹，而是曹青娥小时候还是巧玲时的爹吴摩西。曹青娥十八岁之前，常常梦见吴摩西；梦得多了，把吴摩西的面目梦没了；面目没了，梦也就少了。现在因为爹爹老曹，又重新梦见另一个爹爹吴摩西。但吴摩西的面目仍旧模糊，或像老曹一样，头干脆没了。两个爹的头都没了，一个死了，一个不知是死是活，曹青娥突然下决心要去一趟河南延津，看看另一个爹是否也已经死了。不管是死是活，都想找到他。如果没有死，想看看他的头，他的面目，将这头和面目，重新安到梦中的爹爹头上。第一天起的意，第二天就上了路。为何突然去延津，去延津干啥，曹青娥在家里做主做惯了，也没有跟丈夫牛书道商量。听说她去延津，牛书道也不敢问去的事由，只是问：

"几时回来？"

曹青娥：

"或十天，或半个月，或干脆就不回来了。"

牛书道不敢再问。曹青娥带上两个提包，用手巾系到一起，扛在肩上，让大儿子牛爱江用自行车将她载到沁源县城，从沁源县城坐长途汽车到太原；从太原坐火车到石家庄；从石家庄转火车到了新乡；从新乡又坐长途汽车，终于到了延津。前后用了四天。一个月后，曹青娥从河南又返回山西沁源县牛家庄。牛书道见她这么长时间没有回来，心一直提着；见她回来，终于松了一口气；但也不敢问别的，问：

"十八年前去过一趟延津，十八年后又去了一趟，延津到底咋样啊？"

曹青娥：

"延津好得很，不然我也不会去两趟，不然我也不会住这么长时间。我又找到个娘家。"

要哭的样子。牛爱国三十五岁之后，他妈曹青娥开始跟牛爱国说知心话。一次对牛爱国说，她一辈子去过一趟延津，但在延津仅待了三天。到了延津，发现延津跟别的没有去过的生地方没有区别。她小时候记得的延津，和三十三年后的延津，是两个地方。东街变了，西街变了，南街变了，北街变了，十字街头也变了，西街西头，当年爹爹吴摩西和娘吴香香蒸馒头的院子早没了。比这些重要的是，她没有找到巧玲时的爹爹吴摩西。三十三年前，她与吴摩西失散之后，吴摩西像她一样，再没回过延津。曹青娥没回延津是因为被人卖到了山西，当时才五岁；吴摩西是个大人，并没有被人卖，怎么也没有回来呢?三十三年没有音讯，也不知他去了哪里，如今是死是活。曹青娥记得爷爷家在南街，三十三年前叫"姜记弹花铺"；如今弹花铺还在，弹花不乐脚蹬了，装了一部柴油机，弹花锤"哐当""哐当"在自己翻跟头。但她记得的人都死了。爷爷老姜死了，大伯姜龙死了，三叔姜狗也死了，剩下的皆是姜龙姜狗的后代，见面都不认识。一个孩子被卖，本是一件大事；三十三年后孩子又回来了，也是一件大事；但卖孩子是三十三年前，三十三年前的大事，三十三

461

年后，就成了"听说"。当年当回事的人，或走了，或死了，剩下的是一帮"听说"的人，也就无人把上辈子人的事当回事。不把三十三年前卖人的事当回事，三十三年后回来，也就没人当回事。虽也百感交集，到说起来，还是一段闲话。曹青娥在延津待了三天，就离开延津，去了新乡，去找当年与爹爹吴摩西分手的东关汽车站，汽车站旁边的鸡毛店。但到了东关，汽车站二十年前已搬到了西关；当年的汽车站，现在成了一座化肥厂。化肥厂占地几百亩，十几根大烟囱，"突突"往天上冒着白烟，哪里还有当年鸡毛店的踪影？也就在新乡待了一天。牛爱国问：

"在延津待了三天，在新乡待了一天，咋一个月后才回来？"

曹青娥：

"我又去了开封。"

牛爱国：

"去开封干啥？"

曹青娥：

"虽然在新乡看到一个化肥厂，我还是回到了小时候，这时突然想见另一个人。"

牛爱国：

"谁呀？"

曹青娥:

"当年把我拐走的卖老鼠药的老尤。老尤是开封人。"

牛爱国:

"见他干吗?"

曹青娥:

"他把我拐到济源,当时真不想卖我。"

又说:

"三十三年了,我特别想问他一句话。"

牛爱国:

"啥话?"

曹青娥:

"他把卖我那十块大洋,使到啥地方去了。是买了头牲口,还是置了块地,还是拿它做了小买卖。"

牛爱国:

"事到如今,问这些有啥用啊?"

曹青娥:

"就是这些话没用,我也想见见老尤,看他如今成了啥模样,他是所有这些事的病根。"

曹青娥说,她从新乡又坐长途汽车到长垣;从长垣坐轮渡过黄河;过了黄河,又乘长途汽车到了开封。到了开封,开始找老尤。虽然知道三十三年过去,怎么也找不到老尤;

既不知老尤如今是死是活，也不知老尤家住在开封何处，现在又搬到何处；同时对老尤的模样，脑子里也开始模糊。就是不模糊，三十三年后的老尤，也不是三十三年前的老尤了。但曹青娥去了马市街，去了相国寺，去了潘杨二湖，去了夜市，开封的大街小巷，旮旮旯旯，都跑遍了。每天都能碰到成百上千个老头，但哪一个看上去，都不是老尤。明知道找不到老尤，但曹青娥在开封找了二十多天。这时候就不是找老尤了。身上的盘缠越花越少，十天之后，曹青娥住不起旅店；这时白天找老尤，夜里睡在开封火车站。这天半夜，曹青娥正在火车站候车室的椅子上睡觉，头枕一个提包，脚踏一个提包，突然看到了爹。这个爹不是吴摩西，而是山西襄垣县温家庄的老曹。接着不是火车站，而是相国寺前的夜市。爹在前边走，曹青娥在后边追。爹步子走得很急，曹青娥怎么也追不上。待追上，已满身大汗。曹青娥：

"爹，你来开封干啥？"

爹满脸涨得通红，着急地：

"帮你找老尤呀。"

又说：

"刚才看到老尤，快追上了，又被你拦下了。都怪你。"

曹青娥看着爹，突然一阵惊喜：

"爹，你不是没头了吗？怎么又有头了？"

爹捂着自己的胸口：

"头是有了，这里难受得很。"

开始抓挠自己的心。曹青娥：

"爹，你又没心了吗？"

爹：

"心倒是有，就是苦得很。"

曹青娥猛地惊醒，原来是一个梦。睁开眼，四周全是候火车的陌生人，熙熙攘攘，一个也不认识。曹青娥伏到自己的提包上，哭了。哭不是哭梦到了爹，而是梦中的爹，头又有了，心却苦得很。

这是牛爱国他妈曹青娥，对牛爱国说的另一段话。

牛爱国他妈曹青娥又对牛爱国说，去了一趟延津，知道了另一件事，她的亲爹姜虎，当年就是死在山西沁源县。没想到曹青娥长大，又嫁到了沁源县。但当年跟姜虎一起贩葱的老布老赖也已经死了，也没打听出姜虎当年死在沁源县城的哪条街，哪家饭馆。但从此曹青娥梦里，又多了一个爹。这个爹有头，但无面目。

·六·

牛爱国与李克智的见面，改变了他对庞丽娜的态度。几年之前，牛爱国去过一趟河北平山县，在滹沱河边，牛爱国和战友杜青海商量过他和庞丽娜的事；几年来，牛爱国对庞丽娜的态度，一直按杜青海给他出的主意。既然离婚离不起，牛爱国就不离婚；庞丽娜可能跟人好了，他先忍着；两人有隔阂，他开始主动填这隔阂；两人没话，他开始主动找话；找话就不能找坏话了，他开始给庞丽娜说好话；或者说，同样一句话，两种说法，他拣的是好听的那一面；坏话也让他说成了好话。说话就要常见面，为了说话，为了说好话，牛爱国在沁源县城南关租了一间房子，临时在县城安了个家，不用庞丽娜休礼拜天再回牛家庄。牛爱国开卡车出外拉完货，不回牛家庄，直接回县城。但几年下来，牛爱国发现话也不是好找的，好话也不是好说的；或者说，没话找话不是件容易的事，专门找好话就更难了。两人本来无话，专门找来的话，就显得勉强；两人说不来，就无所谓坏话或是好话。如果坏话说不来，好话也不一定说得来。两人的心离得远，对同样一句话，就有不同的理解；你认为是句好话，她听起来不一定觉得是好话。再说，天底下哪有那么多好话?每天专门想好话，也想得脑仁疼。好话好不容易想出来，说出去，也不一定能说到人心上。好话说多了，自己听着都假。好话一开始听着入耳，天天说，对方就听烦了；这时好话就转成了坏话。两人无话的时候，还能风平浪静，现在牛爱国天天说好话，倒把庞丽娜说得不耐烦起来。牛爱国一张嘴，本来不是说好话，是说一件事，庞丽娜也捂耳朵：

"求求你，别说了，我一听你说话就恶心。"

或：

"牛爱国，你心太毒了，让我在世上听不得好话。"

牛爱国这时发现，杜青海给自己出的主意，原来是一句空话。毕竟不是十年前在部队，两人坐在弱水河边的时候；从河北平山县，到山西沁源县，中间隔着一千多里，出的主意也打折扣。杜青海的主意不起作用，牛爱国自己改变了主意，不再没话找话了，开始做实事。给庞丽娜洗衣服，给庞丽娜擦皮鞋，庞丽娜爱吃鱼，他给她做鱼。牛爱国过去不会

467

做饭，刚开始做鱼的时候，不是烧煳了，就是没炸透；不是咸了，就是淡了；或有腥味。但一个月下来，会做鱼了，红烧鱼，清炖鱼，干炸鱼块，剁椒鱼头，都做得有滋有味。鱼块要炸两遍，才能炸焦；炸过，要多放孜然和芝麻盐。剁椒鱼头除了多放青椒，还要多放花椒。做完鱼，牛爱国洗过手，换上一套西装，骑上自行车，去县城北街纺纱厂门口接庞丽娜。庞丽娜下班，见他来接，问：

"你来干啥？"

牛爱国：

"今儿做鱼了。"

庞丽娜回家吃鱼时，有了笑脸。果然吃比说顶用，庞丽娜吃过鱼，晚上温柔许多。一天夜里，庞丽娜竟抱着牛爱国哭了，说：

"你也不容易。"

牛爱国也觉得自己不容易。但他的不容易不是庞丽娜说的不容易，而是说话办事，一方总想着另一方，就没了自己的心思。没自己的心思倒没什么，所做的每一件事，都不是出自自己内心，而是为了给别人看，牛爱国突然觉得没了自己。自己没了，自己的心思也没了，那牛爱国成了谁呢？牛爱国也不管自己成了谁，看庞丽娜抱着他哭，几年来的含辛茹苦，总算没有白费，这时追了一句：

"只要你回心转意。"

指的是庞丽娜跟西街"东亚婚纱摄影城"小蒋的事了。没想到庞丽娜一听这话，登时又翻了脸，推开牛爱国：

"本来就没有心和意，哪儿来的回和转？"

牛爱国以后就不再说回心转意的事了，专心做鱼。或者，牛爱国想听的，就是从庞丽娜嘴里说出，她和小蒋之间，本来就没事；本来就没事，哪来的回和转？但牛爱国常常出车到外地拉货，不是每天都能在沁源县城南关家中做鱼；啥时出车回来，啥时才能做鱼。做完鱼，换上西装，就去北街纺纱厂接庞丽娜。渐渐纺纱厂的人都知道，牛爱国一出现，就是家里做鱼了。

这天，牛爱国出车去临汾送酱菜。沁源离临汾三百多里，其中有一半是山路，弯多，拐得急，加上堵车，天不明从沁源出发，到了临汾，已是晚上，城里已亮起路灯。到货栈卸下酱菜，牛爱国要连夜赶回去，货栈的老李说，货栈有一批麻袋，想让牛爱国捎回沁源；但装卸工下班了，只能等到明天。虽在临汾耽误一夜，但回程不空车，对牛爱国还是划算，牛爱国便在货栈住下。第二天一早，货栈的装卸工往卡车上装麻袋，牛爱国信步走出货栈，在一个早点摊上吃了一碗杂碎汤，五个烧饼；回到货栈，麻袋还没有装完，牛爱国又走出货栈，看到货栈拐弯处有一个鱼市，便信步走向鱼市。从货栈看鱼市觉得这市场不大，谁知拐过弯来，竟豁然开阔，熙熙攘攘，人头攒动，原来是个大市场。这市场有二里多长，从东到西，两边的摊子，都是卖鱼的。有卖鲢鱼的，有卖鲤鱼的，有卖胖头的，有卖草鱼的，有卖带鱼的，有卖鲫鱼的，有卖偏口的，有卖鳝鱼的，有卖泥鳅的，有卖王八的……牛爱国从东头转到西头；临汾的市场，果然比沁源大；市场大，鱼就比沁源便宜。譬如胖头鱼，沁源五块四一斤，这里只卖四块八，个头比沁源还大。牛爱国从西头又转到东头，在一个鱼摊前停下，挑了两条胖头鱼，准备回沁源之后，晚上给庞丽娜做剁椒鱼头。这个鱼摊的鱼贩子是个瘦子，不停眨巴眼；看牛爱国越过许多鱼摊，来买他的鱼，竖起大拇指：

"大哥好眼力。要不要刮鳞开膛？"

牛爱国：

"这鱼晚上才吃，要活的。"

瘦子：

"听口音，大哥不像临汾人。"

牛爱国：

"沁源。"

瘦子：

"沁源我去过，是个好地方。"

瘦子把鱼放到秤盘子里，把秤称得高高的；称好，将两条胖头装到一个塑料袋里，又往塑料袋里灌上水，充上氧气，将鱼交到牛爱国手里，又让了牛爱国一支烟。牛爱国：

"有空到沁源来玩。"

然后吸着烟，拎着鱼回到货栈，麻袋已装车整齐。牛爱国跟货栈的老李打了个招呼，跳上车，发动，开车回了沁源。出城走了二十公里，牛爱国突然感到腹痛，要拉肚子。这时知道早起吃饭吃坏了，也不知是杂碎汤不干净，还是烧饼有毛病；忍着肚子疼往前走，好不容易看到路边有一个厕所，忙停下车，去厕所拉肚子。拉完，肚子舒服些，又上车，发动车往前走。无意中看了一眼挂在驾驶室的鱼袋子，却发现鱼是蔫的。停车，打开塑料袋，鱼已经死了。鱼死了不打紧，刚死的鱼眼珠子是白的，这鱼的眼珠却是黑的；又摸了摸鱼，新鲜的鱼肉应该是紧的，这鱼的肉却是软的；知道是临汾的鱼贩子做了手脚，称鱼时鱼是活的，往塑料袋里装时，用昨天的死鱼掉了包。大概知他不是临汾人，才这么偷梁换柱。想起鱼贩子是个瘦子，又眨巴眼；爱眨巴眼的人，都藏着坏心思。不是为鱼，是为这事，牛爱国咽不下这口气；虽已出临汾城三十公里，牛爱国掉车回头，又开回临汾。车在鱼市停下，牛爱国拎着塑料袋，去找卖他鱼的那个瘦子。瘦子仍在，在高声叫卖；他鱼池子里的鱼，皆活蹦乱跳。瘦子见牛爱国回来，吃了一惊。牛爱国将塑料袋扔到瘦子的鱼案上，说：

"咋说吧？"

那瘦子眨巴着眼看看塑料袋里的鱼，看看牛爱国：

"大哥搞错了，不是我的鱼。"

如果瘦子认下是自己的鱼，再认个错，给牛爱国换两条新鱼，牛爱国也就忍了；来回六十公里的冤枉路，也就不说了；但一个多小时过后，瘦子就不认账了，反说牛爱国搞错了，牛爱国就火了。牛爱国：

"现在事小，停会儿事就大了，咱好说还是歹说？"

瘦子：

"好说歹说，都跟我说不着。"

因为两条鱼，两人越说越多；见这里吵架，买鱼的人都围了上来。瘦子见耽误了自己的生意，仗着自己是临汾人，朝牛爱国脸上啐了一口唾沫：

"穷疯了，来诈大爷？"

牛爱国转身出了鱼市，去找自己的卡车；待回来，手里攥着一根五尺长的铁柄摇把；摇把有鸡蛋粗，中间打了个弯。瘦子看他手拿摇把，知是要打架，顺手抄起一把刮鱼鳞的刮刀，向后撤着身子：

"你敢，你敢。"

牛爱国一脚上去，将瘦子的鱼池踢翻了；瘦子的鱼池，是用白铁皮砸成的；水流了一地，几十条胖头、鲤鱼和草鱼，在地上乱蹦。牛爱国抡起摇把，没有砸向瘦子，砸向地上的鱼。活蹦乱跳的鱼，一条条被砸得稀巴烂。瘦子比画着手中的刀：

"要出人命了，要出人命了。"

其他鱼贩子，也都围拢上来，欲帮瘦子；有拿棒的，有拿叉的，有拿长柄鱼捞的。牛爱国抡起摇把，转腰抡了一圈，鱼贩子的人圈，也"忽"地向后缩了一尺。王闹间，有人喊：

"好了，大哥来了。"

只见一个身高一米八多，一身黑膘，满怀胸毛，头顶一头赤发的大汉，大踏步穿过鱼市奔来。瘦子像遇到了救星，对那大黑汉喊：

"大哥，就是他。"

那大汉越过人圈，一把揪住牛爱国。牛爱国马上感到浑身被箍住了，知其劲儿大；欲抡摇把砸他，那大汉抢先一掌，劈到牛爱国胳膊上，牛爱国的摇把，被震出一丈多远。众鱼贩子都齐声喝彩。那大汉提起钵大的拳头，劈头就打牛爱国。但拳头举到半空，没有落下。那大汉愣愣地问：

"你叫个啥？"

牛爱国仰脸一看，觉得这大汉也有些面熟。但一时也想不起是谁。那大汉：

"你是牛爱国?"

牛爱国定睛一看，也惊呼：

"你是李克智?"

李克智是牛爱国的小学同学。当年上小学时，李克智个头就大；个头大不说，还爱传闲话，整个班里被他搅得鸡犬不宁。一次传闲话传到牛爱国他姐头上，牛爱国与他打在一起。冯文修是牛爱国的好朋友，后来也上了手，一牛轭下去，将李克智头上砸出个血窟窿。李克智他爸在长治煤矿当矿工，等到大家上初中时，李克智随他爸到了长治，大家再没见过面；没想到二十多年过去，两人在临汾一个鱼市上碰上了。两人也忘了打架，你看看我，我看看你，"嘿嘿"笑了。李克智：

"是你就对了，你小时就爱打架。"

抓住牛爱国的手，让他摸自己的头：

"摸摸，现在还留着铜钱大一疤瘌。"

牛爱国：

"这个不是我砸的，是冯文修。"

又端详李克智：

"老了。"

说完"老了"，又说：

"头发咋成红的了?"

李克智:

"白了，想染黑的，被发廊的小姐染错了。发廊的老板，也被我打了一顿。"

两人又笑了。众鱼贩见他们是老相识，皆一哄而散。那个瘦子鱼贩眨巴着眼，只好自认倒霉，嘟囔着去收拾地上的鱼酱。李克智拉住牛爱国，去了鱼市旁边一个饭馆。掀门帘进去，对饭馆老板说:

"不用弄别的，去挑几条鱼，炖个鲜汤。"

看来饭馆老板与李克智也熟，忙说:

"大哥，不用吩咐。"

欲出门去鱼市。牛爱国一把拉住饭馆老板:

"千万别弄鱼，弄点儿别的。"

李克智:

"咋?"

牛爱国:

"看到鱼就反胃，吃够了。"

李克智:

"吃够你还买鱼?"

牛爱国一笑，也不答话，接着问李克智:

"二十多年过去，没想到你成了鱼霸。"

李克智叹息一声:

"一言难尽。"

两人喝着酒，李克智将他自初中与牛爱国诸同学分别，如何到长治煤矿；从长治煤矿，如何又来到临汾；来龙去脉，一五一十，与牛爱国讲了。原来李克智在长治上初中时，也不老实；上初三那年，与一同学打架，一板凳砸在那同学头上，那同学头上涌出血，应声倒地。李克智以为他死了，连夜从长治逃到临汾。与当初冯文修用牛轭砸李克智一模一样。李克智在临汾有一个姑姑，姑姑不会生孩子，便收留了他。后来长治打架的事平息了，原来那同学没有死，李克智他爸来接李克智，李克智从小与他爸说不着，便不愿回去，跟了姑家。姑家姑对他不错，姑父是个机械厂的钣金工，脾气古怪，老多嫌他。李克智常与姑父吵架。后来考大学没考上，便在街上卖羊肉串。后来娶妻生子，与姑家分家另过。羊肉串养不住一家人，便开始卖鱼。卖了两年鱼，凭个力气大，渐渐拢住了这一片鱼市，自个儿倒不卖鱼了。说完这些，李克智感叹：

"拢这一片鱼摊，说起来是凭个力气，其实是凭个赖呗。"

牛爱国听完，也叹息一声。李克智：

"现在我不传闲话了。"

牛爱国一笑。两人又说起小学时班上许多同学。冯文修、马明起、李顺、杨永祥、宫益民、崔玉芝、董海花等，二十多年过去，都各奔东西；其中一个叫王家成的已经死了，一个叫胡双利的疯了。李克智：

"人生在世，草木一秋哇。"

牛爱国：

"当年教咱语文的魏老师，教咱地理的焦老师，前年也前后脚去了。"

李克智：

"焦老师个头矮，长个马脸，我一见他，就学马叫。一次他把我挤到墙角，差点儿把我的耳朵拧下来。"

两人又感慨一番。说完这些同学老师，李克智点着牛爱国：

"能看出来，你有心事。"

牛爱国：

"此话怎讲？"

李克智：

"看你眉心那条沟，一想事有多深。"

牛爱国见李克智刚才对自己说了心腹话，也是酒到半酣，也将自己的忧愁，主要是与庞丽娜的关系，与李克智说了。两人刚结婚时还说得着，后来越来越说不着；接着出了庞丽娜和西街"东亚婚纱摄影城"小蒋的传言；本想离婚，又有些犹豫，便跑到河北平山县与战友杜青海商量；两人共同商量出，牛爱国说不起离婚的话；回来只好跟庞丽娜没话找话，只好给庞丽娜说好话；好话也不是好说的，只好给她洗衣服，给她擦皮鞋，她喜欢吃鱼，给她做鱼；所以今天在临汾买鱼。

李克智听了，却拍着桌子说：

"你的战友杜青海，给你出的是馊主意。"

牛爱国：

"我也觉得有劲使不上。"

李克智：

"你给她洗衣服，给她擦皮鞋，给她做鱼，也是错的。"

牛爱国：

"此话怎讲？"

李克智：

"既然你连话都说不起了，你还怕她甚？"

牛爱国：

"正因为说不起，所以才怕。"

李克智：

"错了。正因为说不起，光脚的不怕穿鞋的。从今儿起，不是她不理你，该你不理她。"

牛爱国：

"她要离婚咋办？"

李克智：

"拖着她，就是不离，看她能怎的?能治死她。"

一个卖鱼的李克智，一下将牛爱国说醒了。与庞丽娜过了这些年，原来关系是颠倒的。原来世上还有怕是不怕，不怕是怕的道理。李克智拍着他的肩:

"你那些朋友都不中用，以后再有想不明白的事，过来找我。"

牛爱国点头。吃过饭，已是半下午;牛爱国又想到鱼市买鱼，被李克智拦下了。李克智:

"刚才给你说的，你又忘了?就不给她做鱼。"

又说:

"如果想要鱼，在临汾还用买?"

牛爱国笑着摇了摇头，只好不买鱼，开着车回了沁源县。出城走了百十里，刚上山路，天就黑了。牛爱国这时再想李克智的话，觉得又行不通。李克智教他对付庞丽娜的办法，像李克智对付鱼和鱼市一样，看起来很强硬，其实还是一个"赖"字。世上赖鱼行，赖人如何会长久?说起来也不是怕庞丽娜，还是怕离开她;也不是非跟她在一起，而是离开她，连她也没有了;或者，连怕都没有了;与她说不上话，离开她，连话和说也没有了。怕的原来是这个。一切不在庞丽娜，全在自己。牛爱国突然又想明白，用李克智的办法是赖，不用他的办法，眼下给庞丽娜洗衣服，给她擦皮鞋，给她做鱼，说起来是供着她，其实也是个"赖"字。甚至比李克智还赖。李克智是小赖，自己是大赖。卡车在吕梁山上盘旋，车的大灯照着两边的山峦，忽高忽低，牛爱国不禁流下了泪。车行到沁源县城，已是第二天黎明。牛爱国又到沁源鱼市上买了两条胖头鱼，回家对庞丽娜说，这鱼是从临汾买的。

这年十月，庞丽娜出了事。庞丽娜和西街"东亚婚纱摄影城"的小蒋，在长治旅馆过夜时，被人抓住了。庞丽娜出事时，牛爱国浑然不觉。"十一"节，纺纱厂放了五天长假，庞丽娜对牛爱国说，她想跟厂里几个姐妹到太原旅游；整日待在沁源，闷死了；还问牛爱国是否一块儿去。牛爱国过去和庞丽娜一块儿出去旅游过，两人路上无话，憋死了；别人一块儿出去是看个风景，他和庞丽娜看着风景，也说不出别的；何况"十一"期间，牛爱国还要给沁源化肥厂拉化肥，便让庞丽娜跟人去了。谁知庞丽娜并没有跟纺纱厂的姐妹去太原，而是跟小蒋去了长治。在长治"春晖旅社"捉住他们的不是别人，就是小蒋的老婆。小蒋的老婆叫赵欣婷，在沁源县城十字街头百货楼里卖皮鞋；单眼皮，瘦弱，卖皮鞋时不会高声说话；牛爱国见过，一看就是个老实人；没想到这个老实人有心眼，庞丽娜和小蒋一块儿出去，牛爱国没从庞丽娜这里看出破绽，赵欣婷却从小蒋那里察觉出异常。一个礼拜之前，小蒋就对赵欣婷说，想趁着"十一"，去北京进几件婚纱，再进一部数码相机，赵欣婷没说什么。小蒋去北京的前一天夜里，小蒋睡了，赵欣婷替小蒋整理行装，拉开手提箱一侧的拉链，发现两张车票，但不是去北京的，而是去长治的，知道小蒋在说谎。如是当天说谎算个小谎，一个礼拜之前就开始说谎，一件事预谋这么长时间，里面肯定有大名堂。但赵欣婷当晚没急，一夜无话。小蒋和赵欣婷有个儿子叫贝贝，八岁了，正上小学。第二天小蒋走后，赵欣婷将儿子托到一个叫李芹的朋友家，说自己去太原进皮鞋，也坐车去了长治。虽知道小蒋跟人在长治，但长治大得很，大街小巷，找到小蒋并不容易。但赵欣婷顺着大街小巷，硬是在长治找了三天三夜；这天半夜，终于在城边一条胡同里，从一个叫"春晖旅社"的登记簿上，看到了小蒋的名字。赵欣婷这时才想起，自己三天水米没打牙。赵欣婷也在"春晖旅社"开了一间房子，但她没进房间，而是到小蒋的房间门前等着。一直等到天亮，也没敲门。第二天一早，小蒋和庞丽娜穿戴整齐，推门出来，看到赵欣婷蓬头垢面站在门前，两人的魂儿都吓没了。赵欣婷看了两人各一眼，也没说话，转身走了。小蒋还在后边追，说：

"你回来，听我给你说。"

赵欣婷也不理小蒋，径直去了长途汽车站，买票回了沁源。回到沁源没有回家，先去农贸商店买了一瓶"乐果"农药。赵欣婷揣着农药回到家，八岁的儿子贝贝正在家做作业。贝贝见她问：

"你不是去太原进皮鞋了吗?怎么空手回来了?"

赵欣婷：

"你不是在李芹家吗?怎么一人回来了?"

贝贝：

"我和冯喆打架了。"

冯喆是李芹的儿子，比贝贝大一岁；贝贝和冯喆是同学，两人同学不同班。赵欣婷：

"贝贝，你先到东屋写作业，让妈歇一会儿，妈乏了。"

贝贝出去，赵欣婷捧着一瓶"乐果"，"咕咚""咕咚"喝了下去。等赵欣婷醒来，已是第三天下午，在县城医院急救病房躺着。小蒋在床前站着。赵欣婷喝下农药，本已经死了，又被医院灌肠救了回来。小蒋搓着手，面红耳赤：

"啥都别说了，都怪我。"

又说：

"幸亏又活了回来，不然我也该喝农药了。"

又说：

"你放心，以后再不敢了，跟你好好过日子。"

赵欣婷仍不说话。等小蒋出病房到食堂打饭，赵欣婷从病床上爬起来，扶着墙，出了医院，来到大街上。在大街上仄仄歪歪地走，走了一个多小时，走到县城南关牛爱国家。自庞丽娜和小蒋出了事，庞丽娜躲到娘家去了，家里就牛爱国一个人。赵欣婷：

"我死了，也就算了；我活了回来，就要给你说一说。"

牛爱国：

"你要说啥？"

赵欣婷：

"说一说长治的事，不然就把我憋死了。"

然后将她在长治捉奸的过程，从头至尾，一五一十，对牛爱国讲了。赵欣婷：

"我在春晖旅社房间外，等了半夜，什么都听见了。"

又说：

"一个后半夜，他们干了三回事。"

又说：

"干完三回事，还不睡，还说呢。"

又说：

"睡了睡了，一个人说'咱再说些别的'，另一个说'说些别的就说些别的'。"

又说：

"他们一夜说的话，比跟我一年说的话都多。"

接着开胸放喉，大放悲声。自从庞丽娜和小蒋出了事，牛爱国的脑袋是蒙的。过去也怀疑庞丽娜和小蒋有事，但都查无实据；牛爱国按战友杜青海出的主意，宁信其无，不信其有；现在一下被挑明了，牛爱国倒有些不知所措。蒙不是蒙这件事本身，而是这件事证明，自己这些年所做的一切，给庞丽娜说好话，给她做鱼，都是错的。错的如何改成正的，牛爱国一时没了主意。也不知该跟谁商量。现在听赵欣婷在那里哭，愣愣地问：

"你给我说这么多，是要我干啥呢？"

赵欣婷：

"我劲儿太小，你是个男的，你杀了他们吧。"

三天之后，庞丽娜从娘家回来了。人瘦了一圈。庞丽娜坐在牛爱国对面：

"咱谈谈吧。"

牛爱国：

"谈啥？"

庞丽娜：

"事情你都知道了，咱离婚吧。"

牛爱国这时想起临汾鱼市的同学李克智的话。庞丽娜和小蒋的事情没出时，牛爱国不想用李克智的办法；现在事情出了，牛爱国又觉得李克智的话有道理。这时说：

"不离。"

这话出乎庞丽娜的意料，庞丽娜：

"为啥？"

牛爱国：

"夫妻一场，我得对你负责。"

庞丽娜又一愣：

"咋负责？"

牛爱国：

"小蒋既然办出这事，就得对你有个说法；你去给他说，让他先离，答应娶你，我就离。"

庞丽娜：

"你不用管他。"

牛爱国：

"得管。没离之前，我还是你丈夫。"

这时庞丽娜大放悲声：

"我刚才去找了他，也说让他离婚，可他不敢。"

又哭：

"原来以为他是个男人，我才跟他好，谁知他是个窝囊废。一瓶农药，就把他吓住了。"

又哭：

"算我看走了眼。"

庞丽娜连哭带说，两人自结婚以来，没这么知心过。牛爱国：

"那更不能这么便宜了他，你得天天逼他。"

这时庞丽娜看穿了牛爱国的心思：

"牛爱国，原来你想让我们鱼死网破呀。"

接着又哭：

"全怪马小柱那个龟孙，他害了我一辈子！"

马小柱是庞丽娜在牛爱国之前，谈头一回恋爱那个人；两人是高中同学，后来马小柱去北京上了大学，把庞丽娜给甩了。由这件事归到那件事，牛爱国倒吃了一惊。但不管事情拐到哪里，结果对牛爱国都一样。庞丽娜：

"牛爱国，我求求你，离婚吧。我啥都不要，东西都留给你。"

牛爱国：

"不离。"

庞丽娜这时不哭了：

"知你想拖着我。"

接着开始说狠话：

"你想拖着我，你就拖着我；你不怕，我也不怕，咱也鱼死网破。"

牛爱国：

"既然都不怕，那就往前走呗。"

486

庞丽娜站起身：

"牛爱国，算你毒。跟你过了这么多年，我不认识你。"

转身走了。牛爱国笑了。多少年来，没笑得这么畅快。从此庞丽娜又不回家。牛爱国也将此事按下不提，该怎么出车拉货，还怎么出车拉货。又三天之后，牛爱国去长治送一车鸡。去时想着只是送货，到了长治，突然想起庞丽娜和小蒋是在长治出的事，心里顿时窝囊起来。这时见到长治的每一个旅馆招牌，都觉得庞丽娜和小蒋在里面住过；见到长治的每一家商店，都觉得庞丽娜和小蒋手拉手逛过；接着想起赵欣婷给他说的捉奸的细节，心里如茅草一样长满了。这时觉得长治的每条街巷，都是脏的。到农贸市场卸完鸡，本来还要去长治啤酒厂，往沁源捎回一车啤酒，牛爱国顾不得捎啤酒，从农贸市场，开着空车，匆匆离开长治，回了沁源。回到沁源已是傍晚。牛爱国停下车，也没吃饭，一个人走出县城，去散自己的烦闷。走着走着到了废城墙，这时发现，远处有三个人沿着城墙根在散步。牛爱国一开始没在意，等上到废城墙上往下看，原来是西街"东亚婚纱摄影城"的小蒋，小蒋的老婆赵欣婷，还有他们八岁的儿子贝贝。小蒋和赵欣婷，一人牵着贝贝一只手，三人说说笑笑往前走。小蒋边走，边踢着脚下一个石子；走两步，踢一回；再走两步，再踢一回；那石子随着他们往前蹦跳。牛爱国愣在那里。一

487

是没想到小蒋的老婆赵欣婷身体恢复得这么快；二是没想到小蒋和赵欣婷，十天过去，关系就恢复得这么好。如是一个外人看上去，绝对想不到十天之前，他们家出过天大的事，一个人差点儿死了；赵欣婷还过来找牛爱国，让牛爱国把小蒋和庞丽娜杀了。如此说来，小蒋与庞丽娜出事，对他们家也是件好事；不是出了这事，赵欣婷也不会喝农药；赵欣婷不喝农药，他们家还不会这么改头换面和其乐融融。如今他们家没事了，坏事全落到牛爱国一个人头上。按说庞丽娜看到这情形才该窝火，现在牛爱国看到，怒气却一下填满了胸。牛爱国走下废城墙，来到南关一个饭馆，喝上了闷酒。本来就空着肚子，喝的又是闷酒，几盅酒下肚，就醉了。人一醉，烦闷越发上来。越烦闷越喝。喝到半夜，烦闷就不是他和庞丽娜的事；三十五年所有的烦闷，千头万绪，如千军万马，在胸中奔腾。这时就想找一个人诉说。最想找的是临汾鱼市的李克智，但沁源离临汾二百多里，走到得明天；又想找河北平山县的战友杜青海，但山西沁源县离河北平山县一千多里，走到得三天。实在无处找人，便离开饭馆，趔趄着脚步，去县城东街肉铺找同学冯文修。过去牛爱国有心里话不找冯文修，冯文修爱喝酒，醉后和酒前是两个人；现在牛爱国喝醉了，也就顾不得那么多。县城南关距东街冯文修的肉铺有两里多远，牛爱国倒腾着步子，走了一个多小时。到了冯文修的肉铺，已是后半夜，三星都出来了。牛爱国擂着门：

"冯文修，开门。"

冯文修一家已经睡熟，无人应声。牛爱国又拍门，肉铺终于亮了灯。冯文修：

"谁呀？"

牛爱国：

"是我，有事。"

冯文修听出了牛爱国的声音，但他说：

"有事明儿说不成吗？"

牛爱国：

"不成，明儿说就憋死了。"

一屁股坐在肉铺门口，"呜呜"哭了。冯文修闻声，慌忙起身，与牛爱国开门；将牛爱国扶到屋里，到茶与他喝。过去牛爱国担心冯文修喝醉，这次冯文修没醉，牛爱国醉了。牛爱国将满腔的烦闷，一五一十，与冯文修说了。因醉了，说起话舌头有些短，事情也说得有些乱，前言不搭后语。但冯文修还是听懂了，边听边点头：

"这事我前几天也听说了，知你心里正恼，没去找你。"

又感叹：

"如此这般，咋样是个了结呢？"

牛爱国瞪大眼睛，拍着自己的胸：

"我想杀人。"

又说:

"本来不想杀人，今天看到小蒋一家三口在笑，我就要杀人。"

指着冯文修:

"你说这事该不该杀?"

冯文修摸着下巴:

"该杀是该杀。这个小蒋，欺人太甚。"

牛爱国摇头:

"我不杀小蒋。"

冯文修:

"那你杀谁?"

牛爱国:

"杀了他便宜了他，我要留着他，杀他们家的儿子，让他一辈子不得安生。"

冯文修吃了一惊，没想到牛爱国想到这一层；这一层虽然有些毒，但也是让他们逼的。牛爱国又说:

"我杀他们家儿子，也不是让小蒋不得安生。"

冯文修:

"那为了谁?"

牛爱国:

"为了赵欣婷。几天前，她还让我杀人，几天后，她又和小蒋好了，变得太快了。"

冯文修又理解了，点点头。牛爱国又喊：

"我还要杀庞丽娜。跟她过了这些年，我心里憋得，比对小蒋和赵欣婷还堵得慌。还不单出了这场事。"

冯文修又点头。这时问了一句：

"杀了他们之后呢？"

牛爱国：

"我跟他们同归于尽。"

冯文修到底没喝酒，是牛爱国喝了，冯文修：

"你与他们同归于尽，你们家女儿呢？没爹没娘，百慧往后可咋个办？"

牛爱国抱头哭了：

"我发愁就发愁在这一点。"

这些毕竟是醉话。第二天，牛爱国酒醒之后，并无去杀人，开始在县城南关租的房屋旁，搭一间小厨房。搭厨房不光为了做饭宽敞，过去做饭都在过道里；而是为了在厨房搭张床，牛爱国住在里边，将正房腾出来；然后将他妈曹青娥和女儿百慧接过来，妈、女儿、他，三人重新过起日子。不跟庞丽娜离婚，就当庞丽娜死了，看庞丽娜最后怎么办。西街"东亚婚纱摄影城"的小蒋、赵欣婷、贝贝一家人，等有机会，再跟他们慢慢计较。

但在盖厨房时，出了一件事。牛爱国请了几个木工和瓦工，因要给他们做饭，牛爱国到县城东街冯文修的肉铺割了十斤肉。心里正乱，割完肉，忘了给钱，就从东街拎回南关。给牛爱国割肉的是冯文修，到了晚上，冯文修的老婆老马来收账。这时牛爱国才想起上午买肉忘了付钱，忙数钱给老马。老马走后，牛爱国心里有些难受；不给钱不是有意的，同学一场，常在一起说知心话，怎么晚上就来收账？全不知老马来收账，不是冯文修指使的，是老马背着冯文修自己来的。牛爱国天天出车，过去也常给冯文修白拉货，拉过猪，也拉过猪肉；怎么到牛爱国买肉，账就算得这么清呢？如在平时，牛爱国也不会计较；如今牛爱国正在难处，老婆闹得鸡飞狗跳，牛爱国就吃了心。同学正焦头烂额，十斤肉钱，难道不能放一放再说吗？几天前还找冯文修说知心话，几天后冯文修就变了脸。要钱本不是冯文修的主张，牛爱国却算到了冯文修的头上。晚上与几个木工和瓦工吃饭，牛爱国又喝了两口酒，便将这不痛快与人说了。以前牛爱国不爱说话，自庞丽娜出了事，牛爱国肚子里憋不住一句话。几个木匠瓦工听了，也皆说冯文修办得不合适。说完也就完了，但内中有一个瓦匠叫老肖，平日与县城东街肉铺的冯文修最好；当晚收工，老肖便到东街肉铺，将这话原原本本转给了冯文修。冯

492

文修本不知道老马收账的事，如冯文修自己知道了，定会骂老马；现在经牛爱国嘴里说出来，又经老肖传过来，冯文修也赌上了气。虽然是朋友，难道就可以白吃肉？这是做生意，不是开舍粥坊。十斤肉没有什么，这话气人。当着冯文修的面说没有什么，背着冯文修说给别人，就气人了。冯文修与老肖又喝起了酒。喝着喝着，冯文修喝醉了。冯文修一喝醉，比牛爱国喝醉变化还大，和醒着是两个人；这时心里不能有气，有气就得发作出来。因为十斤猪肉，摔了一个酒瓶，在那里喊：

"没想到二十多年的好朋友，不值十斤猪肉。"

这话本该牛爱国说，现在冯文修抢先说了出来。接着冯文修不说猪肉了，说别的：

"活该，老婆让人睡了。"

又说：

"老婆被人睡了，这窝囊废也没辙。"

又说：

"出事是现如今吗？满县城谁不知道，他戴了七八年绿帽子。"

又转了一个话头说：

"看他老实吧，他的心也毒着呢。"

接着推心置腹对老肖说：

"三天前他告诉我，想杀小蒋。"

又说：

"想杀小蒋没啥，他亲口告诉我，又不杀小蒋，想杀人家的儿子，让人家一辈子难受。"

又说：

"自己的老婆，自己管不住，他不怪自己，还要杀人家。"

朝地上啐了一口唾沫：

"他是谁?他是个杀人犯。"

当晚说过，冯文修也就睡了。第二天醒来卖猪肉，也不知昨晚都说了些啥，大体知道是对牛爱国不满。但瓦匠老肖是个嘴长的人，第二天又将冯文修的话传了出去，传得全县城人都知道，牛爱国要杀人。要杀小蒋的儿子。要杀庞丽娜。冯文修本是酒醉的话，但话经过几张嘴，皆成了清醒时的话；牛爱国当时给冯文修说的，也是酒醉的话，但话经过几张嘴，也成了清醒时的话。等话又经过几道嘴，传到牛爱国的耳朵里，牛爱国当时抄起把刀，就要杀人。这时不是去杀小蒋的儿子和庞丽娜，而是要杀冯文修。将心腹话说给朋友，没想到朋友一辦，这些自己说过的话，都成了刀子，反过头扎向自己。这些话自己说过吗?说过；是这个意思吗?是这个意思。但又不是这个意思。但这个意思已无法解释。因为时候变了，场合变了，人也变了。话走了几道形，牛爱国没有杀人，但比杀了人心还毒。这话毒就毒在这个地方。牛爱国提刀出门，走了几步，又一屁股蹲到地上。真能为十斤猪肉去杀人吗?只是心里又添了一份堵、一份烦闷罢了。盖厨房本为接妈曹青娥和女儿百慧，等厨房盖好后，牛爱国又没了这个心思。厨房在那里空着。夜里睡不好觉，白天开车时，也胡思乱想。胡子长了，也没心思刮。这天到襄垣县送一车芝麻。从沁源到襄垣，有一百多里。将芝麻送到襄垣县粮库，已是中午，又去襄垣酱菜厂，装了一车酱菜，赶回沁源。盘着山路往回走，胡思乱想，中午饭也忘了吃了。待到天黑，走到能看到沁源县城，一下睡着了;车头一歪，撞到了路旁一棵槐树上。等牛爱国醒来，自己头上，撞出一个窟窿，"汩汩"往外流血。跳下车，看到车头已经撞瘪了，往下流水;一车酱菜坛子全碎了，车厢通体往下流酱汤。牛爱国没有包扎自己的头，满脸胡楂儿，看着山脚下万家灯火的沁源县城，突然感到自己要离开这里，不然他真要杀人。

· 七 ·

牛爱国认识崔立凡，是在河北泊头县。牛爱国见过性子躁的，没见过像崔立凡这么性子躁的。崔立凡是个胖子。胖子一般做事慢，性子也慢；瘦子走路急，性子也容易急；但崔立凡胖而急。胖子急起来，身子慢，跟不上心急，就显得更急；还没急着别人，先气着了自己。牛爱国见崔立凡头一面，崔立凡就在打人。崔立凡是河北沧州人，在沧州新华街开了一家豆制品厂，名字叫"雪赢鱼豆制品公司"。牛爱国与他熟了之后还感到奇怪，崔立凡是个做豆腐的，咋不明白心急吃不了热豆腐这个理儿呢?牛爱国从山西到山东乐陵去，路过河北；长途汽车进了河北泊头界，已是第二天中午。到了饭点，汽车停在公路旁一家饭馆，让乘客们吃饭，或上厕所方便。牛爱国一路心烦，没有胃口，便离开饭馆，信步到公路旁散心。公路旁有一块油菜地，几十亩大，满地的油菜花，正开得蒸腾，一个方向皆成了黄的。山西的油菜已开过一个月，这里的油菜才开，山西和河北差一个季节。看过油菜花，牛爱国欲往回走，看到公路旁停着一辆卡车，卡车上装了一车豆腐，豆腐流汤，在"滴滴答答"往车下淌水；卡车旁，一个胖子，在打一个瘦子。胖子扬着巴掌，劈头盖脸，一会儿就把瘦子打得鼻青脸肿。瘦子经不住打，一步一步往外跳。公路上车来车往，瘦子还得躲车。胖子身笨，车缝里，撵不上瘦子，便喘着气在那里喊：

"白文彬，我 × 你妈！"

骂着骂着又急了，转身拉开卡车的门，从驾驶室抽出一根铁柄摇把，撵着要砸瘦子。瘦子又在车缝里跳。牛爱国看不过去，上前拦住胖子：

"大哥，有话好说，别恁地打；再打就出人命了。"

又说：

"不是怕你砸死他，是怕车轧着他。"

问起来，胖子打人也不是因为什么大事。瘦子是胖子的司机，两人从沧州往德州送豆腐；走到泊头，车坏了，再发动不着；虽是初夏，天气也热，胖子担心一车豆腐坏了；也不是担心豆腐坏了，是怕豆腐运不到德州，德州的主顾，被别的卖豆腐的顶了窝。不说还好，一说又打了瘦子一巴掌：

"不是说耽误买卖，昨天晚上就交代他，让他把车弄好，他还吧吧地犟嘴，说车是好的，跟人喝酒去了；今天刚出门，就坏到路上。"

又说：

"不是一回两回了。"

牛爱国：

"车坏了，你打人，车也好不了呀。"

胖子喘着气：

"不是说车，是说他这个人。"

牛爱国心里说，人也是你用的，要怪该先怪你。牛爱国围着豆腐车转了转，又掀开车头的鼻子盖，伸手查看一番，车没坏在大毛病，只是发动机一根拉线断了；看来瘦子只会开车，不会修车。牛爱国让瘦子将修车的工具箱拿来，从里边翻出一根铁丝，找到钳子，将铁丝连到拉线上；又让瘦子进驾驶室发动，车"轰"的一声着了。见车着了，胖子倒消了气，让了牛爱国一根烟：

"大哥是老师傅吧?"

牛爱国用棉纱擦过手，点着烟：

"好说，开过两年。"

胖子又问：

"听口音，大哥不是本地人吧?"

牛爱国：

"山西沁源人，到山东乐陵去。"

这里只顾修车和说话，待牛爱国扭头一看，事情坏了，牛爱国乘坐的长途汽车，不知什么时候从路边的饭馆开走了。大概长途汽车的司机，以为乘客都在饭馆吃饭；大家吃完饭，上了车，他也没清点人数，兀自就开走了。再往公路尽头看，公路上车来车往，哪里还有长途汽车的影子?牛爱国的一个鱼皮口袋，也落在了汽车上。好在鱼皮口袋里就几身换洗衣服，两双鞋，一把雨伞，钱倒藏在牛爱国身上。胖子见误了牛爱国的车，东西又落在车上，倒过意不去。过意不去他不怪别人，又开始怪瘦子，照瘦子脑瓜上打了一巴掌：

"都是因为你个龟孙，误了人家的大事。"

牛爱国又拉胖子：

"也没啥大事，就是到乐陵找一个人。"

胖子见牛爱国仁义，拉住牛爱国的手：

"跟我去德州，等我卸了豆腐，送你去乐陵。"

事到如今，也只能这么办了。三人上了车，拉着一车豆腐去了德州。路上胖子与牛爱国聊天，瘦子开着车，阴沉着脸，也不说话。说起话来，牛爱国知道胖子叫崔立凡，瘦子叫白文彬，是他外甥。牛爱国想起崔立凡在泊头骂人，竟骂白文彬"×你妈"，他妈即是他姐，骂得有些乱，不禁笑了。

车进了东光县，天就黑了；崔立凡让白文彬把车停到县城外一家饭馆，三人一起吃晚饭。崔立凡要了一盘拍黄瓜、一盘驴板肠、两瓶啤酒、三锅砂锅面。牛爱国和崔立凡只顾说话，待吃完饭，突然发现桌边不见了白文彬。两人以为他去了厕所，崔立凡到厕所找，也不在厕所；出饭馆喊他名字，茫茫一片黑夜，无人答应。大概一路上被崔立凡打骂，给气跑了。见外甥跑了，崔立凡又急了：

"×他妈，欺我不会开车，又来这一手。"

又说：

"过去来这一手能治住我，今天有你大哥在，我还真不怕。"

事到如今，牛爱国只好自己开上车，崔立凡在旁边坐着，两人继续往德州赶。这时崔立凡问：

"大哥到乐陵去，是去投亲，还是去要账？"

牛爱国开着车，车的大灯杂在其他车灯中：

"不是投亲，也不是要账，是去找一个多年不见的朋友。"

又说：

"找到朋友，看能否顺便谋一个营生。"

崔立凡听牛爱国这么说，猛地一掌，拍到牛爱国肩上：

"如为谋一个营生，大哥不必去乐陵了。"

牛爱国：

"为啥?"

崔立凡:

"不如跟我去沧州,给我开车,咱两下都合适。"

又说:

"工资好商量。"

牛爱国去山东乐陵,是去找一个十年前的战友叫曾志远。本来去山东也不是为了谋营生,而是因为牛爱国对山西沁源伤了心,想去一个远地方;去了远地方,也不能白待着,还得谋一个营生。曾志远在山东乐陵贩大枣,牛爱国投奔他,本想跟他贩大枣;现在听崔立凡这么说,盘算起来,牛爱国满腹心事,贩枣是做生意,老得跟人打交道;开车是一个人的事,不用多费口舌,倒是贩枣不如开车。加上贩枣行生,开车熟门熟路,趋生不如就熟。乐陵也好,沧州也好,无非是个存身的地方,对牛爱国倒没啥区别。牛爱国有些心动。但牛爱国说:

"都对朋友说好了。"

又说:

"再说,给你开车的是你外甥,我要去了,不是戗了他的饭碗?"

崔立凡朝车窗外啐了一口唾沫:

"不是你戗了他的饭碗,是他自己砸了自己的饭碗。"

又说：

"世上烦的就是这些亲人。论起共事，用谁，都比用他们好。"

又说：

"你要愿意去，我从此再不理他；你要不去，我回去还得打他。"

崔立凡把一件事说成了另一件事。牛爱国听了，不禁笑了。崔立凡见牛爱国有些心动，又拍了牛爱国一掌：

"千万别糊涂，沧州比乐陵大。"

也是阴差阳错，当夜送完豆腐，牛爱国不再去山东乐陵，跟崔立凡去了河北沧州。

牛爱国自对沁源伤了心，欲离开沁源，一开始并没有打算去山东乐陵。离开沁源之前，并不知道到哪里去，他先回了一趟牛家庄。这些年牛爱国和庞丽娜各忙各的，顾不上女儿百慧，百慧从小是奶奶曹青娥养大的；牛爱国临走之前，想给妈曹青娥打个招呼。堂屋里，曹青娥西向坐，牛爱国东向坐，两人一起吃饭；百慧边吃边在地上玩。牛爱国三十五岁之后，妈曹青娥常对牛爱国说知心话，说些六十年前、五十年前的事情，每次都是这种坐法。但牛爱国从来不对曹青娥说心里话。过去没说过，这回也没说。离开沁源是因为庞丽娜出了事，他对沁源伤了心；但他没说庞丽娜，也没说自己对沁源伤心；离开沁源，还没想好到哪里去，他便编了一个谎，说他要去北京，帮人去建筑工地开车。曹青娥知道庞丽娜出了事，也知道牛爱国伤心；牛爱国没对她挑明这一层，她也没对牛爱国挑明这一层。因为这个相互没挑明，牛爱国知道六十岁之后的曹青娥是个妈。牛爱国小时，曹青娥并不亲他，亲弟弟牛爱河；小时认为妈不亲他是错的，后来跟妈记了仇；妈六十岁后，又觉得妈是个妈。妈听他说要去北京，没说北京，开始说她自己；妈六十五岁之后右边半扇牙糟了，常常牙疼，吃饭用左边；牙用左边，头便向左偏着；像喝过农药的姐姐牛爱香，脖子歪了一样；妈歪着头，用左边的牙嚼着饭说：

"我活了七十岁，明白一个道理，世上别的东西都能挑，就是日子没法挑。"

牛爱国看着妈，没有说话。曹青娥：

"我还看穿一件事，过日子是过以后，不是过从前。"

牛爱国知道妈在安慰他，仍没说话。待到了路上，又想起妈的话，不是因为想起妈的话，而是妈说这话时歪着脖子，牛爱国不禁流下泪来。离开牛家庄，牛爱国码算了一下自己在世上可以投奔的人。算来算去，无非是两个，一个是河北的战友杜青海，一个是临汾的同学李克智。两人比较起来，同学李克智多年未见，仅上个月在临汾鱼市偶然碰上；战友

503

杜青海却是老战友；如论投奔，还是杜青海牢靠些。世上的人千千万，到了走投无路之时，能指上的才有两个人，牛爱国不禁感叹一声。牛爱国从沁源坐上长途汽车到霍州，从霍州坐火车到石家庄，从石家庄坐长途汽车到河北平山县，又从平山县城坐乡村汽车到杜青海的村子，前后用了三天。待到了杜青海的村头，到了上次与杜青海说知心话的滹沱河畔，牛爱国又不愿见杜青海。不愿见杜青海不是杜青海有啥问题，或上次来见杜青海，杜青海给他出了个馊主意；而是牛爱国快见到杜青海了，心里仍跟乱麻似的，静不下来；甚至比在沁源还乱。离开沁源是因为对沁源伤了心，才来投奔杜青海；马上要见到杜青海了，心里比在沁源还乱，知道自己心乱时找错了地方。这次来找杜青海，和上次不一样了。牛爱国一个人在滹沱河边坐了一夜。半夜渴了，牛爱国捧着滹沱河里的水，喝了一肚。第二天一早，又折头回来，欲去投奔李克智。牛爱国坐乡村汽车到了平山县城，又坐长途汽车到了石家庄，从石家庄坐火车到了临汾，前后用了两天半。谁知到了临汾，仍是心乱，甚至比在杜青海的村子还乱，知道临汾也不是自己的存身之处。这时突然想起自己在部队时，另有一个战友叫曾志远，山东乐陵人；两人一块儿进祁连山打过猪草，当时还说得来；临复员时，相互留了电话。也是实在找不到别人，牛爱国便在临汾火车站，给曾志远打了个电话。原以为十年过后，电话号码变了，打电话只是试试；谁知号码变是变了，但电话里有提示，只需在原号码前边加两个"8"；加两个"8"拨过去，接电话的正是曾志远。曾志远接到牛爱国的电话，比牛爱国还激动。牛爱国问他复员之后在干啥，他说在贩大枣。牛爱国还没说去乐陵，曾志远：

"你到乐陵来，我有话跟你说。"

牛爱国：

"啥话？"

曾志远：

"一句两句说不清，得见面。"

牛爱国不禁笑了。本来他有事找别人，谁知曾志远有事找他。牛爱国：

"我啥时去合适？"

曾志远：

"就现在，越快越好。"

牛爱国又笑了。曾志远在部队是个慢性子，谁知十年不见，人也变了。牛爱国当时又买了一张火车票，从临汾又折回石家庄，又从石家庄坐长途汽车到盐山去，准备在盐山换车去乐陵。车到泊头，遇到了沧州做豆腐的崔立凡，阴差阳错，又留在了沧州。牛爱国没有接着去乐陵，留在了沧州，不单是牛爱国适合开车，不适合跟曾志远贩枣，而是他进了泊头地界，突然感到自己心不乱了。泊头离沁源一千多里，牛爱国却觉得沁源离这里很远。杜青海的平山县，同样离沁源一千多里，牛爱国就觉得心乱。心不乱了，牛爱国再仔细想，自己心乱之时，原来并不适合找熟人，还是跟不熟的人在一起自在些。这才跟了崔立凡，没去找曾志远。跟崔立凡到了沧州，他又给乐陵的曾志远打了个电话，说自己眼下手头正忙，先不去乐陵了。曾志远：

"你在哪儿呢？"

牛爱国没说自己在沧州，说：

"还在沁源呢。"

曾志远有些失望：

"四五天了，你还没动身。"

又埋怨：

"老战友了，关键时候指不上。"

牛爱国也不知他说的"关键时候"是什么，支吾道：

"等忙过这一段，我必去看你。"

牛爱国这时说的是真心话。等他在沧州立住脚，腾出工夫，必去乐陵看曾志远。看曾志远不为曾志远，想知道他说的"关键时候"是什么。

转眼夏去秋来，秋去冬至，牛爱国已在沧州待了半年。半年前坐长途汽车到泊头时，鱼皮口袋落在了车上，衣服都在鱼皮口袋里；如今的秋装和冬衣，都是在沧州现买的。在沧州半年，牛爱国发现河北人吃饭口味有些重。但重有重的好处，吃饭倒省钱了。在沧州半年，牛爱国结交下两个朋友。一个是沧州"雪赢鱼豆制品公司"的经理崔立凡。崔立凡的豆制品厂规模并不大，几间作坊，十几个工人，做些豆腐、豆干、豆皮、豆丝和素鸡等。崔立凡一直想做酱豆腐和臭豆腐，同样是豆腐，酱豆腐臭豆腐利大；一是做这些需要坛坛罐罐，场地要扩大，二是做酱豆腐和臭豆腐需要发酵和培菌，一个过程下来得两个月，时间太长；不像豆腐、豆干、豆皮、豆丝和素鸡，头天做第二天卖；崔立凡性子急，等不得酱豆腐和臭豆腐，嘴上说做，一直没有做成。崔家做豆腐是祖传，崔立凡他爹、他爷几辈人，都在沧州做豆腐，当年的作坊就叫"雪赢鱼"；当年的"雪赢鱼"，除了做豆腐，倒是还做酱豆腐和臭豆腐；臭豆腐不叫臭豆腐，叫"青方"。据崔立凡说，崔家的"青方"，除了闻着臭，吃着香，还能吃出甜头；腌制时，除了放盐和花椒有讲究，还放一种崔家祖传的调料。崔家出锅的豆腐，除了白，豆腐味足，还砖头一样硬，跌到地上不碎，放到嘴里有嚼头；据崔立凡说，黄豆的来路都相同，全在点卤水上下功夫。崔家的豆腐，便在沧州有些名声。沾着老牌号的光，崔立凡做出的豆制品，除了销到沧州，也销到周边几个县，如泊头、南皮、东光、景县、河间等，也

507

销到山东德州。据说老崔的爹爹和爷爷，都是慢性子；到了崔立凡这里，开始性子急。牛爱国与崔立凡熟了，发现崔立凡性子虽然急，心眼却不坏。他在世界上主要急两件事。一是人说话不算话，如他的外甥白文彬，事先问他车弄好了没有，白文彬说弄好了，但一上路坏了，他就急了；二是遇事认死理儿，一件事，理儿事先在那里摆着，人变了，理儿变了，崔立凡都急；如事先与他商量，一件事，商量出一个理儿，他又认了，你抛下旧理儿，按新理儿办，就算出错，他也不急。崔立凡常说，我性子急，但急在理儿上。牛爱国听了一笑。牛爱国也是个遇事得想明白的人，但活了三十五年，吃亏也吃在这上头。两人说起话来，倒投脾气。牛爱国跟崔立凡来沧州时，看崔立凡脾气躁，也不知自己能否在沧州待住；当时想，能待就待，不能待再去乐陵；待与崔立凡熟了，崔立凡见他也爱讲理，不但不与他急，遇事拿不定主意，还找他商量；两人论了岁数，崔立凡大牛爱国五岁，开始管牛爱国叫"兄弟"；牛爱国就在崔立凡的"雪赢鱼豆制品公司"待了下来，整日开着车，去沧州市里，去周边几个县，或去山东德州送货。他最爱去的地方是河间，那里有"蛤蟆吞蜜"驴肉火烧，牛爱国爱吃。

第二个朋友是泊头县杨庄镇一个路边饭店的老板叫李昆。从沧州到德州送货，必路过这个饭店。这个饭店不是别的饭店，就是半年前牛爱国给崔立凡和白文彬劝架，将鱼皮口袋落在长途汽车上的那个饭店。这个饭店叫"老李美食城"。说是美食城，也就三间屋，七八张桌子，做些宫保鸡丁和鱼香肉丝等家常菜。牛爱国从沧州到德州送货，或从德州返回沧州，在"老李美食城"打过几次尖。但每次都急着赶路，吃过就走，头三个月，没跟李昆说过话。只是无意中打量过他，看他中等个儿，上嘴唇留着一撮小胡子，有五十来岁。李昆除了开美食城，还跟人出外做皮毛生意，有时在饭店，有时不在。这天牛爱国又到德州送豆腐。去德州时天是晴的，但路上车多，加上吴桥界有一段修路，走了一天；在德州住了一夜，夜里变了天；第二天返回沧州时，下起了大雪。天一开始是温的，等地上落下半指雪，天越来越冷。路上车倒稀少，但路滑，轮子打偏，只好一步一挪；走到半下午，天就黑了。这时雪越下越大，又起了北风；打开车的大灯，雪花在灯柱里飞舞，只能看到前边两米远。好不容易走到泊头杨庄镇，牛爱国怕车滑到沟里，不敢再往前走，便将车开到"老李美食城"，想等雪停了，或下得小了再赶路。由于雪大，"老李美食城"一个客人也没有。李昆披着一件貂皮大衣，正站在店前看雪。牛爱国停下车，拍打一下身子，进了饭店。饭店柜台后坐着一个小媳妇，二十四五岁，杏核眼，高鼻梁，翘嘴，胖，满胸，正低头盘账；牛爱国以前见过她，以为是李昆的女儿，或是他的儿媳，没多在意。牛爱国又冷又饿，便向服务员叫了一碗酸辣汤、一份焖饼。等饭的时候，低着头吸烟。待吸完一支烟，发现服务员上来一盘猪头肉，一盘香辣板筋，一盘糟鱼，又上来一大吊锅乱菌煲驴杂。牛爱国：

"我没要这么多。"

服务员还没说话，李昆从厨间出来，将一瓶"衡水老白干"蹾在桌子上：

"雪越下越大，今天走不了了，喝吧。"

牛爱国要说什么，李昆止住他：

"算我请客。大雪天，凑个热闹。"

牛爱国搓着手：

"那多不好意思。"

李昆：

"我贩皮毛，也常在外边，谁也没有顶着房屋走。"

李昆坐在牛爱国对面，两人喝起酒来。柜台前的小媳妇盘完账，锁上柜子，也过来紧挨李昆坐下，牛爱国这才知道她是李昆的老婆。原以为她是个小媳妇，不会喝酒；待到喝起来，原来酒量不比李昆和牛爱国差。三人攀起话来，李昆问牛爱国叫啥，哪里人，为何来到沧州；牛爱国一一做了回答。说到当初本不是来沧州，是去山东乐陵，因为在这个饭店前给人劝架，无意中落到了沧州，李昆和他老婆都笑

510

了。牛爱国说完这些，一时无话，又低头喝酒。这时李昆和他老婆说起他们的生意。说的也不是饭店生意，而是贩皮毛的生意。因为一句话没说好，两人拌起嘴来。由生意起，又拌嘴到他们家里。由于不熟悉皮毛生意，也不熟悉他们家里人，牛爱国听不出他们拌嘴的来龙去脉。让牛爱国感到好笑的是，他们两口子拌嘴也不避人。一是听不出所以然，二是别人家拌嘴，牛爱国不好插话，仍低头喝酒。只是想着李昆五十来岁，找了个二十四五的小媳妇，年龄上差着辈，难免说不到一块儿去。但又想起山西沁源县北街开澡堂子的老苏，五十二了，老婆死后，又娶了个二十五岁的大姑娘，两人就很恩爱，从澡堂子出来，两人还手拉手。看来什么事情不能一概而论。过去牛爱国就烦吵架，因打小起，他妈和他爸天天吵架，把他吵烦了；后来和庞丽娜结了婚，两人倒没怎么吵架；但这个没吵架不是那个没吵架，因为两人无话说，才无架可吵；正是因为无话说，才赶着给庞丽娜说好话；后来庞丽娜就出了事，牛爱国差点儿动了刀子；现在听李昆和他老婆这家常拌嘴，倒突然觉得有些亲切。吃过饭，雪仍没停的意思，牛爱国便到客房歇了。入睡之前，还听到正房里李昆和老婆拌嘴，不禁摇头笑了。第二天早上，天放晴了，牛爱国又开车回了沧州。自此以后，凡是从沧州到德州，或从德州回沧州，牛爱国必来李昆的美食城吃饭。这时吃饭就不单为吃饭，而是人熟了，地方熟了，抬手动脚，左右方便；加上沧州是个生地方，这里有熟人，路上跑起车来，也多了份见熟人的盼头。与李昆熟了，有时李昆也让牛爱国用车从沧州或德州捎啤酒、捎烟、捎肉和菜等，牛爱国也都给他一一办妥，这也不在话下。

转眼冬去春回。这天牛爱国又到德州送豆腐。送完豆腐，回来的路上，卡车的水箱坏了，"滴滴答答"往下滴水。牛爱国打开车鼻子修了半天，也没修好，反把手给夹破了，顺手流血。崔立凡这车已跑了三十多万公里，也该报废了。牛爱国撕条破布，将手勒上，看车一时修不好，便将水箱加满水，硬撑着往前开。开一段，停车加一次水。终于开到"老李美食城"，又打开车鼻子加水，发现水箱的窟窿破得更大了，刚加上水，"哗"地就流没了。牛爱国不敢再往前开，怕烧了发动机；用棉纱擦着手，进了饭店。这天李昆不在，到外地贩皮毛去了；李昆的小媳妇在柜台前坐着盘账，屋里有几拨路过的客人在吃饭。牛爱国与李昆两口子熟了，知道李昆的小媳妇叫章楚红。李昆是泊头人，章楚红不是泊头人，是张家口人；李昆到张家口贩皮毛，认识了章楚红；李昆回来与老婆离了婚，与章楚红结了婚。章楚红年龄比牛爱国小，但李昆年龄比牛爱国大，牛爱国仍喊她"嫂子"。每次喊过"嫂子"，章楚红看牛爱国一眼，都弯腰笑；章楚红一笑，牛爱国也不好意思笑了。牛爱国进门说：

"嫂子，车的水箱坏了，我把车扔在这，一个人回沧州。"

又说：

"我明天还来，拎个新水箱。"

章楚红正在算账，也没抬头：

"知道了。"

牛爱国转身出门，去路边搭长途汽车。这时已是下午六点，平日还有一班去沧州的长途汽车。但牛爱国等到晚上八点，长途汽车还没过来。牛爱国知道这班车要么提前过去了，要么还没过去，但坏在了路上；只好又返回"老李美食城"。从窗子看屋里客人正多，在吆五喝六，牛爱国没进去添乱，找到一个板凳，坐在屋外槐树下吸烟。没想到这天是阴历十五，顶头一个大月亮，渐渐爬了上来。微风一吹，槐树树叶的影子，在脚下婆娑乱晃。看着月亮，牛爱国突然有些想家。由沁源来到沧州，也快一年了。想家也不是想别人，主要是想女儿百慧，也想妈曹青娥。牛爱国自来沧州之后，一月给家寄一回钱，寄回工资的四分之三，留下四分之一顾住自个儿；半月给家打一回电话。在沁源牛家庄的时候，牛爱国和妈曹青娥在一起，曹青娥对他说知心话，六十年前的事情，五十年前的事情，一说能说半夜；现在换成电话，母子俩并无话说。看来当面说话和打电话是两回事。每次在电话里，牛爱国问的都是相同的话：

"妈，你和百慧还好吧？"

妈也是相同的话：

"好，你呢？"

牛爱国：

"好。"

也就挂了。出门时跟妈说是去北京，在电话里告诉妈又来到了沧州；从北京来沧州，是因为在沧州挣钱更多。在电话里，牛爱国没问过庞丽娜，曹青娥也没有提过她。长期不问，有时一时想问，倒不好开口。快一年过去，也不知庞丽娜怎么样了。有一天夜里做梦，许多人都在排队，要拥进一个门；牛爱国也在其中。正与人拥挤，突然看到远处的庞丽娜。牛爱国忘记了庞丽娜出事，似乎还是两人在一起的时候，牛爱国喊：

"快来，迟了就来不及了。"

庞丽娜从人群中往他身边挤。待挤到跟前，却不是庞丽娜，而是沁源县城西街"东亚婚纱摄影城"的小蒋。新仇旧恨，一下涌到牛爱国心头。牛爱国掏出一把刮刀，一下插到小蒋心口里。醒来，惊出一身汗。现在又想起这梦，牛爱国不禁摇头长叹，看来事情还没从心里过去，倒是在心里越淤越深了。这时吃饭的客人一拨拨散去，牛爱国又进了饭店。

章楚红看他又进来，吃了一惊：

"你咋没走？"

牛爱国将没走的原委说过，章楚红又笑了。章楚红：

"我正好还没吃饭，咱们一起喝酒吧。"

便让厨子做了几个菜；章楚红盘完账，锁上抽屉，过来跟牛爱国一起喝酒。这时已是晚上十点，饭店的厨子、服务员都是邻村的，没了客人，他们也就下班回家了，饭店里就剩下他们两个人。过去牛爱国在这里喝酒，李昆都在，喝酒是他们三个人；和章楚红单独喝酒，还是他们认识以来头一回。一开始两人都感到别扭，但喝着说着，两人竟能说到一起。两人先聊起各自的老家，章楚红聊了张家口的毛驴和大境门，牛爱国聊了山西的永济青柿、临猗石榴，接着聊各自的好朋友是谁。章楚红说起张家口一个中学同学叫徐曼玉，两人好了十来年，在一起无话不谈。章楚红嫁给李昆，她爸她妈都不同意，她妈差点儿要开煤气自杀：她跟徐曼玉商量后，就嫁给了李昆。徐曼玉先在张家口开了个美发厅，叫"倾城发典"，生意还好；但她贪心不足，扔下"倾城发典"，又跟人到北京发展去了，从此断了音讯。章楚红说完，问牛爱国：

"你的好朋友是谁？"

牛爱国想了想，说：

"李昆呀。"

章楚红照牛爱国脸上啐了一口：

"原以为你是个老实人，谁知也不老实。"

牛爱国一笑，又将自己的好朋友想了一遍。论其最好，不是李昆；不是崔立凡；不是沁源的冯文修，离开沁源之前，已跟冯文修彻底掰了；不是临汾的李克智；不是山东乐陵的曾志远；算来算去，还是河北平山县的战友杜青海。但杜青海也不是过去的杜青海，杜青海在部队时靠谱，两人分别几年，也开始给牛爱国出馊主意。聊完这些，大半瓶酒下去，两人都喝得半醺，这时章楚红哭了，说起她和李昆的事。两人刚认识时，世上再没有两人说得着，不然她也不会二十出头，不顾爸妈反对，嫁给一个五十多岁的老头子，从张家口来到泊头；跟徐曼玉商量不商量还在其次。她嫁给李昆时二十二岁，谁知短短两年过去，两人就说不到一起，觉得不是那么回事。牛爱国见章楚红说了心腹话，一时激动，也将他和庞丽娜的事，说了一遍。但他和庞丽娜的事，比章楚红和李昆复杂，说来话长；但两人相对，夜也很长；牛爱国拉开架势，从头至尾，将事情的前因后果说了。不是因为庞丽娜，他还不会千里迢迢来到沧州。说完，牛爱国也哭了。自离开沁源，到了沧州，牛爱国没说过这么多话。说完，心里痛快许多。在别人面前没说，在章楚红面前说了。说不算，还哭了。两人哭完，又觉得不好意思。这时章楚红换了一个话题。章楚红：

"我在张家口没这么胖，还是来到泊头，长了这么多肉。"

牛爱国：

"你在张家口有多瘦？"

章楚红起身去了里间，拿出一张照片让牛爱国看。那时的章楚红果然很瘦；但瘦也就是身材，前边两个大奶，仍是这么大。章楚红这时说：

"知道今天为啥和你喝酒？"

牛爱国：

"凑巧呗。"

章楚红：

"还真是凑巧，今天是我生日。"

牛爱国吃了一惊，忙站起身：

"祝嫂子生日快乐。"

章楚红啐了牛爱国一口，又用手胡噜了一下他的头。牛爱国本来胆小，也是喝多了酒，酒壮着胆，放下照片，竟一下抱住了章楚红。他以为章楚红会推他，如果推他，他就开句玩笑解个场；但章楚红也没推他，任他在那里抱，任他胡噜她的后背；牛爱国拉章楚红到里间，他以为章楚红会推他，章楚红也没有推他；到了里间，牛爱国一下把章楚红捺到床上，然后脱她的衣服，脱自己的衣服，摘她的乳罩，摸她的大奶；这时章楚红推开了他，他以为章楚红要穿衣服，但章楚红光着身子，倒了一搪瓷缸子温水，又拿一个脸盆让牛爱国端着，她浇着温水，用手给他洗下身。洗完，擦干，章楚红蹲下身，用嘴噙住了牛爱国。牛爱国快一年没挨女人的身子，身子一下就化了。两人在床上忙了三个小时。章楚红喊得屋里的缸盆都有回声。牛爱国汗出得像水浇一样；月光照在床上，觉得月亮像太阳一样热。牛爱国是结过婚的人，但在床上，第一次知道了什么是女人。过去，牛爱国跟庞丽娜在床上办这事的时候，庞丽娜闭着眼睛，从头到尾没有声响；现在章楚红呐喊的时候，眼睛却是张着，越喊越张，越张越大。这越张越大，把牛爱国也张开了。这时牛爱国觉得自己与这个饭店有缘，当初在这里丢了一个鱼皮口袋，现在得到一个女人。等两人完了事，天已微明，这时牛爱国的酒醒了，身上的汗开始往回褪，心里也开始后怕。同时感到对不起朋友李昆。章楚红看出他的神色，倒替他解围：

"他在外边贩皮毛，也拈花惹草。"

牛爱国：

"你咋知道？"

章楚红：

"他下边有病，我不敢挨他。"

牛爱国吃了一惊，这时明白章楚红给他洗下身的原因，也知道了章楚红和李昆平日拌嘴的缘由。看起来拌的是别的，根子却在这里。同时知道，章楚红比自己胆大。但越是这样，牛爱国越是害怕。如果章楚红和李昆关系好，这件事很快就会过去；他们俩在根上出了问题，自己就捅了个马蜂窝。害怕不是害怕这窝蜂会蜇人，而是因为庞丽娜，牛爱国心里本来就有个马蜂窝，现在又多出一个，牛爱国心里承受不起。第二天回到沧州，牛爱国决心与章楚红断了。但他还有一个卡车在"老李美食城"扔着。拎着水箱回来取车，半下午回到"老李美食城"，他没敢进去，藏在公路旁的庄稼地里。庄稼地今年没种油菜，种的是玉米；玉米还没长起来，牛爱国蹲到地里吸烟。一直等到半夜，地上横七竖八躺满烟头，牛爱国才悄悄潜到"老李美食城"，打开卡车的鼻子盖，用嘴叼着手电，开始换水箱。换一个水箱得俩钟头，他硬是没弄出声响。看来啥事只要用心，不可能的事就能变成可能。然后跳上车，发动，猛地把车开走，像是偷车。从此半个月，他没敢再来泊头。从沧州到德州，从德州回沧州，宁可绕路，也要躲开"老李美食城"。但正是因为这个躲，心里更想。在沧州想，在南皮想，在东光想，在景县想，在河间想，在德州想；不开车想，开车也想。章楚红下边很茂密，像疯长的草一样；草丛之中，是一洼绿水。也不是光想那片草和那洼水，

519

浑身上下，从里到外，枝枝叶叶都想。也不是光想身子，走路的姿势，说话的样子，说出的声音，都想。自生下来，牛爱国没这么想念一个人。半个月后，牛爱国终于憋不住，又来了一次。李昆又不在。夜里又剩牛爱国和章楚红两个人。章楚红啐了他一口：

"原来以为你胆很大，谁知你胆很小。"

牛爱国也不说话。章楚红：

"怎么又来了？"

牛爱国一把摸住她的下边，拉她到里间。半个月不见，两人更如干柴烈火。自此一发而不可收。牛爱国从沧州到德州，从德州回沧州，次次在"老李美食城"停留。但这时的停留，就和以前的停留不一样。有时牛爱国不是到德州送豆腐，而是到南皮，到东光，到景县，他宁肯绕路，也要来泊头县杨庄镇公路边的"老李美食城"。牛爱国来"老李美食城"时，有时李昆在，有时不在。李昆在时，牛爱国像过去一样，仍管章楚红喊"嫂子"，章楚红仍弯腰笑。李昆看着这笑和过去一样，牛爱国和章楚红却知道不一样。李昆不在，牛爱国就留下过夜。在一起不单为了睡觉，为两人说得着。也不单为了说话，为了在一起时的那份亲热，亲热时的气氛和味道。有时一夜下来，两人要亲热三回。亲热完，还不睡觉，搂着说话。牛爱国与谁都不能说的话，与章楚红都能说。

能说。与别人在一起想不起的话，与章楚红在一起都能想起。说出话的路数，跟谁都不一样，他们两人自成一个样。两人说高兴的事，也说不高兴的事。与别人说话，高兴的事说得高兴，不高兴的事说得败兴；但牛爱国与章楚红在一起，不高兴的事，也能说得高兴。譬如，庞丽娜过去是牛爱国一个伤疤，一揭就痛；第一次与章楚红说庞丽娜，牛爱国还哭了；现在旧事重提，再说庞丽娜，在牛爱国和章楚红嘴里，庞丽娜便成了一个过去的话题。牛爱国知道有了一个章楚红，他对庞丽娜的态度彻底变了。他们不但说庞丽娜，也说章楚红在李昆之前，交过几个男朋友，第一次跟谁，疼吗，出血吗，章楚红都一一告诉牛爱国；章楚红也问牛爱国跟过几个女的，牛爱国说除了庞丽娜，就是章楚红；章楚红就抱紧他。说完一段，要睡了，一个人说：

"咱再说点儿别的。"

另一个人说：

"说点儿别的就说点儿别的。"

这时牛爱国突然觉得自己变成了山西沁源县城西街"东亚婚纱摄影城"的小蒋，章楚红变成了庞丽娜。当初小蒋的老婆赵欣婷在长治"春晖旅社"捉奸，小蒋和庞丽娜，在屋里说的就是这种话。

一次两人在床上说话，章楚红突然说：

"老公，再没有跟你在一块儿好，你带我离开这里。"

牛爱国倒一愣：

"去哪儿？"

章楚红：

"去哪儿都成，只要离开这里。"

当初牛爱国从山西沁源到河北来，是为了躲开在沁源的烦闷，现在章楚红却要从河北泊头到另外一个地方去。牛爱国知道一件事情，已经变成了另一件事情。如是一个月前，变成另一件事情牛爱国会害怕；一个月后，牛爱国变了，事情变了牛爱国就不怕。当初小蒋和庞丽娜出了事，小蒋害怕了，往后撤了，闪了庞丽娜；如是一个月前，牛爱国也是小蒋；一个月后，牛爱国就是牛爱国。牛爱国也不知道一个月后，自己就变成了另外一个人。牛爱国说：

"我回沧州盘算盘算，咱就离开。"

章楚红搂紧他：

"你要敢带我走，我就有一句话要给你说。"

牛爱国：

"啥话？"

章楚红：

"我回头再告诉你。"

牛爱国回到沧州，便开始盘算带章楚红逃到哪里去。想来想去，无非是三个地方。一是去山东乐陵找曾志远，二是去河北平山县找杜青海，三是去山西临汾找李克智。初想个个都是地方，再想都觉得不合适。牛爱国一个人去合适，带着章楚红就不合适。这时才知道自己在世界上可去的地方少。正犹豫间，"雪赢鱼豆制品公司"的老板崔立凡的一番话，又说醒了牛爱国。牛爱国与章楚红的事李昆一直没有察觉，做豆腐的崔立凡却看出牛爱国有些异常。这天牛爱国到东光县送豆腐，崔立凡要到东光县收账，也跟了去。牛爱国开着车，崔立凡在旁边坐着。牛爱国仍想着与章楚红逃到哪里去，也不说话。车出了沧州城，崔立凡端详牛爱国：

"能看出来，你最近有心事。"

牛爱国：

"何以见得？"

崔立凡：

"你刚来沧州时脸蜡黄，后来小脸红扑扑的，现在又黄了。"

一句话说中了牛爱国的心病，牛爱国半天没说话。崔立凡又说：

"你过去不爱说话，后来爱说话，现在又不爱说话了。"

事到如今，一是牛爱国正犹豫间，无人商量；二是他与崔立凡也算好朋友，遇到事情，两人爱在一起讲理；同时觉得崔立凡既不认识章楚红，也不认识章楚红的丈夫李昆，便将他与章楚红的事，来龙去脉，一五一十与崔立凡讲了。一直讲到章楚红让牛爱国带她走，自己正在犹豫。没想到崔立凡听完，猛地拍了牛爱国一掌：

"兄弟，你大祸临头了。"

牛爱国：

"何以见得？"

崔立凡：

"大祸临头不是说你跟一个女的好，而是要带她走。"

牛爱国：

"何以见得？"

崔立凡：

"带她走容易，带走之后，是只想跟她玩玩，还是最终要娶她？"

牛爱国：

"刚认识时是在一起玩玩，现在就不一样了，想娶她。再没有跟她说得着。"

崔立凡：

"祸就出在这里。如只是玩玩，回头把她丢了，我不拦你；如想娶她，你可能把她带回沁源老家？"

牛爱国与崔立凡处得久了，也将自个儿与庞丽娜的事给崔立凡说过；现在崔立凡一句话，说中了牛爱国的心病。牛爱国摇头：

"老家还是一锅粥，与老婆还没离婚，哪旦敢再去添乱？"

崔立凡：

"那你带她去哪里？"

牛爱国：

"想了好几天，也没合适的地方。"

崔立凡拍着手：

"这不结了。如是两人在外边漂着，我现在就能告诉你，是步死棋。你想啊，她现在的丈夫开着一个饭店，又贩皮毛，才能养她；你就会开一个车，漂在外边，顾住一个人行，顾两个人就勉强了；你哪里说得起这话？"

牛爱国愣在那里。崔立凡：

"你跟她说得着，是因为她现在由丈夫养着，你就是与她说个话；等你养她，就成了过日子，到时候就该说过日子了。"

牛爱国突然如梦方醒，突然明白这才是自己这几天犹豫的原因。犹豫不是犹豫到哪里去，而是去了哪里之后咋办。崔立凡：

"你的祸根还不在这里。"

牛爱国：

"还有啥?"

崔立凡:

"就在犹豫。要么马上带她走,要么马上跟她断了。"

牛爱国:

"此话怎讲?"

崔立凡:

"事情到了两人要走的地步,纸就快包不住火了。半夜下雪没人知道,半夜下雨总会有人知道。再犹豫下去,会出人命。她丈夫是本地人,你是山西人;等她丈夫知道了,能与你善罢甘休?"

牛爱国出了一身冷汗。当初庞丽娜和小蒋的事情发了,他就差一点儿杀人。没有杀人不是小蒋和庞丽娜不该杀,当时连杀小蒋儿子的心都有,而是因为牛爱国有一个女儿叫百慧;章楚红和李昆没有孩子;李昆如果发现他和章楚红的事,他和章楚红都成了外人,出不出人命,还真保不齐。当一件事变成第三件事时,牛爱国又变回到过去的牛爱国。当晚回到沧州,一夜没睡。这个没睡,就和跟章楚红在一起时一夜没睡是两回事。左思右想,不敢再带章楚红走,决心与她断了。从此一个礼拜没理章楚红;去德州送货,或从德州回来,又开始绕开泊头。但事情到了这种地步,断不断,不由牛爱国一个人说了算。牛爱国一个礼拜没去找章楚红,章楚红就

打来电话:

"我都准备好了,你咋还不来?"

牛爱国支吾着说:

"还没想好去的地方。"

章楚红听他的口气,知他要撤步了;章楚红:

"刚说过的话,唾沫还没干,咋就变了?"

牛爱国不敢说变,说:

"没变。"

章楚红:

"带我去海南岛。"

牛爱国:

"那里一个人也不认识。"

章楚红急了:

"认识的地方,如何去得?"

接着在电话那头哭了。接着翻了脸:

"你要三天不来,我就告诉李昆。"

牛爱国听章楚红这么说,心里更怕。他想离开沧州一走了之,但又觉得对不住章楚红,也让章楚红看不起;让人看不起倒没什么,从此可以和她一辈子不见面,关键是自己想起来,一辈子觉得窝囊。左右为难之时,牛爱国他妈曹青娥救了他。牛爱国他哥牛爱江从山西沁源县厶家庄打来电话,说曹青娥病了；而且病得很重，让牛爱国赶紧赶回山西。牛爱国接到电话，首先不是担心妈曹青娥的病，而是终于给自己找到一个离开沧州的理由。放下电话，牛爱国找到崔立凡，说明离开的事由；崔立凡还不信，以为他是要躲开章楚红，倒说：

"断了就断了，还用走？"

这时牛爱国开始着急曹青娥的病，顾不上给崔立凡解释，当时收拾行装，去了长途汽车站，匆匆离开了河北沧州。

· 八 ·

　　牛爱国回到山西沁源第四天，他妈曹青娥就去世了。牛爱国记得，曹青娥一辈子没生过大病，谁知这回一病，就躺倒在床。在床上躺了一个月，曹青娥没让牛爱江牛爱香牛爱河告诉牛爱国。一个月后，牛爱江牛爱香牛爱河看她景象不好，才背着她给牛爱国打了电话。牛爱国赶回沁源，曹青娥已住进县城医院。曹青娥去医院时还会说话，到了医院，就不会说话了。曹青娥说了一辈子话，现在终于不说了。牛爱国他哥牛爱江对牛爱国说，曹青娥来医院前一天晚上，在家里说了一夜话。牛爱国：

　　"说的都是啥？"

　　牛爱江：

　　"胡言乱语。大家只顾着急，也没听清。"

医院病房里，曹青娥躺在床上，牛爱国坐在床左，牛爱江坐在床右，牛爱国的姐姐牛爱香坐在曹青娥脚头，牛爱国的弟弟牛爱河立在墙角，在抠墙皮。曹青娥鼻子里、胳膊上，插满管子。曹青娥发着高烧，整日都在昏睡。一个月吃不下饭，瘦成了一把骨头，躺在床上，床是平的。曹青娥不会说话了，牛爱江、牛爱香、牛爱国、牛爱河四人也开始没话。没话不是说妈不会说话了，他们也不好意思说话，或在着急，而是不知话从何说起。医院的医生说，曹青娥得的是肺癌；从检查情况看，已经有三四年了。但三四年来，曹青娥没说，他们兄妹四人也不知道。医生又说，三四年前，也许还可以动手术；如今全身扩散了，已经影响到脊椎，影响到中枢神经，影响到说话，加上曹青娥的岁数，动手术已无意义，只能用药维持着。中午吃饭的时候，牛爱河留在病房值班，牛爱国、牛爱江、牛爱香三人到医院门口的饭馆吃饭。正是中午时分，城里的高音喇叭在播晋剧，唱腔被风吹过来，忽高忽低。这时牛爱江说：

"有病三四年，妈硬是没说。"

又说：

"咱们小时候，她老掐咱们；老了老了，知道心疼咱们了。"

一年不见，姐姐牛爱香学会了抽烟；她点着一支烟，看着牛爱国：

"你当兵的时候我就跟你说，妈毕竟是妈。"

牛爱江说着说着急了：

"其实还不如早说呢，早说病还能治，积到现在，让人替她干着急，这叫啥事呢？"

如是前几年，牛爱国觉得哥和姐说得对，现在却觉得他们说错了。妈曹青娥得病三四年没说，可以说是心疼他们，但除了心疼，还有对他们的失望罢了。孩子大了，一人一手事，老大牛爱江有一个病老婆，整天吃药；老二牛爱香四十多了，还没找着对象；老四牛爱河结婚刚一年，娶了个老婆性躁，嘴又能说，像年轻时的曹青娥一样，牛爱河降不住她，她倒事事压牛爱河一头；剩下牛爱国遇到的麻烦比他们还大，六七年来，与庞丽娜一直不和，后来庞丽娜就出了事，后来牛爱国又离开沁源去了沧州；一人一肚子心事，曹青娥有事也就不说了。儿女在世上都不如意，让曹青娥有话无处说。或者，有话不说除了是失望，还有对他们的无奈罢了。牛爱国三十五岁之后，曹青娥有心里话不对牛爱江说，不对牛爱香说，不对牛爱河说，单对牛爱国说；但说的也是六十年前、五十年前的事情，从来没说过现在。过去听她说过去不说现在以为现在无话可说，谁知现在有事她就是不说。原以为说六十年前、五十年前的事情，两人只是围着火盆聊天，谁知

531

曹青娥说这些话时，是在病中。六十年前、五十年前的事情终于说完了，她就干脆没话了。牛爱国在沧州给家里打电话时，他与曹青娥在电话里已无话可说；当时牛爱国以为是当面说话和电话里不一样，回来听说曹青娥躺倒一个月，没让牛爱江、牛爱香、牛爱河告诉牛爱国；他们三人仍以为是曹青娥心疼牛爱国，现在牛爱国明白，除了心疼，不过是对牛爱国更加失望和无奈罢了。牛爱国突然又明白，曹青娥对他说六十年前、五十年前的事情，不对牛爱江、牛爱香、牛爱河说，并不是觉得跟他比跟其他人说得来，而是他遇到的麻烦比其他人更多，借此安慰他罢了。去年牛爱国因为庞丽娜出了事，对沁源伤了心，离开沁源前去看曹青娥，曹青娥知道事情的原委，但没对牛爱国挑破；现在曹青娥不会说话了，牛爱国像去年妈对他一样，他也没将妈的心思，对哥牛爱江和姐牛爱香挑破。三人吃饭的饭馆在医院门口，饭馆的老板是个胖老头，已对病和病人见怪不怪；见兄妹三人愁眉不展，知亲人得的是大病；胖老头也是爱说话，给他们上饭时安慰他们：

"啥事想明白了，也就不忧愁了。"

如是过去，牛爱国觉得饭馆老板说得对，现在却觉得他说错了。事情想不明白，人的忧愁还少些；事情想明白了，反倒更加忧愁了。三人叫的饭是羊肉汤和烧饼，牛爱江、牛爱香吃了几口，就放下了筷子；牛爱国从沧州到沁源，在路上奔波三天，也是三天来没顾上正经吃饭，现在吃起沁源饭，竟觉得格外香，大口小口，将五个烧饼吃完，又将一海碗羊肉汤喝光了。吃得满身大汗。这时想起来，妈曹青娥昏迷在床，一个月吃不下饭，他竟觉得饭香，一口气吃了五个烧饼，喝了一海碗羊肉汤，不禁捧着空碗，掉下泪来。饭馆的胖老头来收碗，又安慰牛爱国：

"啥事总有个了。看长点儿，心就宽了。"

牛爱国又觉得他说错了。啥事看近点儿，事情倒能想开；看得长，心就更宽不了了。他没理会胖老头，没头没脑地对牛爱江和牛爱香说：

"妈其实不傻，妈做得是对的。"

倒把牛爱江、牛爱香说愣了，也把饭馆的胖老头说愣了。

这天傍晚，曹青娥从昏迷中醒了过来。醒来后看看四周，便想说话。但张张嘴，说不出话；再张张嘴，还是说不出话；这才想起自己不会说话了。牛爱江、牛爱国、牛爱香、牛爱河围拢上来，曹青娥的嘴还在空张，兄妹四人从她的口型，也分辨不出她要说什么。曹青娥有些发急，脸涨得通红，又用手画了一个方块，接着指头在空中画；众人还是不解。牛爱香突然想起什么，拿过来一张纸、一杆笔，曹青娥点点头。牛爱香用一本杂志垫着纸，曹青娥哆哆嗦嗦用笔在纸上写了两个字：

　　回家

　　大家面面相觑。已经病成了这个样子，怎么能回家呢？回家就是等死。大家以为她烧昏了。牛爱国：

　　"妈，没事，大夫说了，能看好。"

　　曹青娥摇摇头，表示说的不是这个意思。牛爱江：

　　"是不是心疼钱呀？有我们四个呢。"

　　曹青娥摇摇头。牛爱香：

　　"是不是心疼我们四个呀？我们四个轮着值班，累不着。"

　　曹青娥摇摇头。牛爱河干脆说：

　　"你没病时，啥事都得听你的；现在有病了，啥事不能再由着你。"

　　曹青娥知道这理儿讲不清了，脸歪向墙，不说话了，接着又昏迷过去。夜里牛爱国一个人留下值班，看曹青娥一直在昏睡，牛爱国也是从沧州到沁源奔波三天，有些累了，也趴在曹青娥床头睡着了。这时觉得自己不在医院病房，妈曹青娥也没生病，时光也不是现在，是十几年前，自己还在部队当兵的时候。那时他才十八九岁，在世上还没有这么多牵挂，脸蛋红扑扑的，没有皱纹。夜里正在睡觉，军号响了，

534

全连紧急集合。一开始是全连集合，接着是全营集合，接着是全团集合，接着是全师集合，接着是全军复合。一个军好几万人，集结到荒无人烟的戈壁滩上，开始次第走方阵。士兵们全副武装，端着上了刺刀的自动步枪，跺着整齐的正步，"嚓""嚓""嚓""嚓"，嘴里喊着口令，抑扬顿挫地往前走。队伍前不见头，后不见尾。队伍前看一条线，后看一条线，左看一条线，右看一条线。太阳出来了，映在刺刀上，枪刺射出的光芒，也横竖成线。队伍踢踏出的烟尘，遮蔽了半边天。也不知这正步走给谁看。只是觉得，这么多人在一起，大家青春在身，枪在手，齐心协力往前走，看谁拦得住?战友杜青海，就走在牛爱国的身边。牛爱国还感到奇怪，他们本不在一个连队，怎么走到一起来了?他看着杜青海笑，杜青海也看着他笑。突然，杜青海刺刀一歪，刺到了牛爱国胳膊上，牛爱国"哎哟"一声，醒了过来。这时发现自己仍在医院病房。牛爱国不禁一阵感慨，短短十几年过去，自己人已经老了;人没老，心却老了。病房里的灯光有些昏暗;半夜起风了，窗户没有关严，电灯泡在屋里随风摇晃。接着发现妈曹青娥从昏睡中又醒了过来，正在用手掐牛爱国的胳膊。原来刚才梦中不是刺刀刺着了自己，而是曹青娥在掐他。牛爱国兄妹四人小的时候，曹青娥爱发火，发火时不打他们，掐他们，掐到哪里算哪里。牛爱国以为曹青娥身体疼，用掐他来解疼；又发现曹青娥嘴在张，似要说话。牛爱国：

"你要说啥？"

突然想起曹青娥不会说话了，忙又拿来纸和笔。曹青娥哆嗦着手，在纸上写了两个字：

百慧

百慧是牛爱国的女儿，今年七岁了。百慧自小与牛爱国不亲，与庞丽娜不亲，她从小由奶奶曹青娥带大，与曹青娥亲。百慧爱吃豆，过去大家在一起喝杂拌粥，牛爱国、庞丽娜碗底剩下豆子，拨给百慧，百慧不吃；曹青娥拨给百慧，百慧就吃；她不吃牛爱国和庞丽娜的嘴巴子，奶奶曹青娥剩下的嘴巴子，她却不嫌。从百慧四岁起，曹青娥就教她识字；将字写到一张小黑板上，让百慧去认；几年下来，也学会几百个字。百慧和曹青娥也时常拌嘴。吵得急了，曹青娥喊：

"百慧，别跟我吵了，再吵我掐你。"

或喊：

"我跟人吵了一辈子架，我捏住半张嘴，也能说过你。"

百慧也不怕她，"咯咯"笑了。牛爱国三十五岁之后，曹青娥在火盆旁与牛爱国说六十年前、五十年前的事情，百慧在火盆旁转圈跑。跑乏了，不找牛爱国，钻到曹青娥怀里，勾着她脖子睡去。那时牛爱国和庞丽娜各忙各的，觉得把百慧交给曹青娥放心，没想到曹青娥带百慧时，身体正有病。现在曹青娥写"百慧"二字，牛爱国突然明白她昨天下午写"回家"的意思，原来是对百慧放心不下。牛爱国：

"百慧由大嫂在家带着，放心吧。"

曹青娥摇摇头，表示不是这个意思。牛爱国：

"是想让她来吗？"

曹青娥点点头。牛爱国：

"明天一早就把她接过来。"

第二天一早，牛爱国让弟弟牛爱河，把百慧接到县城医院。百慧来到病房，曹青娥又在昏迷。牛爱河送完百慧，又忙活别的去了。待曹青娥醒来，见到百慧，拉住百慧的手，指指自己的嘴，又指指百慧的嘴，又看牛爱国。牛爱国这才明白曹青娥的意思，原来她叫百慧来，不是对百慧不放心，是想让百慧替她说话。曹青娥又比画纸和笔，牛爱国拿来纸和笔，曹青娥的手有气无力，写出的字歪歪扭扭，先写了一个"娘"，又写了一个"死"，累出一头汗。牛爱国问百慧：

"知道你奶想说啥吗？"

百慧摇摇头。曹青娥又开始着急，脸涨得通红。牛爱国以为曹青娥是说她自己要死了，忙说：

"病不重，能看好。"

537

曹青娥摇摇头，表示不是这意思。百慧突然说：

"是想让我说你对我说过的话吗？"

曹青娥点点头。牛爱国问百慧：

"你奶在家都对你说啥了？"

百慧：

"说得多了，天天夜里都说。"

牛爱国这时才明白，自己去沧州之后，曹青娥开始跟百慧说话。想来跟百慧说话，也是身边无人说话，才对一个孩子说。

百慧：

"奶，是让说你娘死的那一段吗？"

曹青娥大大点头，眼中涌出了泪。曹青娥的娘就是襄垣县温家庄赶大车的老曹的老婆。她死已是二十年前的事。曹青娥跟牛爱国说的是六十年前、五十年前的事情，跟百慧说的是二十年前的事情。曹青娥她爹老曹一辈子不爱说话，为人和气，曹青娥打小跟爹亲；曹青娥出嫁之后，心里有什么话，仍跟爹说，不跟娘说。但爹七十岁之后，变得唠叨，小心眼，爱生气；遇事爱做主，又做不到正地方。老曹死时，曹青娥没怎么伤心；死后，也没特别想他。该想的，老曹生前后五年都用光了。曹青娥她娘，也就是老曹的老婆，年轻时爱说话，在家里做了一辈子主，动不动就急，跟老曹吵了

538

一辈子架，也跟曹青娥吵了半辈子架。但老曹老婆七十岁之后，突然不跟人吵了，也不做主了，对一切都撒手不管；人说什么，就是什么；人说什么她都应承，一切都无可无不可。一个跟人吵了一辈子架的人，到了晚年，笑眯眯的。老太太个头又高，拄根拐杖，弯着腰与人说话，显得越发慈眉善目。老曹死后，曹青娥从沁源县牛家庄到襄垣县温家庄看娘，两个吵了半辈子架的人，开始相互说得着。两人说得着，就有说不完的话。正因为过去说不着，现在更说得着。曹青娥不管住三天，住五天，或住十天，两人每天说话都到半夜。两人什么都说。说老曹老婆做姑娘时的事，也说曹青娥现在孩子的事；说自家的事，也说别人家的事。说的是什么过后也忘了，记得的就是一个说。说着说着困了，要睡了，老曹老婆：

"妮，咱再说点儿别的。"

曹青娥：

"说点儿别的就说点儿别的。"

或曹青娥："娘，咱再说点儿别的。"

老曹老婆："说点儿别的就说点儿别的。"

住够三天，五天，或十天，曹青娥要从襄垣县温家庄回沁源县牛家庄，两人五更起床，共同做饭，吃饭，拿上干粮，老曹老婆送曹青娥去镇上坐长途汽车。两人路上边走边说，或走一阵，干脆坐在路边说一阵；走一阵，又坐在路边说一阵。走着说着，到了镇上汽车站，已是中午。两人吃过干粮，又坐在汽车站槐树下说。来了一班车，曹青娥不上；又来了一班车，曹青娥还不上。这时老曹老婆说：

"当初把你嫁到沁源县觉得远，现在幸亏远。"

曹青娥："为啥？"

老曹老婆："因为远，我才能送你。"

又说："知道见你不容易，才想起这么多话。"

直到最后一班长途汽车要发车了，曹青娥才上了车。从车上往下看，空空荡荡的汽车站里，就剩下娘一个人，挂着拐杖，嘴在张着，曹青娥不禁流下了泪。

老曹老婆临死前一个月，腿开始浮肿，一个月下不了床。曹青娥从沁源县牛家庄到襄垣县温家庄，陪娘住了一个月。老曹老婆躺在床上，曹青娥坐在床边，两人一个月说的话，顶人一辈子说的话。娘临死前一天，两人还说。说着说着老曹老婆昏迷过去，曹青娥喊：

"娘，你回来，我还有话跟你说。"

老曹老婆又醒过来，两人再说。说着说着老曹老婆又昏迷过去，曹青娥又喊。如此五次，老曹老婆又一次醒来，对曹青娥说：

"妮，下次我再走的时候，就别再喊我了。娘一个月走不动道，身子是太沉了。刚才到了梦里，我走呀走呀，走到一个河边，腿突然就轻了。河边有花有草，我说，好长时间没洗脸了，蹲这河边洗把脸吧。刚要洗脸，听到你喊我，就又回来了；一回来，又躺在这病床上。妮，下次娘走的时候，就不要再喊娘了；不是娘心狠，不是娘没话跟你说，实在是受不了了……"

下次老曹老婆昏迷的时候，曹青娥就没有再喊娘。

百慧说完曹青娥给她讲的这段事，并不解其意，看牛爱国。牛爱国一开始也不解其意，看现在躺在病床上的曹青娥。曹青娥看牛爱国不解，又摇头急了，脸涨得通红，手哆嗦着拍拍病床，指指门外。牛爱国突然明白了，说："妈，咱不住院了，咱现在就回家。"

曹青娥终于点点头，但又急出一身汗。牛爱国这时觉得他跟妈之间，没有妈跟她妈之间心近。比牛爱国与他妈心更远的，是牛爱江、牛爱香和牛爱河。他们下午来到医院病房，一听说让曹青娥出院回牛家庄，三人都急了。牛爱江指着牛爱国：

"妈有病，你不让治，你还是人吗？"

牛爱香对曹青娥说：

"妈，你都病成这样了，就别心疼我们了。"

牛爱河指着牛爱国："不能听妈的，也不能听你的。"

曹青娥又急，急得脸涨得通红。牛爱国对牛爱江、牛爱香、牛爱河一时也解释不清。解释不清不是事情不好解释，而是事情之中藏着的曲里拐弯的道理，一时无法说清楚。他如何从妈不单是心疼他们，而是对他们的失望和无奈说起，又说到妈给百慧讲的故事，百慧又给他讲的故事，这些来龙去脉呢?曹青娥会说话的时候，她有话不跟他们说，跟牛爱国说;后来也不跟牛爱国说，跟百慧说;想来也是觉得跟他们说也白说，或不想说;现在牛爱国觉得自己说也白说，也不想说，就说:

"妈都不会说话了，咱就听她一回吧。"

又说:"有啥事，我担着。"

又说:"大不了是个死，算我杀了她，行了吧?"

倒把牛爱江、牛爱香和牛爱河给镇住了。当天下午，曹青娥身上的管子全拔掉了，大家把她从县城医院拉回牛家庄。回到牛家庄，曹青娥先是一阵兴奋，后又昏迷过去。待到醒来，已是第二天黎明。这时不但嘴不会说话，躺在床上，四肢动起来也开始费劲。牛爱国知道曹青娥知道自己快不行了，想死在家里。但曹青娥醒来之后，眼睛似在寻找什么;牛爱国突然又明白，她不仅想死在家里，还想在家里寻找什么。牛爱国以为她在找人，忙让牛爱江、牛爱香、牛爱河将家里正睡的人全喊起来。牛爱江的老婆和孩子，牛爱河的老婆和孩子，加上百慧等祖孙三代，十几口子，围在曹青娥床前。牛爱国：

"妈，人都到齐了，你是要说啥吗？"

突然又想起曹青娥已不会说话，也就是看看大家。但曹青娥摇摇头，意思不是要说啥，也不是要看大家；看大家不明白她的意思，又有些急，脸涨得通红；牛爱国忙又拿过来纸和笔，但曹青娥的手，已无力握笔；想吃力地抬起胳膊，但也抬不起来；牛爱国扶住她的胳膊，顺着她的劲儿走，她的手向床头挨去，终于敲了敲床头。但大家不明白她敲床的意思。不但大家不明白，这回连百慧也不明白了。曹青娥也是干着急。干着急一阵，又昏迷过去。昏迷一天，醒了过来，突然又能说话了。大家见她能说话，都围拢上来。但她已顾不上和大家说话，先呼了一声"天呀"，又喊了一声"爹呀"；在"爹呀""爹呀"的喊声中，突然断了气。曹青娥死后，大家将她移到棺木里，整理她的床铺，发现她庆铺下边，藏着一把手电。百慧突然说：

"我知道俺奶为啥敲床了。"

牛爱国：

"啥？"

百慧：

"她说过，她小时候怕黑，肯定想带一把手电。"

牛爱国也明白了，妈曹青娥临走的时候，想带走一把手电，路上好照亮；临死时喊"爹"，或打着手电好找爹。妈曹青娥养了四个儿女，最终能猜出她心思的，竟是七岁的百慧。牛爱国赶紧买了两把新手电，又买了十来节电池，放到曹青娥棺木里。曹青娥一死，家里突然安静下来。牛爱国想不起干啥，也想不起哭。当天夜里，牛爱国与百慧，睡在过去曹青娥和百慧睡的床上。牛爱国思前想后，半夜没有睡着。妈右边半扇牙坏了六七年，直到她死，既没想起给她补，也没想起给她换俩新牙。牛爱国摸摸自己的牙，起身吸烟，找不着打火机或火柴。刚才还见打火机就在身边，现在横竖找不着。从外屋找到里屋，拉开抽屉，没找着打火机或火柴，却翻出一封从河南延津来的信。信皮已经发黄，信皮上写的收信人是曹青娥。看信皮上的邮戳，竟是八年前的日期。牛爱国打开信，是河南延津一个叫姜素荣的人写的。信中说，吴摩西的孙子，最近来了延津，想见曹青娥，让曹青娥去延津一趟，他有话要说。信中还说，吴摩西当年逃到了陕西咸阳，已死了十多年；吴摩西生前不让人回延津，他死后十多年，他的孙子头一回回来。牛爱国听曹青娥说过她小时候的事，一直以为与吴摩西一方断着音讯；谁知道八年之前一直断着音讯，八年后又有了音讯。当时来这封信时，全家人各忙各的，都没留意；牛爱国不明白的是，曹青娥当年收到这

544

封信，为什么没去延津呢?后来与他说延津的事时，一次也没提起这封信呢?这时突然又明白，曹青娥临终之前敲床头的意思，不是百慧说的手电，而是指这封信。因外间的床是木的，里间的桌子也是木的。曹青娥在县城医院闹着回家，原来不为别的，就为找出这封信。平日一句话能说清楚的事，现在绕了这么大一个圈子;绕了这么大一个圈子，牛爱国才明白妈临终前的一句话。曹青娥临终前在喊"爹"，原来不是喊襄垣县的爹爹老曹，而是多年前失散的爹爹吴摩西。但吴摩西也已经去世快二十年了。曹青娥找这封信是要干啥呢?接着牛爱国发现信的末尾，有延津姜素荣家的电话号码;牛爱国突然明白，妈曹青娥找这封信，或许是让给姜素荣打一个电话，让姜素荣来沁源一趟，她有话要说，或她有话要问。八年前不想说的话，临终前突然想说;八年前不想问的话，临终前突然想问。牛爱国明白后，冲到外间，抓起电话就打;但突然又想起妈曹青娥已经死了，再叫人来有啥用呢?又将电话放了回去。曹青娥死后，牛爱国一天没想起哭，现在为没听懂曹青娥在世上的最后一句话，或一个意思，扇了自己一嘴巴，接着落下泪来。

曹青娥死了，第二天一早，牛家在院子里搭起灵棚，亲戚朋友都来吊丧。牛爱江、牛爱国、牛爱河诸人，加上牛家亲门近枝的其他后辈，披麻戴孝，分跪在灵柩两侧陪灵。灵前放着曹青娥生前的照片，下边供着四荤四素、四个干果碟。吊丧的人一拨拨来，一拨拨走。来一拨人，烧一回纸，院子里涌出滚滚浓烟，像着了大火。来一拨人，牛爱国诸人伏在灵柩前哭几嗓子。一开始知道来者是谁，后来哭得脑涨，已不知来者是谁，去者又是谁；一开始能哭出声，后来哭得嗓子哑了，也就是干号。第三天中午，吊丧的人群中闪出一个人，在灵棚前行礼；牛爱国又伏在地上干号。那人行完礼，没往外走，而是钻到灵棚里，拍了拍牛爱国的肩膀。牛爱国仰脸一看，竟是在临汾鱼市卖鱼的同学李克智。曹青娥死后，牛爱国的其他同学也来吊丧，但他们都在近处；从临汾到沁源，有三百多里，这么远赶来吊丧，牛爱国没有想到。牛爱国站起身，拉住李克智的手，眼中涌出了泪。李克智：

"不是特意来的，正好回沁源办事，听说了。"

牛爱国攥住李克智的手，又摇了摇。李克智：

"我有话跟你说。"

牛爱国拉他钻出灵棚，来到堂屋，两人坐在牛爱国和百慧睡觉的床上。牛爱国以为李克智要安慰自己一番，谁知李克智说：

"知你正伤心，不知能不能说别的事。"

牛爱国哑着嗓子：

"妈死了，再哭也哭不回来，说吧。"

李克智：

"我去沁源县城，去找冯文修，才知道你们俩掰了。"

去年庞丽娜出事之后，因为十斤猪肉，牛爱国跟冯文修闹掰了；冯文修把牛爱国醉后的话，都当成一把把刀子，扎向了牛爱国，对别人说牛爱国是杀人犯；当时牛爱国杀冯文修的心都有了。如今一年过去，事情倒有些淡了。但淡归淡，并没有从心里过去。牛爱国：

"不要提他。"

李克智：

"可他听说婶去世了，心里也不好受；人不好来，让我捎来一份礼金，算个心意。"

接着掏出二百块钱。牛爱国却有些为难，不知该不该借他妈去世，与冯文修解开去年的疙瘩。李克智：

"冯文修说了，你们俩掰归掰，但婶还是婶，两回事。"

牛爱国本打算一辈子不再见冯文修，但听了这话，鼻子一酸，将钱接下。李克智说：

"但我说的不是这事。"

牛爱国：

"啥事？"

李克智：

"这话本不该我说，我也是受人之托。"

牛爱国：

"啥话？"

李克智看看牛爱国：

"庞丽娜前几天到临汾找过我，让我劝劝你。既然出了事，你俩也闹僵了，好也好不了了，事情也拖了年把了，不行就分开算了；她别耽误你，你也别耽误她。"

牛爱国愣在那里。愣在那里不是说庞丽娜要分开，庞丽娜刚出事时，她就要分开；而是她去临汾找了李克智，让李克智来劝他。曹青娥死后，庞丽娜也来吊了丧。上午来的，下午走的。中午吃饭时，牛爱国与她迎面走过，两人也没说话。但牛爱国发现，她改了一个发型。过去是马尾松，现在烫了发。庞丽娜过去胖，出事时瘦了，一年过去，现在又胖了，脸蛋红扑扑的。牛爱国突然明白，庞丽娜一开始找的不是李克智，而是冯文修；通过冯文修，又去找李克智；以为牛爱国听李克智的。过去牛爱国听李克智的，庞丽娜没出事时，李克智曾让牛爱国不理庞丽娜，拖着庞丽娜，光脚的不怕穿鞋的；现在李克智又来劝牛爱国，让他改变主意；如是别人劝牛爱国，牛爱国可以理解；李克智来劝牛爱国，牛爱国反倒别扭起来。本来这事可以商量，现在反倒不想商量了。如是随意提起，这事可以商量；他们背后商量好了，又来找他，这事就不能商量了。牛爱国遇见庞丽娜，如她仍在憔悴，事情可以考虑；但她脸蛋红扑扑的，这事就不能考虑了。牛爱国：

"分开行呀，她去法院离婚呀。"

李克智：

"就怕你不同意呀，白闹一场，理都在你这头。"

又说：

"杀人不过头点地，事情总该有个了结。"

牛爱国不想在这事上再说下去，反问李克智：

"当初在临汾的时候，你是咋说的?让我死死拖住她；如今你又拐过弯回头说，让我跟她离婚，你不是拿自己的手打自己的脸吗？"

一句话，倒把李克智干在那里。李克智叹口气又说：

"离婚的事咱先不提，百慧的事你咋想呢?"

牛爱国一愣：

"百慧还有啥事?"

李克智：

"过去婶活着的时候，百慧由她带着；婶现在死了，庞丽娜的意思，你一个男的，带不了百慧，她想把百慧接走。"

牛爱国这才明白，曹青娥死后，庞丽娜一步步都算计好了。如果是妈曹青娥死之前，百慧由谁带着可以商量，曹青娥死后，这件事反倒不能商量了。不能商量不单是说借这事惩罚庞丽娜，而是在妈曹青娥不会说话的时候，百慧替曹青娥说过话；虽然有的猜出来了，有的没有猜出来；但百慧肚子里，还藏着不少曹青娥对她说的话，牛爱国想知道这些话是什么。曹青娥对牛爱国说起往事，说的是六十年前、五十年前的事；对百慧说的，却是二十年前的事。过去觉得这些话就是些闲话，曹青娥对牛爱国说过去的事时，他只是听着；曹青娥对他说心里话，他不对曹青娥说心里话；现在曹青娥死了，他却觉得这些话重要。也不单为了这些话，而是庞丽娜想带百慧，利用了曹青娥死这件事，又让他生气；别的时候提这件事可以商量，曹青娥刚死就提反倒不能商量了。牛爱国：

"我不能把百慧交给她，她是一个破鞋，孩子跟着她，会是个啥名声？"

李克智：

"婶不在了，你常年在外边跑，哪里带得了百慧？"

牛爱国：

"从今儿起我不跑了，就待在沁源；就是跑，我也带着百慧。"

李克智：

"你这就成赌气了。"

牛爱国这时看着李克智，产生了怀疑：

550

"你一而再，再而三地劝我，你图个啥呢？"

李克智咂咂嘴，倒也实话实说：

"其实找我的不是庞丽娜，是庞丽娜她姐夫。"

庞丽娜的姐夫叫老尚，在沁源县城北街纱厂当采购员。李克智：

"我不想在临汾卖鱼了，我想回沁源贩纱。"

牛爱国终于明白了李克智劝他的初衷。但李克智还算老实人，能对牛爱国实话实说。说实话，就是朋友；但这事，不是朋友办的。这时又明白李克智过来吊丧，也不是赶巧遇上，是特意来的。没弄清事情的真相牛爱国还可商量，明白了事情的来龙去脉牛爱国火了：

"李克智，念咱们是老同学，这事就别再提了，再提会出别的事。"

这结果是李克智没有想到的。李克智抖着手苦笑：

"你看你，一年多不见，你咋成了我，我咋成了你呢？"

·九·

　　曹青娥去世三个月，牛爱香结婚了。牛爱香年轻时在镇上卖酱油，后来在镇上卖杂货；后来嫌镇上闷，来到县城，在十字街头百货楼里租了一个摊位卖丝袜。丝袜卖了八年了。丝袜有长筒袜，也有短筒袜。除了卖丝袜，还卖丝裤。除了卖丝袜丝裤，也卖打火机、手电筒、钥匙链、指甲钳、手机套、保温杯等杂货。县城西街"东亚婚纱摄影城"小蒋的老婆赵欣婷，也在同一座百货楼卖皮鞋。赵欣婷的摊位在一楼，牛爱香的摊位在二楼。小蒋和庞丽娜没出事之前，牛爱香和赵欣婷见面说话；小蒋和庞丽娜出事之后，两人见面就不说话了。牛爱香二十年前谈恋爱时，喝过农药，落下歪脖和打嗝的毛病。打嗝打了二十年，去年学会了抽烟；每天吸烟，倒把打嗝的毛病给治住了。不过脖子还有些歪。正因为脖歪，走起路来，故意把脖子挺直，一晃一晃，像个肘头的鹅。

牛爱香找的丈夫叫宋解放。宋解放在县城东街酒厂看大门，今年已经五十六岁，去年死了老婆。宋解放比牛爱香大十四岁。如宋解放没结过婚，两人相差十四岁不算多；但宋解放有过老婆，两个儿子都已娶妻生子，有儿孙辈顶着，就显得比牛爱香大许多。宋解放年轻时在四川当过兵，从四川复员后，就在沁源县城酒厂看大门，一直看了三十年。宋解放人瘦，但脸盘子大，国字形；脸大嘴也大，却不大说话。不大说话不是不爱说话，而是嘴笨，有话说不出来。一天遇到十件事，九件事能不说就不说，按照事情的理儿去做就是了；剩下一件事不是一个理儿，而是仨理儿，挑理儿的时候，不得不说；或者这件事不是做的事，干脆是说的事；这时宋解放就为难了。脸憋得通红，说不出话来。憋了半天，第一句话往往是：

"从何说起呢？……"

或者：

"我心里明白……"

宋解放头一个老婆叫老朱，在县城北关卖火烧。除了卖火烧，也卖馒头、花卷、包子和肉夹馍。老朱是个胖子，鲶鱼嘴，能说会道；人一胖，说话声音就高；老朱脾气又暴，得理不让人，宋解放在家里做不了主。别人遇事做不得主会

553

心里憋气，宋解放做不得主正中下怀，可以不用说话。家里大到要盖房子，两个儿子娶媳妇，小到家里要买个坛子腌鸭蛋，买啥样的坛子，鸭蛋腌多少个，全由老朱做主。有时老朱遇到一件事，实在拿不定主意，找宋解放商量，宋解放脸憋得通红：

"从何说起呢？……"

或者：

"老朱，你说呢？"

老朱就自己在那里想，码放事情；码放一段，又问宋解放；宋解放又说：

"老朱，你说呢？"

老朱又自己码放。几个"你说呢"下来，事情虽然码放清楚了，老朱也急了：

"我前世造的什么孽，摊上这么个无用的东西。"

或者：

"我一辈子不是跟你过，是跟我自己过。"

宋解放笑笑，也不说什么，该干啥干啥。宋解放虽然不会说话，但一个人在酒厂看大门时，嘴里爱哼小曲儿。宋解放以为这种不操心的日子会过一辈子，没想到两个儿子娶了媳妇之后，世界发生了变化。老朱以为自己在家里会做一辈子主，谁知两个儿媳先后进门之后，皆不像宋解放，像老朱，

554

嘴皆能说。三个能说的人在一起，遇到事情，没有一个人问另一个人"你说呢"，皆是"我说"该怎么样。一年不到，大儿媳跟二儿媳不说话，两个儿媳皆跟老朱不说话。老朱在家里做了半辈子主，突然无处说话，说话也无人听，老朱气病了。老朱在沁源县城北关公路旁搭了一间棚子，在这里卖了一辈子火烧；看老朱病了，两个儿媳自作主张，要替老朱做生意。为争这个棚子，两人又打了起来。二儿媳把大儿媳的鼻梁打折了，大儿媳咬下二儿媳半只耳朵。从北关打到家里，两个儿子也上了手。这边架还没打完，老朱在屋里上了吊。等老宋发现的时候，老朱的舌头已经吐了出来。从房梁上卸下来的时候，嘴里还有气；送到医院抢救，已经咽气了。老朱死后，宋解放张着大嘴哭了一场；丧事过去，仍去县城东街酒厂看大门。只是从此不再哼小曲儿了。人劝他：

"老宋，想开点儿，老朱挟制了你一辈子，她死了，你也解放了。"

宋解放憋了半天，叹了口气：

"从何说起呢？……"

牛爱香没嫁宋解放之前，牛爱国就认识宋解放。妈曹青娥去世之后，牛爱国为了带女儿百慧，不再去沧州或别的地方，就留在沁源；因百慧该上学了，为了让百慧在城里上学，牛爱国把百慧接到县城，住在县城南关租的房子里。牛爱国将过去的卡车修好，清早送百慧去上学，然后将卡车开到车站，等着拉些零活。但他只拉白天，不拉晚上；晚上他还要去学校接百慧，回到家给百慧做饭，张罗百慧睡觉。百慧倒说牛爱国做的饭，比曹青娥做的饭好吃；最爱吃牛爱国做的鱼。牛爱国有时也去县城东街酒厂给人拉酒，在酒厂门口常常碰到宋解放。过去就觉得他是个宋解放，没想到有一天他会成为自己的姐夫。

牛爱香和宋解放的婚事，是牛爱香的中学同学胡美丽撮合的。胡美丽在县城南街当裁缝。宋解放是胡美丽的表哥。牛爱香与宋解放头一回见面，就在胡美丽家。这天宋解放先到，胡美丽对宋解放说：

"哥，今天是谈对象，你不要再说'从何说起'和'我心里明白'了。"

宋解放脸憋得通红：

"我心里明白。"

待牛爱香来了，牛爱香还没说话，宋解放"忽"地站起来，像三十多年前当兵时一样，"啪"地一个立正，仰着脸说：

"我叫宋解放，今年五十六岁，在县城东街酒厂看大门，上无父母，下有两个儿子、两个儿媳和两个小孙女，我说完了，该你了。"

556

牛爱香和胡美丽一愣，接着两人弯腰笑起来，牛爱香的眼泪都笑出来了。事后牛爱香说，几十年了，没笑得这么痛快过。两个月后，牛爱香决定和宋解放结婚。听说姐要和宋解放结婚，牛爱国倒有些吃惊。牛爱香结婚的前五天是清明节，牛爱香和牛爱国结伴回牛家庄给曹青娥扫墓。路上两人没说什么。回到牛家庄，白天与牛爱江、牛爱河去坟上扫墓，大家也没说什么。晚上吃过饭，牛爱香没跟大哥牛爱江说什么，没跟三弟牛爱河说什么，单把牛爱国叫到院后沁河边，要说自己的婚事。河边有几百棵大柳树，月牙挂在西边天上。姐弟俩肩并肩坐在河边。河水在他们脚下静静流着。妈曹青娥活着的时候，曾对牛爱国说，当年她和爸牛书道的婚事，就是五十多年前她爹老曹，她爹的朋友、牛家庄的老韩，襄垣县温家庄做醋的小温，在这河边商议的。牛爱国小的时候，爸不亲他，亲大哥牛爱江；妈也不亲他，亲弟弟牛爱河；剩下牛爱国没人亲，姐牛爱香比他大八岁，姐亲他。他从小是拉着姐的衣襟长大的。长大之后，他有心里话不跟爸妈说，跟姐说。当年他去当兵，就是跟姐商量的。后来各自又大了，各人有各自的事，在一起说心里话就少了。现在姐要结婚了，姐像换了一个人，或像回到了前些年，有话要跟牛爱国说。牛爱香：

　　"姐要结婚了，心里乱得很。"

牛爱国没有说话。牛爱香：

"爸妈都死了，没人商量。"

牛爱国没有说话。牛爱香：

"真不想嫁给他。"

牛爱国：

"嫌老宋岁数大？"

牛爱香叹口气：

"姐也这把年龄了，还能找着年轻的吗？"

牛爱国：

"嫌老宋憨，不会说话？"

牛爱香：

"也不主要。"

牛爱国：

"嫌他长得难看，是国字脸？"

牛爱国知道姐在世上最讨厌国字脸的人。二十多年前，牛爱香谈的第一个对象，那个邮递员小张，就是国字脸。宋解放不但是国字脸，皮还糙。牛爱香摇摇头：

"我现在已经不烦国字脸了。"

又感叹：

"姐已经老了。"

牛爱国看姐，姐确实老了，眼角堆满了皱纹，脸上的肉往下嘟噜着；这些年一个人过的，虽是一中年妇女，却已露出老相；姐在别人面前挺脖子，在牛爱国面前不挺脖子，头歪在肩膀上。牛爱国心里一酸，这些年他光顾应付自己的糟心事了，从来没有关心过姐。牛爱国说：

"姐，你不老，你挺漂亮的。"

牛爱香拉着牛爱国的手：

"给你说实话，姐现在结婚，不是为了结婚，就是想找一个人说话。姐都四十二了，整天一个人，憋死我了。"

又说：

"就老宋那岁数，那德性，全县城都知道，我也不在乎了，我就怕我找了老宋，你们笑话我。"

牛爱国：

"姐，你情况再坏，坏不过我，我戴着绿帽子，也活了七八年。姐，你笑话我吗？"

牛爱香摇摇头。牛爱国对姐跟宋解放结婚，也有些担心；但他担心的跟姐不一样，他担心的不是别人笑话，也不是宋解放，而是宋解放的两个儿媳。她俩已经逼死过宋解放的老婆。他担心姐嫁过去，会受委屈。但他没跟姐说这些，说：

"姐，你跟老宋结婚吧，我们不笑话你。"

牛爱香：

"我恨死二十年前那个送信的了，他害了我一辈子。"

接着眼中涌出了泪，把头歪在牛爱国肩上。这话牛爱国听起来有些耳熟。突然想起，前年庞丽娜出事时，本来是与县城西街"东亚婚纱摄影城"的小蒋出的事，最后咬牙恨的，却是马小柱。在牛爱国之前，庞丽娜与马小柱谈过恋爱；后来马小柱去北京上大学，把她给甩了。牛爱国当时正在气头上，没理庞丽娜；现在听姐又说这种话，他也没言语。姐弟俩看着河对岸黑黢黢的群山，山后边还是山；姐靠在牛爱国肩头睡着了。

牛爱香嫁给宋解放之后，牛爱国担心的事并没有发生。宋解放的两个儿媳逼死了宋解放头一个老婆，但没有逼着牛爱香。没有逼着牛爱香并不是牛爱香与她们处得好，或她们不逼牛爱香，或牛爱香反过头逼着了她们，而是牛爱香还没与她们打交道，就与她们一刀两断。跟她们不是"从何说起"，不是"你说呢"，也不是"我说"，而是干脆不说。结婚第二天，牛爱香就逼宋解放与两个儿子断绝来往。宋解放吃了一惊，说：

"无缘无故，父子就断了来往，从何说起呢？"

牛爱香：

"怎么无缘无故？他们的媳妇都是杀人犯。"

宋解放明白了牛爱香的意思，还有些犹豫：

"总得等个茬口吧？"

牛爱香：

"你等得，我等不得；要么你跟他们断了来往，要么你还跟他们过，我们去法院离婚。"

宋解放哭笑不得：

"刚结婚一天……"

又说：

"你刚进门就跟他们断了来往，人家不说我，也会说你。"

牛爱香：

"我不怕担这个恶名。现在断了来往，恶名还小；等闹出事来，恶名就大了。"

这时宋解放觉出牛爱香的厉害。甚至比第一个老婆老朱还厉害。老朱遇到拿不定主意的时候，还跟宋解放商量；虽然商量也是白商量，最后还是老朱做主，但起码有个商量的过程；现在牛爱香商量也不商量，一个人做出决定，让宋解放去执行，宋解放一下回不过神来。但牛爱香说得出就做得出，看宋解放在那里犹豫，从抽屉拿出结婚证，穿上外套，就拉宋解放去法院离婚。宋解放抖着手：

"真是从何说起呢……"

因害怕离婚，只好与两个儿子家断了来往。说是断了来往，其实没断，只是来往时不让牛爱香知道。牛爱香也睁只眼闭只眼，佯装不知；但牛爱香与老宋儿子两家，彻底断了来往。这时牛爱国也觉出姐的厉害。遇到大事，姐比牛爱国有主张；事情从根上起，就掰了要出的横权。如自己像姐，也不至于混到今天这种地步。宋解放比牛爱香大十四岁，但从结婚第一天起，牛爱香支使起宋解放，像支使一个孩子。牛爱香做姑娘时手脚勤快，嫁了宋解放，开始横草不拾，竖草不拿。宋解放在家里啥活都干，给牛爱香洗衣服，擦皮鞋，做饭。饭做得不好吃，牛爱香还摔碗。就像前几年庞丽娜没出事时，牛爱国求着庞丽娜，给庞丽娜做鱼的时候。宋解放与牛爱国的区别是，当时牛爱国是不得已而为之，宋解放干起这些，却干得心甘情愿。牛爱香嫁宋解放一个月，明显胖了，脸也滋润许多，甚至脖子也显不出歪了。两人在家里，宋解放说话之前，先看牛爱香的脸色；牛爱香说话，脸不对着宋解放，对着墙。一次牛爱香、宋解放、牛爱国三人结伴回牛家庄。牛爱国骑一辆自行车，宋解放骑一辆自行车，载着牛爱香。从县城出发时天气还好，走到半路下起了小雨。宋解放和牛爱香都穿着夹克，牛爱国出门时只穿了一件背心，凉风一吹，打了一个冷战。牛爱香对宋解放说：

"老宋，把你的夹克脱下来，让爱国穿上。"

宋解放二话没说，当即停下车，脱自己的夹克。牛爱国虽没穿这夹克，但觉得宋解放这人厚道。厚道不是说他脱夹克给牛爱国穿，而是脱这夹克时，毫无怨色。牛爱国再到县城东街酒厂拉酒，就觉得现在的宋解放，不是以前的宋解放。有时两人在一起喝酒，也说心里话。一次两人说到各自的不如意，牛爱国说他一生最大的不如意，是没娶到一个好老婆；宋解放说他一生最大的不如意，是在酒厂看了三十多年大门。牛爱国吃了一惊：

"看大门不挺好?整天坐着，清静。"

宋解放摇头：

"其实我这人喜动不喜静。"

这一点牛爱国倒没看出来。牛爱国：

"那你喜欢干啥?"

宋解放：

"到邮电局当邮递员，骑着摩托，一天跑个百十里。'牛爱国，拿图章，加急电报。'"

牛爱国笑了，觉出宋解放的可爱。当年牛爱香找的第一个对象小张，倒在邮局当邮递员，也是国字脸。渐渐，不但牛爱国喜欢宋解放，牛爱国的女儿百慧，也开始喜欢宋解放。过去牛爱国出车，下午不敢晚回，惦着六点去学校接百慧；现在有了宋解放，牛爱国看天色将晚，便给宋解放打个电话，宋解放便替他去学校接百慧。这天牛爱国出城拉货，回来的路上，卡车坏了。牛爱国看看表，已是下午五点，便给宋解放打了个电话。但打过电话，车很快又修好了，六点钟又赶回县城，牛爱国又去学校接百慧。这天百慧跳绳时崴了脚，牛爱国远远看见，宋解放背着百慧，两人边走边说；说着说着，两人还"咯咯"笑了。牛爱国也笑了。时间长了，百慧与牛爱国说不着，与牛爱香说不着，与宋解放说得着。礼拜六礼拜天，百慧做完作业，还去东街酒厂找宋解放。宋解放在大人面前不会说话，就会说"从何说起"和"我心里知道"，但在百慧面前，变得能说会道。能说会道不是跟别人比，是跟他自己比。宋解放爱对百慧说沁源之外的事情。除了说他三十多年前在四川当过兵，还说回沁源之后，也去过其他很多地方。说他去过太原，去过西安，去过上海，还去过北京。其实他除了四川，哪里也没去过；但他看电视时，记住了太原、西安、上海和北京的主要地名，接着按沁源县城的布局，重新安排了太原、西安、上海和北京的大街小巷；说起太原、西安、上海或北京，也头头是道。说完这些，还露出不大在意的神色。百慧叫宋解放"老姑父"，听宋解放说过太原问：

"老姑父，你把太原逛遍了，太原到底咋样呀？"

宋解放：

"就那样，都是人，没劲。"

百慧听完西安问：

"老姑父，西安咋样呀？"

宋解放：

"跟太原差不多，没劲。"

百慧：

"老姑父，北京咋样呀？"

宋解放：

"都没劲。"

这时往往叹息一声：

"就是再没劲，也比咱沁源强啊。"

又说：

"百慧，你长大去上海，到黄浦江开轮船，到时候我去看你。"

一次牛爱国与牛爱香在一起说话，牛爱国：

"姐，我觉得你对姐夫不好；其实，老宋这人挺好的。"

牛爱香：

"哪儿好？"

牛爱国：

"一百个人里，挑不出来一个，从来没有坏心眼。"

牛爱香叹口气：

"那不就是傻吗？我想找个说话的，可结婚之后，一天到晚，跟他一句说不来。"

又说：

"没嫁他之前，我见他就笑；自嫁了他，我一次也没笑过。"

一次牛爱国与宋解放在一起说话，宋解放倒说：

"老弟，我跟你姐结婚，算结值了。"

牛爱国：

"我姐除了脾气不好，啥事心里都明白。"

宋解放：

"我说的不是你姐。"

牛爱国：

"那是谁呀？"

宋解放：

"是百慧。过去我不会说话，自从有了百慧，我变得会说话了。"

牛爱国倒哭笑不得。

这年八月，天气正热，庞丽娜又出了事，又跟人跑了。但这次不是跟县城西街"东亚婚纱摄影城"的小蒋，而是跟庞丽娜的姐夫老尚。老尚在县城北街纱厂当采购员。当年庞丽娜去纱厂当挡车工，就是老尚安排的。后来庞丽娜不当挡车工了，当仓库保管员，也是老尚安排的。众人皆知道庞丽娜与西街"东亚婚纱摄影城"的小蒋好，不知道她与自己的姐夫老尚也好。不但牛爱国不知道，庞丽娜的姐姐庞丽琴也不知道。也不知道她与小蒋好时，就与老尚好；还是她与小蒋断后，又与老尚好上了。牛爱国明白了妈曹青娥死时，为啥庞丽娜的姐夫老尚，跑到临汾去找李克智，又让李克智到沁源牛家庄，劝牛爱国离婚。也明白了庞丽娜头一回出事时，瘦了许多；再见到庞丽娜时，她又胖了，脸蛋红扑扑的。庞丽娜已经跟小蒋跑过一次，这次又跟老尚跑，牛爱国虽心里一惊，但不像上次她跟小蒋跑那么伤心。两人虽无离婚，跟人跑的还是自己的老婆，但两人没离婚不怪庞丽娜，怪牛爱国；庞丽娜要离婚，牛爱国不同意；牛爱国不离婚是为了拖住她，治她；现在看并无治住她，反倒物极必反，让她又跟人跑了。由于心里已经不把庞丽娜当老婆，庞丽娜跟老尚跑了，牛爱国没太放在心上，但庞丽娜的姐姐庞丽琴疯了。庞丽琴和牛爱香一起在镇上卖过杂货，当年牛爱国和庞丽娜谈恋爱，就是她们俩撮合的。庞丽琴疯了，她首先不怪自己的妹妹和丈夫，也是他们跑了无处怪，风风火火来找牛爱国。进了牛爱国家，一屁股坐在沙发上，哭了：

"都怪你，看不住自己的老婆。"

又哭：

"多不是东西，亲姐妹呀。"

又哭：

"多不是东西，搞自己老婆的妹妹。"

又哭：

"搞还不算，两人还跑了。"

又哭：

"我说呢，我不在的时候，他俩在家里说说笑笑；我一回去，屋里就静了下来。"

又哭：

"我听人说，他们就在纱厂的仓库里搞，纱上都有血。"

又怪牛爱国：

"你眼瞎呀，也没发现。"

上次庞丽娜跟小蒋跑时，小蒋的老婆赵欣婷就来找牛爱国闹，让牛爱国杀了他们，牛爱国就哭笑不得；这次庞丽娜跟老尚跑，老尚的老婆也来找牛爱国闹，牛爱国又哭笑不得。须知不是他让庞丽娜跟人跑的。庞丽娜虽然还是他老婆，但两人天天并不见面，如何看住她？接着又想，上次庞丽娜跟小蒋跑，和牛爱国没关系；这次庞丽娜跟老尚跑，也可能是牛爱国逼的。如牛爱国没去过沧州，没跟泊头"老李美食城"的章楚红好过，他只会怪庞丽娜和老尚；如今是过来人，明白庞丽娜和老尚在一起的时候，不定怎么说得着呢；这才下决心共同离开沁源，去了一个陌生的地方。上次在沧州，章楚红让牛爱国带她跑，牛爱国答应了，事后又胆怯了；趁着妈曹青娥生病，逃回了沁源；从此再没给章楚红打过电话。

论起两个人在一起好，不论是"东亚婚纱摄影城"的小蒋，还是牛爱国，关键时候都闪了对方；唯有一个老尚，关键时候豁得出去，把亲人和熟地方都扔了，带人去一个陌生的地方。他从心里首先不是怪老尚，而是佩服老尚。但他如何把这种心思告诉庞丽琴呢?如说出来，庞丽琴更疯了。庞丽琴手拍着桌子：

"牛爱国，你赔我丈夫，你赔我妹妹。"

牛爱国：

"咋个赔法?"

庞丽琴：

"找他们去呀。"

牛爱国又哭笑不得。事到如今，庞丽琴想找到庞丽娜和老尚，牛爱国却不想去找他们。庞丽娜连跑两回，倒在她和牛爱国的关系上，画了一个句号。就像一块伤疤，脱头一层皮的时候会疼，脱第二层皮的时候，伤疤已经快好了。如果现在庞丽娜来找牛爱国离婚，牛爱国马上就离。事情发展到最后，站出来做了结的不是牛爱国，而是庞丽娜；谁做了结谁担的责任大，牛爱国还感到自己有些赖。庞丽娜把事情做绝了，牛爱国心里也像卸了一块大石头。这事面上没有了结，心里已经了结了。他今后像现在一样，和百慧、姐牛爱香、姐夫宋解放共同生活就挺好。于是说：

"这种事情不能找，一找会出人命。"

庞丽琴：

"就是出人命，也让我出口恶气。"

但牛爱国不能为给别人出恶气，就去找庞丽娜和老尚；或为给别人出恶气，自己就去杀人。但出去找不找庞丽娜和老尚，不是牛爱国一个人说了算。不但庞丽琴觉得应该找，姐牛爱香和姐夫宋解放也觉得牛爱国应该找。庞丽琴跟牛爱国闹是白天，晚上，牛爱香和宋解放来找牛爱国。牛爱香对牛爱国说：

"事情出了，就不能搁在这儿，得找。"

牛爱国：

"这种破鞋，找她做甚？"

牛爱香点着一支烟，吸了一口：

"话不是这么说，找他们不是为了他们。"

牛爱国：

"为了谁？"

牛爱香：

"为了有个交代。"

牛爱国：

"给谁交代？"

宋解放在旁边比牛爱香还着急，双手比画着说：

"跑没啥，咱跑的人不对呀；小姨子跟姐夫跑了，整个沁源县都炸了。"

牛爱国倒没想到这一层。牛爱香叹口气：

"得找。如果离婚了，就不说了；没离，老婆跟人跑了，得有个响动。闷着头不作声，咱们都在沁源没法混了。"

牛爱国也叹了一口气，看来就是假找，也得出去找一番了。早知这样，还不如早离婚了。这时牛爱国想起妈曹青娥活着的时候，给他讲她爹吴摩西的故事。当年曹青娥还叫巧玲的时候，她娘吴香香跟银匠老高跑了；吴摩西和巧玲去找吴香香和老高，就是假找。没想到七十年过去，自己也成了吴摩西。两个出门假找的人，一个是曹青娥的爹，一个是她的儿子。宋解放见要出去找人，倒劲头挺大，捋胳膊卷袖：

"你不要怕，如果需要，我跟你一块儿找去。"

牛爱香倒同意：

"两个人也好，路上有个商量。"

但牛爱国却不同意宋解放跟自己一块儿出去找庞丽娜和老尚。牛爱国知道宋解放一天到晚在酒厂看大门闷得慌，静而思动，想借这次找庞丽娜和老尚，出门跑一趟。虽为跑一趟，但他是直心眼，找人是真找，牛爱国是假找，两人在路上，便说不到一块儿去。路上无人商量还好，有个宋解放在身边，假找就无法掩饰。便说：

571

"就是去找，我还是带着百慧吧。那毕竟是她妈。"

牛爱国知道百慧与她妈不亲，两人路上倒能商量到一块儿去。庞丽娜跟人跑了，牛爱国说是不伤心，心里还一阵阵发痛；带上百慧，路上两人也好说话。就像七十年前，吴摩西带着巧玲，两人共同出去假找吴香香一样。因学校正放暑假，带百慧上路，倒也不耽误她的功课。牛爱国要带百慧，宋解放无法反对，张张嘴，又咽口唾沫闭上了。他在世上与百慧最说得着，没想到关键时候，他被百慧顶了窝。说罢这话，三人就开始准备行装。行装整理完，又商量庞丽娜和老尚会跑到何处去。三人往一块儿凑庞丽娜在外地的亲戚、老尚在外地的亲戚。等亲戚凑完，又觉得两人私奔，不会投靠亲戚；因庞丽娜的亲戚，就是庞丽琴的亲戚；老尚的亲戚，也都和庞丽琴有联系。又想着老尚是沁源纱厂的采购员，必在外地有许多朋友，又开始想他过去跑生意爱去哪些地方。这些地方大都集中在山西，如长治、临汾、太原、运城、大同等；外省河北有石家庄、保定等，陕西有渭南、铜川等，河南有洛阳、三门峡等，最远的是广州。最后决定，就去这些地方。一切商量妥当，已是夜里十二点；牛爱香和宋解放，又去庞丽琴家找老尚在外地的朋友的电话号码；牛爱国也上床睡下。但夜里五更天，百慧突然发起了高烧。第二天早上，烧没有退，温度反倒更高了。牛爱香和宋解放又赶来送电话

572

号码，牛爱国指着床上的百慧说：

"只能等百慧病好了。"

牛爱香却不同意：

"找人就得抓紧，不然他们跑得更远了，争取能在山西抓住他们。"

牛爱国：

"那百慧咋办呢？"

牛爱香：

"有老宋呢，让老宋每天替你看着。"

宋解放看百慧病了，本想再替百慧与牛爱国上路，但牛爱香让他在家照看百慧，他就不敢再说上路的事。事情到这种地步，牛爱国再推托不得，只好背着一个提包出了门，上路假找庞丽娜和老尚。

·十·

因出门找人是假找，牛爱国就得想出一个可去的地方，在那里待上半个月到二十天，再回到沁源，说自己去了山西长治、临汾、太原、运城、大同，也去了河北石家庄、保定，去了陕西渭南、铜川，也去了河南洛阳、三门峡等，甚至去了广州；人跑了不找是牛爱国的事，找又没有找到，就不是牛爱国的事，而是庞丽娜和老尚的事了；对庞丽琴、对姐牛爱香、对姐夫宋解放、对女儿百慧、对整个沁源县都有个交代。但坐上长途汽车往霍州去，他还没想出自己该去的地方。世上哪里都能去，就是不能去长治、临汾、太原、运城、大同、石家庄、保定、渭南、铜川、洛阳、三门峡这些地方，也不能去广州，生怕无意之中碰到庞丽娜和老尚；还得避开这些地方，投靠一个朋友，找一个自己能待下来的去处。也可以不投靠朋友，在霍州等近处找一个小旅馆住下来，住上半月二十天，返回沁源，说自己满天下找了个遍。但老婆一次次跟人跑了，说是不在乎，心里还是在乎；想起来心里还是烦；不上路不烦，一上路越来越烦了；一个人憋在旅馆里，一憋半个月或二十天，非把自己憋疯不可；还是想找一个朋友，诉说一番；就是不诉说这事，说些别的，也能解一下自己的烦闷。待到投靠朋友，牛爱国又为了难，前几年还有几个可投奔的地方，如今可去的地方越来越少了。近处认识临汾卖鱼的李克智，但在曹青娥丧礼上，李克智劝过牛爱国离婚，牛爱国没给他面子，两人还说戗了，何况这事和那事也有牵连，临汾不能去。远处认识的有河北沧州做豆腐的崔立凡，但沧州边上就是泊头，泊头有章楚红在那里；几个月前，牛爱国刚从沧州逃出来，也不能去。另外还有河北平山县杜家店的战友杜青海可以投奔，但上次庞丽娜出事后，牛爱国曾去平山县杜家店找过杜青海；到了村头，心还是乱的，也没见杜青海，就在滹沱河畔坐了一夜；上次心乱，这次保不齐心还乱，也不想去。剩下可投奔的人，就是上次说去找没去找的山东乐陵卖大枣的战友曾志远。上次说去没去成，半路上落在沧州，也算牛爱国食言；在沧州待了一年，本想等在沧州立住脚，抽时间去乐陵看曾志远一趟，后来被他和章楚红的事绊住了脚，也没有去。现在想起来，还有些对不住人。按说已经对不住人，不该再找人家，也是实在无处可去，牛爱国坐长途汽车到霍州之后，又给曾志远打了个电话，想试探一下曾志远的口气。如曾志远仍邀牛爱国去乐陵，牛爱国就去乐陵待上一段；如曾志远心已冷了，牛爱国再作别的打算。但电话打通，接电话的不是曾志远，是曾志远的老婆，说曾志远不在乐陵，去外地卖枣去了。问何时回来，曾志远的老婆说或三天，或五天，或半个月，或一个月，一个人出门做生意，就说不准他的归期。牛爱国又给曾志远的手机打电话，找着了曾志远；原来曾志远在黑龙江的齐齐哈尔。曾志远接到牛爱国的电话，倒没冷淡，仍像上次一样热情，说他本来是去唐山卖枣，但生意连着生意，人连着人，又跟人到了黑龙江的齐齐哈尔；接着问牛爱国：

"你在哪儿呢？"

牛爱国：

"还在山西老家呢。"

曾志远便认为自上次邀请牛爱国去乐陵到如今，牛爱国一直在山西老家待着，没有动窝。既然一直没有动窝，曾志远倒不像上次在电话那样，急于见到牛爱国：

"上次想跟你商量个事，急着见你，但这事现在过去了。等我回到山东，再给你打电话，你何时有空，也来乐陵转转。"

听这口气，曾志远一时三刻回不到山东。就是近些天能回到山东，也没有邀他马上见面的意思。似乎这面可见可不见。明显山东乐陵也去不成了。牛爱国放下电话还疑惑，也不知上次曾志远急着让牛爱国去山东，要跟牛爱国商量个啥事。牛爱国再一次到了左右为难和走投无路的地步。这时他突然想起五年前在长治修高速公路时，认识工地的伙夫叫陈奎一。陈奎一是河南滑县人。两人皆因不爱说话，相互成了好朋友。陈奎一有心事，跟牛爱国说；牛爱国有心事，也跟陈奎一说。牛爱国本不会说话，但在陈奎一面前，算是会说的。陈奎一的心事，牛爱国剥肉剔骨，替他一层一层码放；牛爱国的心事，陈奎一却不会码放，只会问："你说呢？"几个"你说呢"下来，牛爱国也自己码放清楚了，像牛爱国和河北平山县的战友杜青海在部队的时候；无非一问一答，颠倒了过来。工地厨房有猪耳朵猪心的时候，陈奎一便去工地喊牛爱国；也不是喊，是使眼色；陈奎一使个眼色，说声"有情况"，牛爱国便跟他去厨房，两人头顶着头，共同吃一盘凉拌猪心猪耳朵，相互看着"嘿嘿"笑了。后来陈奎一和工地的经理，也是他的小舅子闹翻了，闹翻也不是因为什么大事，陈奎一买了半扇牛肉，因为价钱的高低、里面藏没藏猫腻，两人吵了起来；陈奎一一怒之下，离开长治，回了河南滑县。两人分别之后，还通过几回电话。陈奎一说他回了滑

577

县以后，在县城"滑州大酒店"当厨子，工资挣得比在长治工地还多；此处不留爷，自有留爷处；当时牛爱国还替他高兴，也算祸兮福焉。但分别时间长了，各忙各的，联系也就少了。庞丽娜头一回出事之后，牛爱国心烦意乱，去了沧州，基本上把陈奎一给忘了。现在突然想起陈奎一，便想给陈奎一打个电话；如陈奎一那里方便，他便去投奔陈奎一。但拿起电话，牛爱国忘了陈奎一的电话号码。从提包里掏出电话本，翻了半天，也没找到陈奎一的名字。看来五年前这号码记得太牢了，才没往本子上写；谁知五年后就忘记了。也是实在无地方可去，虽然事先没有联系，也不知这五年陈奎一的变化，他眼下是否还在滑县，牛爱国还是决定去河南滑县找陈奎一一趟。能找着陈奎一算是幸运，找不着陈奎一也不损失啥，也算一个找，比漫无目的地在世界上乱转、在路上有个盼头。于是从霍州坐火车到石家庄，从石家庄倒火车到河南安阳，从安阳又坐长途汽车到了滑县。前后用了两天半。

　　长途汽车到了滑县已经是晚上。滑县县城的路灯全亮了。从长途汽车站出来，街上人来人往，说的全是河南话；河南话虽跟山西话有区别，但两地靠得近，牛爱国都能听懂。牛爱国背着提包，向路人打听"滑州大酒店"，原来离汽车站并不远，转过两个街角，也就到了。原以为"滑州大酒店"是个小饭铺；如今大家做事，都爱起大名头；听着名头大，饭店不一定大；如河北泊头的"老李美食城"，说是美食城，也就三间屋子，七八张桌子；但转过第二个街角，一栋十几层的高楼，矗立在眼前；楼顶上，闪烁着一块巨大的霓虹灯牌子，从左到右，快速闪着几个字：滑州大酒店。原来不是个街头小饭铺，而是个大宾馆。在大宾馆当厨子，当然比在长治工地挣钱多，牛爱国又替陈奎一高兴。更让牛爱国高兴的是，在路上心还是乱的，自进了滑县，自己的心突然不乱了；不但不乱，对这地方，还感到有些亲切；庞丽娜头一回出事时，牛爱国先去河北平山投奔战友杜青海，又回山西临汾投奔同学李克智，不管是到了平山，还是到了临汾，心里都乱，比在家还乱；又离开了平山和临汾，最后到了河北泊头，心突然不乱了，才留了下来，去了沧州豆制品厂开车；但当时也就是个心不乱，却没对泊头沧州感到亲切；这回庞丽娜又出事了，自己来到河南滑县，没想到不但心不乱了，对这地方还感到亲切，更觉得来滑县找陈奎一找对了。待进了宾馆大堂，向柜台打听陈奎一，又让牛爱国失望。柜台的服务员说，宾馆后厨里，没有一个叫陈奎一的人。牛爱国以为服务员看他是外地人，有些欺生，便说：

"陈奎一是我好朋友哇。"

又说：

"电话里说得死死的，他就在'滑州大酒店'当厨子。"

又说：

"姑娘，我从山西来，跑了一千多里，不容易，你行个方便。"

服务员看牛爱国在那里着急，倒"扑哧"笑了：

"山西人就是性急，不是不给你找，是真没这个人。"

看牛爱国仍不信，抓起电话，叫来了后厨的厨师长。厨师长矮胖，戴个圆筒纸帽子，一说话是广东腔；听牛爱国要找的人，搔着头说，自己在"滑州大酒店"干了八年，后厨的厨师中，从来没有一个叫陈奎一的人。牛爱国这才知道自己找错了地方；前几年与陈奎一通电话时，要么是陈奎一说错了地方，要么是自己记错了地方。出了"滑州大酒店"，突然又想起，和陈奎一在长治修高速公路时，陈奎一曾对他说，他家的村子叫陈家庄；"滑州大酒店"错了，陈家庄不会错；欲先去陈家庄，找到陈奎一的家，接着再找陈奎一。牛爱国背着提包，走到路边，打问一个卖烧鸡的老头。老头说，陈家庄在滑县最东边，靠着黄河，离县城一百多里。牛爱国道声"多谢"，知道当天去不得陈家庄，只能在县城先住下来，明天再说。"滑州大酒店"是住不起了，沿途问了几家小旅馆，住宿费有贵的，有便宜的。贵的一宿七八十元，或五六十元；便宜的大车店，也要二十元或十五元。走着问着，碰到一个浴池，闪着霓虹灯，名字叫"瑶池洗浴城"。说是洗浴城，也就是一个洗澡堂子。问了一下价钱，洗澡五元，过夜加五元，共十元；觉得住在这里，倒比住在旅店合算，既能住宿，又能洗个澡，便决定住这"瑶池"。一进洗澡堂子，迎面扑来一阵洗澡堂子的热气和人味。又掀开一道布帘，进了男池。男池分里外两间，里间是洗澡的大池子，外间放着几十张单板床；床前散着十几个人，有脱衣服欲洗澡的，有洗完澡在穿衣服的；还有光着身子躺在单板床上睡觉的，有几位发出了鼾声；里间的洗澡池子，涌出蒸汽和人声，看不到洗澡者的身影。牛爱国寻到墙角一个铺位，脱了衣服，将提包和衣服锁在床头的箱子里，拿起钥匙，光着身子往里间澡池子走。迎面一个瘦子，光着身子，拖着趿拉板，肩上搭几条搓澡巾，明显是个搓背的，从里面雾气中钻出来，与牛爱国擦身而过。牛爱国到了澡池子，跳进热水里，水有些烫，浑身打了一个热战；这时突然觉得刚才那搓背的瘦子有些面熟，忙从热水中抽出身子，身上滴着水，又跑到外间，见那个搓背的瘦子在穿衣服。这人不是别人，正是陈奎一，左脸有颗大瘊子，瘊子上长了三根黑毛。牛爱国扑上去：

"老陈，你怎么在这儿？"

那搓澡的瘦子愣在那里，也不穿衣服了，仔细打量牛爱国半天，也惊呼：

"咦，牛爱国！"

牛爱国光着身子，陈奎一光着膀子，两人厮拉在一起。

陈奎一：

"你怎么到这儿来了？"

牛爱国：

"你怎么到这儿来了？你不是说你在'滑州大酒店'做饭吗，咋又在这里搓背？"

陈奎一倒有些不好意思：

"'滑州大酒店'是请我来着，其实我打小不喜欢做饭，就没有去。"

又说：

"在长治修路时当伙夫，也是没有办法。"

牛爱国：

"你喜欢搓背？"

陈奎一：

"我不是喜欢搓背，我喜欢泡澡；搓背，就能天天泡澡。"

牛爱国便知道几年前两人通电话，陈奎一跟他说去了"滑州大酒店"，是在吹牛。但又知陈奎一是个好面子的人，就没把这层挑破，反倒说：

"搓澡也好，冬天还暖和。"

陈奎一撇开搓澡：

"你咋来滑县了？没想到这辈子还能见到你。"

两人刚见面，牛爱国不好说自己是来投奔他，说：

"我到河南来办事，路过滑县，正说明天去陈家庄看你呢。"

陈奎一先说：

"来了就好，来了就好。"

又说：

"但我现在顾不上和你说话，我得去办一件事，从明天起，咱再痛痛快快说上几天。我在滑县也没个好朋友，憋死我了。"

牛爱国：

"去办啥事？用不用我帮忙？"

陈奎一：

"回陈家庄一趟，两个儿子打了起来。都娶了媳妇，两头叫驴还是拴不到一个槽上。我回去每人打他们一顿。"

又说：

"你是跟我回陈家庄，还是在这里等我？"

牛爱国本想跟他回陈家庄，但想着人家家里正在打架，自己如何好去添乱？也知道陈奎一回滑县以后，家在这里，也是一手事，不比在长治修高速路，两人在一起吃猪耳朵猪心的时候。便说：

"我在这里等你。"

又担心：

"我听说陈家庄离县城一百多里，大晚上，你怎么走？"

陈奎一一笑：

"我学会了骑摩托。"

陈奎一穿上衣服欲走，这时澡堂一个胖老头，手里拿着一把竹牌，挨个跟床铺上的人收澡钱和铺钱；收过钱的，在床头挂一个竹牌；正好收到牛爱国。牛爱国欲掏钱，陈奎一一把攥住牛爱国的手，对胖老头说：

"我的朋友，从山西来的。"

谁知胖老头不买陈奎一的账，翻着眼说：

"不管谁的朋友，不管从哪儿来的，洗澡住店，就得交钱。"

陈奎一跳到他跟前：

"× 你妈，就是不交，咋了？"

牛爱国忙拉陈奎一：

"别因为十块钱，伤了你们朋友和气。"

陈奎一往地上啐了一口唾沫：

"他不是冲着你，是冲着我。"

如胖老头冲着牛爱国，牛爱国交过钱就没事了；陈奎一说胖老头冲着他，牛爱国反倒不好交钱了。胖老头瞪了陈奎一一眼，转身去别的床铺收钱。牛爱国问陈奎一：

"是你们经理?"

陈奎一:

"他能是经理?是经理他姨父，看个床铺，狗眼看人低。你不用理他。"

陈奎一说完，匆匆忙忙走了。牛爱国摇头一笑，原以为到滑县找陈奎一很容易，谁知也费了一番周折。说是周折，没想到又恰好遇上。牛爱国重新去澡池子泡了澡，自己搓了泥。一路上跑了两三天，身上的泥还挺多。将身子搓洗干净，回到外间铺位上，坐着喘了一阵气，盖上一个被单子歇息。也是一路上马不停蹄，跑得乏了，很快就睡着了。梦中，牛爱国似乎没来滑县，还在山西沁源，在爬沁源县城西关的废城墙。待爬到废城墙上，没想到庞丽娜也在上边。原以为庞丽娜跟老尚去了长治、太原、运城、大同、石家庄、保定、渭南、铜川、洛阳、三门峡或广州，谁知就在沁源的废城墙上。原以为庞丽娜出了事，谁知她没有出事 不但没跟老尚出事，几年之前，也没跟西街"东亚婚纱摄影城"的小蒋出事。庞丽娜还是原来的庞丽娜。牛爱国和庞丽娜结婚八九年，两人在一起的时候，一天说不了十句话；谁知到了梦中，庞丽娜拉着他的手，对过去八九年的日子，开始重新叙说；两人把八九年的日子，过成了一锅粥；没想到换一种说法，竟能根根叶叶，说个明白。说着说着，牛爱国也醒过闷儿来。

原来日子还可以这么过。接着两人不说了，开始抱头痛哭。接着不是跟庞丽娜在一起，废城墙上站着西街"东亚婚纱摄影城"的小蒋、北街纱厂的老尚；三人为了庞丽娜的事，争吵起来。吵不及，打了起来。不知什么时候，庞丽娜又回来了，蹲在旁边，掩面在哭，像个孟姜女。三人吵着打着，小蒋掏出一把刀子，没扎向老尚，一刀刺进牛爱国的肚子里。牛爱国"哎哟"一声，醒了过来，出了一身汗。这时明白自己身在河南滑县县城一个洗澡堂子里。庞丽娜在生活中已经跟人跑了，咋到了梦里，又变了一个人呢?还与她重新说起了过去；说着说着，还与她抱头痛哭。出门假找庞丽娜和老尚的时候，牛爱国知道自己表面上没把这件事放在心上，心里还是放在了心上，才不敢一个人在近处旅馆待着，到滑县来找陈奎一；现在看梦里的意思，同是放在心上，这个放在心上，又不是那个放在心上了。正兀自感叹，觉得有人拍他的肚子，这时明白，刚才从梦里醒来，不是被刀扎醒了，而是被人拍醒的。他睁开眼睛，那个手拿竹牌的胖老头，站在他面前，又来跟他收钱。牛爱国这时知道，自己的朋友陈奎一，在这个洗澡堂子，说话并无分量，还不如当年在长治修高速公路时，起码能做猪耳朵猪心的主。牛爱国不愿因为十块钱再与人纠缠，打开床头柜，从衣服口袋里摸出钱，交给胖老头。胖老头收了钱，一边往床头挂竹牌，一边又嘟囔一句：

"住不起店就别住。"

　　如果牛爱国没交钱，胖老头这么嘟囔没啥，交了钱还这么说，牛爱国就火了。牛爱国翻身起来，欲与他理论，但想起自己身在异乡，因为一句话，与人争执不得；又想着陈奎一在这里搓背，与这里的人闹翻，也不合适，只好装作没听见，又转身躺下。但辗转反侧，再也睡不着。睡不着不是因为十块钱和胖老头的搅扰，而是想着刚才的梦境，千头万绪，又涌上心头。也不是单为梦境，或单为过去八九年与庞丽娜的事；过去八九年的其他事情，包括妈曹青娥的死，还有与河北沧州泊头"老李美食城"章楚红的事，桩桩件件，都涌上心头。牛爱国索性坐起来，抱着膝盖，在铺上吸了两支烟，烦闷还是排解不开。偶尔抬头，看到澡堂墙上的镜子，发现自己三十五岁，竟花了半边头。这时突然感到肚子饿了，才想起自己自进了滑县，只顾找陈奎一，只顾找住处，忘记了吃晚饭，便穿衣起来，出了"瑶池洗浴城"，来到滑县街上，欲找一个饭馆吃饭。这时已是半夜时分，街两旁的店铺都关门了；街上空空荡荡，一个行人也没有，偶尔过去一两辆卡车。一立秋，夜里就不热了，一阵风吹来，牛爱国还打了个冷战。牛爱国信步顺着街道往前走，终于在十字街头，看到一个还在候客的街头饭摊。饭摊摆在路灯下，倒省得再扯电灯。摊主是个中年男人，正在往锅里添水，旁边有一个中年妇女在包馄饨，看上去像两口子。走近看，他们卖馄饨，卖饺子，也卖羊肉烩面。问了一下价钱，馄饨和饺子比过去吃过的贵，羊肉烩面却比别的地方便宜；别的地方大碗羊肉烩面三块，小碗两块五，这里大碗两块五，小碗两块。桌上还有一碗咸菜丝，让客人白吃。牛爱国便在摊子的煮锅前坐下，叫了一大碗羊肉烩面，又掏出一支烟来吸。烩面还没上来，一辆挂着拖斗的大卡车，从城外呼啸着开来，"嘎吱"一声，停在饭摊前。卡车的主车上高高地堆着化肥，拖车上高高地堆着农药。主车和拖车的轮胎都压瘪了，一看就超载。从卡车的驾驶室里跳下来三个人，也坐到饭摊前吃饭。三个人一个五十多岁，一个三十多岁，一个二十来岁。待他们开口，牛爱国知道三个人中，三十多岁的做主。因为问起饭的价钱，接着吃啥，全是三十多岁的开口，五十多岁和二十多岁的都在随声附和。三十多岁的男人理个平头，问：

"老板，饺子多少钱一碗？"

饭摊男人答：

"三块五。"

三十多岁的男人：

"一碗多少个？"

饭摊男人：

"三十个。"

588

三十多岁的平头：

"来两碗。"

饭摊女人愣在那里：

"三个人，来两碗，你们谁不吃？"

三十多岁的平头拍了一下桌子：

"都吃。一共六十个饺子，不能盛三碗？"

饭摊男人笑了：

"能盛是能盛，没这么个吃法。"

三十多岁的平头：

"今天给你开个头。"

牛爱国以为他们图个节俭，也没理会。这时他的羊肉烩面上来，他剥了几瓣蒜，低下头吃面。面入了味，但汤有些咸；牛爱国让饭摊女人又加了一勺热面汤，自己又加了些醋；再吃起来，就咸淡可口。吃着吃着，身上不凉了，头上出了汗，胃口开了，又要了四个烧饼。就着烩面、咸菜和蒜瓣，吃了两个烧饼，那三人的饺子也煮熟了。三人吃着饺子，三十多岁的平头又问：

"老板，烩面多少钱一碗？"

饭摊男人：

"大碗两块五，小碗两块。"

三十多岁的平头：

"来三小碗。但小碗面，大碗盛，多搁些葱花和汤水。"

牛爱国这时觉出三十多岁平头的精明，钱花得不多，但什么都吃到了；又汤汤水水，吃个热乎。饭摊男人这时笑问：

"三位大哥是延津人吧？"

三十多岁的平头：

"你咋知道？"

饭摊女人：

"延津人都孬。"

"孬"是河南话，就是捣蛋的意思，牛爱国听懂了。三个延津人笑了，牛爱国也笑了。这时牛爱国突然想起，他妈曹青娥，当年就是延津人。牛爱国问饭摊女人：

"大嫂，延津离这里多远？"

饭摊女人：

"两县搭界，一百多里。"

牛爱国来河南本是为了假找庞丽娜和老尚，偶然想起陈奎一，才来到滑县；没想到滑县离妈曹青娥小时候的老家延津这么近。为找庞丽娜，无意之中，找到了妈曹青娥的老家。这时突然又想起曹青娥临死之前，不会说话，拼命敲床，要找一封信；当时大家不懂她敲床的意思，这封信她生前没有找到，她死后牛爱国无意中找到了；读了信的内容，明白了妈找这封信的目的，可能是让给延津一个叫姜素荣的人打电

590

话，临终之前，想让姜素荣去沁源一趟，她有话要说，或有话要问。不想起这些还好，一想起这些，牛爱国对"延津"二字的反应，和刚才偶然听到就不一样。牛爱国将羊肉烩面放下，起身转过桌子，坐到三个延津人跟前：

"三位大哥，是延津哪里人呢？"

一老一少仍不说话，三十多岁的平头看了牛爱国一眼，觉出牛爱国问话并无恶意，才说：

"县城北街，咋了？"

牛爱国将凳子往前挪了挪：

"既然大哥是县城人，可认识一个叫姜素荣的人？"

三十多岁的平头仰脸想了想，摇摇头，看其他一老一少两个人；两个人想了想，也摇头。那个五十多岁的老者问：

"是县城哪街的？干啥的？"

牛爱国：

"哪街的不知道，知道是个弹花的。"

老者笑了：

"现在都没人弹花了。"

二十来岁的年轻人：

"延津县城有几万人，我们哪能都认识？"

说着话，三人又吃完小碗面大碗盛的羊肉烩面。也是急着赶路，三十多岁的平头交完饭钱，向其他两个人挥挥手，三人上了卡车，又呼啸着开走了。

半夜不出来吃这顿饭牛爱国就在滑县待下去了，待上半个月到二十天，又返回山西沁源；吃了这顿饭，知道延津就在一百多里外，第二天一早，牛爱国搭上长途汽车，去了延津。过去觉得延津跟自己没有关系，现在想起妈曹青娥临终前要找的那封信，觉得跟自己关系很紧。当时找到姜素荣来的那封信，觉得妈已经死了，再给姜素荣打电话没有用；现在觉得妈虽然死了，他想找到姜素荣，问一下姜素荣，妈想找她要说和要问的话。妈已经死了不能问妈，问妈想问的姜素荣，说不定也能问出个子丑寅卯。既然八年前姜素荣和吴摩西的后代有了联系，说不定到了延津，连吴摩西的底细，也能打听出来。吴摩西虽然已经死了二十多年，保不齐吴摩西临终之前，会留下什么话。八年前那封信上说，吴摩西的孙子从咸阳到延津来，要见曹青娥；八年前曹青娥没理会这件事，临终前却又惦记着这件事。不碰到延津人想不起从头到尾这些事，见到三个延津人，牛爱国突然想将这些事从头至尾弄个明白。初想弄明白是为了妈曹青娥，再想弄明白是为了牛爱国自己。自己跟七十年前的吴摩西，冥冥之中似乎有什么联系。不说他是自个儿另一个姥爷，七十年过去，两人的遭遇就有些相同，起码出门找人是假找是相同的。既然出门找人是假找，虽然吴摩西后来把曹青娥，也就是巧玲弄丢了，怎么一辈子再没回延津呢?弄清楚这些事对吴摩西和曹青娥没有什么，吴摩西和曹青娥都已经死了；但弄清楚它们，说不定能打开牛爱国现在的心结。一把钥匙开一把锁，没想到这把钥匙，竟藏在七十年前。这时又突然明白，昨晚进了滑县，除了觉得心不乱，还对这里感到亲切；原来以为亲切的是滑县，谁知不是滑县，而是滑县跟延津离得近。他一辈子没去过延津，没想到跟延津有这么紧密的联系。临离开滑县"瑶池洗浴城"，牛爱国给滑县的朋友陈奎一写了一个字条。字条上没告诉陈奎一他要去延津的事。没告诉这件事不是有意背着陈奎一，而是关于去延津之事，根根叶叶说起来太复杂，一句两句说不清楚。牛爱国写道：

老陈：

　　山西家里有急事，我先走了。这次能见到你，我很高兴。我改日再来吧，咱留言面叙。你多保重。

　　　　　　　　　　　　　　　　　　　　牛爱国

写好，知洗澡堂子有人与陈奎一不对付，没把字条交给洗澡堂子的人，交给在"瑶池洗浴城"门口摆烟摊的一个中年妇女；看中年妇女有些不乐意，便买了她一盒烟。然后去长途汽车站，坐车去了延津。

到了延津县城，牛爱国才知道延津县城之大。比滑县和山西沁源的县城大多了。县城正中有一座宝塔。塔院外是一条津河，浩浩荡荡，从县城中间穿过。河上有一座桥，桥上桥下，皆是挑担的，推车的，卖菜的，卖肉的，卖果子的，卖杂货的；县城有几只大喇叭，里面播着豫剧、曲剧和二夹弦；除了这些河南戏，竟还有锡剧和晋剧；便知道延津是个四方人走动的地方。这么大一个县城，想打听出一个只知姓名不知地址的人并不容易。牛爱国从上午问到中午，从东街问到西街，从北街问到南街，没问出个所以然。这才知道昨天夜里在滑县街头，那三个延津人不知姜素荣为何人，不是妄说。八年前姜素荣给妈曹青娥写的信上，倒有姜素荣的地址和电话；那封信牛爱国还留着，一开始放在沁源县牛家庄，后来放到县城南关租的房子里。他想给沁源的姐夫宋解放打个电话，让他去南关家里找出这封信，告诉他地址和电话；但又怕露出假找庞丽娜和老尚的马脚，只好继续用嘴在延津县城问下去。也是功夫不负有心人，在县城北关火车站，问到一个卖酱兔腿的，正好姓姜，是姜素荣的本家；经他指点，这才终于在县城南街剧院北侧，找到了姜素荣家。

姜素荣是个三十七八的妇女，她的爷爷叫姜龙。曹青娥活着的时候，给牛爱国说过延津和姜家的事，牛爱国脑子里，对延津和姜家大体有个印象。待见到延津和姜素荣，还是和脑子里想的不一样。四十年前曹青娥来延津时还没有姜素荣，姜家还在弹棉花，如今姜家不弹棉花了；从姜龙姜狗一代到现在，姜家由十几口子变成五六十口子，干啥的都有。姜素荣开了一个杂货铺，卖些烟、酒、酱油、醋、咸菜疙瘩、方便面、各种饮料和矿泉水，门口还有一个冰柜，卖些冰棍和雪糕等。杂货铺的名字就叫"素荣门市部"。没打问出姜素荣家地址之前，牛爱国已在南街来来回回走了三趟，也没留意这个门市部的招牌。姜素荣问明牛爱国的身份，不明牛爱国的来意，一开始以为牛爱国在河南有棘手的事找她，或借钱，或借物，便有些警惕；待牛爱国说清是为了打听些往事，姜素荣才放下心来。接着听说曹青娥去世了，感叹一番，说：

"没跟这位姑奶奶见过。"

待牛爱国问到八年前，吴摩西的孙子到延津来，她给山西沁源牛家庄曹青娥写信，让曹青娥到延津哭，到底要说个啥，姜素荣却一问三不知。牛爱国：

"大表姐，那封信不是你写的吗？"

姜素荣：

"那信不是我写的。陕西的客想说的事，我根根梢梢都弄不明白；我是个急性子，不爱写信，那信是罗安江代我写的。"

姜素荣告诉牛爱国，吴摩西七十年前逃到陕西咸阳之后，不叫吴摩西了，又改名罗长礼，所以他的孙子叫罗安江；八年前写那封信时，罗安江怕事中的曲曲弯弯解释不清，仍把他爷爷说成吴摩西。牛爱国不明白吴摩西到陕西之后，为什么又改名姓，其中又有什么缘由；但也顾不上计较这些七十年前的事，先问八年前的：

"罗安江在延津时，都说了些啥？"

姜素荣想了想，说：

"忘了。只记得他想见你妈。他本来该姓杨，从陕西到延津来，按说应该去杨家庄，但他没去杨家庄，来找咱们姜家，就是看能否找到你妈。"

牛爱国：

"他在延津住了多长时间？跟别人聊过吗？"

姜素荣：

"看来他有心事，整天吃不下饭，也不跟人聊；住了半个月，见你妈没回音，他就回陕西了。"

牛爱国：

"既然他想见我妈，从你这里，又知道了山西的地址，为啥不直接去山西呢？"

姜素荣：

"我也这么劝过他。其实他来第二天，我就看出来了，对见不见你妈，他也有些犹豫。你妈来，他也就见了；让他去

596

山西，他死活不去。"

又说：

"也不知他顾虑个啥。"

不管罗安江顾虑个啥，牛爱国从滑县到延津来，等于竹篮子打水一场空。姜素荣有个弟弟叫姜罗马，二十出头，在延津县城开三轮车，拉些散客。牛爱国和姜素荣正说话间，他开着三轮车路过姐姐的杂货铺，停下喝水，见牛爱国面生，便问姜素荣这人是谁；打问出牛爱国的来路，倒对牛爱国因为八年前的事，千里迢迢来到延津，有些好奇。接着不去拉客了，留下听他们说话。听着听着，听出不全是为了八年前的事，还为了七十年前的事，就更加好奇了。姜素荣说着说着烦了，姜罗马倒起了兴致。牛爱国见姜素荣说不出什么，也就不问了；下午，姜罗马用三轮车拉着牛爱国，在延津县城四街转了转。姜罗马也是爱说话，指着现在的延津，给牛爱国讲解七十年前的事情。到西街一个地方，告诉牛爱国这是当年吴摩西和吴香香蒸馒头的家，现在成了一家酱菜厂；到了北街转盘处，说转盘西北角，当年是意大利神父老詹的教堂，现在成了"金盆洗脚屋"；到了东街桥下，说这里当年有吴摩西挑水的井，现在成了一个卷烟厂；回到南街，指着姜素荣杂货铺旁边的剧场，说这里当年是吴摩西大闹南街的地方，当年的一个碌碡，现在还戳在剧院门侧。姜罗马对这些事也是听说，这些事在延津只剩姜家知道；牛爱国既对现在的延津不熟，也对七十年前的延津不熟，听后，也理不出七十年前这些事的来龙去脉。这时姜罗马问：

"大哥，你从山西到延津来，不会光为打听七十年前的事吧？"

牛爱国一愣：

"那你说我为啥？"

姜罗马：

"我也纳闷儿了一下午呢。如果是为了现在，应该是找一个东西。可七十年前，一个卖馒头的，能留下啥宝贝呢？"

牛爱国哭笑不得，感叹一声：

"老弟，如为找一件东西就好了。"

但他如何从曹青娥去世说起，说到庞丽娜第二次跟人跑了，自己如何出去假找庞丽娜和老尚，又如何到滑县找陈奎一，接着碰到三个延津人，又到延津找七十年前的事，这些来龙去脉呢？不解释还好，一解释更解释不清了。只好说：

"就算是个东西，不是也没找到吗？"

姜罗马听他这么说，倒来了劲：

"杨家庄你还去不去？"

杨家庄是吴摩西或罗长礼从小生长的地方，按说应该去。但吴摩西自逃到咸阳改叫罗长礼之后，再没回过杨家庄，也

598

没回过延津；上次罗安江来延津，也没去杨家庄；想着现在去也是白去，便说：

"我不去杨家庄，我想去咸阳找罗安江。"

姜罗马愣在那里：

"大哥，你比我还轴。你这样的人，我没有见过。"

第二天，牛爱国向姜素荣要了罗安江家在咸阳的地址，要去咸阳。当年罗安江对去山西有些犹豫，牛爱国对去咸阳，却没有犹豫。罗安江越是犹豫，牛爱国越想找到罗安江。找罗安江也不是为了找罗安江，还是想找到死去的罗长礼，也就是吴摩西，看他临终时留下什么话。七十年前，吴摩西从河南去了陕西；七十年后，牛爱国也从河南去了陕西。牛爱国在心里盘算一下，吴摩西去陕西的时候二十一岁，牛爱国去陕西的时候已经三十五岁了。牛爱国这趟从山西沁源出来，本是假找庞丽娜和老尚，没想到转了一圈，却要去陕西找吴摩西；七十年前吴摩西从延津出门时，找人也是假找；没想到七十年后，一个假找找另一个假找，却是真找。牛爱国倒有些啼笑皆非。姜素荣听说他要去陕西，虽吃了一惊，也没留他，牛爱国坐长途汽车到了新乡，从新乡坐上开往兰州的火车。火车上人多，牛爱国在车厢过道里站了一天一夜，也没坐上座位。也是站久站乏了，夜里站着打瞌睡，裤兜里的钱包被人偷去了。好在车票没在钱包里，在上衣口袋里。第二天下午，车到咸阳，牛爱国拿着车票，背着提包，出了咸阳站。想着与罗安江头一回见面，身无分文去找人家，会有诸多不便，也容易让人产生误会；在肚子里骂了一阵贼，偷人钱事小，误了人家的正事，就可恨了，便在火车站的货栈扛了五天大包，挣了八百多块钱。按说扛五天大包只能挣四百多块，牛爱国白天黑夜连轴转，不知扛了多少大包，挣了八百多块。拿到钱，出了货栈，已是第六天清晨。牛爱国来到火车站广场，坐在一个水摊前喝水。喝完水，五天的困劲儿一块儿上来了。旁边有几排连椅，供南来北往的旅客歇脚。清晨旅客少，牛爱国躺在一个连椅上，头枕自己的提包，想打个盹。身子刚放平，就睡着了。一觉醒来，还是清晨，太阳还没有升起来。牛爱国以为自己打了个盹，旁边卖水的大嫂却说，他已经睡了一天一夜。大嫂说，昨天看他睡了一天，没有在意；今天清晨又来广场摆摊，看他还在这里睡，以为他病了；刚要喊他，他也就醒了。牛爱国这时感到尿憋得疼，知道自己不是睡醒了，而是被尿憋醒了；又发现胳膊上爬满汗碱，知道睡时出过几回汗，落过几回汗；牛爱国对卖水的大嫂不好意思一笑，说自己没病，就是缺觉；然后先去厕所，排空了肚子，又到火车站水房，洗了洗胳膊，擦擦前胸，又洗了把脸，浑身精神许多。在街巷的小摊吃过早饭，按着在延津记下的地址，去咸阳光德里街水月寺胡同一百二十八号去找罗安江家。有了确切的地址，寻到该找的人倒也不难。但到了罗安江家，才知道罗安江八年前已经去世了，留下一个老婆和两个孩子。

罗安江的老婆四十多岁，瘦弱，白净，叫何玉芬；罗安江的大孩子是个儿子，十八九岁，已出外打工，不在咸阳；小女儿才十多岁，正上小学。何玉芬问明牛爱国的来意，先是吃了一惊，接着倒是个耐心人，按着牛爱国的意思，从吴摩西，也就是罗长礼说起，一直说到自己的丈夫罗安江，将过去的七十年，前后说了两个钟头。也许是丈夫死了，平时无人与她说话，说起这些陈年往事，她倒也不烦，不像河南延津的姜素荣，说着说着，自个儿先急了。何玉芬说话不紧不慢，说完一段，还看牛爱国一眼，哑巴嘴一笑，做个了结。她说，吴摩西，也就是罗长礼七十年前逃到咸阳后，一直在街上卖大饼。除了卖大饼，还卖芝麻烧饼和河南火烧，还卖牛头肉和羊头肉，整天戴个白帽子，像个回民。听说他来咸阳之前，还去过宝鸡，说是去找一个人。那个人没有找到，折返头又来到咸阳。在咸阳娶妻后，生下三男一女。到了孙子辈，有十几个孙子孙女。何玉芬自嫁给罗安江后，就知道罗长礼跟老伴说不着，跟儿子们说不着，跟儿媳们说不着，孙子辈中，跟其他人也说不着，唯独跟罗安江说得着。全家人都说罗长礼偏心。何玉芬听婆婆说，罗安江一生下来，罗长礼就说他像一个人；罗安江五岁之后，两人就开始说话，夜里睡在一张床上，什么都说，一说就是半夜。罗安江娶了老婆之后，遇事不与何玉芬商量，与爷爷罗长礼商量。二十年前，罗长礼去世了。八年前，罗安江突然得了胃癌。知道自己得病之后，他就闹着去河南延津。说罗长礼生前留下一句话，让他放心不下；不得病就忽略了这事，知道自己在世上时间不长了，便想在临死之前，去延津找一找当年爷爷丢失的女儿巧玲；找不到也就算了，如能找到，好把这句话当面告诉她。找到找不到，都图个心安。家里人看罗安江有病，都拦住不让他去。但八月十五前三天，他乘人不备，一个人悄悄去了火车站，打张车票去了河南。在延津待了半个月，也没找着当年的巧玲，就又回来了。回来三个月后，就去世了。没想到八年之后，巧玲的儿子牛爱国又来找他。说完这一段，又看牛爱国一眼，这次没笑，掩面唏嘘一阵。这时牛爱国又想起延津姜素荣的话，她说罗安江在延津待了半个月，心事很重，吃不下饭；原来不单是心事重，身体也有重病。想来罗安江也是个有心事不外露的人。这恐怕是他妈曹青娥八年前没有想到的。如果妈曹青娥知道罗安江得了重病，也许就去了延津。这时牛爱国又不明白，当年的曹青娥，为啥不与罗安江见面呢？罗安江想见曹青娥，为何又不去山西沁源呢？其中也定有原因。能见面的时候不见面，曹青娥临死之前，像八年前得了重病的罗安江一样，突然又想见面；岂不知罗安江已经死了八年了。大家不见面是不想理会那些事，怎么赶在临死之前，都又想理会了呢?其中的奥秘，牛爱国想不清楚。牛爱国：

"大嫂，你知道姥爷对大哥说的那句话吗?"

牛爱国说的"姥爷"，就是吴摩西或罗长礼了；"大哥"就是罗安江了。何玉芬却摇摇头：

"你大哥这人，跟我也说不来，他有话不跟我说。"

牛爱国：

"那他跟谁说得来呢?"

何玉芬：

"他跟儿子女儿都说不来，只跟一个本家兄弟叫罗晓鹏的，两人常在一起说话。"

牛爱国：

"罗晓鹏在家吗?"

何玉芬：

"他带着我儿子，叔侄俩做伴，到广东打工去了。"

牛爱国：

"他俩留的有电话吗?"

何玉芬：

"爷儿俩打工也不容易，一会儿珠海，一会儿汕头，一会儿东莞，没个固定地方，也就没个固定电话。"

　　看来要找到罗长礼那句话，还得去广东到处找罗晓鹏。这时明白想打听出七十年前的一句话，也不是件容易的事。至于接着去不去广东，牛爱国有些犹豫。犹豫不是犹豫罗晓鹏难找，或犹豫自己的时间或盘缠，而是罗长礼和罗安江说得着是一回事，罗安江和罗晓鹏说得着是另一回事。正因为两人说得着，可说的话题就很多；不知罗安江与本家兄弟罗晓鹏说的许多话中，有无罗长礼与罗安江说的这一段；就是说过这一段，这句话与罗长礼和曹青娥有关，与罗晓鹏无关，不知罗晓鹏是否还记在心中。何玉芬与牛爱国说完这些话，又带牛爱国到正房，看吴摩西，也就是罗长礼的照片，还有她丈夫罗安江的照片。墙上的镜框中，有一张全家福，罗长礼也就是吴摩西是个老头，瘦高，尖头顶，留着一撮山羊胡子，坐在正中，眼睛直直地，看着前方。这人虽是牛爱国的"姥爷"，但两人平生没见过面，也没说过话，牛爱国看上去，也就是个陌生人。罗安江站在人侧，板着脸，像罗长礼一样，眼睛也直直地，看着前方。没见罗安江的照片之前，牛爱国想着他是个大眼，谁知是个细眯眼。刚才听何玉芬说，罗安江刚生下来，吴摩西，也就是罗长礼说他像一个人，牛爱国以为他像曹青娥，也就是巧玲，所以吴摩西，也就是罗长礼亲他；现在看上去，跟曹青娥长得一点儿不像，看来吴摩西，也就是罗长礼，说的不是曹青娥，也就是巧玲，而是另外一个人；那另外一个人是谁呢?牛爱国又想不清楚。何玉芬又带牛爱国走到里间，从墙根柜子里，拿出一沓破纸，说吴摩西，也就是罗长礼生前，把这沓破纸，当了一辈子宝贝；临死时，把它交给了罗安江。罗安江生前，也把它当个宝贝，一直放到柜子里，不让人看。牛爱国接过这沓纸，纸已经发黄，许多地方被虫蛀了。打开，纸上是一幅图，画着一座宏大的房子，看上去像一座教堂。教堂顶端有十字架，还有一座大钟。图画得倒是气派，因不知其中的缘由，虽呼之欲出，牛爱国看了半天，也看不出个所以然。将图纸翻过来，图纸的背面，写着两排字。头一排是蝇头小楷：恶魔的私语；第二排是钢笔字：不杀人，我就放火。两排字的字形不同，显然不是一个人写的；多年过去，字迹也有些模糊。牛爱国看到这两排字，皆心里一惊。但物在人亡，既不明白这字是谁写的，也不明白这人写这字的情形，就不明白这些话的含义。琢磨半天，仍难解其意，只知道是两句狠话。倒是这种狠的心情，自己也曾有过。叹了口气，将这纸叠起来，又交给何玉芬。何玉芬又把它放回到柜子里。

吃过晚饭，何玉芬又与牛爱国对坐着说话。一个东向坐，一个西向坐。这时何玉芬说：

"兄弟从山西到延津，又从延津到咸阳，不光为打听些过去的事吧？"

牛爱国看大嫂温和，一是与她说得来，二是既与她不熟，也与她不生，半生不熟，适合说心里话；也是一路走来，无人说话，心里憋得慌，便将自己的心事，从妈曹青娥得病住院说起，到曹青娥去世，接着庞丽娜第二次跟人跑了；由第二次跟人跑了，说到第一次跟人跑了；第一次自己出走到沧州，这次出门找庞丽娜和老尚也是假找，如何到了河南滑县，又如何去了延津，从延津又来到陕西咸阳，一五一十，来龙去脉，说了个痛快。说完，牛爱国叹口气：

"我也明白，说是为妈找过去的事，还是想借此解自个儿的烦闷。"

何玉芬听完，叹息一声：

"大兄弟，你要这么说，我劝你就别找了。"

牛爱国：

"为啥？"

何玉芬：

"就是找到这些事，也解不了你心里的烦闷。"

牛爱国：

"此话怎讲？"

何玉芬：

"能看出来，你心里的烦闷，比你找的事还大。"

牛爱国心里"咯噔"一下，觉得何玉芬的话，说中了他的心事。自己的心事，自己未必能掂出它的分量。两人说话说到半夜，各自回房安歇。牛爱国洗过脚，躺在床上，翻来覆去，听到正房的座钟敲响夜里三点，还没睡着。正房传来何玉芬和她小女儿的鼾声。牛爱国披衣起床，来到院中。院中有一棵大槐树，牛爱国搬一个凳子，坐在大槐树下。低头想了一阵心思，猛地抬头，一个大月亮，缺了半边，顶头在半空中。虽是半个月亮，却也亮得逼人。一阵风吹来，槐树的叶子"索索"地响；脚下树叶的影子，也随声"索索"地晃动。牛爱国突然想起八个月前，他在河北泊头"老李美食城"，也碰到这么一天，头顶的月亮，比今天还大。那天牛爱国从沧州到德州送豆腐，回来的路上，汽车的水箱坏了，牛爱国只好将车停在"老李美食城"。"老李美食城"的院子里，也有一棵大槐树。就在那天夜里，他和章楚红好了。后来两人越来越好，越来越说得着。夜里说话，能说整整一夜，不困，不累，也不饿。再后来一天，章楚红在床上抱着牛爱国，让他带她走，离开泊头。当时的牛爱国不是过去的牛爱国，成了另一个牛爱国，张口就答应了。章楚红见牛爱国答应了，又抱紧牛爱国：

"你要这么说，我就有一句话要给你说。"

牛爱国：

"啥话？"

章楚红：

"我回头再告诉你。"

但等到回头，牛爱国听了沧州"雪赢鱼豆制品公司"崔立凡一席话，害怕出人命，害怕自己带不了章楚红，借妈曹青娥生病，逃回山西沁源老家。从那天晚上到现在，七个月过去了。七个月中，没敢再认真想这事。现在触景生情，突然觉得章楚红没说出的话，和吴摩西临终前要对巧玲说的话一样重要。吴摩西对巧玲说的话，就是到广东找到，也未必能解牛爱国心中的烦闷；章楚红要说的话，却能打开牛爱国心头那把锁。没想起这段事牛爱国还想去广东，接着去找吴摩西当年给巧玲说的话，想起这段事牛爱国想去找章楚红。七个月前他胆小闪了章楚红，现在从沁源到滑县，从滑县到延津，从延津到咸阳，一路走来，人走瘦了；今天晚上，胆子却突然长大了。在那件事情上胆小了；七个月后，却从别的事情上，胆子又长大了。胆子大了的牛爱国，就成了敢带庞丽娜一起出走的老尚。第二天一早，牛爱国就去罗安江家胡同口的杂货铺里，给河北泊头的"老李美食城"打了个电话。电话通了，接电话的是个公鸭嗓，牛爱国听出声音不是"老李美食城"的老板李昆，以为是厨子胖三，便大着胆子问：

"章楚红在吗？"

对方回答得很干脆：

"不在。"

牛爱国：

"是出去买菜了，还是这几天去外地了？"

对方：

"走了半年了。"

牛爱国吃了一惊，又爹着胆子问：

"李昆呢？"

对方：

"不在。"

牛爱国：

"去哪儿了？"

对方：

"不知道。"

牛爱国产生了怀疑：

"你是'老李美食城'吗？"

对方：

"过去是，现在不是。"

牛爱国：

"你现在是啥？"

对方：

"老马汽修厂。"

牛爱国放下电话，知道事情发生了大的变故。接电话的也不是厨子胖三。牛爱国想了想，破釜沉舟，又给章楚红的手机打电话。这号码倒一直记在心中。但七个月来，他一直躲着这号码，一直害怕这号码找他；现在心里焦急，加上胆子大了，径直拨了过去。拨号时，牛爱国心里"咚咚"乱跳。待拨通，电话里却说，该号码已经停机了。左右找不着人，牛爱国不知情况发生了什么变化，心里更加着急。牛爱国回到罗安江家，当即就要告别何玉芬，上路去泊头。何玉芬见他这么快就要离开，吃了一惊，问他哪里去；牛爱国没说自己要去泊头，而说要回山西沁源老家。何玉芬听他这么说，倒松了一口气，说：

"知你夜里没睡好，想孩子了吧？"

牛爱国点点头，收拾东西要走。何玉芬：

"大兄弟，家里没别的，临走送你一句话。"

牛爱国：

"啥话？"

何玉芬：

"日子是过以后，不是过从前。我要想不清楚这一点，也活不到今天。"

这话跟妈曹青娥生前说的一样。牛爱国点点头，告别何玉芬，去了咸阳火车站。从咸阳坐火车到石家庄，从石家庄坐长途汽车到泊头，在公路旁"老李美食城"下车，已是第三天傍晚。七个月前的"老李美食城"，现在彻底变了样。过去是一个干净的小院，现在成了汽修厂，地上到处都是油污和汽车的废零件。过去飘出来的是饭香，现在是刺鼻的汽油味和机油味。"老马汽修厂"的老板叫老马，四十多岁，是个大胖子，方头；秋天了，他还光着膀子，胸前没有胸毛，刺着一头熊猫；别人刺青刺青龙，或刺张嘴的老虎或豹子，他刺了一头吃竹子的熊猫，让牛爱国觉得好笑。老马养了一只小猴；牛爱国到时，工人们在院子里修车，老马手拿一根鞭子，"啪啪"甩着，逼着这头小猴在槐树下翻跟斗。猴瘦，显得老马更胖。牛爱国不知老马与过去"老李美食城"李昆的关系，没敢说自己来这里的真实意图，只说自己七个月前在"老李美食城"打工，李昆欠他工钱，过来要账。老马瞥了牛爱国一眼，对着猴儿说：

"你这人不老实，一听就是瞎话。"

老马一张嘴，牛爱国听出他是东北人，说话公鸭嗓，知道在咸阳打电话是他接的。牛爱国：

"咋了？"

老马：

"说老李别的坏话行，说他欠人工钱，这话编得不像。"

牛爱国知道自己说错了话；牛爱国跟李昆还是朋友时，知道李昆大方；头一回与李昆见面，是个大雪天，车误在"老李美食城"，当时两人素不相识，李昆就请他喝酒。牛爱国忙说：

"当时我走得急，老李也是一时不凑手。今天正好路过，过来看看。"

老马不理牛爱国，又甩鞭子驯猴。这次不让小猴翻跟斗了，把一个钢圈立到凳子上，让小猴跃起钻圈。这只小猴翻跟头行，钻圈不行，从一丈之外冲向凳子，跑起来速度倒挺快，但到凳前跃起，又害怕了，不敢钻圈，落回凳子前，由于刹步太急，自己给自己摔了个跟头。老马急了；远处有修车工人在电焊，焊条点到车壳子上，"嗞嗞"往外冒着蓝色的火花；老马指着远处的火花说：

"怕顶啥用呢?这是钻干圈，将来还得钻火圈呢。"

这话小猴听懂了，更怕，身子蜷到槐树下，瑟瑟发抖。任老马这么玩下去，看来永远没个头。牛爱国跨前一步：

"大哥，能否借一步说话。"

老马又瞥了牛爱国一眼，以为牛爱国想在他的汽修厂打工，眼睛离开猴子，打量牛爱国：

"我这可不白养人，你会修车吗?"

牛爱国知道老马会错了他的意，但又怕直接打听别的，老马再不理他，便将错就错，顺着老马说：

"开过几年车。"

老马瞪了牛爱国一眼：

"又在说瞎话。你要会开车，当初能在饭馆剥葱？"

牛爱国也是进退两难，只好指着远处几辆车说：

"大哥，你随便挑一辆，我开给你看。"

老马见牛爱国叫板，将小猴拴在槐树上，指着屋檐下一辆拆下四扇门的破吉普：

"走，跟我去镇上拉趟轮胎。"

原来这辆烂吉普，是老马的坐骑。牛爱国也看出来了，胸前刺着熊猫的老马，遇事爱较真儿。事到如今，牛爱国只好把提包扔到破吉普上，开上车，拉着老马，去镇上买轮胎。从镇上将十几个轮胎拉回来，牛爱国与老马熟了。"老李美食城"被改成"老马汽修厂"，在"老马汽修厂"旁边，又出现一个公路饭店叫"九弦河大酒店"。说是大酒店，也像过去李昆的美食城一样，也就三间屋子，七八张桌子，做些宫保鸡丁和鱼香肉丝等家常菜。附近并没有河，也不知这名字缘何而起。也是到了晚饭时候，牛爱国便在"九弦河大酒店"请老马吃饭。老马个大体胖，却不能喝酒。几杯酒下去，老马就喝多了。老马一喝多，就成了另外一个人，有点儿像山西沁源县城东街卖肉的冯文修。老马蜂目，豺声，是恶人相，谁知熟了之后讲朋友。牛爱国还没说什么，老马隔着桌子，对牛爱国说了一大堆心腹话。老马本是辽宁葫芦岛人，早年贩过粮食，开过洗澡堂子，后来在葫芦岛开了汽修厂。按说葫芦岛是他的老家，但因为几桩事，弄得老马伤了心。是几桩啥事，老马也没细说，加上舌头开始拌蒜，大体五桩事情，四桩别人对不起他，一桩他对不起别人。最后对葫芦岛伤了心，便来了河北泊头。老马拍着桌子：

"葫芦岛待不了，我来河北成不成？"

又凑近牛爱国：

"我现在不招惹人，我玩猴，行了吧？"

牛爱国连连点头。待老马说累了，点烟之际，牛爱国才转过话题：

"大哥既是东北人，来这里开汽修厂，可与我过去的老板李昆是朋友？"

老马：

"见过面，谈房价的时候，知道他够朋友，之前跟他不熟，是通过朋友认识的。"

见老马这么说，牛爱国倒放下心来，问：

"老李的饭店开得好好的，咋突然不开了？"

老马瞪大眼珠：

"家里出事了。"

牛爱国：

"出啥事了？"

老马："半年前，老李和他老婆离婚了。"

牛爱国："为啥离婚？"

老马：

"那女的外边有人了。我听说，老李本来不知道，两人因为别的事吵了起来，吵急了，还是那女的说给老李听。"

牛爱国心里"咯噔"一声，大概这个人说的就是他了；又猜想章楚红所以说出这事，是要破釜沉舟，下决心跟李昆分手了。老马：

"那女的没拿老李当回事，老李却拿那女的当回事，麻烦就在这里。听说离婚时，差点儿出了人命。"

牛爱国吓出一身冷汗。待吸过一支烟，镇定下来，又问：

"就是离婚，那女的走了，也不耽误老李接着开饭店呀。"

老马挥着手：

"这你就不懂了，大概老李也是对这里伤了心，就像我对葫芦岛伤了心，才来河北一样。"

牛爱国："那老李到哪里去了？"

老马："说不清楚。有人说去了内蒙古，有人说去了山东。"

牛爱国："他老婆呢？"

老马："听说去了北京。有人说，当'鸡'去了。"

又感叹：

"一个人宁肯当'鸡'，也不愿给一个人当老婆，可见两人别扭到啥程度喽。"

牛爱国愣在那里。章楚红与李昆离婚，可能因为牛爱国，也可能因为别的事；但不管因为什么事，归根到底，都跟牛爱国有关系。七个月前，牛爱国撇下章楚红逃回沁源，还怕接着出事；因为章楚红知道他山西老家的地址，牛爱国担心章楚红破釜沉舟，去山西老家找他；但章楚红没去找他；半年前，章楚红破釜沉舟，与李昆离婚，也没去山西找牛爱国；七个月来，也从没给牛爱国打过电话；想来也是对牛爱国伤了心。但越是这样，牛爱国现在越想见到章楚红。不管她现在在干啥。找到她不是要从她嘴里打听七个月前她想说而没说的话；来泊头之前也许想知道这句话，现在突然明白，时过境迁，再找到这句话，这句话也已经变味儿了；他现在找到章楚红，不是要打听七个月前的老话，而是牛爱国有一句新话，要告诉章楚红。七个月前牛爱国逃回山西，闪了章楚红，是怕出人命；现在就是出人命，为了这句话也值得。问题是现在想出人命也不能了，李昆和章楚红都各奔东西，过去事情的关节全都不存在了。正因为一切都不存在了，现在想找到章楚红就难了。她的手机停机了。大概她换了手机号码。一个人换手机号码，就是要与过去的生活彻底割断。老马说她半年前去了北京，也不知她是否真的云了北京。就是去了北京，半年后，不知她现在仍在北京，还是又去了别的地方。就是仍在北京，北京大得很，也不知她在北京的哪个角落。这时牛爱国回想与章楚红在一起时，章楚红说过几个她过去的好朋友。章楚红是张家口人，她有一个好朋友叫徐曼玉，原来在张家口开美容厅，后来去了北京；不知章楚红半年前去北京，是否去投奔她。当时听章楚红说，她们两人断了音讯，也有两三年了。还有一个同学叫焦淑青，在张家口火车站卖车票。牛爱国灵机一动，火车四处跑，火车站却是个固定的地方，可以先去张家口火车站找焦淑青。就是焦淑青离开了火车站，火车站的人也该知道她的去向。找到焦淑青，看焦淑青与章楚红是否还有联系。就是焦淑青与章楚红断了联系，通过焦淑青，总能找到章楚红在张家口的家。找到她家，也就找到了老根；通过她家里人，总能找到章楚红现在的去处和电话。于是决定第二天一早去张家口。主意打定，他盘算一下日期，这次从山西沁源出来，从西到东，从北到南，从南到西，从西到东，从南到北，一路走下来，也走了二十多天；别的倒不打紧，只是惦着老家的女儿百慧。算着再过两天，百慧就该开学了。于是第二天早起，去张家口之前，牛爱国先给山西沁源县城东街酒厂的姐夫宋解放打了一个电话，说自己暂时还回不了沁源，让宋解放先照料百慧上学。宋解放在电话里喊：

"你在哪儿呢？"

牛爱国：

"远得很，在广州呢。"

宋解放：

"还没找到庞丽娜和老尚吗？要不回来吧。"

牛爱国：

"不，得找。"

二○○六年至二○○八年

北京

附 录

刘震云作品中文版目录

《我不是潘金莲》（长篇小说）	香港天地图书出版社	2013 年 2 月
《吃瓜时代的儿女们》（长篇小说）	长江文艺出版社	2017 年 11 月
《吃瓜时代的儿女们》（长篇小说）	台湾九歌出版社	2018 年 4 月
《吃瓜时代的儿女们》（长篇小说）	香港天地图书出版社	2018 年 4 月
《一日三秋》（长篇小说）	花城出版社	2021 年 7 月
《一日三秋》（长篇小说）	台湾九歌出版社	2023 年 5 月
《一日三秋》（长篇小说）	香港三联书店	2023 年 6 月
《温故一九四二》（中篇小说）	长江文艺出版社	2012 年 11 月
《塔铺》（小说集）	作家出版社	1989 年 1 月
《官场》（小说集）	华艺出版社	1992 年 5 月
《一地鸡毛》（小说集）	中国青年出版社	1992 年 6 月
《官人》（小说集）	长江文艺出版社	1992 年 12 月
《刘震云》（小说集）	香港明报出版社	1999 年 11 月
《刘震云》（小说集）	人民文学出版社	2000 年 9 月
《刘震云》（小说集）	文化艺术出版社	2001 年 9 月
《一地鸡毛》（小说集）	长江文艺出版社	2004 年 3 月
《那些微小又巨大的人》（小说集）	台湾九歌出版社	2005 年 4 月
《刘震云》（小说集）	现代出版社	2005 年 8 月
《一地鸡毛》（小说集）	人民文学出版社	2006 年 1 月
《刘震云精选集》（小说集）	北京燕山出版社	2009 年 6 月
《一地鸡毛》（小说集）	台湾九歌出版社	2008 年 3 月
《温故一九四二》（小说集）	台湾九歌出版社	2013 年 4 月
《刘震云文集》（四卷）	江苏文艺出版社	1996 年 5 月
《刘震云文集》（十卷）	人民文学出版社	2009 年 3 月
《刘震云作品典藏版》（十二卷）	长江文艺出版社	2016 年 8 月